RÉMORAS

RÉMORAS

M.I.A

© M.I.A, février 2012. Tous droits réservés.

Éditions Hélène Jacob, septembre 2012, décembre 2013.

Collection *Thrillers*.

ISBN : 978-2-37011-073-2

Éditions Hélène Jacob – 13 Impasse Victor Gesta – 31200 Toulouse

Imprimé par Create Space – États-Unis

21,45 €

Dépôt Légal Décembre 2013

Préface

Lorsque « Missing In Action », M.I.A, m'a proposé de préfacer RÉMORAS, un honneur ressenti, une émotion tangible m'ont envahi. D'une part, car l'ouvrage en question est d'une qualité narrative exceptionnelle. Ceux qui le liront auront l'impression immédiate d'assister à un des meilleurs films d'espionnage que le cinéma contemporain peut produire.

D'autre part, et c'est à ce niveau que je fus le plus touché, car c'est un roman à clefs. Et, malheureusement pour ce qui pouvait me rester de naïveté et de confiance en l'État, je connais les clefs dont il est question.

Ce sont justement ces « clefs », que je vous laisse découvrir par vous-même, qui ont à la fois séduit et dissuadé plusieurs maisons d'éditions françaises contactées pour la publication de cet ouvrage.

Séduites, elles furent, car les rebondissements sont présents quasiment toutes les quatre pages. Pendant toute l'histoire, et dès la première scène. Captivées, également, par les personnages, extrêmement charismatiques. Vandercarmere, spécialisé dans le retournement psychologique, Giraud, agent « Roméo » nouvelle génération, et Balard, plus imprévisible dans sa violence, constituent ce trio de choc utilisé pour les pires bassesses gouvernementales, tels des instruments, qui décide, un jour, de se retourner contre ses maîtres.

Dissuasion elles ressentirent, car il est impossible d'écrire un roman d'espionnage avec autant de précision et de sous-entendus particulièrement éclairants pour le lecteur désireux d'en savoir plus sur le mystérieux monde des barbouzes, sans en avoir fait soi-même partie.

Ce qui est le cas.

À travers RÉMORAS, M.I.A n'écrit pas seulement un roman pour divertir le public. L'histoire de RÉMORAS est le miroir brisé d'une histoire réelle, reposant sur une trahison ignoble de l'État français à l'encontre d'une douzaine de soldats d'élite envoyés au suicide lors d'une mission où le soutien militaire opérationnel qui devait encadrer leur action a répondu, au dernier moment : « absent ».

La plupart de ces soldats furent tués. D'autres survécurent en nageant des heures entières sous les rafales de tirs ennemis. Ceci à cause d'un mot : « absent ». Et les poissons, ces Rémoras, durent nager…

M.I.A n'a pas oublié cette trahison. Mais a décidé de transformer les balles en fleurs en vous offrant la possibilité de lire cette charmante allégorie de secrets étatiques.

Ils auraient pu agir autrement. Très facilement.

Ils auraient pu utiliser les mêmes méthodes pour lesquelles ils ont été formés afin d'aller rappeler physiquement à leurs commanditaires si versatiles, installés dans un salon parisien devant un thé tiède, le sens du mot « honneur ».

Ils ont réagi avec sagesse et ne l'ont pas fait. Ce que je peux comprendre. Néanmoins, c'est une bien belle revanche de faire frissonner le Tout-Paris dans le secret des affaires uniquement avec du texte, une histoire, sans avoir besoin de sortir la moindre arme.

C'est également une bien belle revanche que de voir l'édition classique faire dans sa vêture ce qui lui reste de courage et de regarder, paisiblement, RÉMORAS côtoyer sur le marché numérique des auteurs comme Harlan Coben ou Stieg Larsson. Et devenir classé, en tant qu'e-book, au même rang que ces géants, toutes références confondues.

Ce constat vous donnera une petite idée de la qualité du scénario qui vous attend. Car RÉMORAS a déjà, en quelques semaines à peine, réussi à dominer totalement le marché du e-book, jusqu'à rivaliser avec les plus grands auteurs d'espionnage, qui eux, éditent encore sur papier.

Derrière chaque allusion se cache une histoire vécue.

Dégustez-les bien.

John Bastardi Daumont

Avocat

Major Master Sécurité intérieure – promotion 2005

Major Master Sciences criminelles – promotion 2004

Auteur de « *Décryptage du mensonge et de la manipulation* »

(Éditions La Martinière)

Je suis un homme des plus malheureux. J'ai inconsciemment ruiné mon pays. Une grande nation industrielle est contrôlée par son système de crédit. Notre système de crédit est concentré dans le privé. La croissance de notre nation, en conséquence, ainsi que toutes nos activités, sont entre les mains de quelques hommes. Nous en sommes venus à être un des gouvernements les plus mal dirigés du monde civilisé, un des plus contrôlés et dominés non pas par la conviction et le vote de la majorité mais par l'opinion et la force d'un petit groupe d'hommes dominants.

Woodrow Wilson, président des États-Unis – 1913-1921

Nous sommes reconnaissants au Washington Post, au New York Times, au magazine Time, et aux autres grandes publications dont les directeurs ont assisté à nos réunions et respecté leurs promesses de discrétion depuis presque quarante ans. Il aurait été pour nous impossible de développer notre projet pour le monde si nous avions été exposés aux lumières de la publicité durant ces années. Mais le monde est aujourd'hui plus sophistiqué et préparé à l'entrée dans un gouvernement mondial. La souveraineté supranationale d'une élite intellectuelle et de banquiers mondiaux est assurément préférable à l'autodétermination nationale des siècles passés.

David Rockefeller, Commission Trilatérale – 1991

Prologue

21 décembre 2012

« *A*lors que je m'adresse à la planète entière, de cette belle ville de Jérusalem qui fut le berceau des trois grandes religions qui nous ont guidés au cours des siècles... je me réjouis !

Huit mois après la mort des trois terroristes qui ont détruit tellement de vies à travers le monde, et qui en menaçaient tant d'autres, je suis heureux de pouvoir vous dire que le chaos a cédé la place à la reconstruction.

Ces hommes ont tenté de détruire les fondements de notre société, ils ont essayé de saccager le modèle capitaliste qui nous soutient, ils ont tout fait pour semer le doute dans vos esprits... et ils ont échoué !

Devant vous, devant les chefs d'État assis derrière moi, je veux donc remercier ces hommes...

Les remercier d'avoir involontairement permis de resserrer les liens qui unissent nos pays et leurs citoyens ;

Les remercier d'avoir, bien malgré eux, permis à toutes les nations du monde volontaires d'intégrer l'Agence Internationale de Transition ;

Enfin, je veux les remercier d'avoir accéléré la mise en place du gouvernement mondial dont je suis aujourd'hui l'heureux président.

Je suis heureux, car l'avenir s'annonce prospère !

Nous tournons enfin le dos à une ère de divisions et de conflits sans fin, et nous voulons croire que ce changement sera durable.

Et je pense que les présidents des états membres, qui sont aujourd'hui à mes côtés, seront d'accord avec moi pour saluer ce nouveau monde qui avance désormais sur un seul chemin.

Et à ceux qui doutent encore, à ceux qui refusent d'ouvrir les yeux et d'accueillir l'avenir qui s'offre à nous, je ne dirai qu'une chose... une citation tirée de la Bible, mais qui trouvera un écho universel dans le cœur de chaque homme et femme de bonne volonté vivant sur cette *planète...*

Méditez les mots que Paul adressa aux Thessaloniciens...

"Car vous savez très bien vous-mêmes que le jour du Seigneur vient ainsi qu'un voleur pendant la nuit.

Quand les hommes diront : 'Paix et sûreté !', c'est alors qu'une ruine soudaine fondra sur eux comme la douleur sur la femme qui doit enfanter, et ils n'y échapperont point.

Mais vous, frères, vous n'êtes pas dans les ténèbres, pour que ce jour vous surprenne comme un voleur.

Oui, vous êtes tous enfants de lumière et enfants du jour ; nous ne sommes pas de la nuit, ni des ténèbres".

Ces mots nous parlent à travers les siècles, et nous disent que nous sommes enfin prêts à accueillir une nouvelle ère !

Une ère de prospérité et d'abondance !

Une ère de paix et de sécurité pour tous !

Une ère de lumière qui nous éclairera pour les siècles à venir !

Alors... encore une fois, merci à ces hommes qui ont tenté sans succès de nous repousser dans les ténèbres...

Car en échouant, ils ont fait jaillir du monde les fondations d'un ordre nouveau !... ».

1 – OUVERTURE

Seuls les petits secrets ont besoin d'être protégés ; les plus gros sont gardés par l'incrédulité publique.
Marshall McLuhan

Chapitre 1 – 11 septembre 2001

Assis sur un canapé à moitié défoncé, les quatre hommes fixaient l'écran de la télévision sans parvenir à détacher leur regard des images irréelles qui défilaient en boucle devant leurs yeux.

Depuis plus de vingt minutes, ils écoutaient sans y croire les commentaires presque hystériques des reporters qui couvraient l'effondrement des tours du World Trade Center à New York et avaient la sensation déplaisante de baigner en plein cauchemar.

L'un des hommes, visiblement plus affecté que ses compagnons, se leva soudainement en dépliant sa longue silhouette, renversa au passage la table basse placée devant lui, et se retourna vers les trois autres.

— Mais c'est quoi ce bordel ? Ce n'était pas du tout prévu comme ça !

L'un de ses compagnons, un homme petit et corpulent qui semblait imperturbable malgré les images qu'il venait de voir, le regarda d'un air peu ému.

— Nous ne savions pas ce qu'ils feraient exactement et maintenant nous sommes au courant, voilà tout. C'est le résultat de l'opération de préparation. Nous nous étions juste trompés en pensant qu'ils s'en serviraient au Pakistan.

— Mais merde, ils ont fait sauter leurs propres citoyens ! Des civils, des touristes, des types qui se trouvaient dans ces tours, mais qui n'avaient rien à foutre dans cette histoire !

Les deux autres hommes les écoutaient sans rien dire, encore trop choqués pour réagir.

— Ça ne sert à rien que tu réagisses comme un amateur. Nous avons accompli notre mission, nous avons permis à Atta et ses collègues de mener leurs tests, et on peut dire que nous avons bien bossé, quand on voit qu'ils ont réussi à faire s'effondrer deux bâtiments de cette taille d'un seul coup.

— Comment tu peux rester assis tranquillement, en me disant que c'est juste un foutu ajustement de cible ? Bon sang, ils nous ont embauchés pour préparer un crime d'État ! Nous sommes complices dans une attaque contre les citoyens américains, putain de merde !

— Parce que tu aurais eu meilleure conscience si les cibles avaient été des pauvres cons de Pakistanais ? Voir les attaques se produire dans un pays situé suffisamment loin d'ici t'aurait causé moins de soucis ? C'est la mission, et c'est comme ça !

Le troisième homme décida de se joindre au débat et leva les mains en signe d'apaisement.

— Tu peux quand même comprendre que c'est un peu dur à encaisser, non ? On bosse pendant six mois sur des usines désaffectées, à regarder Atta et ses collègues ajuster leurs explosions planifiées, et pendant tout ce temps, on nous persuade que c'est une préparation d'attaques américaines contre le Pakistan. À la place, ils frappent sur leur propre territoire, en nous collant deux avions de ligne en supplément, pour que ça ait l'air plus vrai. C'est quand même pas rien à regarder. Tu te doutais de quelque chose, toi ?

Il venait de se tourner vers le quatrième homme, le seul à ne pas avoir encore parlé, qui répondit en butant légèrement sur les mots.

— Non, je suis aussi surpris que vous. Tous les tests que mon équipe a menés étaient censés permettre la planification d'une attaque-surprise au Pakistan, même si on ne nous a jamais dit où elle se produirait exactement. Je n'y comprends rien…

Le premier homme reprit la parole, l'air toujours aussi remonté, et s'en prit à son compagnon impassible.

— Alors on fait quoi maintenant ? On est comme des abrutis, à attendre dans cette planque minable et à regarder des types se jeter du cinquantième étage ! On attend de nouveaux ordres en faisant comme si on ne nous avait pas pris pour des cons ?

— On a déjà nos ordres, tu le sais très bien.

— Je les emmerde ! Rien ne se passe comme prévu !

— L'attaque devait être notre signal, et même si la localisation a changé, ce signal est toujours valable.

— J'emmerde aussi le signal et je raccroche ! C'est fini ! Ça n'a aucun sens de faire ce qu'on fait ! J'en ai marre de cette mission, j'en ai marre de Nice et j'en ai marre de tes remarques paternalistes !

Le deuxième homme se leva subitement, lassé de ces enfantillages.

— Du calme ! N'oublie pas les enjeux ! Même si tu décides de tout arrêter maintenant, ce qui n'est pas forcément une bonne idée si tu veux mon avis, il te reste encore une chose à faire. Et tu sais très bien qu'elle doit être faite. Tu as été payé pour. Est-ce que je dois te rappeler combien on a touché pour cette mission ?

— Je peux pas… je sais plus où j'en suis. Je veux simplement me casser et changer de vie. Je veux oublier tout ce merdier et je veux surtout oublier que j'ai eu les deux pieds dedans.

Le troisième homme s'extirpa lui aussi du canapé avachi et vint prendre le premier par les épaules, en le regardant bien en face. Le bleu de ses yeux était si intense qu'il en était presque dérangeant.

— Hé ! On est tous secoués, ici, chacun à notre manière, mais ça ne veut pas dire qu'on n'est plus des pros. T'as une dernière mission à terminer, avant de tourner le dos à tout ça, si c'est vraiment ce que tu veux. Et dis-toi que si tu ne le fais pas, ils n'oublieront pas de te le faire payer. Fais-le en sachant qu'après le contrat sera bouclé. Tu seras libre et tu seras tranquille.

Le quatrième homme, seul à être encore assis, commença à s'agiter.

— De quoi parlez-vous ? Quels ordres et quel signal ? Pourquoi est-ce que je ne suis pas au courant ?

Le petit homme corpulent se tourna vers lui avec un sourire presque tendre, tout en jetant un coup d'œil à son collègue agité, mais qui semblait avoir soudainement recouvré son calme.

— Tu n'es pas au courant, parce que les ordres te concernent directement, Atta. Mais maintenant que tu as vu ton œuvre grandeur nature, tu peux partir tranquille... ma'as-salama, mon ami, et salue Allah de notre part.

Le visage basané de l'Égyptien devint très pâle, lorsqu'il vit l'œil sombre du Glock 17 s'approcher lentement de lui et fixer un point situé quelque part entre ses deux sourcils.

Chapitre 2 – 18 décembre 2009

Il faisait froid.

La neige tombait par intermittence depuis la veille et Paris s'était couverte d'une mince pellicule blanche, comme toute la moitié nord du pays.

Avec l'apparition deux jours plus tôt d'un vent glacial en provenance de Russie, la capitale semblait s'être endormie, ses habitants préférant manifestement éviter la morsure du gel et rester à l'abri chez eux, en attendant Noël et ses réjouissances.

Pour ces trois sans-abri du 19e arrondissement, l'arrivée d'un tel froid n'était pas vraiment synonyme de festivités, mais annonçait plutôt le retour définitif de leur routine hivernale, qui consistait avant tout à ne pas se retrouver dans la rue après la tombée de la nuit.

Et en ce vendredi particulièrement éprouvant, il était hors de question qu'ils dorment dehors.

Familiers d'une procédure qu'ils connaissaient maintenant depuis plusieurs années, ils comptaient rejoindre le bus de la BAPSA, qui les attendrait près de la porte de la Villette à 18 heures, comme chaque soir.

La brigade d'assistance aux personnes sans-abri les conduirait ensuite au CHAPSA de Nanterre, un centre d'hébergement à la réputation peu reluisante, mais où ils trouveraient le confort suffisant pour passer une nuit décente.

Depuis la fin du mois de novembre, ils avaient déjà dû s'y rendre une dizaine de fois, et ils savaient que l'installation durable de l'hiver ne leur permettrait plus d'échapper à ce qui était pour eux bien plus une contrainte qu'un soulagement.

Comme à leur habitude, les trois hommes avaient passé la journée à l'extérieur de la Cité des Sciences, dans le parc de la Villette, situé à quelques centaines de mètres du point de rendez-vous avec le bus.

Là-bas, les touristes et autres passants étaient suffisamment nombreux pour espérer récolter un peu d'argent et se payer un café de temps en temps, et chacun des hommes avait un coin favori pour s'installer.

Si Moutaux préférait généralement rester au nord de la Cité, sur l'esplanade jouxtant la sortie de métro qui déversait régulièrement son flot de visiteurs, Bélanger et Jannet affectionnaient le calme du canal de l'Ourcq, au sud, et passaient une bonne partie de leur temps dans les jardins avoisinants.

Leur point de ralliement était par contre toujours le même, et ils se retrouvaient sans faute à 17 heures vers l'écluse, sur le quai de la Charente situé à l'ouest du complexe, d'où ils pouvaient lentement remonter vers l'avenue Corentin Cariou.

De là, il ne leur restait plus qu'à suivre la route jusqu'à l'arrêt de bus pour y retrouver quelques visages familiers, les habitués se présentant toujours en avance au rendez-vous afin d'être sûrs que des places d'hébergement seraient encore disponibles.

Les trois hommes se connaissaient plutôt bien, mais ne parlaient pas beaucoup. En vérité, ils avaient peu de choses à se dire, car les mots ne suffisaient plus pour décrire le vide qui les habitait.

Chacun connaissait les souffrances des deux autres : la faim, le froid, l'inconfort et la solitude les rongeaient de la même façon, et souligner verbalement cette évidence ne présentait plus aucun intérêt depuis longtemps.

Mais ils avaient plaisir à se retrouver pour marcher ensemble et partager quelques cigarettes, tout en longeant tranquillement le canal Saint-Denis qui était désert, à l'exception d'une poignée de véhicules garés çà et là.

À les voir avancer de front, portant un gros sac à dos sur l'épaule, on aurait pu simplement croire à la balade de trois amis venant tout juste de visiter un des nombreux sites culturels du parc, car chacun d'eux faisait son maximum pour ne pas ressembler à un vagabond.

Moutaux était nettement plus grand que Bélanger, dépassait Jannet carrément d'une bonne tête, et avait souvent du mal à trouver des pantalons à sa taille parmi les vêtements usagés que le centre d'hébergement leur fournissait de temps à autre.

Mais malgré cela, il conservait une certaine allure, celle d'un homme qui était encore médecin cinq ans plus tôt, avant qu'un stupide accident professionnel vienne emporter son travail, sa famille, et ne lui laisse que quelques bribes de vie entre les mains.

Ses deux camarades, qui avaient été restaurateur et vendeur d'assurances dans une autre existence, avaient eux aussi connu la dégringolade sociale qui accompagne parfois les échecs, et s'il ne leur restait qu'une chose à préserver pour ne pas disparaître totalement, c'était bien le souci de leur apparence.

Pendant qu'ils marchaient tout en faisant des paris sur le menu du soir qui les attendait au centre, Moutaux remarqua une vieille fourgonnette noire qui roulait au pas sur le quai, juste derrière eux, et la signala à ses camarades pour qu'ils se poussent un peu afin de la laisser passer.

Le véhicule les doubla lentement, et les sans-abri furent surpris de voir l'homme assis à la droite du conducteur leur faire un geste amical de la main, lorsque la fourgonnette les dépassa.

Encore plus intrigués de la voir s'arrêter quelques mètres plus loin, en plein milieu de la sortie de parking de la Cité, ils ralentirent le pas, prenant soudain conscience de la nuit tombante et de l'aspect désertique des lieux.

Ils furent soulagés de voir la portière du passager s'ouvrir pour laisser descendre un homme au sourire jovial, qui les interpella tout en marchant vers eux.

— Et, les gars ! Vous vous rendez au bus de la BAPSA ?

— Oui, on compte prendre celui de 18 heures, répondit Moutaux, rassuré de voir que l'homme connaissait manifestement le quartier.

— Vous ne voulez pas qu'on vous emmène ? On fait partie des bénévoles qui livrent du matériel aux centres d'hébergement de Paris et on a des piles de couvertures à remettre au brigadier Larcher pour les prochaines maraudes de son équipe. Ça caille dur et vous arriverez plus vite.

Moutaux se détendit complètement en entendant le nom familier d'un policier qu'ils avaient l'habitude de retrouver à l'arrêt de bus, et se tourna vers ses camarades en haussant les épaules.

— Ça vous dit de gagner un peu de temps et d'économiser nos semelles, les gars ?

Bélanger et Jannet hochèrent la tête sans rien dire et se rapprochèrent du véhicule, alors que l'homme se dirigeait vers l'arrière pour ouvrir les deux portes.

À l'intérieur, un autre homme était assis sur une grosse pile de couvertures, et il les salua à son tour en les invitant à monter le rejoindre et à s'asseoir sur les caisses rangées contre la paroi.

Les sans-abri s'installèrent rapidement, les portes furent refermées et l'homme qui leur avait parlé en premier reprit sa place de passager, puis se tourna vers eux pour leur faire un sourire engageant par-dessus son appuie-tête, avant de s'adresser au conducteur.

— C'est bon, on peut y aller !

La fourgonnette s'ébranla, et repartit vers l'avenue Corentin Cariou, sur laquelle elle tourna à droite, en direction de la porte de la Villette.

Lorsqu'elle atteignit le point de rendez-vous de la BAPSA quelques centaines de mètres plus loin, elle ne ralentit pas, à la surprise des sans-abri, et le conducteur enfonça au contraire un peu plus l'accélérateur, s'élançant vers l'entrée du périphérique tout proche.

Moutaux voulut protester, et reçut immédiatement en réponse un coup brutal sur la nuque qui l'étourdit un court instant. Lorsqu'il rouvrit les yeux, l'homme assis à l'avant et celui qui leur tenait compagnie à l'arrière pointaient chacun une arme en direction des trois sans-abri.

— Désolé, Messieurs, changement de programme, leur dit le conducteur, qui parlait pour la première fois. On a une balade plus sympa que celle de Nanterre à faire et je compte sur vous pour ne pas faire de bêtises inutiles pendant le trajet !

Chapitre 3 – Été 1995

Tandis qu'il s'amusait à expirer des ronds de fumée entre les pales du ventilateur de plafond, Giraud se fit la réflexion qu'il adorait vraiment son boulot.

Être aussi bien payé pour passer son temps dans une chambre d'hôtel à s'envoyer en l'air n'était pas donné à n'importe qui, et il sourit en pensant à tous ceux qui marnaient comme des cons pour un salaire de misère.

La fenêtre ouverte laissait entrer un air chaud mais agréable, les persiennes baissées filtraient la lumière éblouissante de ce début d'après-midi, et au milieu des draps chiffonnés, Giraud savourait avec satisfaction la sensation du devoir accompli.

Il entendait l'eau couler dans la salle de bain attenante à la chambre. Ce bruit, mélangé aux sons assourdis provenant de la rue, l'entraîna dans une douce torpeur contre laquelle il dut résister pendant quelques minutes.

— Secoue-toi, mec, t'as encore du boulot !

Il se redressa dans le lit, et éteignit sa cigarette dans le cendrier noir en forme de rose posé sur la table de chevet à côté de lui. Drôle d'idée d'écraser un mégot puant dans une fleur, se dit-il, mais après tout, l'hôtel voulait peut-être faire preuve d'un peu d'humour.

Pendant qu'il étirait ses membres engourdis, la porte de la salle de bain s'ouvrit, et une femme en sortit, emmitouflée dans un épais peignoir, ses cheveux roux relevés en une torsade encore mouillée.

C'était une femme d'environ quarante-cinq ans, encore

séduisante même si Giraud les préférait généralement plus jeunes, et elle était manifestement consciente de sa beauté.

— Tu ne veux pas prendre une douche, toi aussi ? Avec cette chaleur, ça ne te ferait pas de mal.

— Je préférerais profiter encore un peu de ta présence, lui dit-il en l'attirant vers le lit, et en glissant ses mains sous le peignoir.

Elle se mit à rire doucement, et tenta de le repousser.

— Quoi, tu n'en as pas eu assez ? Il faut encore que je me prépare, et tu sais bien que je dois partir avant 16 heures, sinon il se demandera où je suis passée. Il rentre plus tôt aujourd'hui, c'est dimanche.

Giraud la retint en serrant une de ses cuisses de la main gauche, tandis que de la droite, il tentait de défaire la ceinture de son peignoir.

— Allez, une dernière fois ! On a encore un peu de temps devant nous… ne te fais pas prier, je sais que tu en as autant envie que moi.

— Je dois me préparer, je te dis, pas de caprice ! Laisse-moi m'habiller, sois mignon.

Elle se dégagea souplement et s'éloigna du lit, se débarrassant au passage de son peignoir d'un geste provocateur. Giraud la regarda entrer nue dans la salle de bains, amusé, et se dit qu'il allait regretter leurs après-midi ensemble. Elle avait de la classe, quand même, et était pleine d'imagination dans un lit.

— Ça fait combien de temps qu'on se voit ? Deux semaines ?

— Plutôt trois, lui répondit-elle.

— Le temps file vite !

— Ça prouve qu'on n'a pas eu le temps de s'ennuyer, dit-elle en pouffant, pendant qu'elle enfilait ses sous-vêtements. Tu n'aurais pas vu ma jupe ?

— Regarde près de la porte d'entrée, il me semble qu'elle avait déjà disparu quand je t'ai jetée sur le lit, lui dit-il en faisant une grimace suggestive.

— C'est malin ! J'espère que tu n'as pas cassé la fermeture… ah, la voilà !

— Je ne suis pas fou. Je me doute bien que ton mari aurait du mal à comprendre pourquoi tu reviens d'une séance de shopping avec des chiffons sur le dos !

— En parlant de chiffons, répondit-elle en riant, tu as réussi à ravoir la chemise hors de prix sur laquelle a fini mon café, le jour où nous nous sommes rencontrés ?

— Quoi, celle qui a maintenant une tache en forme d'Afrique ? Tu plaisantes ! Elle est marquée à vie !

Il se leva pour commencer à s'habiller à son tour, et partit à la recherche de son pantalon et de sa chemise, pendant qu'elle se séchait les cheveux.

— Mais je n'ai pas pu me résoudre à la jeter, non plus… je la garde précieusement parmi mes trophées de guerre.

— Qu'est-ce que tu veux dire ? répondit-elle en reposant sa brosse sur le lavabo.

— Ben, tu vois, c'est important pour moi de me rappeler chaque femme qui m'a marqué, et même si je n'aurais pas parié dessus au début, je dois dire que tu ne m'as pas déçu. Alors la chemise, je compte bien la garder en souvenir.

— Pourquoi tu parles de souvenirs ? Tu en as déjà marre de moi ? dit-elle en prenant un air faussement vexé.

Il s'assit pour nouer les lacets de ses chaussures, et lui adressa un regard en coin.

— Disons que j'ai largement dépassé mon planning initial et que j'ai un peu plus profité que prévu de nos petites rencontres clandestines.

— Mais de quoi tu parles ?

Elle n'avait manifestement plus l'air amusé, et une expression de perplexité commençait à envahir son visage.

— Tu sais, quand la chemise d'un homme entre en collision avec une tasse de café immobile sur un comptoir, il y a deux raisons possibles : soit il est très maladroit, soit il est au contraire très agile. Et je ne pense pas vraiment appartenir à la première catégorie...

La femme l'observait sans parler, consciente que quelque chose ne tournait plus rond, tandis qu'il se relevait pour s'approcher d'elle.

— Katia Frantz, épouse de notre cher député Alain Martin... à l'avenir, souviens-toi que les noms de jeune fille ne servent pas à grand-chose, ma belle, à part à embrouiller le réceptionniste qui dort en bas, et qui se fout de toute façon complètement de ton vrai nom, tant que tu payes ta chambre en liquide.

— Mais de quoi tu parles ? répéta-t-elle, en élevant le ton. Tu as cherché à connaître ma vie privée ? Pourquoi ? Tu veux de l'argent, c'est ça ?

— Je n'ai pas besoin d'argent, j'ai tout ce qu'il me faut de ce côté-là, même si je suis loin d'avoir ta fortune, bien sûr.

Giraud la regardait maintenant d'un air apitoyé, et semblait vouloir en finir.

— Je n'ai pas besoin d'argent, mais j'ai besoin d'un service.

— Je ne rends pas de service à ceux qui me prennent pour une conne !

— Allons, allons. Ne me sors pas ces phrases toutes faites qui manquent de conviction, et attends un peu de savoir ce que j'ai à te demander, dit-il en lui caressant le visage.

— Ne me touche pas ! Laisse-moi tranquille et barre-toi.

— Oh, ne t'inquiète pas, je vais partir. Mais avant, je dois t'expliquer ce que j'attends de toi.

Il leva la main alors qu'elle ouvrait la bouche pour répliquer et s'adressa soudain à elle d'un ton sec.

— Laisse-moi parler, maintenant, et fais-moi le plaisir de te taire jusqu'à ce que j'aie fini.

Il se mit à déambuler dans la chambre.

— Tu es en train de te demander si c'est vraiment aussi grave que ça que ton mari apprenne que tu te fais tripoter tous les après-midi dans une chambre d'hôtel. Tu te dis que je vais aller le voir avec une photo de toi et moi en train de nous bécoter au café d'en bas, et réclamer de l'argent s'il ne veut pas te voir à la une d'un journal à scandales. Et tu te dis que ce n'est pas grave, qu'il payera, qu'il ne t'a pas touchée depuis 6 mois de toute façon, et qu'il ne dira rien car c'est toi, l'héritière Franz, qui détient l'argent du couple et qui finance ses petites magouilles politiques. Tu te dis aussi que tu pourrais lui faire avaler que la photo est un vulgaire montage, ou alors me promettre directement une très belle somme pour la boucler et disparaître… mais comme je te l'ai dit, je ne veux pas d'argent, et je préfère que tu économises ton souffle.

Il se tourna d'un coup vers elle.

— Regarde dans ton sac à main.

Elle fouilla fébrilement parmi ses affaires, et en retira une cassette VHS qui n'était pas là auparavant.

— Je t'ai laissé un petit souvenir, à toi aussi, et tu verras qu'il est beaucoup plus excitant que ma chemise tachée ! Évidemment, c'est une copie…

— Qu'est-ce qu'il y a dessus ? répondit-elle d'un air angoissé.

— Voyons… ça fait donc vingt jours qu'on couche ensemble, à raison de deux heures par séance quotidienne… soit quarante heures du meilleur porno qui soit ! Enfin non, pas quarante heures, ça ne rentrerait pas sur la cassette. Disons que tu as là quelques extraits de tout ce que peut faire une femme frustrée qui se laisse aller dans les bras d'un mec qui ne rechigne pas à la tâche.

— Ce n'est pas vrai, je ne te crois pas !

— Je ne peux pas te la montrer ici, mais quand tu rentreras chez toi, profite de l'absence de notre brave député pour te faire une petite séance. C'est du classé X de haut vol.

Il se mit à rire en la regardant.

— Oui, il y a des trucs vraiment cochons sur cette cassette, et là, pas moyen de parler de trucage photographique ! On doit même avoir une belle vue de ta cicatrice sur l'épaule, celle que tout le monde connaît, entre deux gros plans gynécologiques.

Redevenant sérieux, il continua.

— Je détiens quarante heures de porno fait maison à envoyer à qui je veux, y compris aux camarades députés de ton mari, qui se feront un plaisir de s'en servir comme ça les arrange. Madame Martin en pleine sodomie, c'est un truc qu'on sait exploiter, si on a un peu de bon sens politique.

— Mais merde, qu'est-ce que tu veux ?

— Que ton mari renonce au projet de loi qu'il est censé présenter demain devant l'Assemblée. S'il persiste, sa carrière est finie. On n'est pas crédible quand on a une femme qui se fait tringler dans tous les sens pendant quarante heures.

— Mais je ne peux pas ! Il ne va pas y croire, et il va demander à voir la cassette ! Je ne peux pas lui montrer ça !

— Et alors ? Peut-être que ça lui donnera quelques idées ! Entre nous, je pense qu'il en a besoin…

Il alla jusqu'à la chaise placée près de la fenêtre, pour prendre sa veste.

— Parle-lui ce soir, et sois convaincante. S'il présente son projet demain, même les vidéoclubs du fin fond de l'Afrique disposeront de ce film en location dès la semaine prochaine.

— Mais comment as-tu fait ça ? Pourquoi ?… Pour qui ?

— Pour ce qui est du comment, fixer un objectif discret sur la télé n'est pas très difficile, même si je te passe les détails techniques qui ne t'intéresseraient pas. Mais c'est quand même marrant que tu ne sois jamais tombée dessus en presque trois semaines, quand on sait comme les femmes sont curieuses !

Il regroupa ses affaires et mit ses clefs et son portefeuille dans la poche de sa veste.

— Le pourquoi ? Eh bien, disons que je n'allais pas laisser une mission aussi agréable que celle-ci à quelqu'un d'autre !

Il s'approcha à nouveau d'elle, et lui sourit encore.

— Quant au qui... je ne peux malheureusement pas répondre à cette question, tu t'en doutes bien...

Il se dirigea vers la porte, et se retourna pendant qu'il l'ouvrait.

— Tu aurais dû profiter de la dernière partie de jambes en l'air que je t'offrais tout à l'heure. C'était un cadeau bonus de la maison, et quelque chose me dit que tu ne risques pas de rebaiser de sitôt.

Il lui sourit une ultime fois, lui fit un clin d'œil et franchit la porte qu'il referma doucement derrière lui.

Katia Martin, la cassette encore entre les mains, écouta le son de ses pas s'éloigner dans le couloir de l'étage, et fondit brutalement en larmes lorsque le silence revint.

Chapitre 4 – Printemps 2009

Iris contemplait son reflet et réalisa pour la première fois que de minuscules rides commençaient à apparaître au coin de ses yeux.

Quand est-ce que cela s'était produit ? se demanda-t-elle. Est-ce qu'elles étaient déjà là avant et pourquoi les remarquait-elle seulement maintenant ? Avait-elle franchi, sans même s'en rendre compte, la frontière invisible qui sépare la période de l'insouciance de celle où l'on commence déjà à mesurer le temps qu'on ne rattrapera plus ?

Est-ce qu'elle avait vraiment connu l'insouciance, de toute façon ?

S'approchant du miroir de sa chambre, elle interrogea son propre regard, cherchant en vain à déceler au fond de ses yeux d'un bleu électrique presque violet la réponse à ces questions.

Tu as peut-être pris quelques rides, mais une chose est sûre, se dit-elle, si quelqu'un porte bien son prénom, c'est toi.

Elle recula de quelques pas, et s'intéressa cette fois à sa silhouette, observant son corps nu de haut en bas d'un œil critique, mais sans la coquetterie ou l'orgueil que l'on pourrait attendre d'une femme aussi belle.

Le temps l'avait épargnée, se dit-elle. Sa peau était restée tonique, ses seins fermes et son ventre plat, et elle avait toujours l'allure de ses vingt ans, mais pour combien de temps ? Dans quatre ans, elle atteindrait le cap de la quarantaine, et elle n'aurait alors sans doute plus le même succès auprès de ses clients les plus exigeants, ceux qui couraient après la fraîcheur de la jeunesse.

Mais peut-être en avait-elle assez de son métier, tout simplement.

C'est pour ça qu'elle avait recruté de nouvelles filles dernièrement. Bientôt, elle n'assurerait plus aucune prestation personnellement, et elle devait faire en sorte que sa clientèle ne lui file pas entre les doigts.

Ce soir, elle allait tester ce que valait Anna, qu'elle avait remarquée quelques jours auparavant à un angle de rue, en train d'arpenter un trottoir sur lequel elle gâchait manifestement son talent. Avait-elle vraiment le profil et les capacités nécessaires pour intégrer son équipe ? Serait-elle à la hauteur de ses exigences ?

L'horloge du couloir sonna 18 heures, et lui rappela qu'elle devait se préparer, car elle allait finir par être en retard.

Ouvrant la porte d'un immense dressing attenant, elle étudia sa garde-robe, hésitant entre plusieurs tenues de soirée avant d'arrêter son choix sur une longue robe noire à la coupe fluide qui mettrait sa silhouette mince et sa peau blanche en valeur, tout en lui conférant une certaine autorité.

Elle ouvrit un tiroir pour y sélectionner des sous-vêtements, puis reposa le soutien-gorge lorsqu'elle se souvint que le sénateur Corland serait parmi les invités. Elle savait exactement comment lui faire plaisir !

Elle se décida pour une paire d'escarpins à hauts talons afin de compléter sa tenue, et revint dans sa chambre pour choisir les bijoux qui relèveraient la légère austérité de sa tenue.

Au fil des années, ses clients s'étaient montrés généreux, et les coffrets rangés sur sa commode étaient bien remplis, à sa grande satisfaction. Elle opta pour une parure particulièrement raffinée, en or blanc et saphirs.

Voilà qui lui apporterait un peu de couleur, tout en rehaussant le magnétisme de ses yeux.

Elle s'intéressa ensuite à sa coiffure, releva ses longs cheveux noirs en chignon, puis décida finalement de les laisser flotter librement sur ses épaules.

À force de vouloir maîtriser ton image, on va finir par croire que tu portes le deuil, se dit-elle.

Elle mit une touche finale à son maquillage, se parfuma légèrement, et se contempla une dernière fois dans le miroir de sa chambre. Elle était parfaite. À la fois mystérieuse et distinguée, sexy et stylée. La bonne combinaison pour la soirée raffinée qui allait commencer dans un peu plus de deux heures.

Mais avant que les invités arrivent, il lui fallait accueillir Anna.

Elle quitta sa chambre, suivit un long couloir jusqu'à la porte d'entrée de son appartement, situé au cinquième étage, et prit l'escalier pour descendre jusqu'au premier, en pestant contre ses talons hauts et en se disant que pour une fois, elle aurait pu prendre l'ascenseur.

Elle louait l'intégralité de l'immeuble, à l'exception du rez-de-chaussée, pour des questions de discrétion mais aussi de place, chaque appartement ayant été réaménagé selon une utilisation bien spécifique.

Au premier étage, elle avait choisi d'installer un ensemble de bureaux, et elle y menait ses affaires officielles au grand jour.

Au second, l'appartement spacieux était occupé par celles de ses filles qui ne voulaient pas habiter seules à l'extérieur, et elles y vivaient confortablement dans une ambiance d'étudiantes en colocation.

Le troisième étage était utilisé pour les soirées privées qu'elle organisait régulièrement, comme celle de ce soir, alors que le quatrième permettait de proposer à ses clients des rencontres plus intimes, si tel était leur souhait, grâce à ses nombreuses chambres.

Le rez-de-chaussée, lui, était occupé par un dentiste, qui y avait établi son cabinet un an plus tôt, mais il quittait toujours l'immeuble avant 19 heures, permettant à Iris d'être maîtresse des lieux une fois la nuit tombée.

Lorsqu'elle entra dans l'appartement converti en bureaux du premier étage, elle eut la satisfaction de voir qu'Anna était ponctuelle et l'attendait, assise dans un des fauteuils de la zone d'accueil, un petit sac de voyage à ses pieds. En apercevant Iris, elle se leva immédiatement, et lui tendit maladroitement la main, ne sachant manifestement pas comment se comporter devant une femme portant robe de soirée et saphirs.

— Anna, je suis ravie de voir que vous avez suivi mon conseil et que vous soyez venue.

— Vous plaisantez ? Pour rien au monde, je n'aurais laissé passer ma chance de mettre les pieds dans le 16ᵉ arrondissement, surtout en y allant pour du travail !

Iris lui sourit gentiment.

— Il est certain que la rue Abbé-Gillet n'a pas grand-chose à voir avec Pigalle, et vous verrez qu'ici, l'atmosphère est un peu plus... feutrée.

Elle lui fit signe de la suivre dans le couloir qui desservait les autres pièces.

— Allons dans mon bureau. Nous devons discuter de plusieurs choses importantes avant de monter.

Anna lui emboîta le pas et elle la mena tout au bout du couloir, jusqu'à une pièce confortablement mais simplement meublée.

— Je vous en prie, asseyez-vous. Je peux vous proposer un soda, un thé ou un café ?

— Un café ne serait pas de refus, merci.

Iris alla jusqu'à une machine à expresso posée sur un meuble dans un coin de la pièce et continua de parler tout en préparant les boissons.

— Vous devez être un peu surprise par l'austérité des lieux et vous vous attendiez sans doute à autre chose… À cet étage, nous ne sommes qu'une entreprise parfaitement officielle organisant toutes sortes de réceptions pour les personnes aisées qui veulent du haut standing. Mariages, baptêmes, conventions d'entreprises, bref… tout cela nécessite des bureaux pour les personnes qui travaillent avec moi.

Elle se retourna, portant deux tasses dans des soucoupes, et les déposa sur le bureau.

— Sucre ou lait ?

— Non, rien de plus, merci.

Les deux femmes restèrent quelques secondes sans rien dire, se contentant de déguster leur café, tandis qu'Iris observait Anna par-dessus sa tasse, cette dernière attendant manifestement qu'elles en viennent à la raison de sa venue.

— Vous savez, Anna, j'étais dans la rue moi aussi, il y a plus de 15 ans. Quelqu'un m'a un jour donné une chance de quitter les trottoirs et de changer d'existence. Je peux même dire qu'il m'a sans doute sauvé la vie, à sa manière. Dès que j'en ai eu la possibilité, j'ai décidé de faire de même, en recrutant les filles qui me semblent avoir du potentiel et qui ont la volonté de quitter la rue. Personnellement, j'ai toujours pensé que la prostitution n'avait rien de honteux, du moment qu'elle s'exerce dans des conditions… professionnelles, dirons-nous. Est-ce que vous avez envie de continuer à gâcher vos talents sur les banquettes arrière des voitures ?

Devant cette question directe et un peu brusque, Anna répondit de façon hésitante.

— Et bien, à vrai dire, en montant à Paris, je n'avais pas dans l'idée que les choses se passeraient comme ça… c'est juste que mes parents n'avaient pas les moyens de payer mon école supérieure. Mais ce n'est pas vraiment comme ça que je voyais mon avenir. C'est pour ça que je suis venue vous voir. Quand vous m'avez donné votre carte, je me suis dit que je pourrais peut-être travailler différemment.

— Qu'on soit bien d'accord... Je ne vous dis pas que vous n'allez plus coucher pour de l'argent... mais je veux que vous sachiez qu'il est possible de le faire pour une clientèle triée sur le volet, par mes soins.

Elle prit un paquet de cigarettes dans un tiroir, et en offrit une à Anna, qui sourit pour la remercier, en attendant qu'Iris poursuive.

— Ici, nos clients sont l'élite de la société. Politiciens connus, hommes d'affaires haut placés, membres de cercles très fermés... ils viennent chez moi parce qu'on leur a recommandé cet endroit comme un lieu où il est possible de se détendre en toute discrétion. Ils veulent du style, du plaisir, et tout ce qui leur permet d'oublier le stress de leur quotidien. La maison leur propose tout ce dont ils ont besoin pour décompresser un peu. Nous leur offrons également le plaisir de notre compagnie... et plus, s'ils le désirent.

Iris fit tomber la cendre de sa cigarette et continua, Anna l'écoutant avec attention.

— Tout ça pour vous faire comprendre qu'ici, il n'est plus question de vulgarité, de racolage ou de passes à la sauvette. Les filles qui travaillent à mes côtés sont élégantes, distinguées, et elles savent avant tout écouter et parler. J'attends donc de vous que vous ayez de la classe, de l'esprit et de la conversation, et que vous sachiez tenir compagnie à un homme avec distinction, ce dont je vous pense capable. À vous de me montrer que je ne me suis pas trompée en vous choisissant.

— Je comprends et je pense pouvoir être à la hauteur.

— Je le pense aussi. Autre chose... et j'insiste particulièrement là-dessus. Sachez que certains de nos clients profitent de leurs visites ici pour se rencontrer professionnellement. Pas de journalistes pour épier les discussions privées et créer des scandales. Il se dit donc beaucoup de choses entre ces murs, et ces choses ne doivent pas sortir de l'immeuble. Si vous êtes témoin d'une conversation qui vous semble… intéressante, voire explosive, vous n'en parlez à personne à part moi, pas même aux autres filles. C'est bien compris ? Je ne reviendrai pas sur ce point, qui est la base même de mon activité.

Style et discrétion, c'est bien noté.

Iris écrasa sa cigarette et croisa les mains sur le bureau.

— Bon, nous allons voir ce soir comment vous vous en sortez. Si tout se passe bien, demain je vous proposerai un contrat, en tant que salariée. Vous aurez un statut d'hôtesse tout ce qu'il y a de plus légal, et vous ne toucherez jamais d'argent directement des clients. Bien sûr, les cadeaux laissés personnellement vous appartiennent, mais sachez que ça prend un peu de temps de fidéliser sa clientèle. À vous de vous rendre indispensable… et surtout, si vous avez le moindre problème avec un client, ce qui ne se produit normalement jamais ici, venez immédiatement m'en parler.

Elle regarda sa montre et reprit la parole rapidement.

— Je suis désolée d'aller aussi vite, mais nous avons peu de temps avant l'arrivée du traiteur. Je pense avoir fait le tour de l'essentiel, mais nous aurons d'autres occasions pour discuter des détails. Vous avez des questions pour ce soir ?

Anna regarda sa tenue d'un air embêté et Iris comprit le problème.

— Les frais pour votre entretien personnel sont à ma charge et je vous demande bien évidemment de prendre soin de votre personne. Coiffure, pédicure, manucure et épilation vous seront gratuitement dispensées en vous rendant à cette adresse, à chaque fois que vous en aurez besoin. Allez-y dès demain, si votre recrutement se confirme.

Elle lui tendit un bristol qu'Anna étudia un court instant et empocha en souriant.

— Être payée pour me faire belle, ça semble trop beau pour être vrai !

Iris se mit à rire.

— Considérez qu'il s'agit de frais professionnels remboursés par la maison. Si vous rejoignez l'équipe, trois tenues avec accessoires vous seront également offertes au cours de la semaine, pour débuter dans de bonnes conditions. À vous de dépenser ensuite une partie du salaire confortable que vous percevrez pour constituer votre garde-robe, les autres filles pouvant vous conseiller. Nous allons d'ailleurs aller rejoindre celles qui habitent dans l'immeuble, et elles vont vous faire belle pour ce soir, ne vous inquiétez pas... Vous êtes prête à faire leur connaissance ?

— Oui, j'ai hâte de les rencontrer !

— Alors, allons-y, c'est juste à l'étage du dessus.

Iris se leva, invita Anna à la suivre d'un geste de la main, et quitta le bureau pour reprendre le couloir en direction de la sortie.

Elle ferma la porte derrière elles, puis se dirigea vers l'escalier, tout en désignant l'ascenseur du pouce.

— S'il y a une chose que je ne vous conseille pas dans cet immeuble, c'est de prendre l'ascenseur ! Il est magnifiquement ancien, mais il est d'une lenteur exaspérante, et presque personne ici ne l'utilise, même pas moi, alors que j'habite au cinquième !

— Je viens d'un immeuble où l'ascenseur attend d'être réparé depuis 2006, alors vous savez... je survivrai !

Tout en souriant à Iris, Anna s'imprégnait de la majesté des lieux.

Lorsqu'elles arrivèrent au deuxième étage, Iris frappa à l'unique porte du palier. Une grande et belle fille blonde au visage avenant vint ouvrir la porte, et sourit en voyant sa patronne.

Celle-ci fit les présentations, en se tournant vers Anna.

— Anna, voici Camille, Camille, voici Anna, qui va se joindre à nous ce soir et devrait intégrer définitivement l'équipe à partir de demain.

— Anna, enchantée de faire ta connaissance ! Venez, les autres sont dans la cuisine.

Iris et Anna entrèrent dans le couloir de l'appartement, refermèrent la porte et suivirent Camille dans la première pièce à droite, une cuisine lumineuse et accueillante où trois autres jeunes femmes étaient en train de boire un thé en papotant avec entrain.

— Anna, je vous présente Sarah, Charlotte et Malika, qui vivent elles aussi ici. Les deux autres filles que vous rencontrerez ce soir ont leur propre appartement à l'extérieur.

Toutes saluèrent Anna gentiment, lui proposèrent un thé qu'elle déclina et se tournèrent vers Iris, attendant manifestement des consignes qu'elles avaient entendues plus d'une fois.

— Je fais vite, car je suis attendue… Anna, je vous propose d'occuper la cinquième chambre disponible, qui vous est offerte contre une simple participation aux frais communs, dont les courses et le téléphone. Puisque vous avez compris que la discrétion est de mise dans cet immeuble, je vous demande par contre de ne pas inviter de personnes extérieures ici. Les filles vont vous mettre au courant des petites règles habituelles de leur vie en communauté et l'une d'elles pourra vous prêter de quoi vous habiller et vous maquiller pour ce soir.

Charlotte, qui était de la même taille qu'Anna, acquiesça en lui faisant un sourire.

— Je vous laisse faire connaissance, prendre possession de votre chambre et vous préparer. Je vous attends toutes dans une heure au troisième étage, afin que vous soyez prêtes à accueillir nos invités. Je dois monter pour ouvrir au traiteur, qui ne devrait pas tarder, et vérifier que tout est en place. À tout à l'heure !

Iris quitta rapidement l'appartement et laissa Anna aux bons soins de ses nouvelles colocataires.

Elle monta encore d'un étage et entra dans l'appartement jumeau de celui qu'elle venait de quitter, mais dont l'aménagement intérieur était bien différent de celui qu'occupaient ses protégées. Les pièces étaient moins nombreuses mais plus grandes, la décoration plus dépouillée, et l'ambiance tamisée grâce à un système d'appliques savamment disposées un peu partout.

Iris aimait cet appartement, car elle le trouvait douillet et accueillant, et parce qu'il conservait en permanence l'odeur de bois que dégageait le parquet ciré sous les tapis moelleux.

L'appartement disposait de nombreux canapés, fauteuils et tables basses, et des dessertes avaient été installées contre les murs pour accueillir la livraison imminente du traiteur, qui frappa à la porte alors qu'Iris était en train de vérifier ses provisions de cigares.

Le traiteur était suivi des quatre aides qui allaient servir ses invités ce soir, et elle guida tout le monde vers la chambre froide de la cuisine, afin de vérifier la commande au fur et à mesure que les plats et les boissons étaient stockés.

À 20 heures précises, le buffet et les serveurs étaient en place, une musique diffusée en sourdine donnait déjà l'ambiance, et Iris vit avec plaisir toutes ses filles faire leur apparition, accompagnées d'un jeune homme qu'elle recrutait de temps à autre afin de satisfaire la préférence de l'un de ses clients.

Anna était manifestement passée entre les mains de ses nouvelles camarades et resplendissait dans une belle robe de soirée rouge sombre qui soulignait ses formes avantageuses.

Si elle est aussi vive d'esprit qu'elle est belle, je ne me serai pas trompée, se dit Iris.

Elle lui fit faire le tour du grand appartement, tout en lui donnant ses derniers conseils.

— Ce soir, Anna, contentez-vous d'écouter et d'observer. Mes clients connaissent les règles de la bienséance et ils ne vont pas vous sauter dessus comme vous y avez sans doute été habituée. Laissez-les venir vous parler, séduisez-les avec légèreté, montrez-vous disponible, souriez et faites la connaissance de tout le monde, une fois que je vous aurai présentée. Je suis sûre que tout se passera bien.

— Iris, je n'ai pas encore eu le temps de vous remercier pour tout ce que vous m'offrez.

— Je ne sais pas si vous devez me remercier de vous maintenir dans le milieu de la prostitution, même luxueuse, mais c'est le seul que je connaisse, et au moins vous n'aurez plus à l'exercer en risquant votre vie ou votre santé.

Elle prit deux coupes de champagne sur une table, et en offrit une à Anna.

— En échange, je ne vous demande qu'une chose : votre loyauté totale. Tant que vous ferez ce métier et que vous le ferez pour moi, suivez scrupuleusement mon code : professionnalisme et discrétion absolue. C'est grâce à cela que j'ai survécu dans ce milieu toutes ces années, et c'est aussi grâce à cela que j'en sortirai sans doute indemne à la fin. Enfin, je l'espère !

Elle leva son verre.

— Trinquons à cette soirée et à votre avenir ici.

Les deux femmes dégustèrent leur champagne, et Anna se dit qu'elle n'avait jamais rien bu d'aussi bon.

Alors qu'elles revenaient vers la pièce principale, Iris constata que ses premiers invités étaient déjà arrivés. Précédant Anna, elle se lança dans son rôle d'hôtesse, et les accueillit d'un sourire éblouissant, tout en faisant les présentations.

Deux heures plus tard, l'appartement était rempli de politiciens et de personnalités qu'Anna n'aurait jamais pensé rencontrer un jour, le champagne coulait à flots et les langues se déliaient, l'ambiance s'étant manifestement réchauffée en proportion de l'alcool que chacun avait consommé.

Anna, qui n'arrivait toujours pas à croire qu'elle était encore dans les rues de Pigalle vingt-quatre heures auparavant, allait de groupe en groupe, grisée par ce nouveau monde qui s'offrait à elle.

Elle croisa Iris, qui venait de discuter longuement avec un ministre en vue, et qui lui demanda si tout se passait bien.

— Cette soirée est merveilleuse, vos invités sont charmants, ils savent parler aux femmes, et ça faisait longtemps que je ne m'étais pas sentie aussi belle !

Iris lui sourit d'une façon presque maternelle, puis lui fit un clin d'œil coquin.

— Je suis contente de voir que vous en profitez, et sachez que plusieurs de nos invités m'ont déjà chaudement recommandé de ne surtout pas vous laisser filer. Je crois d'ailleurs que le député qui est en train de vous observer du fond du salon aimerait passer un moment un peu plus intime avec vous… peut-être même au quatrième étage…

— Je vais aller lui offrir un cigare.

— Vous apprenez vite !

— Vous enseignez bien !

— Je vous laisse aller lui parler, alors.

— Iris, une dernière chose… L'homme brun aux yeux très bleus qui est arrivé en retard et qui discute actuellement avec Malika, il n'est pas du même milieu que vos autres invités, non ? Il semble parfaitement à l'aise, mais pourtant, on dirait qu'il n'est pas comme les autres, malgré son costume et ses chaussures hors de prix… on ne me l'a pas présenté, qui est-ce ?

Iris observa l'homme en question, resta sans rien dire pendant quelques secondes, une expression nostalgique sur le visage, puis elle finit par répondre.

— Vous êtes perspicace, Anna, car effectivement, il n'est ni politicien ni P.-D.G. de quoi que ce soit. Disons que c'est un ancien baroudeur très qualifié, qui a pris une retraite anticipée et qui se paye du bon temps. Il passe dans mes soirées de temps à autre pour dire bonjour. Il s'appelle Frédéric Giraud.

Elle se remit à sourire, mais avec mélancolie.

— C'est l'homme qui m'a sauvé la vie il y a déjà bien longtemps.

Chapitre 5 – Été 1995

La voiture de location filait vers l'ouest, sur la nationale qui relie Marbella à la pointe sud de l'Espagne, parallèlement au bord de mer.

Il n'était que 7 heures du matin et en ce lundi qui promettait déjà d'être chaud, la circulation était presque inexistante, permettant à Balard de profiter du paysage magnifique qui s'offrait à lui et de se concentrer sur la mission qui l'attendait.

C'était le quatrième jour d'affilée qu'il faisait ce trajet, et aujourd'hui, plus question de repérage... c'était le moment de remplir son contrat.

Il était arrivé le jeudi après-midi à Marbella, et avait réservé une chambre sous un faux nom, dans un hôtel du centre-ville, à dix kilomètres de la résidence de sa cible afin de rester discret.

Les trois matins qui avaient suivi, il avait pris la route afin de se rendre sur place pour vérifier que les informations qu'on lui avait communiquées étaient exactes, et pour planifier correctement sa mission.

Ses sources étaient correctes et le plan était relativement simple.

Sa cible était un homme d'habitudes, qui même pendant le week-end n'avait pas dévié d'un iota de son planning quotidien. À 7 h 30 précisément, il quittait son domicile, situé à Arroyo del Rodeo, une des zones résidentielles cossues de Marbella-ouest, qui se trouve à quelques centaines de mètres au nord de la plage. Il commençait par marcher rapidement le long de la rue qui sépare les habitations du bord de mer, puis revenait par le rivage en courant d'est en ouest, et en suivant le tracé incurvé de la plage, artificiellement arrangée de façon à former une grande anse à l'allure de fer à cheval.

Il suivait le rivage jusqu'à la pointe sud-ouest de cette crique, qui se terminait par une jetée où il passait quelques minutes pour souffler, avant de remonter, de retraverser la rue et de rejoindre sa résidence pour 8 heures.

Balard avait d'abord pensé se débarrasser de l'homme pendant sa pause sur la jetée, car elle était généralement déserte à cette heure matinale, mais l'endroit ne disposait d'aucune cachette lui permettant de passer inaperçu. Sa grande silhouette étant facilement repérable, il voulait éviter d'attirer l'attention sur lui inutilement.

S'introduire dans la maison était également un risque qu'il n'avait pas besoin de prendre, puisqu'il lui suffisait d'attendre sa cible au milieu des jardins de la résidence, juste avant qu'il rejoigne la rue. Là, au milieu des nombreux buissons qui bordaient les allées, il était facile de rester dissimulé et de saisir le moment propice.

À 7 h 10, Balard était donc en train de garer sa voiture sur la route du bord de mer et il constata avec satisfaction que les alentours étaient aussi déserts qu'il l'avait prévu. Beaucoup plus loin, quelques employés de plage étaient déjà au travail et remettaient de l'ordre dans le matériel mis à la disposition des touristes, mais ils étaient trop éloignés pour que cela l'inquiète.

S'extrayant avec peine de la voiture, il se dit pour la dixième fois qu'il aurait quand même pu prendre un modèle plus confortable, afin de caser sa grande carcasse de 1,90 m. Il verrouilla le véhicule, enfila une paire de gants en cuir, puis remonta d'un pas nonchalant vers la zone résidentielle.

L'ensemble était constitué d'immeubles bas, disposés tout autour du grand jardin richement aménagé et à la végétation luxuriante, dont le point central était une piscine privée à la découpe peu conventionnelle, qui semblait avoir été tracée selon l'emplacement des massifs de fleurs et des palmiers. Sa cible habitait dans une des résidences situées au nord, et allait donc devoir prendre plusieurs allées sinueuses pour descendre jusqu'à la rue.

Balard avait choisi son emplacement la veille et savait exactement où se poster.

Il remonta la moitié du jardin, en se dirigeant complètement à l'ouest, là où l'homme passerait dans dix minutes. Ici, il savait qu'il trouverait un ensemble de buissons hauts et épais, donnant d'un côté sur la première allée du parcours, et de l'autre sur un mur qui clôturait la propriété. Vérifiant une dernière fois qu'il n'y avait personne, il se coula dans la végétation, s'accroupit et attendit.

La rosée matinale trempait le bas de son pantalon et une branche lui meurtrissait le dos. Balard pesta, en essayant de trouver une position plus confortable.

Quand je pense que Giraud est en train de s'envoyer en l'air dans une chambre d'hôtel de la Côte d'Azur, que Vandercamere donne des conférences en costard-cravate, et qu'ils sont au même tarif que moi, j'ai l'impression de m'être fait avoir, se dit-il en souriant malgré lui.

D'un autre côté, il lui fallait reconnaître qu'il était plutôt empoté avec les femmes et qu'il avait peur de parler en public... donc, autant se mouiller le cul entre deux buissons !

Pour la énième fois, il repensa au contenu du dossier.

Sa cible était un homme de 51 ans. Il s'appelait Jesus Muñoz Hernandez. D'après le peu d'informations qui lui avaient été transmises dix jours plus tôt, l'homme était un obscur chargé d'urbanisme qui avait mis le nez dans des dossiers qui ne le concernaient manifestement pas. Les autorités locales, largement compromises dans le trafic de drogue local, et qui soutenaient le rôle de Marbella en tant que plaque tournante entre l'Afrique et le reste de l'Europe, avaient d'abord tenté de soudoyer Hernandez. Malheureusement pour lui, l'homme avait choisi de jouer l'incorruptible, sans mesurer les risques qu'il prenait, et forcément ça posait des problèmes, auxquels Balard devait aujourd'hui apporter une solution radicale.

Ce dernier regrettait presque d'avoir lu le dossier : sa cible n'était ni un politicien corrompu ni un pervers que personne ne regretterait. Liquider un type qui avait pour seul objectif de remettre de l'ordre dans sa ville n'était pas vraiment le boulot qu'il préférait, mais il avait des ordres, et il ferait le nécessaire, même à contrecœur.

Hernandez n'allait pas tarder à quitter sa résidence et il se prépara. Sortant son Glock 19 de son blouson, il vérifia son chargeur, s'assura qu'une balle était bien engagée dans la chambre, et monta le silencieux qui se trouvait dans sa poche. L'arme utilisait des cartouches de calibre 9 mm parabellum et était légère, discrète et puissante, ce qui en faisait l'arme de poing idéalement adaptée à sa mission du jour.

Balard avait un jour lu quelque part que le calibre parabellum tirait son nom d'une devise latine, « *si vis pacem, para bellum* », qui signifiait « *si tu veux la paix, prépare la guerre* ». Il s'était dit que les Romains ne manquaient pas d'humour et repensait systématiquement à cette phrase, chaque fois qu'il utilisait ce calibre.

Alors qu'il se redressait un peu pour éviter d'avoir une crampe, il entendit une porte claquer du côté des résidences. Il reprit sa position accroupie, et regarda attentivement en direction des habitations.

Hernandez faisait preuve d'une incroyable ponctualité. Pas étonnant que ce type ait réussi à trouver des dossiers compromettants, s'il était aussi maniaque dans son travail que dans l'organisation de ses promenades matinales. Vêtu d'une tenue confortable et de baskets, c'était un homme bronzé de taille moyenne, au crâne un peu dégarni, et qui accusait un léger embonpoint.

Il marchait d'un bon pas, et prit comme prévu la direction de la mer en suivant l'allée la plus à l'ouest du jardin, ce qui signifiait qu'il passerait devant le buisson de Balard dans moins de trente secondes, en arrivant par sa gauche.

Pendant qu'il approchait, l'air heureux et insouciant, Balard eut presque pitié de l'homme. Il aurait voulu qu'il sache que sa promenade de la veille était sa dernière occasion de voir la mer, et qu'il profite au maximum des fleurs qu'il regardait et de l'air qu'il respirait, pour encore quelques secondes seulement.

Ne te laisse pas déconcentrer par ta philosophie de merde, se dit-il, c'est comme ça qu'on bâcle des missions.

Balard était tellement concentré qu'il arrêta presque de respirer. Il vérifia une dernière fois les alentours pour s'assurer qu'ils étaient bien seuls dans le jardin et bondit juste derrière Hernandez lorsque celui-ci dépassa le buisson.

L'homme eut à peine le temps de tourner la tête. Il reçut le tir au son étouffé en plein crâne, et s'affaissa mollement comme une poupée désarticulée au milieu de l'allée.

Balard avait bloqué le recul de la glissière avec la paume de sa main gauche, afin d'empêcher l'éjection de l'étui et tout bruit mécanique qui aurait pu attirer l'attention.

Il n'avait pas pour habitude de traîner lors de l'exécution d'un contrat, et, après avoir rapidement pris le pouls d'Hernandez afin de vérifier qu'il était mort, il rangea son arme, et descendit l'allée en direction de la rue.

Au bout de quelques mètres, il ralentit le pas, hésita, murmura « et merde ! », et fit demi-tour.

Revenant vers le cadavre dont la tête baignait maintenant dans le sang, il jeta un œil autour de lui, constata qu'il n'y avait toujours personne en vue et se pencha vers le corps sans vie qui semblait le regarder avec surprise et reproche.

Il l'allongea correctement sur le dos, les mains posées sur son ventre et lui ferma les yeux.

— Je suis désolé, dit-il d'une voix douce.

Puis il reprit l'allée d'un bon pas, et se rendit directement jusqu'à la plage.

Là, il suivit tranquillement le rivage jusqu'à la jetée située à l'ouest de l'anse, mit les mains dans les poches, tel un touriste qui profite de l'horizon, et resta immobile quelques secondes.

Puis, après avoir vérifié que personne ne l'observait, il sortit à nouveau le Glock de sa poche, le démonta rapidement en quatre parties, et en balança discrètement trois à divers endroits dans la mer, au-delà des rochers qui se trouvaient juste en dessous.

Il fit demi-tour, jeta le silencieux dans une poubelle repérée un peu plus tôt, remonta lentement jusqu'à la rue où sa voiture l'attendait, et entendit les premiers cris alors qu'il était en train de démarrer.

Lorsque l'ambulance arriva sur les lieux pour constater le décès, il roulait déjà sur la nationale en direction de Malaga, là où l'attendait l'avion de 10 heures.

Chapitre 6 – décembre 2009

François Vannier n'était pas un tueur ordinaire.

Pendant longtemps, il avait donné la mort chaque fois que c'était nécessaire, mais avec la bénédiction du gouvernement français, puisqu'il appartenait au 1er RPIMa, le 1er Régiment de Parachutistes d'Infanterie de Marine, rattaché à la Brigade des Forces Spéciales Terre, elle-même subordonnée au Commandement des Forces Terrestres.

Vannier était particulièrement fier de l'histoire de son régiment, qui avait notamment été l'unité la plus décorée de toutes, lors de la Seconde Guerre mondiale.

Ayant hérité successivement des formations de l'armée de l'air, de l'infanterie métropolitaine et des troupes coloniales et de marine, depuis sa création en Angleterre en 1940, le 1er RPIMa, polyvalent et capable d'intervenir dans tous les milieux, était à ses yeux le meilleur régiment qui soit. Leur devise « *Qui ose gagne* », héritée des SAS anglais et affichée sur leurs insignes réglementaires, résumait à merveille la passion qui animait Vannier lorsqu'il remplissait ses missions.

Il avait intégré le régiment en 1995 à l'âge de vingt-quatre ans, et après avoir fait ses classes pendant les vingt-deux semaines de formation initiale qui lui avaient permis d'être breveté RAPAS, c'est-à-dire d'intégrer la Recherche AeroPortée et les Actions Spéciales, ses capacités hors norme l'avaient ultérieurement amené à la spécialisation TELD, impliquant qu'il allait devenir un tireur d'élite longue distance extrêmement efficace.

Et efficace, il l'était vraiment !

La 3e compagnie RAPAS à laquelle il appartenait était tout particulièrement sollicitée pour des missions d'appui en milieu urbain, comme la libération d'otages, l'action contre des tireurs isolés, ou le contre-terrorisme, et Vannier était sans conteste le meilleur tireur d'élite de sa compagnie.

Aussi doué pour le tir de précision que pour la lecture de cartes et de photos aériennes, ou que pour l'acquisition et la transmission d'informations tactiques, c'était un homme vif et intelligent, qui pouvait rester allongé des heures à surveiller une cible, l'œil rivé à sa lunette de visée.

Mais Vannier était lui-même la proie de deux démons qu'il n'avait jamais su vaincre : sa nature rebelle et contestataire, contre laquelle il bataillait depuis l'école primaire, et l'idéologie raciste que son père lui avait patiemment enfoncée dans le crâne pendant toute sa jeunesse.

Cette combinaison potentiellement explosive fut fatale pour sa carrière, et après quatorze ans de service, il commit une faute impardonnable qui lui valut d'être convoqué dans le bureau du colonel, dès son retour de mission à Brazzaville, au Congo.

Six mois après son renvoi, Vannier se souvenait toujours des moindres détails de cet entretien.

Au garde-à-vous devant son chef de corps, il avait silencieusement écouté les faits qui lui étaient reprochés.

— Non seulement vous n'avez pas attendu que votre équipier observateur vous rejoigne, non seulement vous avez coupé votre radio en simulant un problème technique, mais en plus vous avez abattu un homme alors que l'ordre de tirer avait été clairement annulé !

Le colonel était furax, et marchait devant lui de long en large sans pouvoir s'arrêter.

— Vous êtes conscient du merdier dans lequel on est maintenant ? Le type que vous avez abattu était un officiel, et non pas un rebelle, comme nous l'avions pensé au début. En prenant seul l'initiative de le tuer, vous avez remis le bazar entre les deux camps et on ne maîtrise plus rien là-bas ! Mais qu'est-ce qui vous a pris ? Vous avez craqué sous la pression ? Personne n'y comprend rien, parce qu'on ne vous a jamais vu faire un truc pareil ! Expliquez-vous !

Vannier avait serré les mâchoires, en sachant que s'il laissait ses pensées s'exprimer, ce qu'il dirait n'arrangerait certainement pas son cas.

— Je vous ai demandé des explications, mon Adjudant !

— Mon Colonel, j'ai commis une erreur, c'est vrai.

Moins il en dirait, mieux ça vaudrait.

— Une erreur, c'est tout ce que vous avez à dire pour justifier votre pétage de plombs ? Vous vous fichez de moi, mon Adjudant ! J'exige une explication qui tienne la route !

— Mon Colonel, je ne sais pas quoi vous dire de plus.

Son officier s'était assis sur le bord de son bureau, s'était frotté le front d'une main fatiguée, et avait légèrement changé de ton.

— Prenons les choses dans l'ordre… Pourquoi ne pas avoir attendu votre équipier observateur ?

— Mon Colonel, je suis arrivé avant lui à la position prévue, et j'ai pensé qu'attendre serait une erreur tactique, car la cible était en avance.

— Et la radio ?

— J'étais fatigué et j'avais besoin de concentration, mon Colonel.

— Vous vous foutez de moi ? Où êtes-vous allé chercher une excuse pareille ? Non seulement c'était contraire à tous les ordres reçus, mais en plus je ne vous ai jamais vu moufter, même avec des mouches partout sur la gueule ! Et vous me dites que la radio vous déconcentrait ?

— Oui, mon Colonel !

— Vous êtes devenu dingue, mon Adjudant, je ne vois pas d'autre explication. Ou vous faites une dépression nerveuse, un truc dans ce genre, qui vous empêche de raisonner normalement.

Le colonel s'était remis à marcher, l'air complètement découragé, tandis que Vannier sentait le sang lui monter à la tête, l'envie de dire ce qu'il pensait se faisant de plus en plus forte.

— Pourquoi avoir tiré ? avait demandé son officier d'une voix lasse. Comment avez-vous pu descendre de sang-froid, en désobéissant aux ordres, un type en costard qui n'avait rien d'autre qu'un téléphone portable à la main ? Ne me dites pas que vous avez fait un carton simplement parce qu'il était noir…

— Même en costume, un singe reste un singe, mon Colonel !

Le colonel s'était lentement retourné vers lui, avec l'expression faciale de quelqu'un qui vient d'apprendre que la reine d'Angleterre saute tous les matins en parachute avant de prendre le thé.

— Je vous demande pardon ?

Et la digue personnelle de Vannier avait cédé complètement, faisant place à une tirade hystérique.

— Mon Colonel, ces nègres nous polluent l'existence ! Ils n'ont aucune discipline, se font la guerre en permanence et se reproduisent plus vite que des lapins ! En descendre un, c'est toujours une bonne chose de faite ! Quand je l'ai eu dans mon viseur, et que j'ai eu sa sale gueule en gros plan, j'ai repensé aux Marsouins perdus il y a trois mois dans l'embuscade au Darfour, et je n'ai pas pu m'en empêcher, Colonel ! Ces Africains ne méritent pas qu'on s'occupe de les aider et, si c'était à refaire, je tirerais à nouveau sur celui-là avec plaisir !

Son chef de corps n'avait pas pu lui répondre, tellement il était en colère.

Il s'était contenté de faire le tour de son bureau, de s'asseoir dans son fauteuil, de joindre les mains en silence, puis il avait levé les yeux vers lui.

Vannier connaissait déjà la sentence, et elle était tombée avec tout le mépris dont le colonel était capable.

— Je ne vais pas vous dire si je partage ou pas votre opinion à propos des noirs, car la question n'est pas là. Votre comportement est tout simplement intolérable, car vous avez volontairement rejeté un ordre direct et opéré sans aucun contrôle. Vous faites clairement preuve d'instabilité et votre renvoi de ce régiment est inévitable. Par respect pour vos états de service, je vais faire en sorte que la raison de votre « erreur » ne quitte pas ce bureau, et que vous perceviez votre pension, mais je veux vous voir dégager dans l'heure qui vient. Vous avez causé de graves problèmes à ce régiment et j'espère que vous vous mordrez les doigts pendant des années d'avoir gâché tout votre talent. Vous n'êtes plus un tireur d'élite, Vannier, vous êtes juste un tueur.

Et Vannier avait quitté son régiment, laissé derrière lui sa caserne de Bayonne et tout son passé militaire, pour rentrer à Paris ruminer son amertume et se trouver un nouvel avenir.

Les six mois qui venaient de s'écouler n'avaient pas été faciles. Il n'avait plus de famille proche, n'avait jamais eu de relation amoureuse durable, et il réalisait qu'à trente-huit ans, il n'avait pas d'attaches particulières.

Retranché dans un petit appartement de Montmartre hérité de ses parents, il tournait en rond en se demandant ce qu'il allait devenir, et en ruminant sa haine des noirs, qui par extension incluait aussi les Jaunes, les Arabes, les Juifs et les homosexuels, tous responsables à ses yeux de la gangrène qui rongeait le monde, comme son père savait si bien le lui expliquer.

Ses camarades de régiment le surnommaient « le professeur », en raison de son physique atypique pour un RAPAS – il était de taille moyenne, le visage émacié, et était doté d'une musculature fine et nerveuse peu visible sous son treillis – et parce qu'il lisait en permanence quand il n'était pas en mission.

Aujourd'hui, plus personne n'avait de surnom à lui donner et son anonymat social lui pesait.

Il pouvait toujours postuler pour devenir agent de sécurité quelque part, mais quelle déchéance, quand il pensait à ce qu'il était capable d'accomplir... Il était entraîné à toutes les méthodes d'infiltration et de combat, connaissait divers procédés de sabotage, savait utiliser des dizaines d'armes, et maîtrisait toutes les techniques de mise à terre par parachutage, hélitransport ou aérocordage. Et bien sûr, il était tireur d'élite, quoi qu'en dise le colonel... Tout ça pour finir vigile ?

Vannier rongeait toujours son frein en ce mois de décembre, l'injustice de sa situation lui devenant insupportable, quand son téléphone portable sonna un matin.

Peu de personnes avaient ce numéro et, alors qu'il décrochait, il eut la certitude que quelque chose de spécial allait se produire, quelque chose qui allait donner un sens au limogeage qu'il avait subi. La voix qui s'adressa à lui était neutre et professionnelle. Il sut immédiatement que son instinct avait touché juste.

— François Vannier ? Il me semble que vous cherchez du travail, et je pense avoir une proposition intéressante à vous faire...

Chapitre 7 – Été 1995

Arnaud Boisson et Marianne Leprier marchaient rapidement, suivis de près par Paul Denjean, qui s'arrêtait fréquemment pour vérifier les numéros des portes devant lesquelles ils passaient. Ils tournaient en rond dans les couloirs depuis près de dix minutes, ayant manifestement des difficultés à retrouver leur chemin dans le dédale qu'était le bâtiment de formation du CGNC.

Cette partie du Centre de Guerre Non Conventionnelle, situé en Camargue, avait été volontairement prévue pour mettre les nerfs des nouveaux arrivants à l'épreuve et, en l'absence d'une signalétique digne de ce nom, les jeunes gens mirent une éternité à trouver la salle B27 dans laquelle ils étaient attendus pour 9 h 30.

Après avoir demandé leur chemin à plusieurs reprises aux rares personnes qu'ils croisèrent, et être revenus trois fois sur leurs pas, ils finirent par arriver avec quelques minutes de retard dans la pièce où le cours « d'influence psychologique » – c'était l'intitulé indiqué sur le planning de formation – devait leur être donné.

Embarrassés par leur manque de ponctualité involontaire, ils entrèrent timidement dans la petite salle, qui était à l'image des couloirs : murs beiges, néons à la lumière peu flatteuse, lourdes tables fonctionnelles disposées en U, et chaises peu confortables. L'endroit n'était clairement pas prévu pour autre chose que des réunions de travail efficaces ou des séances de formation studieuses.

De l'autre côté de cette pièce, juste devant l'écran de projection déjà déroulé, un homme corpulent était assis, légèrement affaissé sur un gros bureau à tiroirs couvert de dossiers en tous genres. Il ne releva pas la tête lorsque les trois stagiaires entrèrent et ceux-ci se raclèrent la gorge pour signaler leur présence, sans qu'il leur adresse le moindre salut en retour.

Intrigués par le manque de politesse de leur conférencier et pensant qu'il était peut-être simplement dur d'oreille, Boisson et Leprier s'approchèrent lentement du bureau en disant bonjour, mais sans plus de succès. La jeune femme, intriguée par cette situation peu habituelle et prise d'un mauvais pressentiment, contourna le bureau et agrippa le bras de leur formateur.

— Monsieur, vous allez bien ?

Sous la pression de sa main, le corps du conférencier bascula sur le côté, et les deux jeunes gens purent constater que son teint était cireux et qu'il avait les yeux clos. Boisson se précipita vers lui pour l'empêcher de glisser de sa chaise, et lui prit rapidement le pouls avant de se retourner vers son camarade resté au milieu de la salle.

— Bon sang, je ne trouve pas de pouls ! Il a dû avoir une attaque, ou un truc dans ce genre, il faut aller chercher du secours.

Denjean, qui semblait frappé de stupeur, lui répondit en balbutiant légèrement.

— On a tellement tourné dans tous les sens à l'intérieur de ce bâtiment, que je ne sais plus où se trouvent les bureaux de l'administration ! Et toutes les salles à côté étaient vides quand on est passés devant ! Je dois aller où ?

— Je ne sais pas, peut-être à l'étage d'en dessous ! Marianne va y aller aussi, vous trouverez plus vite quelqu'un du personnel si vous prenez différents couloirs. Je vais essayer de le réanimer par massage cardiaque, dépêchez-vous !

Denjean et Leprier partirent en courant, prenant respectivement la gauche et la droite du couloir à la sortie de la salle.

Resté seul, Boisson mesura rapidement la difficulté de sa tâche.

D'après son estimation, le conférencier au cou de taureau pesait largement plus de cent dix kilos malgré sa petite taille et l'étroitesse de la pièce faisait que les bureaux et les chaises occupaient presque tout l'espace disponible. Même s'il était plutôt costaud, Boisson aurait du mal à extraire l'homme de derrière son bureau et à l'étendre par terre de façon à pouvoir pratiquer le bouche-à-bouche de manière correcte. Il lui fallait d'abord déplacer une partie du mobilier vers un côté de la salle pour faire un peu de place et, seul, cela lui prendrait beaucoup trop de temps.

Il décida de partir chercher de l'aide à son tour et courut comme un fou jusqu'à l'escalier, en se souvenant subitement qu'à leur arrivée, ils étaient passés devant une infirmerie à l'étage inférieur. Dévalant les marches en trébuchant, il déboula dans un nouveau couloir, et aperçut immédiatement un bureau ouvert, dans lequel un homme était en pleine conversation téléphonique derrière sa table de travail, tournant le dos à la porte.

— S'il vous plaît, j'ai besoin d'aide, c'est une urgence médicale !

L'homme se retourna rapidement et, voyant l'air totalement affolé de Boisson, raccrocha le téléphone après avoir dit à son interlocuteur qu'il le rappellerait.

— Qu'est-ce qui vous arrive ?

— Je suis un des stagiaires arrivés ce matin et j'ai trouvé notre formateur inanimé dans la salle B27 ! Enfin, nous l'avons trouvé tous les trois… nous sommes trois stagiaires. Il ne respire plus, et je n'arrive pas à trouver de pouls ! La salle est trop encombrée pour pouvoir le coucher par terre, et… il lui faut de l'aide ! Seul, je n'y arrive pas, et les autres sont partis chercher du secours dans le bâtiment, mais ils ont dû se perdre, vu qu'on s'est déjà paumés en arrivant ce matin. S'il vous plaît, appelez du secours, et montez avec moi !

À sa grande surprise, l'homme se mit à sourire et ne bougea pas d'un pouce.

— À tout hasard, votre conférencier ne serait pas Vandercamere ?

— Euh, si ! Mais qu'est-ce que ça peut bien faire ?

L'homme partit d'un énorme rire, en se tapant sur les cuisses.

— Incroyable, il a remis ça et ça a de nouveau marché ! Ce type est trop fort !

— Monsieur, je ne comprends pas ! Il a besoin d'aide médicale et il est certainement déjà trop tard !

— Ne vous inquiétez pas et remontez en formation, lui répondit l'homme, qui avait réussi à maîtriser son rire et se contentait maintenant de pouffer. Et surtout, profitez de ce cours, c'est certainement le plus passionnant que vous aurez ici.

Il décrocha à nouveau son téléphone, pressa la touche bis et reprit immédiatement sa conversation, comme si Boisson n'était déjà plus là.

— Oui, c'est de nouveau moi. Désolé, on a eu un petit épisode Vandercamere et les stagiaires courent partout comme des brebis égarées... oui, c'est un sacré numéro... bon, tu me disais quoi ?

Boisson sortit du bureau à reculons, avec la sensation d'avoir été parachuté en plein asile psychiatrique. Il rebroussa chemin, désemparé, et décida de remonter en espérant que ses camarades auraient eu plus de succès que lui. À sa sortie de l'escalier, il tomba sur Leprier et Denjean, qui semblaient aussi déconfits que lui.

— Vous avez pu trouver quelqu'un ?

— Ils nous ont tous ri au nez, répondit Leprier. On n'y comprend rien.

— Mais c'est un endroit de dingues ! Vous leur avez dit qu'il n'avait plus de pouls ? Bon, de toute façon, ça fait plus de cinq minutes qu'on l'a trouvé, et à mon avis, on ne peut plus rien faire pour le réanimer. Mais essayons quand même de l'allonger par terre, on ne sait jamais.

Ils arrivaient une nouvelle fois à la salle B27, Boisson en tête, et ses deux camarades le percutèrent quand il se figea subitement sur le seuil, abasourdi par ce qu'il voyait.

Le conférencier était maintenant debout près d'une fenêtre, en train de lisser calmement son costume gris et d'arranger sa cravate, et il se tourna vers eux quand il les entendit.

— Vous êtes en retard, dit-il d'une voix flegmatique et presque indifférente.

Il retourna tranquillement s'asseoir à son bureau, pendant que les trois jeunes gens restaient plantés à l'entrée de la salle, une expression perplexe sur le visage. Boisson finit par s'avancer.

— Excusez-moi, Monsieur, mais je ne comprends pas. Vous êtes… enfin, vous étiez…

— Mort ?

— Euh, inanimé tout du moins. Je suis capable de reconnaître un arrêt cardiaque.

— Vous savez certainement reconnaître une absence de pouls, mais ce n'est pas forcément la même chose !

Il leur montra les tables de la main, et les invita à fermer la porte derrière eux.

— Se faire passer pour mort peut parfois vous sauver la vie, vous ne pensez pas ?

Les trois jeunes gens s'assirent en silence, ne sachant plus que dire.

— Prânayâma, Monsieur Boisson. Au passage, j'espère que vous ne m'en voudrez pas de ne pas utiliser vos anciens grades militaires, mais je n'ai jamais trouvé ça très convivial.

— Je vous demande pardon ?

— Prânayâma, c'est la réponse à votre remarque concernant mon arrêt cardiaque.

Il esquissa des guillemets avec ses mains, lorsqu'il prononça le mot « arrêt », et se mit à sourire.

— Il s'agit d'une technique respiratoire yogi très pointue, qui permet notamment d'obtenir un ralentissement significatif des pulsations, pouvant aller jusqu'à leur suspension temporaire chez les personnes les plus entraînées. J'ai eu la chance d'avoir les plus grands maîtres en la matière… et vous vous êtes affolés bien vite, ce qui a compensé mon manque d'entraînement récent. Quinze secondes de plus et je me faisais prendre la main dans le sac !

Les stagiaires sourirent à leur tour, comprenant enfin le tour qu'il leur avait joué.

— Je suis Philippe Vandercamere, et avec moi, vous n'apprendrez rien qui touche de près ou de loin à votre formation militaire initiale ou à vos futures affectations dans les services qui nous intéressent. Je laisse à d'autres le soin de vous parler d'armement ou de techniques de déploiement en milieu hostile, ils le feront aussi bien voire mieux que moi, même si je ne dédaigne pas une petite séance de combat à mains nues de temps à autre.

Boisson, Leprier et Denjean étaient maintenant suspendus à ses lèvres, se comportant comme trois écoliers assis devant un prestidigitateur.

— Puisque vous avez brillamment réussi vos tests préliminaires, j'en conclus que votre avenir ne consistera pas à traîner au fond d'un trou, le fusil à la main. Vous avez été choisis par le Centre parce que vos aptitudes respectives nous prouvent que vous pouvez devenir de très bons atouts dans le futur, dans le cadre des opérations que nous menons. (Il ouvrit trois des dossiers qui étaient empilés sur son bureau et qui contenaient un résumé des parcours militaires respectifs des jeunes gens) Tout ce que vous avez appris pendant votre passage dans l'armée vous sera un jour utile, mais sans doute pas autant que ce que vous allez découvrir ici, avec moi.

Ce cours porte l'intitulé « Influence Psychologique », mais je préfère être honnête et parler tout simplement de manipulation mentale.

Il referma les dossiers, se leva et fit le tour de son bureau pour s'asseoir dessus, juste devant eux.

— Obtenir des confidences, interpréter la gestuelle de votre interlocuteur, savoir poser les bonnes questions, être capable de vous faire passer pour quelqu'un d'autre, utiliser à votre compte les faiblesses psychologiques de votre entourage, ou encore pratiquer la suggestion et l'hypnose… toutes ces techniques vous seront bien plus précieuses que la meilleure des armes, car cette dernière peut toujours s'enrayer.

Leprier ne put s'empêcher de rire.

— Vous voulez qu'on devienne médiums, Monsieur ?

Boisson et Denjean se mirent à rire à leur tour.

— Ne vous moquez pas de ce que vous ne comprenez pas, Mademoiselle Leprier, car je vous rappelle qu'il y a encore dix minutes, vous n'en meniez pas large…

Il se mit à sourire lui aussi, et prit un air conciliant.

— Ceci dit, je comprends votre scepticisme et je ne vous dirai donc qu'une chose pour le moment. J'ai été formé par un des disciples de Wolf Messing. Si vous prenez le temps de chercher un peu, vous saurez à quoi vous attendre…

— Wolf Messing, le voyant de Staline ? répondit Denjean.

— Ah, je vois qu'au moins l'un d'entre vous possède un cerveau qui n'est pas totalement hermétique ! Un voyant, oui, sans doute, Monsieur Denjean, mais avant tout, un grand manipulateur…

Il se retourna vers son bureau, prit trois autres dossiers, et en posa un devant chacun d'eux.

— Comme vous le savez, vos anciennes identités et vos dossiers militaires ont été détruits, afin de pouvoir vous créer une vie flambant neuve, ce qui nous permettra d'organiser vos futures affectations sans difficulté. Aujourd'hui, nous allons seulement étudier les nouvelles identités qui vous ont été attribuées et faire en sorte que votre passé devienne un lointain souvenir. Oubliez vos noms, oubliez d'où vous venez et ne vous concentrez plus que sur une seule chose : devenir les dossiers que je viens de vous donner. C'est loin d'être simple et une de mes missions est de vous aider à y parvenir, tout au long de l'année de formation qui vous attend.

— Où serons-nous détachés ?

— Chaque chose en son temps, Mademoiselle Leprier, ne soyez pas inutilement téméraire ! Si nous vous envoyions maintenant, vous tiendriez deux heures à peine avant de vous faire repérer… Mais sachez que nous avons notamment besoin de placer de futurs meneurs dans différents services qui dépendent du Ministère de la Défense. C'est votre travail et vos résultats qui détermineront vos futures affectations.

Vandercamere se déplaça jusqu'à la fenêtre, croisa les bras dans son dos et se mit à regarder dehors.

— L'endroit où vous serez placés n'a de toute façon que peu d'importance. Ce qui comptera, le jour où vous y serez envoyé, c'est la mission qui vous sera donnée. N'oubliez jamais ça ! La mission est plus importante que tout le reste et le Centre est votre seul donneur d'ordres. Même si vous appréciez les gens avec qui vous serez amenés à travailler, même si vous n'avez pas envie de leur causer des torts, même si vous pensez être amis avec certains d'entre eux… au bout du compte, seule la mission est importante…

Il laissa le silence s'installer quelques secondes, puis se retourna vers eux et les considéra longuement d'un regard vide de toute émotion.

— Alors ? Êtes-vous prêts à changer de vie ?

Chapitre 8 – Printemps 2009

Les hommes progressaient rapidement dans la forêt, s'arrêtant de temps à autre pour consulter une boussole ou pour se transmettre quelques consignes silencieuses grâce à des signes empruntés à l'armée.

Vêtus de treillis militaires, armés jusqu'aux dents, même si leurs fusils n'étaient pas chargés – faute de budget nécessaire pour s'approvisionner en munitions – les membres du CVAP (les « Central Virginia American Patriots ») prenaient leur entraînement du dimanche très au sérieux. Le groupe en progression était chargé de déloger une dizaine de leurs camarades partis quinze minutes avant eux pour se cacher dans la végétation et jouer le rôle de faux snipers embusqués.

Mike Peterson, ancien capitaine de Marines âgé d'une cinquantaine d'années, le crâne rasé sous sa casquette couleur camouflage, et doté d'une carrure appréciable, menait son groupe entre les arbres et les fourrés de la forêt d'Appomattox-Buckingham, dans une zone située à environ quinze kilomètres au nord-est de la ville d'Appomattox. L'endroit choisi, à l'écart des routes empruntées par les promeneurs qui se dirigeaient vers le lac Holiday se trouvant à l'est de la forêt, était idéal pour jouer aux petits soldats en toute tranquillité.

Le CVAP était principalement constitué d'hommes à la retraite ou sans emploi, souvent issus de l'armée ou de la police, qui avaient décidé de former un regroupement volontaire de citoyens non reconnu par le gouvernement fédéral, à la différence de la Virginia Citizens Militia, milice officielle de Virginie. À l'image des centaines de groupes similaires présents aux quatre coins des États-Unis, le CVAP proposait le forfait classique : prestation de serment, entraînements pseudo-militaires et soirées arrosées permettant de critiquer abondamment le monde en général, et Washington en particulier. Fort de sa trentaine de membres officiels, il se préparait sans relâche à n'importe quelle situation pouvant menacer la sécurité de la région, qu'il s'agisse d'une attaque terroriste ou d'une éventuelle guerre civile.

Vus de l'extérieur, les membres du groupe n'avaient pourtant pas l'air bien crédibles, même s'ils se prenaient eux-mêmes très au sérieux : bedonnants, car un peu trop portés sur la bière, et rapidement essoufflés, ils évoquaient plus de grands enfants jouant aux cow-boys et aux Indiens que des commandos dignes de ce nom. Ces hommes étaient pourtant résolus à donner leur vie lorsque cela deviendrait nécessaire, leurs convictions ne reposant que sur deux piliers inébranlables : Dieu et la Constitution.

Peterson était fier de son groupe qui, depuis trois ans, ne faisait qu'attirer de nouveaux sympathisants et se radicaliser un peu plus chaque jour. Le soir même, il était d'ailleurs prévu qu'une nouvelle recrue prête serment et vienne ajouter son nom à la liste des patriotes prêts à mourir pour défendre leur vision d'une certaine Amérique.

Les quinze hommes en progression marchaient sans bruit, tendant l'oreille pour repérer le moindre son qui trahirait la présence de « l'ennemi », mais il n'y avait rien d'autre à entendre que le chant des oiseaux perchés dans les chênes et les peupliers. Malgré l'élaboration d'une tactique d'encerclement compliquée, les hommes qui jouaient le rôle de pisteurs ne parvenaient pas à mettre la main sur les faux snipers camouflés et ils commençaient à trouver le temps long.

Soudain, ils entendirent une succession de « bang » et de « je t'ai eu ! », alors que plusieurs de leurs camarades surgissaient de derrière des tas de branchages aménagés en cachettes tout autour d'eux. La manœuvre d'encerclement avait réussi, mais à l'envers, et théoriquement, presque tout le groupe de reconnaissance venait d'y passer, ce qui donna lieu à de longues discussions stratégiques visant à analyser les raisons de cet échec cuisant.

Peterson, voyant qu'il était déjà 16 heures, proposa à ses hommes de revenir à leur camp de base afin de boire un coup et de manger un morceau, avant de rentrer à Appomattox où allait se tenir leur soirée habituelle du dimanche. Trop fatigués pour porter leurs « morts » comme ils étaient censés le faire s'ils voulaient jouer leur rôle jusqu'au bout, les vaincus décidèrent rapidement de renoncer à l'utilisation des civières et repartirent à pied jusqu'au camp, les jambes lourdes malgré l'adrénaline encore présente.

Il leur fallut plus de trente minutes pour rallier l'endroit où leurs voitures étaient garées, leurs femmes ayant préparé un barbecue improvisé qui fut le bienvenu, car ils avaient l'estomac dans les talons. Hot-dogs et bières sorties des glacières furent accueillis avec enthousiasme, et Peterson profita de la pause pour rappeler à tout le monde que la soirée à venir comptait une prestation de serment à l'ordre du jour et que la ponctualité était de rigueur.

À 17 h 30, ils rangèrent leur matériel, remisèrent les fusils et autres mitraillettes à la provenance douteuse dans les coffres de leurs véhicules, et prirent le chemin du retour, en empruntant la Old Courthouse Road située à l'ouest de la forêt, qui menait directement à Appomattox, petite ville située plus au sud. La plupart des membres du groupe y habitaient, certains d'entre eux vivant un peu plus loin dans le comté, à quelques minutes de voiture seulement.

Appomattox est une bourgade typiquement américaine,

comptant plus de dix églises implantées sur à peine 10 km² et pour moins de 2000 habitants, célèbre localement parce que le général Robert Lee s'y retira en 1865, après la défaite du siège de Petersburg et l'incendie de Richmond. Lee y signa le 9 avril sa reddition au général nordiste Ulysses Grant, et mit ainsi fin à la guerre de Sécession. On y trouve donc les musées, constructions et événements commémoratifs qui permettent de garder vivante l'histoire de la guerre civile américaine, notamment des reconstitutions de batailles se tenant dans la forêt que le groupe utilisait pour son entraînement.

Le CVAP organisait ses réunions hebdomadaires dans une petite salle municipale louée pour l'occasion et Peterson s'y rendit dès 19 heures, ne passant chez lui que pour prendre une douche et se changer, afin de préparer les chaises et les papiers qu'il comptait distribuer aux participants avant leur arrivée.

La salle présentait une façade joliment décorée selon le style colonial qu'on retrouvait un peu partout dans la ville, et l'intérieur, simple mais convivial, sentait déjà bon le café chaud grâce à Amy Peterson, sa fille, qui arrivait toujours un peu plus tôt pour aider son père à préparer l'endroit.

À 19 h 30, les premiers membres arrivèrent, accompagnés pour certains de leur famille et de quelques amis susceptibles d'être intéressés par l'activité du groupe. Steve Johnson, le jeune homme qui devait prêter serment au cours de la soirée, ne manquait pas à l'appel et attendait fébrilement que la séance débute. Peterson avait également prévu un invité-surprise qu'il ne comptait présenter qu'en fin de réunion, afin de terminer en beauté.

À 20 heures, la salle était presque comble, une centaine de personnes ayant fait le déplacement. Le drapeau américain fut hissé pour marquer le sérieux de la séance et ouvrir officiellement les débats, tandis que les retardataires se dépêchaient de s'asseoir sur les dernières chaises encore disponibles.

Peterson, debout près du drapeau et faisant face aux rangées de personnes installées devant lui, prit la parole avec un grand sourire.

— Ce soir, nous ne tenons pas une simple réunion, car nous allons aussi accueillir un nouveau membre parmi nous, ce qui portera notre effectif officiel à trente-trois hommes.

La salle approuva, des murmures de satisfaction s'élevant un peu partout dans l'assistance.

— Avant de procéder à la cérémonie habituelle et afin que les invités présents parmi nous ce soir connaissent mieux notre activité, je tiens à rappeler les raisons de notre existence. Le CVAP est un groupe fraternel, constitué de citoyens qui se sentent concernés par l'avenir de notre pays et qui considèrent que nos dirigeants doivent respecter leur serment de servir le peuple. Or, depuis plusieurs années, Washington est devenu la maison du diable et tente de violer notre constitution en espérant que nous ne réagirons pas. Nous perdons peu à peu nos libertés individuelles et d'État, celles que les pères fondateurs avaient prévues pour nous. L'emploi part à l'étranger, le communisme est déjà arrivé sur nos terres et nous devons résister, par tous les moyens possibles, contre les élites qui essayent de nous écraser sous le pouvoir fédéral. Il nous faut rester vigilants, nous organiser et compter sur notre foi en Dieu pour nous mener sur la voie de la libération. C'est une question de vie ou de mort et aucun d'entre nous ne plaisante avec ce combat permanent !

L'assemblée approuva encore une fois ce qui venait d'être dit et quelques applaudissements retentirent au fond de la salle.

Peterson leva la main, indiquant qu'il n'avait pas terminé.

— En ce qui concerne les aspects politiques de notre organisation, nous faisons confiance au Tea Party de Virginie pour nous représenter au Congrès, grâce aux prochaines élections de mi-mandat qui, j'en suis sûr, pencheront cette fois en notre faveur.

Mais pour le moment, nous devons patienter et nous préparer, en recrutant et en communiquant autour de nous, afin que Washington sache qu'il lui faudra compter avec nous, car bientôt nous serons prêts. Prêts à combattre, prêts à défendre nos libertés et prêts à prendre les armes pour le faire !

Cette fois, Peterson laissa l'auditoire enthousiaste applaudir et manifester bruyamment son approbation. Lorsque le calme fut un peu revenu, il fit passer au premier rang des liasses de papiers portant les revendications du groupe, qui incluaient notamment des déclarations comme « *stop à la montée des impôts* », « *non au système fédéral d'assurance santé* », « *Washington est l'Antéchrist* » ou « *arrêtez les dépenses et les délocalisations* ».

Les papiers circulèrent rapidement d'un rang à l'autre et Peterson profita de cette pause pour appeler Steve Johnson à ses côtés, en lui faisant un signe de la main.

— Il est temps pour nous de procéder à l'intronisation de Steve dans le CVAP, car je ne veux pas le faire attendre plus longtemps. Je demande à tous nos membres de lui offrir un accueil chaleureux !

Les hommes du groupe présents dans la salle étaient reconnaissables grâce à leur blouson noir sans manches, frappé de l'insigne CVAP sur le devant et orné dans le dos du sceau de la Virginie, représentant la Vertu en train de terrasser la Tyrannie, juste au-dessus de la devise latine « *sic semper tyrannis* » (« *ainsi finissent toujours les tyrans* »).

Les membres applaudirent chaleureusement et Peterson prit le jeune homme par l'épaule, en un geste protecteur.

Il demanda à Steve de se placer près du drapeau, de mettre sa main droite sur son cœur et de prononcer la formule rituelle que tous les membres connaissaient de mémoire. Le jeune homme suivit ses instructions et répéta chaque mot après lui à haute voix.

— Moi, Steve Johnson, jure solennellement de soutenir et

défendre la constitution américaine contre tous nos ennemis, qu'ils viennent de l'étranger ou de l'intérieur. J'y consacrerai ma vie, ma santé et mes moyens, avec l'aide de Dieu.

Pour officialiser son entrée dans le groupe, Peterson lui tendit un blouson CVAP, en lui recommandant avec un clin d'œil d'en prendre le plus grand soin. Steve enfila le blouson, leva les bras en signe de victoire devant une assemblée de plus en plus euphorique, puis serra la main de Peterson en le remerciant de sa confiance et en lui répétant à plusieurs reprises qu'il ne le décevrait pas.

Il repartit vers sa chaise, en paradant légèrement, tandis que Peterson demandait un peu de calme, car il avait une autre annonce à faire. Tout le monde se tut et écouta ce qu'avait à dire le meneur du groupe.

— Les mouvements de citoyens américains comme le nôtre sont de plus en plus puissants, et leur réputation commence même à s'étendre au-delà de nos frontières. Ce soir, je voudrais vous présenter un homme qui a traversé l'Atlantique pour nous rencontrer, car il pense que notre cause est valable et qu'il peut la soutenir. Je vous demande d'écouter attentivement ce qu'il a à nous dire, car il s'agit d'une très bonne nouvelle !

Peterson se décala sur le côté et laissa sa place à un homme corpulent aux cheveux châtains, habillé de façon décontractée, qui était resté debout contre un mur pendant la première partie de la réunion à boire une bière.

Il regarda les visages devant lui en souriant, puis prit la parole dans un anglais parfait, bien que plus britannique qu'américain.

— Je viens d'Europe, et je dois dire que j'admire votre courage et votre détermination. Chez nous, les peuples feraient bien de suivre votre exemple et de s'organiser activement au lieu de baisser les bras et d'attendre. Nous aussi, nous sommes victimes des élites gouvernementales qui bafouent les droits constitutionnels de leurs

citoyens et s'enrichissent sur le dos des travailleurs et des patriotes !
Je parcours le monde à la recherche de causes à soutenir, et je dois
dire que ma rencontre avec Mike a été providentielle, pour lui
comme pour moi. Vous avez les tripes et j'ai de l'argent, beaucoup
d'argent. Je pense pouvoir vous aider, en finançant le matériel et
l'armement dont vous avez besoin, mais qui vous manquent
aujourd'hui. Or, vous le savez, le moment où votre pays aura besoin
de vous pour être défendu est tout proche et, ce jour-là, vous
devrez être prêts, absolument prêts, car les États-Unis d'Amérique
et le reste du monde comptent sur vous !

Il fit une pause, et l'assemblée en profita pour applaudir à
nouveau, la mention de l'argent ayant à elle seule décuplé
l'enthousiasme collectif qui commençait à tourner à l'hystérie.

Pendant qu'il leur souriait, tout en serrant quelques mains
tendues vers lui par les membres du CVAP assis au premier rang,
Philippe Vandercamere se dit qu'il ne serait pas bien difficile
d'obtenir ce qu'il voudrait d'un tel groupe de fanatiques, le jour où il
aurait besoin d'eux.

Chapitre 9 – 25 octobre 2009

« Pourquoi tu ne viens pas dans le bateau avec nous, papa ?

— Je suis désolé, Théo, mais j'ai encore beaucoup de travail à terminer. Ne t'inquiète pas, maman et papi vont bien s'occuper de toi et tu rapporteras un gros poisson pour manger ce soir !

— Mais tu avais promis !

— Je sais mon chéri, et ça m'embête vraiment de ne pas pouvoir venir… je vais te prêter mon appareil et vous allez me prendre plein de photos, d'accord ? Comme ça, je verrai comme tu es beau avec ton nouveau gilet de sauvetage… »

Quentin sourit à son fils, et ébouriffa ses cheveux bruns d'un geste tendre. Il avait tellement grandi ces derniers mois. Bientôt, il aurait six ans, et l'époque où il lui donnait encore le biberon lui semblait pourtant toute proche. Il s'en voulait de le décevoir, mais se dit qu'il se rattraperait le week-end suivant, en l'emmenant à la fête foraine ou au cinéma.

Agenouillé devant lui, et courbé malgré tout à cause de sa grande taille, il sentit une bouffée d'émotion l'envahir tandis qu'il fermait le ciré de son fils par-dessus son gros chandail et rentrait son jeans dans ses bottes en caoutchouc.

— Parfait, tu as un vrai look de marin ! Papi va être heureux d'avoir un matelot avec lui pour l'aider sur le bateau.

— Tu as mis des cornichons dans mon sandwich ?

— Oui, comme tu me l'as demandé. Et je t'ai aussi mis ta boîte de cookies préférés dans le sac du pique-nique.

— Et des briques de jus d'orange ?

— Oui, je n'ai rien oublié, fais-moi confiance !

Le petit garçon fit une grimace à son père, et se mit à courir dans le salon en criant à tue-tête.

— Maman, je suis prêt ! Il est où papi ? On part quand ?

Marie Balard, une jolie jeune femme dont la chevelure bouclée mangeait la moitié du visage, sortit de la cuisine en riant, toute pimpante dans une tenue assortie à celle de son fils.

— On se calme ! Il n'est que neuf heures moins dix, et papi a dit qu'il nous récupérait à partir de 9 heures. Tu as pensé à faire pipi avant de partir ? Sinon, tu vas encore vouloir y aller pendant qu'on est dans la voiture.

— Je vais essayer d'y aller !

Marie se rapprocha de son mari, et se blottit dans ses bras en soupirant.

— Tu es sûr que tu ne peux pas venir avec nous ? C'est le dernier week-end de sortie de la saison, après ça caillera trop pour faire du bateau avec Théo. Il fait tellement beau aujourd'hui, c'est dommage.

— Si je pars pour la journée, je ne serai jamais dans les temps pour rendre mon rapport mardi et j'aurai des problèmes. Je suis vraiment désolé de vous faire faux bond. Dis-moi que tu m'en veux pas…

Balard serra sa femme contre lui, et fut comme d'habitude surpris de la sentir aussi fragile entre ses bras. Sa tête blonde reposait dans le creux de son épaule, et il huma son parfum légèrement vanillé, qui lui évoquait les gâteaux et les îles. Il avait tellement de chance de l'avoir dans sa vie.

Elle leva la tête vers lui en souriant, et lui tendit les lèvres pour obtenir un baiser.

— À quoi tu penses ? Tu m'as l'air bien loin, tout d'un coup.

— Je me dis que j'ai trop de chance, que je dois être en train de rêver et que je vais bientôt me réveiller et découvrir que je vis avec une vieille sorcière, moche et méchante, dit-il en lui faisant une abominable grimace.

— Andouille ! lui lança-t-elle affectueusement, en lui donnant une tape sur le bras.

On entendit frapper à la porte. Théo, tout juste sorti des toilettes situées dans le couloir, se précipita pour ouvrir.

— Papi !

— Théo, et les mains ? Va te les laver, je m'en occupe ! cria gentiment sa mère.

Marie se dirigea vers le hall d'entrée, et ouvrit la porte à un homme d'une bonne soixantaine d'années, à la peau burinée et aux yeux d'un bleu très clair, qui cachait ses cheveux grisonnants sous un bonnet de laine.

— Bonjour, papa ! Pile à l'heure ! Théo est en train de nous tanner pour lever l'ancre, dit-elle en pouffant. Il finit de se laver les mains, et on peut partir.

Charles Latour embrassa affectueusement sa fille et répondit à voix très haute, pour que Théo l'entende de la salle de bains.

— La mer n'attend pas ! Où est mon moussaillon ?

— Papi, je suis là !

Théo débeula dans l'entrée, les mains encore mouillées, et se jeta dans les bras de son grand-père. Celui-ci le fit sauter un peu en l'air, le reposa en lui demandant de patienter quelques secondes et se dirigea vers la porte du salon, d'où Balard observait la scène d'un œil attendri.

— Quentin, vous allez bien ?

— Oui, Charles, très bien et vous ?

— En pleine forme pour pêcher la daurade ! Enfin, si je suis plus chanceux que d'habitude... Nous ne devons pas traîner, les mises à l'eau ne sont possibles que jusqu'à 10 heures Pas de regrets, vous êtes sûr ? En vous dépêchant, vous pourriez encore vous joindre à nous !

— Non, c'est gentil, mais aujourd'hui ce n'est pas possible. Mais on fera quelque chose tous ensemble le week-end prochain, je l'ai promis à Théo.

— Alors, c'est parti ! En route matelot !

Marie avait entre-temps récupéré le sac contenant le pique-nique, des paires de lunettes de soleil et un bonnet de rechange au cas où Théo en aurait besoin, ainsi que l'appareil photo que son mari lui tendit au passage et qu'elle mit dans la poche de son ciré.

Tout le monde se dirigea vers la porte, et Balard les accompagna jusqu'au 4x4 garé dans l'allée de graviers devant la maison. Son beau-père avait déjà fait la manœuvre lui permettant d'être prêt à repartir et la remorque portant le bateau était orientée du côté de la maison.

C'était un beau bateau, se dit Balard. Un modèle Pro 650 de chez Zodiac, qui faisait moins de six mètres de long et permettait d'embarquer 5 passagers. Ils en avaient profité à plusieurs reprises pendant l'été, et il avait apprécié la maniabilité du bateau, qui se comportait comme un 4x4 des mers, et pouvait atteindre une vitesse de plus de 70 km/h. Aussi agréable pour les bains de soleil que pour les séances de pêche en famille, ce bateau était le jouet favori de son fils, qui ne manquait pas une sortie avec son grand-père.

Charles, Marie et Théo montèrent dans le 4x4, Balard s'approcha de la fenêtre passager ouverte et embrassa sa femme encore une fois, tout en donnant ses dernières recommandations à son fils.

— Je compte sur toi pour la daurade, Théo ! Sinon, il n'y a rien à manger ce soir ! Et pensez aux photos, surtout !

— Oui, papa, promis ! Mais on doit partir, sinon on sera en retard, répondit son fils d'un air très sérieux.

Son grand-père se mit à rire, et fit un signe de la main à son gendre.

— Allez, à tout à l'heure, on doit filer !

— Soyez prudents !

— Oui, mon chéri, et travaille bien ! répondit sa femme en lui envoyant un baiser du bout des doigts, tandis que le véhicule commençait à s'éloigner.

Balard regarda l'attelage prendre l'allée et tourner au bout à gauche, puis il rentra lentement dans la maison. C'était un bel endroit et il ne regrettait pas d'avoir atterri près de Cassis lorsqu'il s'était installé avec Marie, qui était originaire de la région. Ils avaient de la place, les pièces étaient lumineuses et le jardin agréable, et sa femme avait décoré l'endroit avec beaucoup de goût, mariant l'ancien et le moderne pour en faire un nid douillet et réconfortant.

Il passa dans la cuisine pour se verser une tasse de café et se rendit à son bureau, situé au bout du couloir du rez-de-chaussée, où l'attendait une pile de dossiers peu engageante. Il s'assit en soupirant, but une gorgée de son café et se mit au travail.

À 9 h 45, après avoir rejoint le port de Cassis par une petite départementale venant de l'arrière-pays, Charles, Marie et Théo procédèrent à la mise à l'eau du bateau par pente douce, puis Charles partit un peu plus loin garer la voiture et la remorque, en utilisant la place de parking privée de l'un de ses amis, qui le laissait en profiter lorsqu'il venait au port.

À 10 heures, ils montèrent tous les trois dans l'embarcation et firent une halte au ponton des carburants, situé près de la sortie du port, afin de faire le plein. Théo était surexcité et faisait de grands gestes de la main à tous les bateaux qui passaient à côté d'eux, certains ayant à leur bord des visages familiers qui souriaient à la vue du petit garçon aux joues rougies par l'air frais, s'agitant sous son gilet de sauvetage orange.

À 10 h 10, Charles fit sortir le bateau du port. Théo était déjà en train de prendre une photo du phare de la jetée, situé à bâbord. Il prit la direction du sud-est, l'objectif étant de contourner la pointe des Lombards, véritable falaise à pic s'avançant dans la mer telle un brise-glace, afin de suivre tranquillement le tracé de la côte, célèbre pour ses calanques.

Théo voulait des photos de lui posant devant la falaise, pour les montrer à son père et Charles dut stopper le bateau plusieurs fois, pour que tout le monde se relaye afin de prendre de nombreux clichés, sur lesquels le petit garçon affichait l'air sérieux d'un capitaine au long cours.

Tant qu'ils étaient proches de la côte et que le téléphone portable de Marie captait encore le réseau correctement, elle en profita pour prendre une photo un peu floue d'eux trois en train de grimacer devant l'appareil et envoya l'image à son mari en l'accompagnant d'un petit message qui disait « *pas de regrets ? on t'aime !* ».

Théo ayant déjeuné très tôt et commençant à dire qu'il avait faim, Charles quitta la zone des calanques pour s'éloigner vers le large à environ 3 milles de la côte, en plein milieu de la baie de Cassis qu'il savait poissonneuse. Là, ils pourraient s'arrêter pour pique-niquer, et tenter de pêcher une daurade.

Arrivés dans la zone choisie, Charles coupa le moteur, jeta le grappin permettant de stabiliser l'embarcation et commença à sortir sa canne à pêche, tandis que Marie récupérait le pique-nique qu'elle avait rangé dans la glacière intégrée au bateau.

Son père inséra la canne dans son support, et sortit le reste de son matériel, en demandant à Théo s'il voulait l'aider. Le petit garçon ouvrit la boîte d'appâts que son grand-père avait achetés la veille, lui tendit un ver de mer vivant et grimaça de dégoût lorsque

Charles l'accrocha fermement à l'hameçon. Puis il aida à jeter la ligne lestée à l'eau et à tourner le moulinet pour lui donner le mou nécessaire.

— Maintenant, on attend en étant patients, lui dit son grand-père.

Une fois cette opération effectuée, ils prirent place sur la banquette arrière, et Théo se jeta sur son sandwich, en vérifiant quand même que son père n'avait pas menti pour les cornichons. Profitant du calme et du soleil, chacun savoura son pique-nique, les adultes se partageant une bière fraîche avec plaisir et le petit garçon dégustant sa brique de jus d'orange en soufflant dans la paille pour faire des bulles, tout en se penchant au-dessus du boudin de droite pour regarder dans l'eau.

À moins de quinze kilomètres de là, une migraine commençant à lui vriller les tempes, Balard voyait sa pile de dossiers diminuer à une vitesse désespérément lente et était sur le point de s'accorder une pause quand il sursauta en entendant un bruit sourd venant de l'arrière de la maison, près de son atelier de rangement.

Merde, si c'est encore le chat du voisin, je vais lui faire passer l'envie de recommencer ! se dit-il en prenant le couloir, en direction de la porte intérieure qui menait au garage.

Alors qu'il passait devant la cuisine, il entendit son portable biper, et il réalisa qu'il l'avait laissé sur le comptoir après s'être versé son café. Il vit qu'il avait un message en attente, reçu trente minutes plus tôt, et il fut heureux de contempler les visages rieurs de sa famille, qui s'amusait manifestement bien plus que lui en ce moment.

Tandis qu'il était en train de répondre au message, en tapant « *beaucoup de regrets, j'aimerais être avec vous* », le bruit se répéta, et Balard pressa la touche envoi, avant de reposer le téléphone et de reprendre le couloir en direction du garage, en marmonnant « mais quel con ce chat ! ».

Sur le bateau, les estomacs étaient bien remplis et tout le monde profitait de ce moment de détente, quand Marie se redressa sur la banquette en agrippant son père par le bras.

— Ça mord, papa, regarde !

La canne était effectivement en train de bouger, et Charles se leva rapidement pour l'attraper afin de ferrer le poisson. Réalisant qu'il avait encore sa bière à la main, il demanda à sa fille de venir la prendre et elle se leva elle aussi pour récupérer la bouteille et assister à la remontée du poisson.

Charles commençait à peine à tourner le moulinet lorsqu'ils entendirent derrière eux un bruit de chute dans l'eau. Ils se retournèrent brusquement, pour constater que Théo avait disparu.

Laissant tomber canne et bière, les deux adultes se précipitèrent vers le bord opposé, virent la tache orange du gilet de sauvetage flotter à quelques mètres du bateau, et, sans même se concerter, se jetèrent à l'eau pour lui porter secours.

Leurs trois corps sans vie et dérivant lentement en direction de La Ciotat furent détectés quelques heures plus tard par la gendarmerie maritime qui croisait dans les parages.

*D*e tout ce que j'ai dû faire pour monter l'opération, la décision la plus difficile a certainement été l'enfant.

Son visage hantera mes nuits pendant encore longtemps et, même si je pensais être prêt à affronter des regrets, je ne savais pas qu'ils seraient aussi tenaces.

Bien sûr, je n'étais pas présent quand les plongeurs ont fait leur travail, je n'ai pu qu'imaginer leur arrivée près du bateau, le lest, l'attente de la noyade, le spectacle désespérant de ces trois corps privés de vie... mais j'ai eu droit au rapport le soir même, et pendant une seconde, j'ai regretté qu'il n'y ait pas eu d'autre solution.

Les hommes m'ont parlé de son courage, ils m'ont dit qu'il s'était bien battu, jusqu'au bout. En digne fils de son père, il a sans doute un peu plus lutté que les autres, malgré son jeune âge et une défaite inévitable. C'était un sacré môme. Et aujourd'hui, il lutte dans ma tête comme il a lutté dans l'eau. Je pense qu'il luttera jusqu'à ce que mon heure vienne à son tour et j'accepte ce fardeau.

Oui, le plus dur a été de devoir tuer l'enfant...

Mais Balard n'aurait jamais accepté de reprendre du service s'il avait continué à jouer au père modèle, et nous avions besoin de lui pour le plan. Nous avions besoin de son désespoir.

Sans lui, le trio n'aurait pas pu accomplir ce qui devait être.

Et quand je pense à ce que nous avons réussi à faire, quand, de la tribune où je me trouve, je regarde tous ces visages et que je sais que la planète entière écoute ce discours historique, je me dis que l'enfant n'est pas mort pour rien. Il fait partie de ceux qui auront permis l'arrivée au grand jour du monde que nous voulions, il a contribué à notre prise de pouvoir, et, d'une certaine façon, je le remercie.

Mais surtout... je lui demande pardon...

2 – DÉVELOPPEMENT

Quand le gouvernement viole les droits du peuple, l'insurrection est, pour le peuple et pour chaque portion du peuple, le plus sacré et le plus indispensable des devoirs.

Art. 35 – Déclaration des droits de l'homme et du citoyen de 1793

Chapitre 10 – 2 novembre 2009

Le temps était magnifique, en ce lendemain de Toussaint. Un ciel bleu sans nuages et un soleil combatif donnaient à cette après-midi de novembre un air de printemps improbable, noyant le cimetière Sainte-Croix de La Ciotat sous des flots de lumière trop crue.

Un temps indécent pour un enterrement, se dit Frédéric Giraud.

Il se tenait quelques pas derrière les membres de la famille Latour, venus apporter leurs condoléances et un peu de soutien à Quentin Balard, « *victime d'un drame familial tragique* » comme l'avait titré le journal municipal de Cassis la semaine précédente.

Balard, les traits bouffis sous ses lunettes noires, serrait machinalement des mains et répondait aux paroles de circonstance sans sembler reconnaître les personnes qui l'approchaient. Grande silhouette sombre se découpant sur les stèles claires avoisinantes, il semblait totalement piloté par l'homme petit et corpulent qui se tenait à sa droite et qui l'empêchait manifestement de s'effondrer.

Le caveau familial de la famille Latour, couvert d'une petite chapelle ancienne mais bien entretenue, se trouvait en bordure du cimetière, près d'une rangée d'arbres qui prodiguaient un peu d'ombre au groupe recueilli devant les trois cercueils en attente d'inhumation, la cérémonie étant conduite par un lecteur laïc à la voix douce et apaisante.

Autour de la sépulture, les nombreuses couronnes et gerbes de fleurs jetaient des touches de couleur presque incongrues et l'air était imprégné d'odeurs de lys, de chrysanthèmes, de roses et d'orchidées.

Où qu'il regardât, Giraud avait l'impression que ses yeux le ramenaient à la petite boîte en chêne doré qui reposait entre les deux plus grandes. Cette vision ressemblait à une farce macabre. Un cercueil d'enfant n'est rien d'autre qu'une aberration, se dit-il. Ce n'est pas dans l'ordre des choses et personne ne devrait avoir à contempler ça.

Se rapprochant de Balard, il serra brièvement l'épaule de son ami, espérant lui communiquer un peu d'énergie à défaut de réconfort, car il savait très bien qu'aucune parole et aucun geste ne pourraient soulager la peine d'un homme dans sa situation.

Sous sa main, le corps de Balard était un bloc rigide, un morceau de bois aussi dur que celui des cercueils qui leur faisaient face. Cette tension lui permettait sans doute d'affronter l'insurmontable, mais Giraud savait par expérience qu'avant le soir, son ami s'effondrerait dans un coin, rappelé à la réalité par la maison vide, par quelques chaussures d'enfants traînant encore dans le salon, ou par l'odeur du parfum de sa femme, accrochée aux rideaux de leur chambre tel un écho morbide.

Il lui faudrait combattre le déni et la colère et, surtout, il lui faudrait accepter d'être encore en vie. En vie, mais terriblement seul au milieu des vestiges de son existence ravagée.

Le jour où il avait perdu ses propres parents dans un accident de voiture, alors qu'il était encore bien trop jeune pour affronter une telle réalité, Giraud était passé par ces moments terribles, faits de cauchemars nocturnes qui se prolongent au réveil, lorsqu'on s'accroche désespérément pendant quelques secondes à l'idée que tout cela n'est peut-être qu'un mauvais rêve... jusqu'à ce que le cerveau fasse son travail implacable, et vous ramène vers l'affreuse vérité.

Les amis de la famille lui avaient brièvement parlé des circonstances de la découverte des corps, de l'arrivée en trombe de Balard sur les lieux du repêchage par la gendarmerie, de ses cris, de ses tremblements, et plus bizarrement, de sa silhouette. Quelqu'un lui avait dit *« je n'ai jamais vu un homme aussi grand devenir soudain aussi petit... comme s'il s'était recroquevillé à l'intérieur, vous voyez... »*.

Oui, Balard allait sacrément en baver, pensa-t-il avec tristesse. Il allait bientôt réaliser froidement que sa famille était définitivement partie et que sa femme et son fils avaient été enterrés avec d'énormes cicatrices en travers du corps, celles que le médecin légiste avait laissées après avoir pratiqué les autopsies et que le thanatopracteur n'avait bien évidemment pas pu effacer. Giraud, même s'il n'avait pas d'enfant, imaginait sans peine ce qu'on peut ressentir quand on évoque une telle mutilation sur un corps aussi petit et il essaya en vain de chasser cette image de son esprit trop encombré.

Il fut ramené à la réalité par la prise de parole d'un homme d'une soixantaine d'années, vêtu d'un uniforme militaire, qui se plaça devant le reste du groupe pour prononcer quelques mots à la mémoire de son ancien camarade de chambrée, Charles Latour.

Giraud s'en voulut soudain de ne pas avoir plus pensé au grand-père du petit Théo, tout occupé qu'il était à ressasser la terrible disparition de l'enfant et celle de sa mère. Même s'il le connaissait peu, il savait que Latour était un homme généreux et apparemment très apprécié, si l'on considérait le nombre de ses amis venus lui rendre hommage. Un homme encore dans la force de l'âge, avec de belles années devant lui, mais dont le décès semblait amoindri par ceux de sa fille et de son petit-fils, sans doute plus choquant aux yeux de leur entourage. Et même si personne n'en parlait ouvertement, tout le monde garderait en mémoire l'idée que Latour était sans doute responsable de l'accident. Il conduisait le bateau et n'aurait jamais dû se rapprocher autant des rochers, seule explication permettant de comprendre l'état de l'embarcation. Et surtout, il aurait dû suivre les consignes de sécurité et ne pas laisser l'enfant retirer son gilet de sauvetage. Non, tout le monde parlerait d'accident malheureux, de malchance ou de triste destin, mais le souvenir de Charles Latour resterait définitivement terni, comme une petite écharde invisible mais bien présente sous la peau, qui se rappelle régulièrement à notre souvenir.

Giraud eut soudain beaucoup de peine pour cet homme et il écouta avec émotion le militaire vanter les qualités humaines de son camarade disparu devant une assemblée reniflante.

Lorsqu'il eut fini de parler, l'homme vint serrer la main de Balard, puis alla se replacer au milieu du groupe, laissant le lecteur laïc reprendre les rênes de la cérémonie dont il avait la charge.

Celui-ci se tourna vers Balard avec douceur, tentant de discerner derrière les lunettes noires un éventuel désir de s'exprimer à son tour. Mais Balard était inatteignable, perdu dans un abîme de douleur bien trop éloigné, et ce fut Philippe Vandercamere, l'homme qui le soutenait depuis leur arrivée au cimetière, qui adressa un signe de tête au célébrant et s'avança pour prendre la parole.

— Il est rare que je ne sache pas quoi dire, mais aujourd'hui, comme à vous tous, les mots me manquent… Je suis un ami de longue date de Quentin, et je sais à quel point sa famille comptait pour lui. Rien de ce que nous dirons ici et aujourd'hui ne pourra apaiser sa peine, mais je tiens à ce qu'il sache que nous l'aimons, que nous le soutenons et que nous sommes là pour lui. Théo, Marie et Charles étaient des êtres lumineux, qui éclairaient sa vie et lui donnaient de la force, et je voudrais que tous ensemble nous nous recueillions quelques instants, afin que cette lumière persiste dans nos souvenirs…

Vandercamere croisa les mains et baissa la tête, imité par le groupe maintenant sanglotant qui lui faisait face.

Rappelé à la réalité par le silence complet qui s'installa, Balard parut sortir de sa torpeur et regarda brièvement autour de lui comme s'il se demandait soudain ce qu'il pouvait bien faire là, sa grande silhouette émergeant curieusement au milieu des têtes inclinées.

Ses yeux s'arrêtèrent sur un couple qui se promenait lentement dans l'allée voisine. L'homme semblait perdu dans ses pensées et regardait ailleurs, mais la femme fixa Balard juste assez longtemps pour qu'il se sente mal à l'aise, malgré la protection de ses lunettes noires, et pour qu'un flot d'énergie négative l'envahisse subitement. Il ferma les yeux quelques secondes afin de chasser cette impression et, quand il chercha à nouveau le couple, ce dernier avait disparu derrière une énorme stèle de granit noir surmontée d'angelots joufflus et souriant au ciel.

Cette vision rappela brutalement à Balard que Théo n'était plus là et il en eut le souffle coupé, comme si tout l'oxygène de ses poumons avait été happé par un vide sans pitié.

Retirant ses lunettes, il contempla les trois cercueils d'un air presque incrédule, et Giraud, qui le surveillait du coin de l'œil, comprit qu'une soudaine réalité venait de frapper son ami : le temps de la cérémonie touchait à sa fin et la terre allait bientôt ensevelir les corps de sa famille, les séparant de lui pour la seconde et dernière fois. L'agitation administrative, l'organisation des funérailles, tous les détails qui lui avaient permis de rester occupé prenaient fin maintenant. Devant Balard, il ne restait plus que trois boîtes en bois dérisoires et un caveau en pierre muet qui allait définitivement avaler son fils, son rire, sa petite voix aiguë, ses cheveux ébouriffés et ses grimaces. Cette idée était tout simplement inconcevable.

La suite s'enchaîna comme dans un brouillard, les derniers mots du lecteur laïc se mélangeant aux murmures et aux pleurs environnants.

Les employés des pompes funèbres procédèrent solennellement à la mise en terre des trois cercueils, qui rejoignirent celui de la mère de Marie Balard, ainsi que les reliquaires contenant les restes de plusieurs générations de parents morts depuis bien longtemps.

Vandercamere et Giraud restèrent aux côtés de leur ami, tandis que les proches se dispersaient peu à peu, laissant le silence revenir, seulement troublé par le bruit lointain des voitures et quelques chants d'oiseaux indifférents.

Le caveau ne serait à nouveau clos qu'après leur départ et Giraud se demanda encore une fois ce qui pouvait bien être le pire de toute façon : assister à cette fermeture finale, ou lui tourner le dos pour mieux l'imaginer.

Balard dut se poser la même question, car il fit mine de partir pour mieux revenir devant le monument à plusieurs reprises, incapable de s'en aller, jusqu'à ce que Vandercamere finisse par lui attraper le bras et l'entraîne doucement mais fermement dans l'allée, en direction des grilles du cimetière.

— Je crois que nous avons tous besoin d'un verre.

Giraud pensa alors qu'il leur faudrait bien plus qu'un verre pour noyer cette immense sensation de gâchis et de détresse, et il leur emboîta le pas, convaincu que le plus difficile restait à venir.

Chapitre 11 – 2 novembre 2009

À 23 heures, Balard, Giraud et Vandercamere en étaient à leur quatrième bar et à un nombre cumulé de verres qu'ils avaient renoncé à compter depuis un bon moment.

Après avoir successivement éprouvé les oreilles et la patience de plusieurs patrons pourtant aimables, ils avaient finalement atterri derrière le long comptoir métallique d'une discothèque plutôt bruyante, où ils espéraient surtout que l'attitude titubante et agressive de Balard serait moins repérable. En cette période de vacances scolaires l'endroit était bondé, la jeunesse de Cassis et des alentours profitant encore allègrement de quelques jours de liberté dans une atmosphère qui mêlait odeur de sueur, relents d'urine émanant de toilettes peu recommandables et musique pop.

Vautré sur un vieux tabouret haut qui menaçait de s'écrouler sous son corps massif, Vandercamere essayait depuis plusieurs minutes d'attirer l'attention du jeune barman qui semblait mettre un point d'honneur à ignorer les trois hommes, considérant sans doute que leur âge avancé selon les critères de la maison et leur mine défaite ne les rendaient pas prioritaires.

Lorsque leurs whiskies finirent enfin par être servis, les trois amis trinquèrent silencieusement pour la énième fois de la soirée et laissèrent l'alcool continuer son travail de noyade bienfaisante. Au bout de quelques secondes, Balard contempla le fond de son verre déjà vide comme s'il s'agissait d'une injustice intolérable l'ayant choisi pour victime. Il tapa furieusement du poing sur le comptoir poisseux pour en réclamer un autre.

— Je pense que tu pourrais faire une pause, lui dit Vandercamere d'une voix un peu pâteuse. À nous deux, on n'arrive pas à te suivre.

— J'ai encore soif !

— T'es bourré, mais t'es encore assez clair pour t'en rendre compte !

— J'ai besoin d'être bourré ! Ça fait du bien...

En équilibre instable sur son tabouret, Balard continuait de taper sur le comptoir, ses deux amis assis de chaque côté de lui le regardant d'un air à la fois compréhensif et soucieux.

— T'as plus l'habitude, lui dit doucement Giraud. Tu vas te mettre à l'envers pour plusieurs jours et tu vas le regretter.

— Je veux être malade ! Je veux être dans le brouillard ! Pendant ce temps-là, je pense presque à rien... et j'arrive à supporter les images qui reviennent sans arrêt... il avait forcément son gilet... personne veut voir qu'on lui a retiré... mais moi je le sais... j'ai compris... et la femme ne se promenait pas... non, non, non...

Il se mit à marmonner tout bas, hochant la tête de temps en temps comme s'il parlait à un interlocuteur invisible, tout en continuant à vociférer régulièrement après le barman qui avait sagement choisi de rester à l'autre bout du comptoir et de leur tourner le dos.

— Qu'est-ce que tu racontes ? reprit Vandercamere. On ne comprend rien à ce que tu dis ! Et pourquoi tu retournes le couteau dans la plaie en parlant de l'accident ? On ferait mieux de rentrer et de te coller au lit.

Balard se redressa subitement, tapant violemment des deux mains sur le comptoir, et tourna rageusement ses yeux injectés de sang vers lui, regardant son ami comme s'il était soudain devenu le dernier des idiots.

— Tu vas pas me faire croire que vous aussi vous croyez à

l'accident ? Me dis pas que tu gobes ces conneries ! Pas toi !

— Quentin, le médecin légiste a dit que…

— Elle a dit que dalle ! Elle a dit qu'elle n'avait rien trouvé ! Elle a ouvert ma famille en deux pour rien trouver du tout… elle a découpé l'intérieur de mon fils, et elle a juste dit qu'il s'était noyé sans cause particulière… la belle affaire ! Garder leurs corps une semaine pour dire ça, c'était bien la peine ! Connasse ! Bien sûr qu'il s'est noyé ! On les a tous noyés… Barman ! Il vient ce verre ?!

Giraud se leva péniblement pour venir se placer à côté de Vandercamere et prit Balard par le bras.

— Tu dis des conneries, personne les a noyés. Ils ont juste percuté les rochers et ont dû être assommés avant de tomber à l'eau, ou un truc dans le genre. En plus, Théo ne savait pas nager, tu le sais bien…

— Et toi tu dis des conneries parce que tu sais pas de quoi tu parles ! Tu crois encore connaître ma vie parce qu'on se voit une fois par an depuis la mission des tours… mais tu sais que dalle et t'es trop con ou trop naïf sur ce coup ! Mais putain, y'a pas moyen d'avoir à boire ici ?

— Ah ouais, je suis trop con ? Alors, vas-y, explique ! Pourquoi tu ne crois pas à l'accident ? Pourquoi tu veux qu'on les ait tués ? Tu crois pas que t'as juste besoin de trouver un coupable, parce que c'est moins dur à supporter ?

Balard regarda ses amis avec mépris, l'air presque dégrisé, comme si sa colère contrait peu à peu l'effet de l'alcool.

— Je sais ce que je sais ! Mon beau-père naviguait dans le coin depuis des années ! Il connaissait tous les endroits à éviter comme le fond de sa poche ! Et les gens ont beau dire ce qu'ils veulent, je sais qu'il aurait jamais laissé Théo faire du bateau sans gilet, tu comprends ? C'était un mec super-prudent et, s'il avait pu, il lui aurait mis deux gilets plutôt qu'un ! Tous ces gens sont cons et parlent sans savoir... et ils n'ont pas vu la femme... même vous, vous avez pas vu la femme...

— Mais quelle femme ? De quoi tu parles ?

— La femme du cimetière... quand je l'ai regardée, j'ai compris que j'avais raison depuis le début... elle n'était pas là par hasard... elle était là pour... pour me passer un message... avec ses yeux... pour me dire que bientôt ils reviendront pour moi...

— Tu délires complètement ! Tu deviens parano et avec tout ce que t'as bu, c'est normal ! lui dit Vandercamere en soupirant.

— Je suis pas dingue... j'ai jamais été du genre dingue, tu le sais très bien... Noyer les gens c'est pas bien dur quand on sait comment faire... ils ont noyé ma famille... et vous êtes trop cons si vous arrivez pas à voir ça... vous êtes rouillés, vous avez oublié le métier...

— Mais pourquoi quelqu'un s'en prendrait à ta famille ? Pourquoi les noyer comme ça, sans laisser de traces ? Ça tient pas debout ! À part si on voulait te coller des doutes et dans ce cas, c'est réussi ! Tu débloques à fond !

Balard baissa la tête et contempla encore une fois le fond de son verre, comme s'il pouvait le remplir à nouveau par le simple pouvoir de son esprit.

— J'aurais dû être sur le bateau...

— Écoute, tu ne vas pas remettre ça ! Tu ne pouvais pas prévoir ce qui s'est passé, et ce n'est pas de ta faute. Ça ne sert à rien de jouer à refaire l'histoire... tu n'y étais pas, et c'est affreux, mais tu ne peux rien y faire ! reprit Vandercamere, qui commençait à montrer des signes d'impatience.

— Non, tu comprends pas... je ne parle pas de regrets, même si j'en ai aussi, forcément... je parle d'organisation... j'étais censé être sur le bateau ! C'était prévu, quoi ! J'ai annulé le matin même parce que j'avais trop de boulot. Trop de boulot... quelle connerie... On faisait toutes les promenades du dimanche ensemble depuis le début de l'été, quand Charles a acheté son nouveau bateau. Personne pouvait deviner que ce jour-là ils partiraient sans moi… j'aurais dû être sur le bateau, et j'étais attendu… seulement, ils ont pas dû vérifier avant d'envoyer les plongeurs… et ils les ont tués pour rien… ils sont morts pour rien, car je n'étais pas là alors qu'ils venaient pour moi…

Balard se remit à marmonner dans son coin, ses deux amis ne sachant plus comment se comporter pour le ramener à la raison.

— Et si on rentrait, maintenant ? tenta Giraud. Je crois vraiment que t'as assez bu.

— J'ai pas fini de boire ! Et ce con de barman refuse de m'entendre, merde ! Tu vas me le servir, ce verre ? C'est possible de l'avoir avant demain ?!

Toujours en criant, Balard se leva et fit mine de se diriger vers l'extrémité du comptoir où le barman continuait de faire le sourd, quand un videur aussi grand que lui, mais beaucoup plus large d'épaules, l'intercepta en lui bloquant le passage.

— Écoute, je crois que ton pote a raison et que t'as assez bu comme ça.

— Et moi je crois que tu vas vite te pousser et me laisser aller chercher mon verre avant que je t'en colle une.

— Je te dis que t'as assez bu et je vais te demander de me suivre vers la sortie avant que tu te mettes à faire des conneries. C'est pas le cirque ici et tu commences à sérieusement taper sur les nerfs de tout le monde.

Le videur, tout en muscles sous son t-shirt noir et affichant une expression condescendante, fit mine de saisir Balard par l'épaule.

Celui-ci, qui le regardait d'un air faussement hébété tout en vacillant un peu sur ses jambes, ne lui laissa pas le temps de finir son geste. Il lui attrapa agilement le majeur de la main droite et exerça une torsion rapide vers le bas tout en se déplaçant sur le côté, ce qui obligea l'homme à fléchir les jambes pour soulager la douleur violente qui lui envahit la main et l'avant-bras. Profitant de sa position basse, Balard lâcha la main du videur et passa rapidement derrière lui afin d'entourer son cou d'un bras nerveux, tout en le mettant complètement à genoux d'un coup de pied dans le bas du dos.

— Pourquoi il faut que tu m'emmerdes ? Tu crois pas que j'ai déjà assez de problèmes comme ça ? Tu penses que j'ai besoin qu'un con de videur vienne me faire la morale ? J'ai l'air d'avoir vingt ans ou quoi ?

Sa prise se resserra sur la trachée du videur et les personnes qui assistaient à la scène autour du bar virent que le visage de ce dernier commençait à montrer des signes d'affolement.

— Un verre ! C'est tout ce que je voulais ! Juste un verre ! Mais t'es pas fichu de comprendre ça, toi, hein ! Tu veux me foutre dehors comme un merdeux et tu crois que je vais me laisser faire !

Le videur essaya de redresser sa tête, cherchant un peu d'air vers l'arrière, mais la prise de Balard était ferme.

— C'est plein de muscles parce que ça soulève de la fonte trois fois par semaine, mais ça se dégonfle en dix secondes parce que ça n'a pas de technique ! Abruti ! Je vais t'apprendre à jouer les caïds !

Balard riait maintenant de façon un peu démente, sans se soucier de la teinte bleuâtre qui envahissait peu à peu le visage de l'homme, et Vandercamere fit un signe de tête à Giraud, en comprenant que leur ami ne se calmerait pas de lui-même.

— Pourquoi tu veux que je sorte ? Tu veux faire le malin devant ta copine ? Tu penses que le patron va te féliciter pour ton intervention ? Peut-être que t'as des potes qui m'attendent dehors pour me donner une leçon ? Ou peut-être que tu bosses pour eux ? C'est ça, tu bosses pour eux, toi aussi ? Qui t'a payé pour venir me chercher ? Qui a tué ma famille ?!

Maintenant hystérique, Balard continuait de serrer le cou du videur, sans se soucier des cris de panique qui commençaient à jaillir autour de lui. Incapable de laisser sa proie et aveuglé par sa rage, il n'arrêta de l'étrangler que lorsqu'il reçut le tranchant de la main de Giraud derrière la tête, ce qui l'étourdit et lui fit lâcher prise.

Vandercamere l'attrapa fermement par le bras.

— On rentre et fais pas d'histoires.

Balard se calma subitement et ne répondit rien. Il se contenta de masser l'arrière de son crâne d'une main hésitante et suivit lentement son ami qui se dirigeait vers la sortie comme si de rien n'était. Derrière eux, Giraud vérifia que le videur respirait à nouveau normalement et lui jeta quelques billets en souriant d'un air penaud.

— C'est pour le dérangement ! Excuse mon pote, il vient d'apprendre une très mauvaise nouvelle.

Puis il rejoignit ses amis qui l'attendaient sur le trottoir sans se parler et il se demanda tout d'un coup lequel d'entre eux allait bien pouvoir conduire sur le chemin du retour.

Chapitre 12 – 9 novembre 2009

Lorsqu'il émergea au milieu des draps chiffonnés et tachés, Balard resta quelques minutes à regarder le plafond de sa chambre, surpris d'y voir encore la petite fissure qu'il promettait à sa femme de reboucher depuis des mois. Sa tragédie personnelle n'avait donc pas eu la moindre influence sur le reste du monde et tout ce qu'il avait laissé en suspens en ce dimanche funeste était toujours là à l'attendre et à le narguer, se rappelant à son bon souvenir.

La fissure lui semblait même plus grosse, mais peut-être son esprit lui jouait-il des tours.

Combien de jours était-il resté couché là, à boire, à gémir, à crier et à s'égarer dans les méandres d'un mauvais sommeil ? Quatre, cinq ? Il avait perdu le compte dès le lendemain de l'enterrement, confondant les jours et les nuits, incapable de se lever et d'affronter le vide de la maison. Il ne lui restait que les souvenirs confus de paroles censées le calmer, de vomissements répétés et d'une douleur insupportable au creux du ventre qui était d'ailleurs toujours présente.

Se redressant lentement dans le lit, il lui suffit de se passer la main sur la tête pour savoir qu'il devait faire peur : ses cheveux étaient gras et plaqués sur son crâne, sa barbe crissait sous ses ongles, et lorsqu'il regarda ses mains il vit que ces derniers étaient noirs de crasse. Sa bouche était pâteuse, il puait la sueur, le vomi et quelque chose qu'il n'arrivait pas à définir. Peut-être l'odeur du désespoir.

Il posa les pieds par terre et resta immobile, le temps que la pièce redevienne une image stable pour ses yeux fatigués. Il fut surpris par l'ordre qui régnait dans la chambre. Si son lit était dans un état lamentable, le reste était propre, bien rangé et même les bouteilles qu'il avait forcément bues avaient disparu.

Philippe est passé par là, se dit-il.

Lorsqu'il se leva, un épouvantable mal de tête se rappela à lui et chaque pas qu'il dut faire pour atteindre la salle de bains fut une torture, comme si tout le sang de son corps s'était concentré sous ses sourcils et se réveillait sous forme de pulsations violentes.

Il aimait beaucoup la salle de bains de leur chambre. C'était un endroit clair, bien agencé, que Marie avait décoré dans des tons chauds « qui lui donnaient envie de se faire belle », comme elle le disait souvent. En contemplant son reflet dans le miroir du lavabo, Balard se dit que l'objectif n'allait pas être simple en ce qui le concernait.

Il faisait vraiment peur. Des cernes noirâtres lui cerclaient les yeux, il avait dû perdre beaucoup de poids, passant de mince à maigre en quelques jours, et la couleur de sa peau lui évoquait la cendre sale.

Je ressemble à un cadavre, constata-t-il simplement. Un cadavre ridicule au milieu des produits de beauté de ta femme.

Marie était partout dans cette pièce. Il pouvait la voir et la respirer.

Il resta de longues minutes à regarder les flacons de crème, les boules de coton coloré, les sels de bain et les bouteilles de parfum parfaitement alignées sur les petites étagères. Il respira son shampoing, son huile corporelle favorite et récupéra sur sa brosse un long cheveu blond resté emprisonné la dernière fois qu'elle l'avait utilisée.

Un cheveu pour toute preuve matérielle de son passage dans ma vie, voilà ce qui me reste, se dit-il en sentant la boule d'angoisse désespérée réapparaître dans sa poitrine.

Étonnamment, ses yeux restèrent secs et il prit ça comme un signe lancé par son corps : il avait sans doute épuisé ce qui lui restait de liquides corporels en pleurant toutes les larmes de son enfer personnel, et le temps n'était plus aux pleurs. En tout cas, pas aujourd'hui.

Jetant directement son caleçon souillé à la poubelle, il entra sous la douche et entreprit de nettoyer son corps de toutes les salissures qui le recouvraient. Crasse, sueur et désespoir furent chassés ensemble, tandis qu'il laissait l'eau chaude lui apporter un réconfort inespéré.

Lorsqu'il apparut trente minutes plus tard dans le salon, vêtu d'un jeans et d'un pull devenus trop grands pour lui, il vit Vandercamere, confortablement allongé sur le canapé, lever la tête de son journal.

— Tu as une sale gueule.

— Je sais.

Il se dirigea vers la cuisine, où Giraud était en train de faire griller du pain tout en préparant des œufs au jambon dans une énorme poêle. Se sentant presque coupable, il réalisa qu'il mourait de faim.

— Ça sent drôlement bon.

— Ah ! Tu arrives juste à temps. Ça devient urgent que tu manges un vrai truc, t'as vraiment une sale gueule.

— Oui, on me l'a déjà dit…

Il s'assit devant le comptoir américain, où l'attendait un grand bol de café, et il laissa Giraud lui servir une assiette bien remplie.

— Je ne me souvenais pas que tu cuisinais aussi bien.

— C'est le problème quand tu n'as pas une seule femme, mais plusieurs. Chacune se doute qu'il y en a d'autres et refuse de perdre son temps à te préparer de bons petits plats. Ça rend autonome, d'une certaine façon.

Giraud lui fit un clin d'œil et s'assit à côté de lui en posant deux autres assiettes sur le comptoir.

— Philippe, c'est prêt ! Viens bouffer avant que ça refroidisse !

Vandercamere entra d'un pas tranquille dans la cuisine, son journal à la main, et s'assit devant son déjeuner avec une satisfaction non dissimulée. Les trois hommes se mirent à manger en silence, Balard dévorant la nourriture avec avidité. Il but rapidement tout son café et se leva pour se resservir.

— Merci d'être restés, dit-il doucement à ses amis, profitant de son dos tourné pour masquer son émotion.

— C'était la moindre des choses.

Vandercamere lui sourit légèrement en prononçant ces mots.

— Tu es resté couché six jours et on commençait à croire que tu n'allais plus jamais émerger. On ne pouvait pas te laisser dans cet état. Sans parler de l'intendance…, dit-il sans finir sa phrase et en plissant le nez dans un petit geste de dégoût.

Giraud fit un signe de tête en direction du salon.

— On a rangé ce qu'on pouvait, histoire de t'éviter ça. Et on a répondu au téléphone à une tonne de gens qui voulaient te dire à quel point ils sont désolés. On leur a dit que t'avais envie d'être seul pendant quelques jours, et qu'on s'occupait de toi.

Balard sourit faiblement et revint s'asseoir.

— Ils vont finir par croire que je suis mort moi aussi. Que je me suis jeté de la falaise ou un truc comme ça. J'ai carrément pété les plombs la semaine dernière, non ? Comment va le type de la boîte ?

— Il survivra, t'inquiète, lui répondit Giraud. T'étais pas au meilleur de ta forme et t'as pas assez serré !

— Arrête, c'est pas drôle. Je ne sais pas ce qui m'a pris. J'ai complètement déliré et j'ai aussi raconté pas mal de conneries, si je me souviens bien.

— Pas tant que ça.

Vandercamere se leva sur ces paroles, et alla nettoyer son assiette dans l'évier.

— Qu'est-ce que tu veux dire ?

— Je veux dire que même si tu étais bourré, tu as dit des trucs finalement plutôt sensés et que nous avions été un peu rapides à croire l'explication officielle de notre côté.

Il commença à faire le reste de la vaisselle, lavant méthodiquement chaque couvert comme si sa réputation en dépendait.

— Je ne te suis pas. Tu dis que j'ai raison ? Enfin, que j'avais raison ?

Giraud lui répondit de façon un peu hésitante.

— Disons que pendant que tu faisais le comateux dans ton lit, on a eu le temps de réfléchir et de lire. Et on a pas mal discuté aussi.

— Vous avez parlé de quoi ? De ma parano totale et de mes hallucinations ?

— Il y avait en fait beaucoup de vrai dans ce que tu as dit, reprit Vandercamere. C'était le désordre dans ta tête, mais ton instinct était sans doute bon. Enfin, c'est ce qu'on croit maintenant.

— Attends ! Vous pensez maintenant qu'il n'y a pas eu d'accident ? Vous m'avez traité de dingue quand je vous en ai parlé ! Et vous avez sans doute eu raison… j'avais besoin d'un coupable, parce que c'était plus facile comme ça.

— Non, ton raisonnement à propos de ton beau-père était juste. Et un accident n'aurait de toute façon pas justifié qu'il permette à Théo de retirer son gilet de sauvetage en pleine mer. Il s'est passé un truc sur ce bateau. Fred et moi n'avions pas envie d'y penser lundi dernier, mais il faut être lucide… ça ressemble quand même drôlement à l'opération de l'île Margarita en 1997. Celle que nous avions menée nous-mêmes contre l'avocat vénézuélien.

Balard reposa le bol qu'il s'apprêtait à porter à ses lèvres.

— Alors, vous aussi, la ressemblance vous chiffonne ?

— Écoute, on s'est contenté d'étudier les faits. Et les faits parlent d'eux-mêmes. Il faisait beau et la mer était lisse. Ton beau-père n'a jamais passé d'appel radio laissant entendre que le bateau était en difficulté. Aucun d'entre eux n'avait de blessure ouverte et, à part quelques bosses, il n'y avait pas de signe extérieur expliquant qu'ils se soient évanouis lors d'un choc. En plus, trois évanouissements simultanés, ça fait beaucoup, non ? Et encore une fois, la question du gilet pose problème.

D'un geste de la tête montrant qu'il était d'accord, Giraud compléta l'explication.

— On a essayé d'en savoir plus sur l'état du bateau, mais on nous a juste confirmé qu'il y avait des déchirures un peu partout sur la partie pneumatique, ce qui a soutenu la thèse officielle des rochers. Ceci dit, c'était un modèle semi-rigide, et ils auraient dû pouvoir se raccrocher à quelque chose, même en ayant été éjectés par un choc. Bref, tout ça ne tient pas vraiment debout. On connaît tous les trois la procédure, et elle n'est pas bien compliquée… Quelques plongeurs équipés de recycleurs pour éviter les bulles. Ils s'en prennent au plus faible du bateau pour faire plonger les autres. Une ceinture de lestage temporaire sur chacun pour les empêcher de remonter. Il n'y a plus qu'à attendre quelques minutes et le tour est joué. Simple, rapide, efficace. Il est facile de conclure à l'accident et personne ne va vraiment chercher plus loin que ça.

Balard écoutait sans mot dire en buvant son café et Vandercamere, qui avait fini sa vaisselle, se sécha les mains avant de revenir s'asseoir et de reprendre la parole.

— Ce qui me posait le plus problème dans ton discours de l'autre soir, quand tu as dit que c'était toi qui étais visé avant tout et que tu aurais dû être sur le bateau, c'est que je ne voyais pas du tout pourquoi quelqu'un aurait voulu te faire la peau.

— Attends, tu veux que je te fasse la liste de tous les types qui ont des raisons de m'en vouloir ? De nous en vouloir ? On a participé à combien de missions en dix ans ? Même si on ne compte que celles qui ressemblent à ce qui s'est passé là, ça nous laisse le choix. Regarde, par exemple, l'opération Ratatouille avec les Comoriens... putain, lequel d'entre nous avait choisi ce nom-là, d'ailleurs ? C'était nul...

Giraud lui fit un clin d'œil moqueur.

— Je crois que c'était ton idée ! T'as jamais su trouver des trucs ayant un peu de classe.

Manifestement soucieux de ne pas laisser la conversation dériver, Vandercamere reprit la parole d'un ton sérieux.

— Non, je ne crois pas à la thèse de la vengeance. Pas après plus de huit ans. Pas avec les précautions prises à l'époque. Ces types n'ont pas les moyens de remonter jusqu'à nous et pour eux, nous sommes des fantômes. Ils ne connaissent pas nos identités, n'ont jamais vu nos visages et n'ont pas l'argent pour financer des opérations de recherche. Non, s'il y a un motif valable ici, pour moi ce n'est pas la vengeance... c'est le nettoyage.

Balard eut l'air surpris et reposa son bol vide sur le comptoir.

— Le nettoyage ? Pourquoi ? On ne dérange plus personne depuis bien longtemps.

— Lis ça.

Vandercamere lui tendit le journal posé à côté de lui, ouvert à la page de l'actualité politique.

— Quoi, l'arrivée de l'ambassadeur japonais à Paris ?

— Non ! En dessous...

— « Remaniement ministériel : Jean-Luc Weber à Bercy ? ». C'est de cet article que tu me parles ?

— Oui. Le journal date d'avant-hier. Weber a depuis été confirmé en tant que ministre des Finances.

— Mais qui est ce type ? Jamais entendu parler de lui.

Vandercamere soupira avec résignation.

— Fred m'a fait la même réflexion quand je lui en ai parlé. C'est fou ça ! Vous ne vous êtes jamais intéressés à vos fiches de paye à l'époque ?

Balard le regarda d'un air penaud.

— Euh, non, pas vraiment. On n'a jamais eu de galère de paiement et les papiers étaient bidon, non ?

— Oui et non. Pour faire simple, disons que le type qui nous donnait nos ordres faisait établir nos fiches de paye avec de faux libellés et que notre patron officiel était la filiale d'une banque où nous étions censés exercer des boulots dans la sécurité. La banque Warton-Schaff, ça te dit quelque chose, quand même ?

— Vaguement. Mais quel rapport avec Weber ?

— C'était le directeur pour la France de la banque en question.

Balard resta un moment la bouche ouverte, puis réalisa soudain qu'il devait avoir l'air crétin et reprit la parole.

— Attends, t'es en train de me dire que le type qui nous finançait était en fait haut placé dans l'une des plus grosses banques mondiales et qu'il vient d'être nommé ministre des Finances ?

— Oui, cette semaine. La coïncidence est quand même troublante, non ? On a été payés par ce type pendant des années pour des missions aux quatre coins du monde et on a de quoi remplir un bouquin avec tout ce qu'on nous a demandé de faire… Il n'y a que de ce côté-là qu'on connaît nos vraies identités. Mon avis est que le type est en train de nettoyer devant sa porte et qu'il n'y va pas en douceur.

— Merde… Si c'est vrai, comment le prouver ? Et comment lui faire payer ?

— On ne pourra pas prouver que l'accident n'en était peut-être pas un, lui répondit Giraud. On n'a pas d'éléments solides, rien qu'un ensemble d'indices qui nous parlent à nous. Je vois mal comment on pourrait nous prendre au sérieux si on arrive chez les flics en disant que des plongeurs se sont attaqués à ta famille, juste parce qu'on a utilisé la technique nous-mêmes en 1997 à l'autre bout du monde. D'autant qu'on ne peut pas parler de nos anciennes opérations. Quant à coller ça sur le dos de Weber, c'est carrément impensable, en tout cas par la voie officielle.

Vandercamere approuva, tout en repliant le journal.

— Nous ne sommes sûrs de rien, mais s'il y a quelque chose que je veux bien croire, c'est que ton instinct t'a rarement trompé. Même dans ton état, si tu me dis que tu as vu une femme te regarder bizarrement au cimetière, je veux bien te croire ou au moins te laisser le bénéfice du doute. Peut-être que ce n'était pas un accident, peut-être que c'était toi la cible et peut-être que nous sommes tous les trois sur la liste. On ne peut pas dire plus que ce « peut-être ». Mais en ce qui me concerne, je pense que ce doute est suffisant pour ne pas attendre les bras ballants que l'un de nous s'en prenne une. Et si tu as vaguement dans l'idée de venger ta famille, ce n'est pas en restant prostré à Cassis que tu y parviendras, ça j'en suis sûr. Voilà mon avis.

Balard se leva pour aller laver son bol, puis se retourna en s'adossant à l'évier.

— Alors, selon vous, c'est quoi la marche à suivre ? Qu'est-ce qu'on fait maintenant ?

Vandercamere échangea un coup d'œil avec Giraud avant de lui répondre.

— Pour le moment, tu sais ce qu'on doit faire… On doit disparaître.

Chapitre 13 – 19 décembre 2009

Lorsqu'il s'éveilla, Moutaux avait mal à la nuque et il lui fallut quelques secondes pour se rappeler qu'il n'était pas au CHAPSA de Nanterre, mais dans l'endroit inconnu où l'avaient amené les trois hommes de la camionnette. L'un d'entre eux tapait fort, d'après la brûlure cuisante qu'il sentait à l'arrière de sa tête, et ces types n'avaient pas l'air de plaisanter. Ceci dit, il devait reconnaître qu'il avait bien dormi, pour la première fois depuis des années, sans doute parce qu'il n'avait pas eu à subir les ronflements ou les râles qui accompagnaient habituellement ses nuits passées en dortoir collectif.

La petite pièce en sous-sol où il se trouvait était relativement confortable malgré l'absence de lumière du jour, le soupirail à barreaux situé dans un coin ne laissant filtrer qu'une maigre lueur. Outre le lit, il disposait d'une tablette vissée sur le mur en ciment sur laquelle étaient posés une carafe d'eau et un verre, d'une chaise et d'un véritable coin sanitaire, protégé par un paravent en plastique. Dans un angle se trouvait également une étroite armoire métallique équipée d'un petit miroir et contenant ses quelques effets. La pièce était éclairée par un tube lumineux placé au-dessus de la porte verrouillée de l'extérieur.

Il se dit que dans l'ensemble ce n'était pas pire que le centre d'hébergement, même si la raison de leur enlèvement lui semblait inexplicable et forcément inquiétante.

Que voulaient ces trois hommes ? Pourquoi se donner la peine d'embarquer des sans-abri sans histoire qui n'avaient rien de valeur sur eux et pas grand-chose à raconter ? Est-ce que ses compagnons allaient bien ?

Il avait été séparé de Bélanger et Jannet la veille au soir, dès leur arrivée dans ce qui ressemblait à une grosse exploitation agricole pratiquement désaffectée, chacun étant conduit par un des trois hommes dans une des pièces du sous-sol. Moutaux pensa qu'elles devaient servir de chambres temporaires à des saisonniers, lorsque l'endroit était encore en activité.

Il s'assit au bord du lit et observa plus attentivement les lieux.

Pas de caméra visible, pas d'œilleton sur la porte, pas de miroir mural potentiellement sans tain… à première vue, rien qui indiquait une surveillance cachée. Curieusement, il ne s'en sentit pas plus rassuré.

Il était sur le point d'aller vérifier la porte, afin de s'assurer qu'elle était bien verrouillée, quand elle s'ouvrit sur un homme porteur d'un plateau-repas. Petit, trapu et doté d'un cou de taureau, cet homme était celui qui conduisait la camionnette la veille au soir, celui que Moutaux avait le moins vu des trois.

— Service de chambre ! Il est midi et je présume que vous avez faim.

L'homme alla jusqu'à la tablette murale, poussa carafe et verre pour faire de la place et posa délicatement le plateau.

— Ce n'est pas le restaurant du Ritz, mais je pense que ce sera plus appétissant que le réfectoire du CHAPSA, dit-il en faisant un clin d'œil à Moutaux. Salade composée, steak à point et frites maison. Je vous ai également mis une part de tarte aux pommes et un quart de vin.

Il arrangea la présentation du plateau et se tourna vers Moutaux qui était resté debout près de la porte sans bouger, en lui montrant la nourriture de la main.

— Eh bien ? Venez vous asseoir et manger avant que tout ait refroidi !

Moutaux s'exécuta en se disant qu'il n'avait pas réellement le choix de toute façon, mais aussi parce qu'il se sentait affamé et qu'en toute honnêteté, le steak sentait vraiment bon !

Pendant qu'il s'installait sur la chaise devant la tablette, l'homme s'assit sur le lit juste à sa gauche et lui tendit la main en souriant.

— Je suis Philippe Vandercamere.

Moutaux lui serra la main à contrecœur, le remercia vaguement, se saisit de ses couverts et attaqua le steak sans plus attendre.

Vandercamere n'avait manifestement pas l'intention de s'en aller et Moutaux se sentit mal à l'aise à l'idée de manger ainsi sous contrôle. Mais après tout, pourquoi pas ? se dit-il en haussant mentalement les épaules. Rien n'était normal depuis la veille, et avoir faim ne rendrait pas les choses moins bizarres de toute façon.

Tout en appréciant la qualité de la viande, il tourna légèrement la tête vers Vandercamere.

— Pourquoi sommes-nous ici ? Comment vont mes amis ?

Vandercamere passa la main sur sa jambe de pantalon pour en éliminer une poussière invisible et prit son temps pour répondre.

— Vous êtes ici, docteur Moutaux, car nous avons besoin de vous. De vous et de vos deux amis. Ils sont comme vous en train de manger un bout.

Moutaux avala quelques frites.

— Je ne suis plus médecin depuis longtemps. Vous devez être au courant, si vous savez qui je suis. Je ne vous serai donc pas d'une grande utilité. Mes camarades non plus, d'ailleurs. Nous sommes un peu… hors du coup, si vous voyez ce que je veux dire.

— Nous n'avons pas besoin de vous pour des raisons médicales. Vos anciens métiers n'ont que peu d'importance, à vrai dire. En fait, nous avons simplement besoin de… disparaître. Et vous allez nous y aider.

Moutaux resta la main en l'air.

— Je vous demande pardon ? C'est quoi votre objectif, exactement ? Vous avez besoin d'apprendre en urgence à devenir clochard ? ironisa-t-il.

— Non, je me suis mal exprimé… et au passage, je suis désolé pour ce qui vous est arrivé.

— Oui, vous vous sentiez tellement concerné que vous nous avez offert un toit pour la nuit, c'est ça ? Je dois dire que la viande est bonne, merci de vous donner tant de mal !

Il replongea dans son assiette. Vandercamere se leva et alla jusqu'à l'armoire pour se recoiffer devant le miroir.

— Vous étiez médecin et je suppose donc que vous étiez plutôt doué pour l'observation. Vous devez certainement avoir remarqué quelque chose d'intéressant en comparant nos deux trios, hier soir, non ?

Moutaux mâcha quelques secondes sans rien dire, puis répondit sans se retourner.

— Vous voulez parler de nos morphologies respectives ? Un grand mince, un moyen en tout et un petit plus ou moins costaud dans chaque groupe ? Oui, c'est assez facile de s'en rendre compte ! Mais en quoi c'est important ? Vous avez l'intention d'organiser un jeu de rôles ?

— Ne vous moquez pas, Docteur, car votre futur rôle est bien plus crucial que ce que vous croyez ! Nous n'enlevons pas tous les jours des sans-abri pour le plaisir de leur faire visiter la Seine-et-Marne…

— Alors, crachez le morceau ! Qu'est-ce qui vous motive ? L'idée que vous avez trouvé trois types qui vivent dehors et qu'on pourrait vaguement confondre avec vous ? Je ne comprends pas ce que vous attendez de nous. Nous n'avons pas d'argent, pas de révélations fracassantes à faire à propos des trottoirs parisiens et aucune envie d'étaler nos galères personnelles devant des étrangers, de toute façon.

Moutaux finit son assiette.

— Nous ne sommes personne. Nous n'avons aucune valeur pour vous. Je pense que vous vous êtes trompés de bonshommes et que vous n'allez pas tarder à comprendre que vous avez gâché vos steaks pour rien.

— Nous vous avons choisi justement parce que vous n'êtes personne, comme vous le dites. Et si vous n'avez pas d'argent, par contre vous avez des papiers.

Moutaux s'essuya la bouche pour en retirer quelques traces de mayonnaise. Il se tourna cette fois complètement vers Vandercamere qui déambulait à travers la pièce.

— Des papiers ?

— Oui, vous avez chacun un passeport ou une carte d'identité en bonne et due forme, toujours considérés comme valides par notre aimable gouvernement.

— Et vous saviez ça avant de venir nous chercher ? À peine un sans-abri sur quatre possède encore ses papiers après quelques années dehors. Vous êtes devin ?

— Non, mais nous savons nous adresser aux bonnes personnes.

— Quoi, vous avez payé un autre type du centre pour fouiller dans nos sacs ? Vous êtes vraiment bizarres comme types !

Vandercamere se mit à rire.

— Non, je vous rassure, nous sommes un peu mieux organisés que ça ! Savoir qui a encore ses papiers sur lui est assez facile, quand on connaît un membre de la BAPSA qui veut bien rendre service.

— Vous avez soudoyé un flic pour savoir qui a des papiers parmi nous ? Vous avez vraiment de la suite dans les idées !

— Oui, ce brave brigadier Larcher avait besoin d'arrondir ses fins de mois et s'est montré très coopératif. C'est une chance qu'il connaisse très bien les personnes qu'il véhicule tous les jours. Ceci dit, je vous rassure, il n'aura plus l'occasion de jouer ce genre de tour à vos copains restés à la Villette... il s'est malheureusement suicidé la nuit dernière... je crois que sa lettre d'adieu parle de conscience et de regrets. Bref, paix à son âme ! Mais grâce à lui, ça n'a pris que trois semaines de vous choisir.

— Mais nous choisir pour quoi exactement ? Et Larcher est mort ! Bien sûr, je suppose que son suicide n'était pas volontaire...

— Larcher n'est pas important et était tout sauf un enfant de chœur, faites-moi confiance... Pourquoi on vous a choisis ? Pour devenir vous, bien évidemment !

Moutaux, qui était en train de regarder sa tarte aux pommes, mais se sentait soudain dépourvu d'appétit, reposa sa cuillère.

— Devenir nous ? Mais pour quoi faire ? Et au passage, qu'allons-nous devenir, nous ?

— Je vous l'ai dit, pour disparaître !... Et peut-être aussi pour changer un peu le monde...

— Je ne vous suis pas du tout.

— Disons que nous avons besoin de changer d'air et de nom. Certaines personnes peu recommandables aimeraient bien nous retrouver et nous ne pouvons pas prendre ce risque. Et il est toujours plus simple de se venger en devenant d'abord quelqu'un d'autre... Vous n'avez pas bu de vin !

Un faux air de reproche sur le visage, Vandercamere se rapprocha de Moutaux et versa le contenu du carafon de vin dans son verre.

— Vous devriez le goûter, c'est un bon cru !

— Je n'ai pas très soif... et vous n'avez pas répondu à ma dernière question.

— Quel dommage... vous permettez ?

Il but un peu de vin, reposa le verre devant Moutaux et s'assit à nouveau sur le lit.

— Vous devriez vraiment y goûter ! Mais c'est vous qui voyez, bien sûr.

Moutaux resta sans bouger, attendant manifestement la suite.

— J'en étais où ? Ah oui ! La vengeance… Mes amis et moi-même sommes en train de réfléchir à un plan qui nous permettra de faire payer sa dette à quelqu'un qui nous a fait du tort. À lui, et certainement à d'autres. Ceux qui ont baigné dans ses manigances. Mais tout ça est encore bien flou. Je sais juste que certains vont devoir payer. Sachez cependant que vos noms seront utilisés à bon escient, je peux vous le garantir.

Vandercamere se pencha vers l'avant, prenant le ton de la confidence.

— Ça ne vous ferait pas plaisir de savoir que vous allez contribuer à secouer le système qui vous a mis dans votre situation actuelle ? Vous savez, cette société qui avale et recrache les gens en un clin d'œil ? Celle qui vous a jeté sur le trottoir et n'est jamais venue vous repêcher ? Vous ne seriez pas heureux de savoir que votre nom sera associé à des actions de protestation contre ce genre d'injustices ?

— Vous m'avez surtout l'air cinglé…

— Oui, il est sans doute normal que vous voyiez les choses ainsi, soupira Vandercamere. Il est encore trop tôt pour vous parler de ce qui arrivera, car je n'en suis pas sûr moi-même. Il reste pas mal de choses à définir. Mais ce sera quelque chose de grand, quelque chose que les gens n'oublieront pas. Et pour répondre à votre dernière question, sachez que vos noms resteront dans les mémoires, vous avez ma parole. Vous et vos amis n'aurez pas connu la misère et l'abandon pour rien.

Un silence pesant et résigné s'installa dans la pièce, seulement perturbé par le goutte-à-goutte du robinet qui fuyait. Il n'y avait plus grand-chose à dire et Moutaux se surprit à regretter la tarte aux pommes qu'il n'avait pas touchée. Elle semblait délicieuse, avec son nappage de confiture et sa croûte dorée.

— Est-ce que je vais souffrir ?

Vandercamere le regarda sans parler, un sourcil légèrement levé en signe d'étonnement. Son visage reflétait à la fois la tristesse et un certain respect.

— Vous venez de parler au futur antérieur, lui dit Moutaux avec un pauvre sourire. Et j'ai comme l'impression que vous n'êtes pas le genre d'homme à conjuguer vos verbes au hasard... Alors, est-ce que je vais souffrir ?

Il prit le verre de vin et en avala une gorgée qu'il savoura lentement en fermant les yeux. Vandercamere se pencha un peu plus et lui répondit doucement, tout en dégainant l'arme qu'il portait à la ceinture de son pantalon.

— Non, Docteur, je crois que vous avez bien assez souffert comme ça.

Le soir venu, Vandercamere poussa une brouette jusqu'à l'enclos des cochons, seuls animaux encore présents dans la ferme quasi abandonnée, et déversa avec précaution le contenu de ses sacs volumineux sur le sol de paille.

Il pesta silencieusement après Giraud et Balard, qui n'avaient jamais le courage ou l'envie d'accomplir ce genre de besogne et qui aujourd'hui encore le laissaient s'en débrouiller.

Quentin leur avait fait perdre une nuit et un repas avec ses histoires de conscience et de dignité, et il n'était même pas fichu d'aider pour le nettoyage. La peste soit de ses foutus scrupules ! se dit-il, agacé.

Les bêtes allaient faire leur travail et il reviendrait dans quelques jours récupérer ce qu'elles ne digéreraient pas, notamment les trois balles qui venaient de leur donner la nouvelle identité dont ils avaient besoin.

Il murmura quelques paroles indistinctes dans la nuit et referma doucement le portillon, avant de reprendre le chemin de la maison faiblement éclairée.

Chapitre 14 – 20 décembre 2009

« On aurait pu se débrouiller autrement. Ces types en avaient déjà assez bavé comme ça.

— Merde, Quentin, tu vas pas remettre ça sur le tapis ! On en avait bien parlé avant, et tu sais comme moi qu'il n'y avait pas d'autre solution. On t'a même laissé une nuit de plus pour trouver autre chose. Tu as fini par reconnaître ce matin que suivre la procédure était finalement la seule méthode envisageable. Ne nous fais pas le coup des remords encore une fois, alors que la question est réglée, de toute façon ! Ils ont même eu la chance de nous quitter le ventre plein, grâce à toi !

— Tu trouves ça marrant, Fred ? Tu es vraiment sûr qu'on n'aurait pas pu se contenter de leur voler leurs papiers ou au moins de les garder enfermés ici, le temps qu'on décide du reste ? Je sais bien que ce n'est pas la procédure, mais merde…

— Et faire quoi ? Du baby-sitting pendant des mois ? On ne sait pas encore ce qu'on va décider exactement, ni combien de temps ça prendra. Et voler des papiers en laissant les types dans la nature, tu sais comme moi que c'est simplement hors de question pour une mission de ce genre. On ne va pas commencer à travailler comme des amateurs, même si ce n'est pas la partie la plus agréable du boulot, je le reconnais.

— Sans doute, mais quand même… C'est pas comme ça que j'avais envisagé la suite, quand on en a parlé le mois dernier. Disparaître, oui, mais en flinguant des mecs complètement innocents pour commencer ? Je ne sais pas... j'ai l'impression que tout ça démarre de travers et ça ne me plaît pas. Je dois avoir perdu l'habitude, oui... »

Assis autour d'une grande table en bois de style campagnard, les deux hommes regardaient attentivement les papiers qu'ils avaient récupérés le soir de leur arrivée à la ferme : un passeport au nom de Cyrille Jannet et deux cartes d'identité appartenant respectivement à Michel Bélanger et Christophe Moutaux. Bizarrement, bien qu'ils aient été trimballés pendant des années dans le fond de sacs plutôt crasseux, les papiers étaient dans un état correct, preuve que les sans-abri avaient pris soin de ce dernier lien avec leur vie passée.

— Je voudrais bien qu'on arrête de ressasser cette question, si vous êtes d'accord. Après tout, c'est encore moi qui me suis occupé de la partie la plus déplaisante du boulot, et pourtant je ne me plains pas ! Quentin, on t'a écouté et on t'a donné le temps que tu réclamais. Ces hommes n'ont pas souffert et l'affaire est réglée. On passe à la suite, maintenant.

Vandercamere venait d'entrer dans la pièce, portant des papiers et une vingtaine de téléphones portables dans un sac en plastique qu'il posa sur la table avant de s'asseoir au bout, près d'un gros buffet en bois brut. Giraud sourit en se faisant la remarque qu'il s'agissait bien du seul type qui, à sa connaissance, était capable de ne pas avoir l'air ridicule en costard tout en se tenant à côté d'un énorme chapelet de saucisses en train de sécher.

Balard reprit la parole en essayant d'avoir l'air conciliant et leva les mains en signe de compromis.

— Bon OK, j'entends ce que vous me dites. Ça ne me plaît pas, mais je vais faire un effort pour ne pas vous casser les oreilles avec ça. Mais alors maintenant, on fait quoi ? On s'est tellement concentrés sur cette histoire d'identités qu'on en a oublié le problème de base... Weber ? Qu'est-ce qu'on fait par rapport à lui ?

On enquête pour vérifier que c'est lui qui a donné les ordres me concernant ?

Vandercamere croisa les mains devant lui et indiqua la pile de papiers qu'il venait de poser, d'un geste du menton.

— J'ai déjà interrogé quelques types bien placés qui me devaient des services et je pense que Weber a effectivement trempé dans cette histoire.

— Alors il faut s'occuper de lui !

— Ce n'est pas si simple.

— Je ne dis pas que c'est simple à organiser. Mais c'est sans doute la bonne chose à faire, non ? S'il a ordonné notre exécution et que ma famille a disparu à cause de lui, il doit payer. Pour moi, il n'y a pas à hésiter. C'est la seule chose qui m'importe, maintenant.

— Quand je dis que ce n'est pas si simple, je parle de la cible, Quentin. Weber est un type important, mais ce n'est pas forcément le poisson le plus intéressant dans l'histoire.

— Comment ça ?

Vandercamere se tourna vers Giraud.

— Avant que je m'explique, tu veux bien nous faire du café ? Les appareils de ton cousin sont tellement vieux que je n'arrive pas à les faire marcher et j'ai vraiment besoin d'une noisette.

Giraud se leva et commença à s'affairer devant une vieille cafetière napolitaine bosselée apparemment aussi ancienne que la ferme elle-même. Vandercamere regarda à nouveau Balard et poursuivit.

— Weber dirigeait effectivement la banque qui nous payait indirectement pour accomplir certaines basses œuvres. Mais il n'est que le maillon d'une longue chaîne, il n'appartient pas à la famille Warton-Schaff et il n'est qu'un sous-fifre. Aujourd'hui, il cherche à faire le ménage pour protéger sa nouvelle position dans le gouvernement, c'est vrai, mais il n'est certainement pas le seul à vouloir effectuer ce nettoyage.

— Mais pourquoi ? Il est le seul à avoir un motif valable, pourtant !

— Non, loin de là ! Je pense qu'il n'a pas pris seul une telle décision. Ses intérêts sont mêlés à ceux de tout un tas d'autres types très importants à qui nous avons rendu des services dans le passé, sans même le savoir. À mon avis, ils ont choisi d'un commun accord de passer aux oubliettes un certain nombre d'anciens exécutants qui ne sont plus que des témoins gênants aujourd'hui. La promotion de Weber n'est qu'un prétexte. Plein d'autres raisons peuvent expliquer cette décision.

— Après toutes ces années ?

— Il suffit que les relations entre pays changent pour que tout d'un coup l'ennemi d'hier devienne l'ami de demain et que les saloperies de la veille se mettent à faire tache dans le paysage. Je pense qu'on peut s'estimer heureux d'avoir tenu aussi longtemps sans être emmerdés, car vu le nombre de décisionnaires qui ont trempé dans notre dernier coup... notre ancien chef direct a sûrement dû négocier pour qu'on nous laisse tranquilles à l'époque. Regarde Atta... c'est la première chose qu'on nous a demandé de régler après l'opération. Pourtant, il était sûrement moins dangereux pour eux que nous.

Giraud revint s'asseoir avec trois tasses et la cafetière fumante.

— Tu veux dire que Weber a déclenché l'opération de nettoyage à cause de sa nomination, mais qu'elle arrangeait en fait tout un tas d'autres personnes qui ont appuyé sa demande ?

— Oui, c'est à peu près comme ça que je vois les choses. Et maintenant qu'on a pris la tangente, ces gens-là ne vont pas se contenter de rester sans rien faire. Ils se doutent que nous n'allons pas nous arrêter là et ils vont accélérer le processus, au contraire.

— Qui sont ces « gens » dont tu parles ? D'autres

gouvernements pour qui on a bossé indirectement ? demanda Balard, en soufflant sur sa boisson.

Vandercamere se mit à rire comme si son ami venait de lui servir une blague savoureuse.

— Tu as vraiment envie d'un cours de géopolitique ? Je n'ai pas le souvenir que ça t'ait intéressé dans le passé…

— J'étais un môme sans cervelle, à l'époque ! Avant de me remettre à courir comme un idiot sans savoir pourquoi, cette fois j'aimerais comprendre. Puisque c'est ta spécialité, explique-nous dans quel merdier nous nous trouvons. Pour qui avons-nous vraiment bossé toutes ces années ?

Vandercamere prit son temps avant de formuler ses explications.

— Commençons par une évidence bien visible que pourtant peu de gens voient pour ce qu'elle est : dans tous les grands pays capitalistes du monde, les gouvernements et les grosses corporations sont pratiquement indissociables. Le va-et-vient est même tellement évident que c'en est presque grotesque… Pour ne citer que quelques exemples, regardez par exemple Dick Cheney aux États-Unis : secrétaire à la Défense, puis président d'une des plus grosses compagnies pétrolières du monde, avant de devenir vice-président du pays. Ou encore Donald Rumsfeld, président d'un gros laboratoire pharmaceutique avant d'être lui aussi Secrétaire à la Défense… Je vous parle d'eux parce que vous connaissez sans doute leurs noms et que les États-Unis sont impliqués partout dans le monde, mais c'est le cas dans tous les pays importants de la planète, y compris chez nous. Politiciens et dirigeants de corporations travaillent main dans la main parce que ce sont les mêmes types, tout simplement ! Ils s'arrangent juste pour jouer aux chaises musicales quand ça devient trop voyant et passent du secteur privé à la politique en permanence.

— Un cercle fermé, en quelque sorte ? demanda Balard.

— Oui, plus large qu'on peut le croire, mais très fermé. Et bien évidemment, afin que les gouvernements auxquels ils appartiennent ne soient pas trop éclaboussés, ils font en sorte que leurs ordres soient passés dans le cadre de leurs activités privées. Si des nécessités se présentent alors qu'ils assument un mandat public, pas de problème ! Un collègue du privé s'occupera de transmettre les consignes. En ce sens, on ne peut jamais vraiment dire que les gouvernements donnent les ordres. Mais on peut dire qu'ils les suggèrent en décalé.

— Mais qui est vraiment à la tête de ces groupes de décideurs ? demanda Giraud.

— Majoritairement, des banques. Plus précisément, d'énormes corporations rattachées d'une façon ou d'une autre aux plus grosses familles bancaires de la planète qui, elles, préfèrent rester dans l'ombre. Des familles comme Rockfeller, Harriman ou Lazard, pour ne vous donner que des noms connus, mais il y en a une bonne douzaine. Des familles dont les membres n'apparaissent pas dans les classements de Forbes, alors qu'ils enfoncent allègrement Bill Gates ou Warren Buffet au niveau de leurs fortunes personnelles. Bref, des conglomérats financiers constituant un empire qui dirige le monde en toute tranquillité.

— Ça ne fait pas un peu « théorie du complot », ton analyse ? ricana Balard.

— C'est malheureux que tout le monde utilise cette expression pour justifier sa propre ignorance ! rétorqua Vandercamere d'un air agacé. Quand on a raccroché en 2001, je n'ai pas choisi comme vous la voie de la retraite. Enfin, disons que j'ai continué à voyager pour nouer des contacts et rester dans le coup. L'un des hommes avec qui j'ai le plus échangé, John Perkins, m'a énormément appris dans ce domaine et m'a surtout ouvert les yeux. Comme il l'explique très bien lui-même, il n'y a pas de théorie du complot s'il n'y a pas de complot ! Et ces gens ne se réunissent pas au fond d'une grotte pour fomenter des plans machiavéliques en se cachant : ils œuvrent en pleine lumière ! Ils auraient tort de se priver puisque personne ne moufte de toute façon. Non, il n'y a pas de complot, juste un système très bien organisé qui profite de l'inertie collective depuis des décennies et restera en place tant que les peuples continueront d'approuver le système en consommant comme des moutons.

— C'est qui ce Perkins ? demanda Giraud.

— Un économiste américain. Mais surtout, c'est l'un des rares assassins économiques à avoir décidé de révéler comment fonctionne vraiment l'économie mondiale et à qui elle profite. D'ailleurs, vous devriez lire son bouquin, ça ne vous ferait pas de mal !

— Un assassin économique ? C'est quoi ce truc ?

— Donne-moi un verre d'eau avant que je te réponde, vous me donnez soif !

Vandercamere reposa sa tasse de café vide et la remplaça par le verre que Giraud lui tendit.

— Quand un pays dispose d'atouts importants pour les grosses corporations dont je viens de parler, comme le pétrole ou le gaz par exemple, il est intéressant pour elles d'essayer de mettre la main dessus. Généralement, les pays qui ont de telles ressources n'ont pas encore réussi à les exploiter eux-mêmes correctement, car ils sont un peu en retard côté développement intérieur. Bref... L'objectif est de mettre la main sur ces atouts économiques avant qu'il soit trop tard. Dans ce cas, que font les corporations, avec la bénédiction de leurs gouvernements respectifs... puisque je vous rappelle qu'il s'agit des mêmes bonshommes ?

— Ils se débrouillent pour qu'une guerre éclate dans le pays concerné ? l'interrompit Balard.

— Oui, mais pas tout de suite. Et pas s'ils peuvent l'éviter. Ils commencent par envoyer des assassins économiques, comme les appelle Perkins. Des types qui sont officiellement des consultants et qui, comme il l'a été lui-même, sont formés pour rencontrer discrètement les responsables des pays visés, afin de leur proposer des offres financières a priori difficiles à refuser. Des prêts énormes qui sont censés permettre à ces dirigeants de projeter leur pays dans l'ère moderne, le développement économique, blablabla… je vous passe les arguments… tout en touchant au passage de gros pots-de-vin. L'idée ici c'est que les prêts, une fois acceptés par le pays, sont en fait officiellement consentis par de gros organes internationaux comme le FMI ou la Banque Mondiale, qui fixent des conditions de remboursement généralement surréalistes. Pour faire court, il est quasiment impossible pour le pays de rembourser sa dette, ce qui est bien sûr l'objectif premier.

— Et alors, comment fait le pays ? demanda Balard.

— Il est pris à la gorge. Grands seigneurs, ceux qui ont consenti le prêt proposent alors des formes de remboursement alternatives. Elles peuvent demander la privatisation du système scolaire du pays, la récupération de l'exploitation de certains secteurs d'activité économique, le droit à l'implantation de bases militaires appartenant à des pays développés, ou tout un tas d'autres trucs qui reviennent au même. Le pays touché se retrouve à la botte de ce que Perkins appelle « la corporatocratie », qui débarque alors sur le territoire pour y mener ses affaires en toute légalité, puisqu'il s'agit d'un accord en bonne et due forme. Sur place, le peuple n'a qu'à la fermer et à trimer encore plus, tandis que le pays est montré du doigt par l'opinion internationale pour sa mauvaise gestion économique.

— Attends, il y a quand même certains dirigeants qui refusent ? Tous les pays en voie de développement ne sont pas corrompus, quand même ?

— Bien sûr que certains refusent !

— Et comment ça se passe pour eux ? intervint Giraud.

— Ces types-là ne font généralement pas long feu… Mossadegh, en 1953, a été en Iran la première victime d'une longue lignée de dirigeants honnêtes qui ont été muselés par le système dont je vous parle… et encore, il s'en est bien sorti, car il n'en est pas mort ! Après lui, la plupart des dirigeants du même acabit sont décédés brutalement, comme Torrijos au Panama ou Roldos en Équateur, tous les deux victimes d'accidents d'avion très suspects à deux mois d'intervalle en 1981. Leur point commun ? Ils étaient incorruptibles et ont simplement refusé les offres de prêts que leur ont proposées les assassins économiques envoyés pour les soudoyer, en déclarant qu'ils ne laisseraient jamais leur peuple tomber aux mains d'intérêts financiers nord-américains. Ces types étaient trop honnêtes, alors il a bien fallu s'en débarrasser…

— Mais les assassins économiques sont aussi de vrais tueurs, alors ?

— Non, les tueurs sont la deuxième phase du plan, quand la première échoue ! Et ces tueurs, qu'on appelle aussi « les chacals » dans ce contexte, ce sont… nous ! Quand un type comme Perkins ne parvient pas à obtenir satisfaction en négociant, les corporations envoient des types à qui on sous-traite le sale boulot, qu'il s'agisse de renverser le dirigeant grâce à la propagande, comme avec Mossadegh à l'époque, ou de le liquider carrément grâce à des assassinats plus ou moins subtils. Le seul qui s'en est vraiment bien sorti pour le moment, c'est Chavez, au Venezuela. Le peuple lui faisait tellement confiance que les chacals envoyés en 2002 pour provoquer un coup d'État et son renversement n'ont pas réussi. Ils ont eu beau payer un tas de citoyens pauvres pour descendre dans la rue et critiquer leur président devant les télés du monde entier, ça n'a pas suffi et il s'en est tiré. Enfin… Tout ça pour dire que nous avons été des chacals pendant des années, même si je déteste ce terme.

— Attends ! On a travaillé en sous-main pour des intérêts privés et pas juste pour les opérations inavouables des gouvernements occidentaux ? J'ai du mal à croire ça ! répondit Balard d'un air dubitatif.

— Parce que tu n'as jamais vraiment cherché à comprendre l'objectif final de chacune de tes opérations et qu'on a subi le « need to know » dans les grandes largeurs. En morcelant un problème pour en confier des bouts à divers exécutants, tout devient beaucoup plus obscur. Soyons honnêtes et reconnaissons que nous n'avons jamais trop creusé la question non plus. Ce n'est pas pour rien qu'on s'est pris la destruction du World Trade Center en pleine tête. Si on avait gratté un peu plus, on aurait bien vu que nous n'étions pas juste utilisés pour aider notre gentil gouvernement à rétablir la paix à l'autre bout du monde ! Nous avons répondu à tout un tas de missions plus ou moins obscures pendant des années et certaines étaient clairement de type « chacals ».

— Et pour que je sois sûr de bien comprendre, qu'est-ce qui se passe quand les chacals échouent ? demanda Giraud.

— Ils échouent rarement, ce qui est normal quand on considère les moyens mis à leur disposition. Mais quand ça arrive, quand le type est trop bien protégé, comme Saddam Hussein en Irak, alors on envoie l'armée sous couvert d'une bonne cause, comme le Koweït pour justifier la guerre du Golfe en 1991. C'est plus délicat, car c'est très voyant, mais ça te montre à quel point ces corporations, si elles veulent le pétrole ou toute autre ressource importante, feront n'importe quoi pour l'obtenir. Mais avec Saddam, ils sont tombés sur un os, car le type était du genre dictateur entêté ! L'avertissement de 1991 ne lui a pas suffi et il a continué à refuser l'argent proposé par les assassins économiques envoyés à nouveau à la fin des années quatre-vingt-dix. S'il avait accepté ce qui lui était demandé, il serait certainement encore au pouvoir aujourd'hui. Mais il faut lui reconnaître ça : il est resté droit dans ses bottes, en tout cas en ce qui concerne les offres de corruption étrangères. Et donc l'armée y est retournée, pour s'en débarrasser complètement cette fois. Et bien sûr, ça a permis à tout un tas de corporations occidentales de venir ensuite dans le pays s'occuper de sa « reconstruction »... en dictant leurs conditions, bien évidemment !

Vandercamere conclut en haussant les épaules.

— Enfin bon, tout ça est grossièrement résumé. Mais c'est juste pour vous montrer que Weber est bien le cadet de nos soucis dans cette histoire...

Il regarda Balard.

— Attention, je ne suis pas en train de te dire qu'il faut oublier ce qui s'est passé à Cassis. Je pense juste que la vengeance individuelle n'est pas prioritaire, car d'autres enjeux s'offrent à nous. Weber n'est qu'un des tout petits tentacules d'une pieuvre géante. Et personnellement, m'attaquer à la tête me semble plus important, car ils sont de toute façon tous coupables de ce qui se passe.

Il se mit à fouiller parmi les papiers qu'il avait apportés et en tendit un à chacun de ses amis.

— S'attaquer à la tête de cet empire n'est pas évident, car les personnes les plus puissantes sont aussi celles qui se montrent le moins. Mais je crois ne pas me tromper en disant que les quinze plus grandes familles bancaires du monde tiennent à peu près tout le reste entre leurs mains et que ça ne date pas d'hier ! Je vous ai mis la liste sur ces papiers. Le problème, c'est que si demain on commençait à les descendre, l'opinion publique ne nous suivrait jamais et les types passeraient pour des martyrs, victimes de déséquilibrés mentaux. Il nous faut donc structurer notre plan de façon à nous appuyer sur les peuples, et non pas nous les mettre à dos.

Il vit Giraud prendre un air perplexe.

— Frapper haut et frapper fort pour coller la trouille à ces quinze familles, mais sans que ça se retourne contre nous ? C'est plus qu'ambitieux comme objectif ! Surtout à trois…

— Pas si on commence par des symboles publics suffisamment connus. Si on s'en prend au patriarche d'une famille bancaire alors qu'il est inconnu au bataillon, au mieux tout le monde s'en foutra et, au pire, tout le monde nous montrera du doigt, en nous traitant d'assassins. Ça a par exemple été le cas pour le banquier milliardaire Safra qui est mort en 1999 de façon plus que suspecte, mais dans l'indifférence générale. Par contre, si on frappe des figures publiques impopulaires parce qu'on peut démontrer en même temps à quel point elles sont responsables de tout un tas de saloperies dans le monde, une bonne partie des gens nous suivra ou sera au moins en position de s'exprimer à son tour.

— Ce sont les trois noms que tu as inscrits en bas ? demanda Balard.

— Oui. Didier Serrès, Richard Zellington et Paul Louvin.

— Qui sont ces types ? Leur nom ne me dit absolument rien !

— Et après on se demande pourquoi ils recrutent de préférence les mercenaires parmi les jeunes sans éducation ! Tu ne lis donc jamais la presse ?

Balard fit la grimace.

— J'aime bien rester en dehors de l'actualité…

— Sois rassuré, tu es complètement à l'extérieur ! répondit Vandercamere d'un ton moqueur. Ces types, comme tu les appelles, sont les patrons respectifs du FMI, de la Banque Mondiale et de l'OMC. Trois organes majeurs qui font la pluie et le beau temps pour tout ce qui touche à l'économie de la planète. Et ils le font bien sûr pour rendre service aux pays riches, et surtout à la corporatocracie dont j'ai parlé plus tôt. Faut-il que je développe encore ?

— Tant qu'on y est ! Grâce à toi, on s'instruit ! dit Giraud en rigolant.

— Vous me désespérez… Pour faire très court, le FMI et la Banque Mondiale prêtent de l'argent aux pays en difficulté, comme je vous l'ai dit, mais en assortissant leurs prêts de conditions parfaitement malsaines. Ils peuvent par exemple exiger de la part du pays endetté qu'il adopte certaines règles intérieures, qui vont toucher aux impôts, à l'éducation, à la santé, à la recherche ou à n'importe quoi qui peut sembler utile. Ils parlent alors de « politique d'ajustement structurel » et bien sûr, ça profite rarement au pays déjà malade. En plus, leur fonctionnement interne est tout sauf égalitaire. Par exemple, le FMI compte 185 pays membres, mais les dix plus puissants représentent à eux seuls la majorité des droits de vote. Autant dire que les autres sont là pour faire tapisserie. D'ailleurs, la plupart des critiques de ces institutions reconnaissent qu'elles sont avant tout à la botte des États-Unis et de l'Union européenne, qui en assument tacitement les présidences respectives. La Banque Mondiale affiche peut-être une image un peu moins financière et un peu plus tournée vers le développement des pays pauvres que le FMI, mais honnêtement, je crois que l'altruisme n'est pas leur première préoccupation, même si ces organisations sont officiellement rattachées à l'ONU. Quand on sait que le directeur du FMI touche pratiquement 500 000 dollars nets d'impôts par an pour mettre d'autres nations toujours plus dans le pétrin… ça laisse rêver, non ?

— Et l'OMC, alors ?

— L'OMC est censée régir le commerce international et s'assurer que tous les pays tirent leur épingle du jeu de façon équitable. En vérité, c'est comme le reste : elle permet la libéralisation des services et produits, libéralisation qui profite avant tout aux multinationales qui dominent l'économie mondiale. Elle impose par exemple aux pays de modifier leurs lois pour se mettre en conformité avec les règles qu'elle crée elle-même. Mais ces règles sont édictées en coulisses par la corporatocratie, alors que la majorité des pays et des populations du monde ne sont pas consultés ni même réellement informés. C'est un sac de nœuds dans lequel personne ne s'y retrouve... à part ceux qui l'ont tricoté bien sûr.

Vandercamere pointa les trois noms du doigt.

— Serrès, Zellington et Louvin sont des cibles idéales pour nous. Ce sont des personnages connus, mais pas célèbres aux yeux des populations. Ils ne sont que les représentants d'institutions qui foutent le monde en vrac en rendant les pauvres toujours plus pauvres. S'en prendre à eux et revendiquer notre action peut être un premier pas pour déstabiliser les grandes familles bancaires qui tirent les ficelles en coulisses. Mais il faudra frapper fort et simultanément, pour avoir les trois. Ça prendra un peu de temps avant qu'ils trouvent de nouveaux candidats pour prendre la suite de ce trio-là et ça nous permettra de faire parler de nous et de nos revendications pendant ce temps-là. Bien évidemment, l'idée est complètement dingue... je suis le premier à le penser ! Mais après tout, pourquoi pas ?

Et il se renfonça tranquillement dans son fauteuil, comme s'il venait de suggérer une partie de scrabble. Giraud et Balard se regardèrent sans rien dire, manifestement étourdis par tout ce qu'ils venaient d'entendre. Ce dernier finit par prendre la parole.

— Bon, concrètement et en résumé, l'idée serait donc d'utiliser nos compétences comme à la belle époque, mais afin d'emmerder les types pour qui on bossait avant ? C'est bien ça ?

Vandercamere eut un sourire énigmatique.

— Le résumé est un peu grossier, mais oui, on peut dire les choses comme ça...

— Et tu te dis qu'on ne risque pas grand-chose, puisqu'on n'a de toute façon plus grand-chose à perdre, c'est ça ? demanda Giraud.

— Disons que nous sommes dans une position qui préconise l'attaque plutôt que l'attente. Voyons grand et faisons-les payer pour l'ensemble de nos problèmes ! La famille de Quentin, l'état économique de la planète et le fait qu'ils nous ont bien manipulés à l'époque... Commençons par les trois patrons en question, et étendons ensuite notre action aux familles de banquiers. Le monde nous en remerciera.

— T'es dingue... C'est complètement mégalo, comme objectif !

— Oui, totalement. Mais c'est un plan tellement improbable que personne ne nous verra venir. Et puis après tout, autant reprendre du service en beauté, surtout si ce doit être notre dernière opération ! Qu'est-ce que vous en pensez ?

Le calme s'installa dans la pièce, pendant que chacun évaluait le plan que Vandercamere venait de soumettre. Giraud rompit le silence en premier.

— Il faut voir les choses du bon côté... peut-être que ça permettra au moins de ne plus subir les cas de conscience de Quentin ! Et avec un peu de chance, il y aura des femmes dans l'histoire...

Il se mit à rire bêtement et Balard lui décocha un coup de poing dans l'épaule, avant de prendre la suite.

— Il va sacrément falloir organiser tout ça. Je ne parle même pas de la sécurité opérationnelle, qui va être affreuse, mais surtout de la faisabilité. Ces opérations doivent être simultanées, alors que les cibles seront à des endroits différents. Il va falloir tout prévoir dans les moindres détails et il faut qu'on soit conscients qu'on a de fortes chances de louper notre coup... sans parler de se faire pincer.

— C'est pour ça que nous n'agirons pas directement, répondit Vandercamere. Il va nous falloir des exécutants.

— Et pour ça aussi, tu as déjà un plan ?

— Non, pas dans le détail. On va se donner le temps d'y réfléchir, pour ne rien bâcler. Trois mois, ça me semble correct comme délai, qu'on puisse trouver des contacts sûrs et organiser des rencontres. Pendant ce temps-là, on va se faire oublier. Mais ce que je peux déjà vous dire, c'est que Serrès rentre souvent à Paris, même s'il bosse à Washington, et que Louvin est pas mal présent au Siège de l'OMC, en Suisse, même s'il voyage forcément pour son travail. À nous de voir ce qu'on peut faire de ça.

Il montra les papiers d'identité du doigt.

— Et il faut partir de ce qu'on a. Fred, tu vas filer les papiers à ton copain faussaire... comment il s'appelle déjà ?

— Quoi, Antonio ?

— Oui. Va le voir dès qu'il est disponible et demande-lui de faire les copies avec nos photos au plus vite. Insiste sur la qualité du travail. On va devoir passer des douanes avec ces papiers, et pas question d'avoir des problèmes. Surtout moi, car l'entrée aux États-Unis est de pire en pire depuis quelques années...

— Les États-Unis ? Pour quoi faire ?

— Parce que j'ai là-bas un groupe de sympathisants que je laisse mijoter dans les bois de Virginie depuis quelques mois et que je pense pouvoir les utiliser pour notre cause. Mais je dois m'y rendre pour discuter. Je suis le seul à pouvoir passer pour un Anglais et c'est Jannet qui avait un passeport, heureusement pour moi. Vous, avec vos cartes d'identité, vous êtes coincés en Europe mes amis !

Il se leva et alla laver sa tasse dans le vieil évier en émail, tandis que ses compagnons quittaient la table à leur tour.

— J'ai déjà fait provision de portables prépayés, comme vous l'avez vu, et vous trouverez aussi une caisse d'armes de poing dans l'appentis. Le réseau kosovar est toujours aussi efficace ! Je vais également récupérer un peu de matériel informatique, car on en aura besoin. Pour ce qui est de l'argent, j'ai heureusement placé tous mes anciens paiements sur un compte ouvert sous un faux nom et les finances ne seront donc pas un problème pour le moment. Fred, on va demander à ton cousin de faire les courses pour nous, aussi souvent que c'est possible, afin de limiter les déplacements inutiles. Soyez discrets, évitez tous les coups de fil qui n'ont pas de rapport avec la mission et ouvrez toujours l'œil, même si je pense qu'on est tranquilles pour un bout de temps. Enfin bon, même si vous êtes rouillés, vous connaissez comme moi les procédures de contre-surveillance…

Et c'est ainsi, dans la cuisine aux murs noircis d'une vieille ferme de la Seine-et-Marne et devant une cafetière napolitaine qui avait connu des jours meilleurs, que l'opération fut lancée.

Chapitre 15 – 15 mars 2010

Étendu sur une chaise longue, une cannette de bière fraîche à la main, Balard prenait le soleil dans la cour de la ferme tout en appréciant le silence environnant. Seuls quelques grognements venaient troubler ponctuellement ce calme bienfaisant, les cochons étant après tout des animaux beaucoup plus calmes que ce qu'il croyait avant son arrivée ici.

Une heure plus tôt, le cousin de Giraud s'était escrimé en vain sur le démarreur de son antique tracteur pendant quelques minutes interminables, en n'en tirant qu'une fumée épaisse et un bruit insupportable, avant de renoncer en insultant copieusement la machine et de s'en aller faire des courses.

Balard considérait ce cousin et son jeans crasseux d'un œil perplexe, même s'il s'était habitué à le voir déambuler au sein de la ferme, dans le cadre de ses occupations plutôt vagues et rarement couronnées de succès.

Prénommé Bastien, mais surnommé Bob par Giraud, pour une raison qui décidément échappait à Balard, l'homme parlait peu, mais possédait une liste impressionnante de jurons qu'il réservait tout spécialement à ses machines et aux cochons récalcitrants.

Les premiers jours, Balard avait trouvé étrange que ses compagnons laissent ce cousin peu amène se promener dans la cuisine pendant qu'ils parlaient de renverser l'ordre du monde, mais devant leur absence totale d'inquiétude, il avait fini par les imiter et par ne même plus s'apercevoir de sa présence.

Il l'avait d'abord presque considéré comme un simple d'esprit, ce qui aurait expliqué qu'on prenne aussi peu de précautions lorsqu'il était là, mais il avait brusquement changé d'avis en entrant un matin dans son atelier pour le trouver, une paire de lunettes grossissantes sur le nez, en train de souder avec précaution les composants de ce qui semblait être une carte mère d'ordinateur.

Bob était une drôle d'énigme, en vérité, et Giraud n'avait pas vraiment pris le temps de les éclairer sur les liens qui les unissaient. Balard avait un peu de mal à imaginer les deux cousins adolescents, l'un en train de s'entraîner aux arts martiaux, préparant sans le savoir encore son avenir de tueur à gages, pendant que l'autre fauchait les blés tout en s'initiant à la réparation informatique.

Une famille étrange, manifestement, mais après tout… plus rien ne semblait vraiment normal, de toute façon, se dit-il.

Les yeux fixés sur l'unique nuage perdu au milieu de ce beau ciel de printemps naissant, entouré d'odeurs de bois brûlé et d'herbe fraîchement coupée, Balard laissa ses pensées s'évader et retracer les événements récents.

Dans la foulée de leur arrivée à la ferme et de leur première « réunion », si tant est qu'on pût qualifier ainsi leur ébauche de conspiration, ils s'étaient rapidement mis au travail en se répartissant les rôles.

Vandercamere allait s'occuper de la question Zellington, pendant que Giraud se penchait sur l'organisation relative à Serrès. Lui-même se retrouvait donc avec le cas de Louvin sur les bras, celui qui ne quittait pas souvent la Suisse, ce qui impliquait qu'il allait donc devoir se rendre dans un pays qui avait tendance à le déprimer, sans qu'il puisse vraiment dire pourquoi.

L'avantage, c'est qu'après quelques recherches sur place, il avait rapidement constaté que Louvin n'était pas un acharné de la sécurité et qu'il ne faisait jamais l'impasse sur son heure de course à pied quotidienne, le long de la pointe sud du lac Léman.

La similitude avec le contrat de Marbella quinze ans plus tôt lui arracha un pâle sourire. Encore un amateur de sport qui allait mal finir, se dit-il, en réalisant immédiatement qu'une telle pensée était grotesque.

Mais cette fois, pas question d'aller faire le malin lui-même sur les bords du lac. Trop exposé, trop dangereux. Vandercamere avait été clair. Aucun d'entre eux n'approcherait directement sa cible, afin d'éviter les risques au maximum. À charge à chacun de trouver l'exécutant idéal, celui qui utiliserait la bonne méthode, suivrait les consignes et ne poserait aucune question.

Balard avait vite pensé à une stratégie et à un homme, un ancien camarade militaire qu'il avait côtoyé presque vingt ans plus tôt, et il prit contact dès le 30 décembre, juste après son repérage et avant même de revenir en France. Un coup de fil rapide, juste pour attiser la curiosité et proposer un rendez-vous prochain. L'appel avait été payant, l'homme s'était montré très intéressé et Balard avait promis de donner de ses nouvelles avant la fin du mois de février, tout en demandant à son contact de rester disponible à compter du printemps. Il avait fini par le rencontrer dix jours plus tôt, afin de le garder motivé.

En fin de compte, cela faisait maintenant plusieurs semaines qu'il regardait ses deux amis préparer plus laborieusement leur propre partie du plan et il n'avait pas grand-chose d'autre à faire dans l'attente du nouveau point d'étape à venir, à part écouter Bob dévider ses chapelets d'injures et repenser à son ancienne vie.

Les souvenirs étaient maintenant plus supportables. Il lui arrivait même de pouvoir évoquer l'image de son fils en esquissant un sourire et sans avoir la sensation qu'il allait vomir de rage et de désespoir. Il savait bien que la douleur ne le quitterait plus jamais, mais il avait appris à l'apprivoiser et à contrôler ses accès de colère intérieure.

Ses deux compagnons étaient bizarrement presque plus impliqués que lui dans l'organisation de leur plan quasi absurde. Giraud prenait tout ça avec un peu trop d'humour, comme s'il se préparait pour une soirée à la fête foraine. Quant à Vandercamere, il avait transformé ce qui devait être une simple vengeance en une croisade contre un système qui, lui, le dépassait un peu.

Ce que Balard aurait voulu avant tout, c'était pouvoir tordre le cou des plongeurs qui avaient sans doute mis fin à la vie de sa famille. Peut-être aussi loger une balle dans la tête de Weber, leur ancien patron, qui avait commis le pire pour se racheter une certaine respectabilité. Des vengeances simples, immédiates, peut-être apaisantes. Par contre, partir à l'assaut du monde de cette façon lui semblait maintenant totalement dingue et un peu vain. Il avait du mal à se souvenir des raisons qui l'avaient poussé à accepter.

Tant pis, la machine était en route maintenant. Il n'avait aucune raison valable de faire machine arrière et aucune crainte particulière pouvant justifier un changement d'avis. Ni peur ni cas de conscience. Il ne se sentait juste plus vraiment concerné, alors qu'il était censé être la cause principale du plan qui était en train de prendre forme. C'était une sensation de détachement étrange et peut-être un mécanisme de protection inconscient, nécessaire pour supporter son changement de vie brutal et les événements qui se préparaient. Un peu comme de rester à faire l'étoile de mer alors qu'une énorme vague s'approche lentement de vous, pensa-t-il en conclusion.

Il fut tiré de sa rêverie par un bruit de moteur et releva légèrement la tête pour voir apparaître une voiture lancée à toute vitesse dans l'allée menant à la cour. Manifestement, Giraud était vraiment en manque d'action. Il finit sa course au frein à main, manquant de peu une brouette que Bob avait laissé traîner, et s'arrêta dans un nuage de fine poussière qui recouvrit Balard à moitié, avant de descendre en trombe du véhicule. Il semblait attendre avec impatience d'être félicité pour sa conduite sportive.

Balard cria d'un ton faussement sévère.

— Tu crois vraiment que c'est comme ça qu'on traite une pauvre Twingo ?

— Ben, on fait avec ce qu'on a, non ? J'ai mis vingt ans à sortir de Roissy et du périph ! Autant me faire un peu plaisir sur la fin du parcours…

Il alla ouvrir le coffre pour en extraire deux valises, tandis que Vandercamere émergeait du siège passager en prenant un air beaucoup moins enthousiaste.

— Ce type me rend dingue… comme si je n'étais pas déjà assez crevé par mes dix heures d'avion. Quant à toi, tu ne m'as pas l'air bien débordé, dit-il à Balard en tempérant son ton sévère par un clin d'œil.

— Ce n'est pas de ma faute si je suis bien plus efficace que vous ! Vous en mettez du temps, à organiser votre partie du plan. Et je te rappelle que passer mes journées à regarder Bob fureter devant moi n'est pas forcément une partie de plaisir. Ce mec est quand même très bizarre…

— C'est sûr qu'il n'y a que Fred pour avoir un cousin pareil. Il est où d'ailleurs ?

— Parti faire des courses. Ce qui est curieux, c'est qu'il sait toujours exactement quand y aller, même quand on ne lui a rien demandé, et que ça le prend d'un coup sans raison. Tu vois, c'était la dernière bière, dit-il en levant sa cannette.

— Eh bien, au moins, on aura à boire ce soir ! Allons à l'intérieur, j'ai envie de me poser un peu.

Les trois hommes passèrent la porte menant de la cour à ce qui s'apparentait le plus à un salon dans le vieux corps de ferme décrépit. Vandercamere fit signe à ses deux amis qu'il revenait et prit l'escalier en bois partant de la pièce, pour se rendre à la chambre qu'il occupait depuis leur arrivée, une pièce située tout au bout d'un couloir à l'étage.

Pendant qu'ils l'attendaient, Giraud passa dans la cuisine pour préparer du café frais et Balard ranima le feu mourant, car la faible chaleur printanière de cette fin d'après-midi avait du mal à se frayer un chemin jusqu'à l'intérieur.

Lorsque Vandercamere redescendit, après avoir troqué son costume froissé par le voyage contre une tenue plus pratique, ils s'assirent dans les vieux fauteuils placés devant la cheminée.

Giraud rompit le silence.

— Philippe a fait du bon boulot, d'après ce qu'il a eu le temps de me raconter sur le chemin retour… avant de s'endormir ! dit-il d'un ton faussement accusateur.

— Supporter ta conduite me met les nerfs en pelote ! Plutôt roupiller que d'assister à certaines choses…

— Mouais… tu te fais vieux, surtout, oui !

— Bon, vous me mettez au parfum ou pas ? les interrompit Balard.

— J'y viens… si Fred veut bien la boucler cinq minutes !

Vandercamere s'enfonça confortablement dans son fauteuil.

— Comme vous le savez, j'ai perdu un peu de temps à contacter les bonshommes dont je vous avais parlé en décembre. Leur chef, Mike Peterson, a eu un grave accident de bagnole en janvier, juste avant la date prévue pour notre rencontre. Cet idiot a percuté un cerf ou je ne sais quoi et a fini à l'hôpital assez amoché. Traumatisme crânien, côtes enfoncées, perforation de l'estomac… il a sacrément morflé. Pour faire court, j'ai dû attendre qu'il en sorte avant de pouvoir le voir et discuter, car sans lui ses gars sont perdus et complètement inutiles, de toute façon. Résultat, je suis resté sur place beaucoup plus longtemps que prévu. Ceci dit, j'en ai profité pour passer presque cinq semaines à Washington, à observer un certain nombre de choses, et je pense que je n'ai pas trop perdu mon temps.

— Tu as pu en savoir plus sur Zellington, alors ? demanda Balard.

— Oui, j'ai récupéré plein d'informations qui me seront utiles au moment de l'opération. Son planning général, ses déplacements courants, ses itinéraires favoris et un tas d'autres trucs. L'avantage avec ces officiels en cravate, c'est qu'ils sont relativement prévisibles et pas aussi bien protégés qu'on pourrait le croire. Zellington est particulièrement vulnérable lors de ses déplacements en voiture. Il a la fâcheuse manie de se rendre au même endroit chaque lundi matin et son trajet ne varie quasiment jamais. Côté gardes du corps, j'ai déjà vu mieux, et l'effet de surprise fera de toute façon la différence.

— Tu penses à une attaque en pleine rue ? le coupa Giraud.

— Les types qui vont exécuter le contrat ne sont pas bien subtils. Tu sais comme moi qu'une opération devient bien plus délicate quand tu as pour objectif de limiter tes propres pertes. Mais vu que ces types sont en plein délire de martyrs et qu'ils partent du principe qu'ils courent au sacrifice, autant en profiter… Oui, une attaque en pleine rue me semble adaptée. J'ai déjà vu les détails avec Peterson et je suis sûr d'une chose. Ces gars-là n'ont pas inventé l'eau chaude, mais ils sont par contre parfaitement capables d'arroser une voiture et tout ce qui se trouve dedans. Mon boulot à moi sera juste de les poster au bon endroit et au bon moment. Et bien sûr de m'assurer qu'ils ne parleront pas…

— On n'a pas encore parlé de ce qu'on allait faire pour éviter les témoignages gênants, remarqua Giraud.

— Pas de témoins, pas de témoignages. Ces types veulent mourir pour leurs idées, ça tombe bien. Je vais leur offrir un beau suicide collectif et je pense déjà savoir comment je vais m'y prendre. Mais bon, on parlera des détails plus tard. Ce qui importe, c'est que cette milice virginienne ne pouvait pas mieux tomber et que je n'ai pas eu à beaucoup insister pour les motiver. Si on les laissait faire, ils partiraient demain matin à Washington, le fusil en bandoulière… heureusement, Peterson est un peu plus subtil que ses hommes et il a compris l'importance de la planification. Je lui ai dit que je le recontacterais dès que tout serait en place, mais sans lui dire exactement pourquoi. Enfin, bref… il attend les ordres et il sait que je retournerai de toute façon là-bas quand le moment sera venu de frapper en plein cœur de la ville du Diable. Je précise que je ne fais que le citer, conclut-il d'un ton moqueur.

Balard le coupa, d'un geste de la main.

— Tu ne trouves pas que tout ça est un peu trop simple ? J'ai l'impression qu'on évoque une recette de gâteau plutôt que l'assassinat du directeur de la Banque Mondiale !

— Parce que je te passe tous les détails… Je n'ai pas le courage de vous restituer maintenant tout ce dont nous avons discuté avec Peterson pendant des journées entières. Je lui ai parlé politique et économie, en me mettant à son niveau, bien évidemment. Nous avons étudié des cartes, des armes, des stratégies relatives à ce type d'attaque en milieu urbain. J'ai assisté à trois entraînements pour montrer ma bonne volonté et je me suis frappé beaucoup plus de réunions que ce que j'avais prévu. Ces fanatiques me tapent sur le système… Fais-moi confiance quand je te dis que la préparation a été carrée et qu'il ne manque plus grand-chose pour mettre le plan à exécution. Mais pour aller plus loin, j'ai besoin de savoir si tout roule de votre côté. Donc, toi, Quentin, tu es sûr du type dont tu m'avais parlé avant que je m'en aille ?

— Oui, c'est un sniper de haute volée. Imbuvable sur le plan perso, car il représente à peu près tout ce que je déteste, mais sans doute classable dans le top 10 mondial de sa catégorie. Et surtout, il est rempli de haine. Il se souvenait un peu de moi et je n'ai pas eu à pousser beaucoup non plus. En mentionnant simplement que Louvin est noir, je crois avoir déclenché une réaction violente. Je l'ai pris lui, car je pense qu'une attaque à distance est ce qu'il y a de plus adapté au terrain que j'ai choisi là-bas. Si en plus tu me dis qu'on doit effacer nos traces juste après, ça me soulage un peu. Je n'aurai pas trop de difficultés à me séparer de lui, je dois l'avouer…

Voyant que le feu avait du mal à prendre, Balard alla remettre une bûche dans la cheminée.

— Il est en attente depuis notre rencontre et n'a de toute façon pas grand-chose d'autre à faire. Je lui ai à nouveau fait passer une petite somme pour être sûr qu'il resterait motivé, en attendant le vrai contrat. Il ne nous lâchera pas, mais j'aimerais quand même pouvoir lui donner une idée de la date d'intervention.

Il se tourna vers Giraud.

— Tout dépend donc de toi et de tes avancées. Ça fait plusieurs semaines que je t'interroge, mais tu ne m'as toujours pas dit ce que tu traficotes à Paris la moitié du temps. Tu as établi des contacts sérieux ou pas ?

Le visage de Giraud prit un air inhabituellement sérieux.

— Disons que je sais que l'opération se passera effectivement à Paris et que je connais la personne qui va s'en charger, même si elle ne le sait pas vraiment encore elle-même. C'est une affaire délicate et qui prend du temps. Pas facile pour moi… je vous expliquerai le moment venu, et je vous demande de me faire confiance sans me poser de questions. Disons que c'est aussi une affaire personnelle et que je n'ai pas envie d'en parler tout de suite.

Ses deux amis le regardèrent sans parler, conscients qu'il était inutile d'insister. Giraud perdait rarement son sens de l'humour et toujours pour une raison valable. Sa réponse devrait leur suffire pour le moment.

— Par contre, j'ai une fourchette d'une semaine seulement et en septembre. Serrès a des interventions prévues dans plusieurs pays tout le printemps, la faute à la crise économique, et je ne suis pas sûr qu'il revienne pendant l'été. En plus, mieux vaut ne pas tabler sur quoi que ce soit quand ils prennent tous leurs vacances et modifient leurs habitudes. Par contre, la première semaine de septembre, il a un engagement ferme qui le ramènera à Paris et mon… contact… sait exactement ce qu'il fera. Il sera présent au minimum du 5 au 10 septembre, peut-être quelques jours de plus, mais ce n'est pas sûr. Je conseille qu'on choisisse une date sur ce créneau, en croisant les doigts pour qu'il ne change rien à son planning. Ni lui ni les autres, d'ailleurs.

Il se versa un nouveau café à son tour et se remit à sourire.

— Vous êtes quand même conscients que c'est un plan super-hasardeux ? Planifier tout ça presque six mois à l'avance en espérant que rien ne bougera entre-temps, c'est carrément dingue ! Ceci dit, je ne vois pas comment on peut faire autrement. Vu qu'on n'intervient pas nous-mêmes, qu'on doit frapper trois fois en même temps et dans des lieux séparés, je ne sais pas si on peut s'y prendre différemment. Mais tout ça est taré et on a intérêt à vraiment avoir la foi, si vous voulez mon avis.

Vandercamere, qui n'avait pas parlé depuis plusieurs minutes, le coupa brutalement. Sa voix était presque glaciale et empreinte d'une certaine lassitude.

— Nous sommes bien d'accord, ce plan est effectivement dingue. Mal ficelé, peu sécurisé, dépendant d'un tas de variables qu'on ne peut pas contrôler à l'avance. Nous le savons tous les trois et nous le savons depuis le début. Mais c'est tout ce qu'on a. Soit on laisse tout tomber, on se quitte maintenant et on repart mener nos vies comme on le peut, en regardant tous les jours derrière nous parce qu'on se demande si on est vraiment tranquilles… soit on se dit que ça vaut le coup de tenter l'opération, en sachant que tout peut effectivement foirer.

Il se pencha en avant, comme pour mieux capter le regard de ses deux amis.

— Mais est-ce que je dois vous rappeler qu'on a descendu trois pauvres types dans le sous-sol qui se trouve juste sous nos pieds ? Est-ce que je dois revenir sur la question de Cassis ? Est-ce que je dois vous remotiver en vous parlant à nouveau du contexte économique actuel… ? Je crois que ce n'est plus à moi de me charger de tout ça et que vous devez choisir vous-même ce que vous voulez faire. Alors, à vous de me le dire… Est-ce que ça en vaut la peine ? Est-ce qu'on est juste en plein délire, ou est-ce que tout ça a une chance de réussir, même petite ? Est-ce que vous y croyez toujours un minimum ?

L'atmosphère était soudain devenue plus lourde et le silence s'installa pendant quelques secondes, le temps que Balard réponde d'une voix un peu rauque.

— Ces hommes ne sont pas morts pour rien… ça serait absolument dégueulasse. Je ne te cache pas que je manque un peu de conviction depuis un petit moment, mais rien que pour eux, je ne reviendrai pas en arrière et je ferai tout ce que j'ai à faire pour que le plan fonctionne. Et si tout foire et qu'on y laisse des plumes, personnellement je m'en fous, donc je ne suis pas inquiet… voilà, tu as ta réponse…

Giraud s'expliqua d'un ton qui se voulait léger et en ouvrant les bras d'un air embarrassé.

— Hé, Philippe, pas de morale ! J'ai juste rappelé que le plan est dingue et mal foutu ! Mais depuis quand c'est le genre de truc qui me pose problème ? T'inquiète pas, je suis toujours dans le coup !

Vandercamere parut se détendre et retrouva le sourire.

— Bon, nous sommes donc d'accord pour poursuivre. Ce qu'il nous faut, c'est au moins une date approximative, qu'on puisse la communiquer à nos contacts et s'organiser en conséquence. Et le choix va être restreint. On a une fourchette d'à peine une semaine en septembre et ma cible n'est fiable que le lundi, quand elle se rend à la Maison-Blanche pour remettre ses rapports et déjeuner avec un des conseillers de la Présidence.

— C'est aussi un problème que je n'ai pas encore soulevé, le coupa Balard. D'après les informations que j'ai pu obtenir lors de mon passage à Genève, Louvin a quand même pas mal la bougeotte. Mais on a un peu de chance. Lui aussi consacre ses lundis aux réunions sur place, car il quitte régulièrement le siège le reste du temps. Et encore, on ne peut être sûr de rien, son planning habituel pouvant bouger. C'est un pari sans garanties.

Vandercamere se leva pour aller consulter un calendrier cloué au mur en pierre, un cadeau des éboueurs de la commune.

— Alors, le 6 septembre. C'est notre seule option pour le moment, à moins que certaines choses évoluent entre-temps et nous permettent d'intervenir plus tôt. Je sais, c'est loin, mais c'est comme ça. Le tout sera de garder nos contacts motivés, si nécessaire en leur envoyant régulièrement un peu d'argent pour les remercier de leur patience. Je pense qu'on peut déjà leur donner le créneau de la semaine en question, en les prévenant qu'on va suivre ça de près et les tenir informés. Si on reste là-dessus, je partirai rejoindre mes types dès la mi-août et je vous conseille de faire pareil avec les vôtres, pour tout ficeler dans les moindres détails peu de temps avant.

Il revint se rasseoir pesamment.

— N'oubliez pas un détail très con : le décalage horaire. L'intervention de Washington ne pourra avoir lieu qu'en matinée, vers 11 heures, quand Zellington quitte ses bureaux. Ça vous semble bon de votre côté ?

Balard fit un rapide calcul avant de répondre.

— Avec cinq heures d'écart, ça va être un peu chaud. J'avais prévu mon opération vers 19 heures, quand Louvin va courir au bord du lac.

Giraud approuva.

— Moi, je vais être coincé aussi. Pas possible d'agir avant 19 heures également, voire un peu plus tard. Tu n'as pas moyen de reculer un peu ton intervention ?

Vandercamere se mit à réfléchir tout haut.

— On peut toujours s'organiser pour que ça se passe quand il revient de son déjeuner, même si ça me plaît moins. Son trajet retour est moins fiable, mais bon, avec deux équipes postées, ça devrait être possible… Vers 14 heures, ça doit être jouable. Et si on doit être légèrement décalés, espérons que les nouvelles ne voyageront pas trop vite… mais nous devons à tout prix éviter que ça se produise, j'insiste encore là-dessus.

Changeant brusquement de sujet, il tapa dans ses mains et se leva.

— Bon, ceci dit, je ne sais pas vous, mais moi je meurs de faim, et on peut continuer de discuter pendant qu'on mange. Qu'est-ce qu'on a de bon qui nous attend ?

Giraud et Balard se regardèrent en souriant légèrement et ce dernier répondit en prenant un air penaud.

— Je te rappelle que c'est toi qui as décidé que Bob serait en charge des courses. Il est très doué pour les bières, mais il a quelques problèmes avec la gestion des repas. On fait avec ce qu'il veut bien nous rapporter, puisqu'il refuse de suivre ce qu'on met sur nos listes. En plus, je crois qu'il n'est toujours pas rentré…

Un bruit de pot d'échappement mal réglé vint le contredire et on entendit une portière claquer dans la cour. Vandercamere se dirigea vers la porte en soupirant et se retourna vers ses deux amis, qui avaient du mal à garder leur sérieux.

— Vous êtes en train de me dire que si je survis au plan, c'est la mise au régime qui aura ma peau ? Je m'en vais lui dire deux mots, à Bob !

Et il leur fit un clin d'œil, avant de franchir le seuil d'un pas décidé.

Chapitre 16 – 16 mars 2010

L'English Rose Club était le nec plus ultra des clubs de gentlemen anglais traditionnels : atmosphère luxueusement feutrée, fauteuils confortables, bar bien fourni, portraits de la Reine et de ses illustres ancêtres accrochés à divers endroits stratégiques, service irréprochable et cotisation annuelle hors de prix.

On n'y rentrait que sur parrainage, afin que la tranquillité des membres de longue date ne soit pas perturbée et que la renommée de l'endroit reste intacte. Les femmes en pantalon, les jeans et les chaussures de sport étaient bien évidemment des aberrations absolument interdites par le règlement intérieur, tout comme les téléphones portables, qui ne pouvaient être utilisés en dehors de certaines zones prévues à cet effet.

En faisant abstraction des quelques équipements modernes, tels l'écran plat du salon principal et la connexion Wi-Fi disponible gratuitement dans les pièces privées, il n'était pas très difficile, en fermant les yeux, de remonter le temps et de se croire en 1853, date à laquelle le club avait été fondé par un groupe de conservateurs, désireux de pouvoir se rencontrer ailleurs qu'au pub pour parler de politique et d'économie.

Situé à quelques centaines de mètres de St James Park, le club occupait six immenses étages d'une bâtisse de style victorien, une superficie nécessaire pour fournir tous les services que l'on pouvait attendre d'un lieu aussi sélect. Fumoir, bibliothèque, salons privés, espace informatique, salles de réception, nombreuses chambres décorées avec raffinement et chef français en cuisine justifiaient pleinement la cotisation demandée.

Ici, on pouvait venir prendre un verre après une journée fatigante, organiser des déjeuners d'affaires ou les noces de ses enfants, rester dormir après une soirée de gala trop tardive et célébrer toutes les grandes occasions dans un luxe discret typiquement britannique. Deux guerres avaient été votées dans le salon principal, un futur ministre avait été conçu dans une des chambres du troisième étage et de nombreux membres de la famille royale faisaient régulièrement leur apparition, l'endroit étant sous le patronage d'un cousin de Sa Majesté.

C'était un de ces lieux où l'histoire se faisait et se défaisait à l'abri du public, sous les yeux des hommes illustres dont les portraits ornaient les murs, tels l'Amiral Nelson ou Winston Churchill. Le club avait étendu son réseau bien loin de Londres, en établissant des succursales dans d'autres grandes villes, comme Paris, Tokyo, New York ou Le Cap, permettant ainsi à ses membres de se rencontrer facilement partout dans le monde.

Être admis à l'English Rose Club était l'objectif de tout homme d'affaires ou politicien ambitieux et avisé. Si la liste des inscriptions en attente était bien longue, celle des membres officiels était beaucoup plus courte, la sélection étant rigoureuse et soumise à l'avis d'un comité respectueux des vieilles traditions.

Confortablement installé à la table ovale du petit salon Oxford, le plus ancien membre de ce comité était en train de finir avec plaisir le civet de lièvre qui était toujours à la carte des déjeuners le mardi. Autour de lui, six hommes vidaient avec le même entrain le contenu de leur assiette, rendant silencieusement hommage à Luc Cherrier, maître incontesté dans la cuisine du club depuis plus de quinze ans.

Celui qui était assis en face de lui, un homme d'une quarantaine d'années qui était le plus jeune à la table, brisa un silence quasi religieux lorsqu'il prit la parole.

— Cecil, je dois dire que vous savez recevoir ! Cet endroit a vraiment de la gueule, si vous voulez bien me pardonner l'expression. Et je craignais un peu la nourriture, pour être totalement franc, avec tout ce qu'on raconte à propos de l'Angleterre… mais il faut bien reconnaître que ce repas est absolument divin. Votre club vaut le détour !

Il se mit à émietter un morceau de pain autour de son assiette, sous l'œil réprobateur des autres hommes.

— Ceci dit, j'aimerais juste savoir pourquoi vous tenez à organiser ces rencontres ici plutôt que chez vous. Votre maison de Mayfair ne vous semble pas assez grande ou assez stylée pour nous recevoir ? demanda-t-il en ricanant.

Son interlocuteur eut un petit sourire poli et ajusta la bague marquée du monogramme WS qu'il portait à l'auriculaire de la main droite, avant de répondre.

— Mon cher Dennis, considérez d'une part qu'il est bien normal que vous découvriez le lieu où votre père a passé tant de bons moments à nos côtés… c'est près de cette fenêtre, là-bas, qu'il m'a annoncé qu'il allait enfin demander votre mère en mariage. Et c'est dans le salon voisin que nous avons fêté votre naissance. Mon père m'a amené ici pour la première fois alors que je n'avais que huit ans. C'était normalement interdit, mais il avait l'avantage d'être le président du comité… Ce lieu abrite plus de souvenirs et est plus important pour moi que ma maison, certes très agréable, je vous l'accorde. Mais après tout, je n'habite là-bas que depuis 1975…

Il s'interrompit pour boire lentement une gorgée de l'exceptionnel Gevrey-Chambertin 1999 qui accompagnait leur repas.

— Et d'autre part ?

— Je vous demande pardon ?

— Vous avez dit « d'une part » ; je suppose qu'il y a donc une autre part dans votre réponse…

— Oh oui, excusez mon esprit distrait ! D'autre part, il s'agit du seul endroit où ma femme me laisse parfaitement tranquille puisqu'elle n'y vient pas.

— Mais on m'a pourtant dit que ce club était ouvert aux femmes depuis l'avant-guerre ! 1934, si ma mémoire est bonne !

— Apparemment, l'information ne lui a pas encore été transmise et je compte sur vous pour ne pas la mettre au courant.

Tous les convives sourirent à cette réponse, Dennis ne sachant pas comment interpréter l'humour pince-sans-rire de son aîné.

Les assiettes étaient maintenant vides et ce dernier reprit la parole.

— Mais assez parlé de moi. Profitons plutôt de cette réunion du Cercle pour parler des dernières évolutions de notre affaire. Et Dennis… quoi de mieux qu'un salon privé du club dont j'ai été membre quasiment ma vie entière, pour converser en toute tranquillité et fêter votre arrivée parmi nous ?

Il fit tinter une sonnette posée à sa droite et un serveur à la tenue irréprochable apparut comme par miracle à la porte, sa rapidité laissant supposer qu'il restait assis dans le couloir pendant toute la durée du repas.

— Monsieur ?

— Georges, nous avons terminé et voudrions maintenant profiter des merveilleux desserts du chef, je vous prie.

— Je peux recommander à ces messieurs la tarte Tatin du chef, servie avec un ramequin de crème fraîche ou une boule de glace vanille fabriquée maison. Je peux également vous proposer des cannelés bordelais, une mousse au chocolat ou un ardéchois à la crème de marrons.

Les sept hommes passèrent commande après quelques échanges, puis le serveur s'éclipsa avec les assiettes sales. La conversation interrompue reprit.

— Je suis heureux de pouvoir vous dire que la situation se présente au mieux et que les choses se mettent en place exactement comme nous l'avions prévu. Tout aura lieu en septembre prochain et il nous reste donc à être encore un peu patients.

Un homme de près de soixante-dix ans au visage rubicond prit la parole dans un anglais teinté d'accent germanique.

— Cecil, vous savez que vous avez toute ma confiance, comme votre père avait celle du mien à leur époque. Mais ne pensez-vous pas que ce plan est, sinon fou, du moins trop audacieux ?

— Précisez votre pensée, Roderich…

L'homme se racla légèrement la gorge avant de poursuivre.

— Un tel objectif, prévu depuis plus de quarante ans… vous pensez vraiment que confier l'exécution de la première partie du plan à ces trois hommes est une bonne idée ? Je veux dire… ils sont certainement compétents si vous les avez sélectionnés, mais quand même… toute notre stratégie à plus long terme dépend d'eux… J'aurais imaginé une équipe plus fournie, sans doute. La description qui nous en a été faite me laisse un peu anxieux, je ne vous le cache pas. Un père de famille éploré, un homme à femmes sans attaches et un… je ne sais pas comment le qualifier… spécialiste de la manipulation mentale… trois hommes à la retraite depuis plusieurs années ? Vous ne pouviez pas prendre de jeunes recrues actives avec un profil plus classique ?

Un homme âgé au physique oriental appuya ces propos dans un anglais plus hésitant.

— Je partage les inquiétudes de Roderich. Trois hommes, c'est peu, pour une telle opération. S'ils échouent, qui prendra leur place ? Et qui nous dit qu'ils ne changeront pas d'avis avant septembre ? Nous avons un calendrier général à respecter, je vous le rappelle. D'ailleurs, sommes-nous vraiment prêts pour la suite ? Je ne suis pas sûr que tout aille aussi bien que vous nous le dites.

Tous les hommes présents à l'exception de Dennis, qui semblait un peu perdu, regardèrent Cecil d'un air entendu, mêlé à une expression de respect craintif. Ils se mirent à parler en même temps, emplissant la pièce d'un brouhaha presque inaudible qui dura quelques minutes.

Cecil leva soudain la main pour leur intimer le silence, car le serveur venait de refaire son apparition, portant un grand plateau de desserts et de tasses de café. Il ne reprit la parole qu'après son départ et lorsqu'il eut goûté sa part de tarte.

— Je comprends votre inquiétude, Messieurs, mais je ne la partage pas. Je vous invite à me faire confiance quand je vous dis que tout se déroule parfaitement. Ces hommes ont été choisis par mes soins, pour des motifs personnels très valables. Je sais qui ils sont, comment ils travaillent, et jusqu'où ils sont prêts à aller aujourd'hui. Ils sont bien évidemment sous surveillance, je suis tous leurs faits et gestes et je peux vous dire qu'ils ne m'ont pas déçu une seule seconde jusqu'à maintenant. Ils se comportent exactement comme je l'avais prévu. Je sais aussi qu'ils feront exactement ce que nous attendons d'eux, même si vous en doutez. Soyez certains que je n'ai rien laissé au hasard.

Il s'adressa à l'homme ayant parlé en dernier.

— Pour répondre à votre question, Chu-Chung, ils n'échoueront pas, tout simplement. Ils ne le savent pas, mais l'opération va leur être facilitée si c'est nécessaire, afin de limiter les éventuels impondérables qui pourraient les gêner dans l'exécution du plan. Et oui, le réseau « stay behind » est bien sûr prêt pour la suite, dans le respect du calendrier initial qui doit absolument être suivi si nous voulons enfin aboutir, après toutes ces années…

Dennis l'interrompit brusquement.

— Excusez-moi, mais je ne comprends pas tout. Vous pouvez préciser de quoi vous parlez, Cecil ? Quel réseau, exactement ?

Ce dernier lui répondit d'un ton assez sec.

— Il me semble que votre père vous a remis un dossier très complet lorsqu'il a compris qu'il ne remporterait pas son combat contre le cancer, Dennis. Walter était un homme organisé, méticuleux, et il avait de la suite dans les idées. Je sais qu'il avait tout prévu pour que vous puissiez rapidement prendre sa suite parmi nous lorsque le jour viendrait. Avez-vous seulement lu tout ce dossier avant de nous rejoindre ici pour occuper sa place ?

Dennis rougit et bredouilla un peu en s'expliquant.

— Je suis désolé, je n'ai fait que regarder les grandes lignes de la seconde phase. Vous comprenez… les funérailles, la succession… mon père ne parlait pas beaucoup et ne m'a expliqué que l'essentiel avant de mourir. Toute cette partie est encore un peu confuse.

— Je vous invite à prendre connaissance de ces pages sans attendre. Et bien évidemment, ne partagez son contenu avec personne. Je dis bien, personne. En aucune circonstance. Pas même avec votre psychiatre à cinq cents dollars de l'heure !

— Ne vous inquiétez pas, je connais la chanson ! Mon père a tellement peu partagé avec ses proches tout au long de sa vie, que personne n'a su quoi dire d'un peu personnel à son sujet le jour de son enterrement, répondit Dennis d'un ton sarcastique. Mais j'oublie… vous le savez bien, puisque vous étiez au deuxième rang à l'église ! Votre discours était d'ailleurs très émouvant.

Cecil durcit encore le ton.

— Vous m'avez l'air de prendre tout ça un peu trop à la légère, Dennis. Je me permets de vous rappeler la confidentialité qui est de mise au sein du Cercle, car vous ne semblez pas mesurer les enjeux qui nous lient tous. Les hommes assis à vos côtés et leurs pères avant eux ont passé leur vie à préparer l'avenir qui nous intéresse. Une vie de patience, consacrée à un avenir que nous avions peur de ne pas voir, faute de temps. C'est malheureusement ce qui s'est produit pour votre père, qui n'a pas eu d'autre choix que de vous transmettre sa place parmi nous, car il savait qu'il ne serait plus là au moment de la mise en œuvre. Pour un petit-fils de fermier texan, c'était un homme de grande envergure, qui nous a quittés juste avant l'ouverture des portes qu'il a contribué à déverrouiller. Soyez digne de lui et de son héritage, c'est tout ce que je vous demande !

Dennis n'osa pas répondre et but lentement son café afin de garder une certaine contenance, tandis que Cecil continuait.

— Je ne suis pas naïf, jeune homme, et je sais très bien que votre philosophie n'est pour le moment pas vraiment identique à la nôtre. La faute à votre jeunesse et à une éducation certainement trop laxiste. Vous étiez sans aucun doute la faiblesse de votre père, qui vous a mal préparé à votre futur rôle en vous gâtant trop. Mais par respect pour Walter, sachez vous comporter comme il l'aurait souhaité, en adoptant notre point de vue et notre comportement.

— Philosophie ? Comportement ? Que voulez-vous dire ?

— Vous aimez l'argent, ce que je ne peux objectivement pas vous reprocher. Mais s'il est une chose que vous aimez encore plus que l'argent, c'est la possibilité de l'afficher sans retenue. Les villas, les yachts, les jets privés, les couvertures de magazines et les femmes d'une nuit qui vous regardent fanfaronner... tout ceci doit s'arrêter maintenant. Faites-vous oublier et transformez votre image.

Il poursuivit avant que Dennis puisse l'interrompre en protestant.

— Avez-vous déjà vu l'un de nous en couverture d'un tabloïd ? Non, nous avons toujours tout fait pour que cela ne se produise pas. Nous sommes des hommes discrets, œuvrant pour une cause bien plus noble que celle qui consiste simplement à amasser quelques milliards supplémentaires afin de les agiter sur la place publique. Certes, vous êtes aujourd'hui très riche, comme nous tous. Mais cela ne fait pas de vous un homme puissant pour autant. Pas tant que vous n'aurez pas personnellement mérité notre respect et votre place à cette table. Commencez donc par vous taire, par écouter et par apprendre !

Repoussant sa chaise et posant sa serviette sur la table après l'avoir soigneusement pliée, le vieil homme ajusta sa cravate, passa une main ridée mais parfaitement manucurée dans ses cheveux blancs encore épais, puis se leva plus vivement que son âge l'aurait laissé croire, rapidement imité par ses convives. Le déjeuner était manifestement terminé.

— Le Cercle se réunira à nouveau ici comme d'habitude, le troisième mardi du mois prochain. Nous ferons le point sur la situation qui nous intéresse, en espérant que cette fois tout le monde sera parfaitement au courant du dossier, dit-il d'un ton un peu plus doux, en se tournant vers un Dennis renfrogné.

Il se dirigea sans attendre vers la porte et se retourna vers les autres avant de l'ouvrir.

— Messieurs, ceux qui désirent fumer un cigare ou prendre un digestif connaissent le chemin du salon Windsor. N'hésitez pas à profiter d'un peu de détente supplémentaire avant de reprendre l'avion. Quant à moi, je vous dis à dans cinq semaines, du travail m'attend.

Puis il sortit, sous l'œil indifférent d'un saint Georges en armure, représenté à cheval et en train d'achever un dragon agonisant à ses pieds, d'un coup de lance brisée.

*D*evenir le digne fils de mon père n'a pas été facile.

Le vieil homme a toujours pensé que je lui succéderais, naturellement, mais il m'a fallu faire bien des choix désagréables et me plier à ses nombreuses exigences, pour devenir exactement celui qu'il voulait que je sois.

Le Cercle est un groupe composé de gens patients, qui a su planifier son œuvre sur plus d'une génération. Quand on voit le résultat, on peut se dire que tous ces vieux banquiers avaient sans doute raison de prendre leur temps.

Le monde ne réalise pas encore qu'il a certainement été sauvé de son inévitable décadence, mais un jour, les hommes regarderont l'ancien visage de leur planète avec mépris, en se demandant pourquoi il a fallu si longtemps avant que les choses changent pour de bon, grâce à une poignée d'hommes déterminés.

Et bien sûr, Cecil savait ce qu'il faisait en choisissant les hommes de la première phase. Tout s'est passé comme il l'avait prévu, car il tirait les ficelles à partir de coulisses qu'il était seul à connaître totalement. Enfin, presque seul... quelqu'un d'autre se tenait à ses côtés derrière les rideaux, évidemment...

Évidemment, ce qu'il a fallu parfois faire peut sembler regrettable. Comme l'enfant...

Je n'arrête pas de penser à l'enfant, mon esprit m'y ramène sans cesse. C'est curieux de se dire qu'on peut rester indifférent devant des milliers de morts programmées, mais qu'on est hanté par un unique visage, qui s'accroche à vous comme une malédiction.

Ce petit cercueil restera à jamais gravé dans ma mémoire, comme un instantané qu'on ne peut effacer. D'ailleurs, je ne fais rien pour l'oublier. Je me souviens de chaque détail. Les moulures du bois, les *poignées dorées, la petite croix incrustée sur le dessus. Et le visage de son père... un homme qui n'avait plus rien que ses deux amis pour l'empêcher de sombrer dans la folie.*

J'ai souffert de devoir le faire souffrir, de pouvoir profiter aussi facilement de sa vulnérabilité. Payer le couple du cimetière pour attirer son attention et attiser sa paranoïa a été si simple, si facile, que je m'en suis voulu. Un type comme Balard méritait mieux que ce traitement.

Mais c'est par de petites touches qu'on peint les plus grandes toiles. Et le tableau dans lequel je figure aujourd'hui méritait certains coups de pinceau délicats, j'en ai la certitude.

3 – ATTAQUE « PRIAPE »

C'est le devoir de chaque homme de rendre au monde au moins autant qu'il a reçu.
Albert Einstein

Le fugu, que la classification officielle des espèces place dans la famille des tétraodontidés, est un drôle de poisson.

Drôle parce qu'il prend une forme plutôt laide de sphère gonflée d'eau lorsqu'il se sent menacé par un prédateur, réaction pour le moins insolite qui justifie son surnom de « poisson-globe ».

Drôle aussi parce qu'on ne peut se douter, en regardant ce poisson assez placide, qu'il est la cause involontaire de morts encore plus affreuses que cette apparence difforme qui lui sert de défense. Dans ce deuxième cas, « drôle » n'est sans doute pas le terme approprié, tout compte fait, et « ironique » conviendrait sans doute mieux.

L'empoisonnement à la tétrodotoxine, contenue dans les ovaires, le foie, les reins ou les intestins du fugu, est radical. Cette neurotoxine provoque une paralysie foudroyante des systèmes respiratoire et nerveux chez l'être humain, sans espoir d'antidote qui permettrait d'en réchapper.

S'il est mal découpé, quelques bouchées de ce poisson peuvent vous expédier en moins de six heures à la morgue la plus proche, pour peu qu'un cuisinier amateur ait involontairement laissé la neurotoxine se répandre des viscères à la chair.

Ce n'est pas sans raison que les Japonais, spécialistes incontestés de la préparation de ce mets délicat, réputé et onéreux qu'est le poisson-globe, exigent de leurs « Maîtres fugu » qu'ils suivent une formation de deux ans assortie d'un diplôme d'état spécifique, avant d'avoir le droit de le cuisiner pour des clients émoustillés par le risque contenu dans leurs assiettes.

À la décharge du fugu, il faut préciser que, s'il est élevé en milieu artificiel, il n'est pas toxique, car il n'ingère alors pas certaines algues rouges – ou rhodophytes – de l'espèce jania, qui sont les véritables responsables de la présence de tétrodotoxine dans ses viscères.

Mais pour l'homme affalé sur le volant de sa voiture à proximité de Montparnasse, son téléphone encore à la main, cette distinction n'avait plus guère d'importance, d'autant qu'il avait dégusté un excellent sauté de veau ce soir-là, avant de mourir asphyxié à la lumière des réverbères.

Seule la femme retrouvée le matin suivant dans une chambre d'hôtel de Pigalle aurait pu dissiper la perplexité des enquêteurs quant à la provenance de la neurotoxine qui serait détectée ultérieurement, mais une balle dans la tête est somme toute aussi efficace que le poison contenu dans le fugu sauvage, même si elle est certainement moins exotique…

Chapitre 17 − 25 décembre 2009

Assise à son bureau, Iris était en train de relire avec soin le contenu de la longue lettre qu'elle venait de rédiger, lorsque son téléphone sonna.

Probablement pas l'appel d'un client le matin de Noël sur son numéro privé, pensa-t-elle, ce jour rimant plus que n'importe quel autre avec épouse, famille et respectabilité. Intriguée et ne reconnaissant pas le numéro de l'appelant, elle décrocha d'un ton neutre.

— Allô ?

— Salut, c'est le père Noël !

— Giraud, c'est toi ?

— Ben oui, c'est moi ! Joyeuses fêtes, ma poulette !

Iris se mit à pouffer.

— Tes rimes sont toujours aussi nulles ! Où étais-tu passé ? J'essaye de te joindre depuis des semaines pour te parler de quelque chose d'important et ton numéro ne répondait plus. Tu as changé de ligne sans me prévenir ?

— Oui, désolé, mais j'ai dû faire un peu de ménage dans mon répertoire et c'était la solution la plus rapide. Ensuite, j'ai été pas mal pris et j'ai traîné pour rappeler les amis. Enfin bon, tu me connais…

— Je ne t'en veux pas, mais je commençais à me faire du souci. Est-ce que tu vas bien ?

— Oui, j'ai la forme, comme d'hab', t'inquiète pas. Mais

j'aimerais passer te voir pour te parler d'un truc, moi aussi. T'as du temps cette semaine ?

— Jusqu'au 28, c'est très calme, mais après je vais être en pleins préparatifs de réveillon. Soirée costumée cette année, pour un jeu de rôles façon murder-party. Je dois faire redécorer l'appartement du troisième pour une ambiance années trente. Il faut bien amuser mes clients les plus blasés !

— Et tu vas jouer quel rôle ?

— Oh moi, je ne serai que maître de jeu... c'est déjà beaucoup de travail de préparation ! Tu veux te joindre à nous ? Il me reste un rôle de majordome-espion à attribuer, ajouta-t-elle d'un ton malicieux.

— Je suis tenté, mais... non. Ça ressemblerait trop à ma vraie vie, je crois ! Qui est censé jouer le rôle du tueur ?

— Un obscur député d'un pays d'Afrique centrale que je connais à peine. C'est un gratte-papier de l'Élysée qui m'a demandé de lui trouver un personnage de premier plan, histoire de flatter son ego. La question, c'est de savoir si les autres seront assez futés pour le démasquer ! Je vais utiliser un scénario construit par mon spécialiste favori, celui qui m'organise les jeux de rôle que j'utilise pour la boîte. Ce type a une imagination incroyable ! Enfin, bref... je te dirai comment ça s'est passé. Tu voulais me parler d'un truc urgent ?

— Important, surtout. Tu crois que je peux passer te voir dès aujourd'hui, alors ? Je ne veux pas ruiner tes préparatifs, mais comme tu voulais me parler aussi, on pourrait faire d'une pierre deux coups...

— Non, il n'y a pas de problème. Aujourd'hui, c'est Waterloo, morne plaine, ici. Les filles sont dans leurs familles et il ne reste qu'Anna, qui a préféré profiter du calme de leur appartement. Je déjeune avec elle pour parler un peu boutique, mais ensuite je suis tranquille pour la journée.

— Bon, je passerai en fin de journée, alors ? Tu me prépares un bon petit repas comme toi seule sais le faire ?

— Ne joue pas les flatteurs, ou tu devras te contenter d'une boîte de petits pois ! Viens vers 18 heures et on parlera pendant que je jette quelques trucs dans une casserole.

— Comment résister à une telle proposition ? J'apporterai ma meilleure piquette, contente-toi de sortir les gobelets en plastique !

— Rendez-vous noté, mon cher ami… mais pour une fois, sois à l'heure !

— Je serai l'incarnation d'un coucou suisse, promis ! Je t'embrasse, à ce soir.

— Bye !

Iris raccrocha, le sourire aux lèvres et le moral en hausse. Giraud avait toujours eu le don de la mettre de bonne humeur. Il méritait bien le repas qu'elle avait déjà en tête : un plateau composé de fruits de mer et de poissons fumés qui restaient du réveillon de la veille, car elle ne l'avait pas touché, faute d'appétit.

Il était presque midi et Anna devait l'attendre. Elle relut une dernière fois sa lettre, signa et la glissa dans une enveloppe qu'elle cacheta avec soin. Ses affaires étaient en ordre et il était temps de monter prendre un verre entre filles.

Lorsque Giraud tapa à sa porte à 18 h 45, Iris était en train de mettre la touche finale à son plateau, où huîtres, bigorneaux, bulots, crevettes, tourteaux, saumon et langoustines trônaient sur un lit d'algues et de glace pilée, entourés de quelques quartiers de citron. Elle quitta la cuisine et alla ouvrir.

— Un jour, je t'offrirai une montre qui donne vraiment l'heure…

— Iris, ma belle, cette robe te va merveilleusement bien ! Et cette nouvelle coupe est très réussie !

Giraud, caché derrière une énorme gerbe de fleurs et une bouteille, fit semblant de risquer un œil inquiet entre deux magnifiques roses blanches, puis abaissa subitement le bouquet, le posa sur le guéridon de l'entrée avec le vin et se précipita sur Iris.

— Dans mes bras !

— Bas les pattes ! C'est de la soie et tu es capable de me l'abîmer !

Elle se mit à rire et prit Giraud dans ses bras avec affection.

— Je suis contente de te voir ! Ça fait un bail, quand même.

— J'ai eu une fin d'année chargée… je vais te raconter ça. Tu me sers un verre ?

Iris ramassa les fleurs et se dirigea vers la cuisine.

— Prends le vin et va poser tes fesses au salon, j'arrive. Le temps de trouver un vase pour ce superbe bouquet et de prendre un tire-bouchon.

Elle coupa les tiges des fleurs en biais, les arrangea dans un vase noir qu'elle remplit d'eau et fouilla dans un tiroir pour y trouver un joli tire-bouchon en forme de corps féminin, cadeau d'un client plus original que les autres.

Elle rejoignit Giraud dans le salon, posa le vase sur la table basse en fer forgé et recula de quelques pas pour admirer le résultat.

— Elles sont vraiment magnifiques, merci beaucoup.

— Oui, j'ai dû braquer un fleuriste, parce que Passy, ce n'est pas donné, quand même !

— Non, mais quelle classe !

— Je sais, je sais, je suis naturellement stylé…

— Sers-nous donc un verre, au lieu de dire des âneries, dit-elle en lui tendant le tire-bouchon.

Giraud s'exécuta d'un air faussement servile et remplit leurs deux verres, avant de tendre le sien à Iris et de l'inviter à trinquer.

— À ta beauté et à nos amours !

— Et moi, je nous souhaite santé et longévité !

— Euh, c'est raisonnable et peu sexy comme toast, ça… non ?

— Je suis une fille raisonnable, tu le sais bien. Allez, raconte-moi tes derniers mois, pendant qu'on boit ce verre. Tu veux attaquer les fruits de mer maintenant, ou tu préfères attendre un peu ?

— À vrai dire, j'ai sacrément faim. On peut picorer et picoler en même temps ?

Il fit mine d'être surpris.

— Picorer et picoler ! Elle est bonne celle-là ! Et complètement involontaire…

— Mais oui, bien sûr… tu as dû la préparer en venant ici, tel que je te connais ! Attends, je reviens.

Iris fit deux voyages à la cuisine pour rapporter le grand plateau de fruits de mer qu'elle posa près du vase, ainsi qu'une panière de pain de seigle, de jolies serviettes en papier décorées, deux assiettes avec leurs couverts, et des petits pots de mayonnaise et de vinaigre à l'échalote. Giraud prit une mine réjouie.

— Bon sang, il y a de quoi nourrir un dortoir de légionnaires !

— On peut s'installer là-bas si tu préfères, dit-elle en indiquant la partie opposée du salon et la grande table qui s'y trouvait. Mais j'aime bien pique-niquer dans mon canapé.

— C'est parfait pour moi aussi ! Je te sers ?

— Vas-y, commence sans moi, je préfère finir mon verre d'abord.

— C'est toi le chef !

Giraud se composa une assiette généreuse et dégusta une première huître sans attendre, en poussant un gémissement de plaisir.

— C'est délicieux… si tu savais ce que je mange en ce moment !

— Oui, justement, raconte-moi ta vie, un peu. Tu es où actuellement ?

— Pas si vite, jeune fille… Tu me reçois, tu me nourris, et je te dois donc bien un peu d'écoute pour commencer. En plus, parler et m'empiffrer de bigorneaux en même temps ne va pas être simple. Donc, à toi l'honneur ! Tu m'as dit ce matin que tu cherchais à me joindre depuis pas mal de temps… tu as des soucis avec le boulot ? Tu veux que je règle un problème ?

Iris resta muette quelques secondes, faisant tourner son verre dans une main, puis le posa, se leva sans mot dire et quitta la pièce.

— Euh, j'ai dit un truc que j'aurais dû garder pour moi ? lança Giraud, en reposant le bulot qu'il s'apprêtait à manger.

Iris revint rapidement, une enveloppe à la main.

— J'ai deux choses à te confier. Un secret et des papiers. Et non, ce n'est pas un jeu de mots idiot ! Laisse-moi t'expliquer.

Elle se rassit près de lui, posa l'enveloppe et reprit son vin, pour en boire une gorgée avant de continuer.

Chapitre 18 – 15 mars 2010

La conversation qui avait eu lieu une heure plus tôt devant la cheminée ne lui permettait plus de reculer et il était temps de parler enfin du plan à Iris. Ses deux amis étaient presque prêts alors que lui ne faisait que reporter une discussion pourtant inévitable. Ses confidences à elle avaient semblé tellement plus importantes, ce soir-là, qu'il lui avait paru impossible de demander quoi que ce soit. Mais l'horloge tournait et il était temps d'affronter la réalité.

Comme il l'avait dit à Balard et Vandercamere, il savait déjà qu'elle se chargerait de l'opération même si elle ne le savait pas encore. Elle le ferait pour lui. Encore plus maintenant, après ce qu'elle lui avait demandé. Mais la discussion n'allait pas être facile et la reporter sans cesse n'était pas la solution.

Giraud sortit dans la cour de la ferme pour passer son appel.

— Allô ?

— C'est moi, Iris.

— Ah, enfin tu rappelles ! Après deux semaines de silence radio !

— J'avais besoin de réfléchir…

Il y eut un silence.

— Alors ?

— Alors je le ferai. Je déteste cette idée, mais je le ferai.

— Merci.

— Mais j'ai quelque chose à te demander avant.

— Ah non ! On ne va pas remettre cette discussion sur le tapis !

J'ai déjà fait tout ce que je pouvais faire et je ne...

— Non, il ne s'agit pas de ça. Pas du tout. C'est moi qui ai besoin de toi, à mon tour. J'ai un gros service à te demander. Avant de te rendre la pareille. De toute façon, je t'aiderai quelle que soit ta réponse.

— Gros comment ?

— Je vais passer t'en parler. Je ne peux pas faire ça par téléphone. Je peux être là dans moins de deux heures.

— Mais j'ai une soirée qui commence dans pas très longtemps.

— Tu t'absenteras un petit moment, tes invités survivront. Et puis, tu m'as bien dit qu'Anna prenait de plus en plus les choses en main.

Il entendit un petit soupir, qui pouvait tout aussi bien exprimer la contrariété que le soulagement.

— Oui, tu as raison, ils survivront. Arrive pour 21 heures On ira s'isoler chez moi pour discuter.

— Parfait, à tout à l'heure.

Giraud raccrocha, resta quelques minutes à observer le crépuscule naissant, puis rentra dans la ferme d'un pas décidé. S'il voulait être convaincant, il avait besoin que Vandercamere lui redonne quelques conseils de présentation avant de prendre la route.

Lorsqu'il se retrouva sur le palier du troisième étage, à 21 heures tapantes, il eut envie de tourner les talons et de s'enfuir. Envie de trouver une autre solution, une autre personne pour le boulot. Envie de ne pas avoir à reparler du reste.

Mais il n'y avait personne d'autre qui soit aussi bien placé qu'elle. Aucune autre solution aussi idéale. Et aucune façon de fuir la conversation qu'il redoutait, simplement parce qu'il préférait faire l'autruche. Il fallait qu'il l'accepte. Il tapa donc à la porte et entra sans attendre, pour se retrouver au milieu d'une vingtaine de personnes à qui il n'avait absolument pas envie de parler.

Se faufilant entre les verres levés, captant des fragments de conversations politiques ou d'échanges plus intimes, il chercha Iris dans l'appartement. Il se sentait étourdi par la musique ambiante, qui lui évoquait un concerto de Mozart remixé par un DJ new-yorkais sous acide. Pour la première fois, il se sentait mal à l'aise ici, pas à sa place.

Il repéra Iris dans une pièce du fond, en grande discussion avec Anna, toutes deux superbes dans des robes de soirée hors de prix. Cette dernière avait bien changé depuis leur dernière rencontre. Plus assurée, plus mûre, plus présente d'une certaine façon. En comparaison, Iris lui semblait soudain fragile. Il lui fit un signe discret de la tête lorsqu'elle l'aperçut et il rebroussa chemin vers l'entrée, en prenant garde de ne croiser le regard de personne. Il n'avait décidément pas envie de conversation mondaine.

Il vit Iris s'arrêter à plusieurs reprises, certainement pour expliquer d'un sourire gracieux qu'elle devait s'absenter un moment, puis elle finit par le rejoindre. Elle s'approcha pour l'embrasser sur la joue et lui prit le bras.

— On monte ?

Giraud acquiesça d'un signe de tête et ils sortirent, en refermant doucement la porte derrière eux. Une fois dans l'appartement d'Iris, ils se dirigèrent sans un mot vers le salon et elle sortit deux verres d'un bar d'angle, sans même lui demander s'il avait soif. Elle leur servit deux whiskies généreux, lui tendit le sien et l'invita à s'asseoir d'un signe de la main. Giraud se sentait nerveux et oppressé. Elle ne lui laissa pas le temps de prendre la parole.

— Qu'on soit bien d'accord... je vais écouter ce que tu as à me demander, mais je te préviens, il est inutile d'essayer de me faire changer d'avis. Ma décision est prise, avec ou sans ton aide. Je préfère que ce soit toi, mais si tu n'es plus partant, je trouverai une autre solution…

— Je te l'ai dit, je le ferai. Je n'ai qu'une parole et je n'essayerai plus de te faire changer d'avis. Depuis presque trois mois, j'écoute, je réfléchis et je cherche d'autres solutions. Mais j'ai compris qu'il n'y en a pas. Je ne l'ai pas encore accepté, mais j'ai compris. Je n'essayerai plus de t'en empêcher et je suis prêt à t'aider.

— Alors, je t'en remercie. Et je suis prête à t'écouter à mon tour.

Elle vit que Giraud cherchait ses mots et décida de lui tendre une perche.

— C'est un boulot ? Enfin, une mission, comme tu appelles ça, je crois ?

— Oui. Une mission. Une mission en plusieurs parties. Compliquée, dingue et presque infaisable. Mais avec ton aide, ma partie pourrait devenir beaucoup plus simple…

— Je t'écoute.

— Serrès est un client régulier ici, il me semble ?

Elle lui jeta un regard surpris, ne s'attendant manifestement pas à ça.

— Oui, un client très fidèle. Comme tous les hommes haut placés, il apprécie de venir ici pour parler affaires. Il sait que c'est un des meilleurs endroits de Paris pour nouer des contacts et négocier un tas de trucs qui me dépassent.

— Oui, mais je ne parle pas que de ça. C'est aussi un de tes clients réguliers, dit-il en appuyant sur le « tes ».

— Je le connais depuis des années. On s'est rencontrés pour la première fois bien avant qu'il s'exile à Washington pour prendre la tête du FMI, quand il n'était encore que maire de je ne sais plus quelle commune, pas loin de Paris. C'était il y a plus de dix ans. Il est venu ici avec un collègue député, l'endroit lui a plu… et moi aussi. Il faut dire qu'il a, comment dire… une sexualité très éveillée, avec des demandes particulières. J'ai su répondre à ses attentes, manifestement, car il vient toujours me rendre visite quand il est de passage à Paris. Il me passe toujours un petit coup de fil avant de rentrer au pays et je le vois généralement deux fois par an, parfois trois.

Elle se leva pour retourner au bar.

— Mais pourquoi ce vif intérêt pour Serrès ? Quel rapport avec tes activités habituelles, pour ce que j'en connais ?

Giraud resta silencieux, sa requête lui semblant soudain impossible. Inutile de chercher une façon d'enrober ce qu'il avait à dire, c'était voué à l'échec. Il inspira un grand coup et se jeta à l'eau.

— J'ai besoin que tu m'aides à le tuer.

— Quoi ?

— J'ai besoin que tu utilises ta relation avec lui pour me rendre service. Pour le tuer.

— Rendre service ? Tu es totalement dingue ! Un service, c'est prêter de l'argent, pistonner un ami ou éventuellement servir d'alibi pour un truc pas trop grave ! Mais ça, ce n'est pas un service, Giraud, c'est de la folie ! Je ne suis pas une tueuse et encore moins s'il s'agit de s'en prendre à un type qui n'a rien fait ! Quel est ton problème, bon sang ?

— Calme-toi, je vais t'expliquer.

— Non, je n'ai pas envie de savoir ! Je vais faire comme si je n'avais rien entendu !

Elle se leva et se mit à arpenter le salon, sa robe de soirée se soulevant derrière elle à chaque mouvement brusque.

— Tuer Serrès ? Comme ça, tranquillement ? Tu te rends compte de ce que tu me dis ? Et tu crois que ça peut passer comme une lettre à la poste, simplement en faisant comme si ça n'était qu'un échange de services ? Tu t'es dit que tu pouvais me demander n'importe quoi, juste parce que tu es d'accord pour m'aider, moi ? Je crois que je vais me passer de ton aide, alors !

— Ne t'emballe pas, s'il te plaît. Si tu me laisses parler, je vais tout te raconter depuis le début. C'est tout ce que je te demande, de m'écouter. Après, tu décideras et je respecterai ta décision, je te le promets. Mais accorde-moi au moins ton attention, c'est tout ce que je veux.

Giraud se sentait soudain mieux, plus sûr de lui et de ses arguments.

— Je ne t'ai jamais dit exactement quelles étaient mes activités lorsque je t'ai rencontrée il y a plus de quinze ans. C'est une des règles du métier, on n'en parle pas, même à ceux qui deviennent des amis chers. Mais aujourd'hui, les choses sont différentes.

Calmée, Iris revint s'asseoir et l'écouta sans l'interrompre. Elle écouta le résumé d'une vie qu'elle n'avait qu'effleurée, sans en mesurer les implications précises. Et Giraud parla longuement, sans s'arrêter, sauf pour choisir parfois le terme le plus adéquat ou l'explication la plus adaptée.

Il parla de lui, de ses deux amis, et de leurs missions, jusqu'à celle du 11 septembre, ayant entraîné leur « retraite » en tant que trio. Il parla de leurs méthodes, de leurs objectifs, de leur entraînement. Il parla de Balard, de sa famille, de l'enterrement. Il parla de leurs discussions, de leurs soupçons, de leur enquête, de leur camp improvisé à la ferme, de leur changement d'identité. Et il parla des raisons de leur décision, en reprenant avec ses propres mots tout ce que Vandercamere avait pu leur expliquer, à propos des banques, des pays pauvres, des assassins économiques et de ceux qui voulaient manifestement leur peau à tous les trois. Il parla de justice et de vengeance.

Il parla longuement, pendant plus d'une heure, Iris se risquant peu à peu à poser quelques questions, pour se faire préciser ce qu'elle n'était pas sûre d'avoir compris. Giraud réalisa alors qu'il avait éveillé son intérêt, ou tout du moins sa curiosité, et il conclut.

— Voilà donc toute l'histoire. Le 6 septembre, nous tenterons de faire disparaître trois symboles forts du système économique actuel, pour faire savoir à ceux qui tirent les ficelles qu'ils ne sont plus les seuls à dicter les règles. C'est notre façon à nous de venger Quentin et de remettre les pendules à l'heure après tout ce qu'on nous a fait faire pendant des années, pour des raisons que nous n'avions pas totalement comprises. Nous avons été des pions et maintenant c'est leur tour… et j'ai besoin de toi pour y arriver.

Le silence s'installa entre eux, Giraud n'osant pas en briser la fragilité précaire. Iris regardait son verre, la tête penchée de côté et la bouche entrouverte. Elle finit par poser une question.

— Et il n'y a pas d'autre solution que celle que vous avez mise sur pied ?

— Pas qui réponde à tous nos objectifs, non. L'ensemble est déjà sacrément gonflé, comme je viens de te l'expliquer.

Il s'approcha d'elle pour lui prendre la main et sa voix se fit compréhensive.

— Et je sais ce que tu vas me dire… que Serrès est un type sympa quand on le connaît personnellement, qu'il a de l'humour, que c'est un bon vivant… et c'est vrai, d'une certaine façon. Mais il a aussi choisi son camp il y a longtemps. Et ce camp est à abattre. Ou à affaiblir, au moins. Parce que les choses ne peuvent pas continuer comme ça…

Il reprit le verre qu'il avait posé un peu plus tôt et s'anima à nouveau.

— Tu sais, je n'ai pas le don de mon pote Philippe pour expliquer dans le détail tout ce qui tourne de travers sur la planète, pour décortiquer le fonctionnement de la machine. Je suis plutôt malin, mais j'ai longtemps fait l'autruche, grâce à un boulot bien payé qui me permettait de jouer aux espions, sans trop me poser de questions. Tu es celle qui me connaît le mieux, à part eux, et on sait tous les deux que je suis un gamin attardé quand il s'agit de prendre les choses au sérieux. Je n'ai pas d'attaches et je trimballe l'essentiel de ma vie dans deux sacs de voyage...

Iris ferma les yeux en signe d'assentiment, sans rien dire.

— Si Philippe était là, lui te parlerait d'économie et te prouverait par a + b que ton quotidien de citoyenne de base repose sur le mensonge des banques, sur l'exploitation d'un argent virtuel qui n'existe pas tant que tu n'empruntes pas toi-même et sur tout un tas d'autres trucs que j'ai à moitié compris. Mais je n'ai pas son talent pour expliquer tout ça, malheureusement... par contre, il me vient maintenant l'envie de m'en mêler, parce que ça, je sais faire. J'ai contribué à toute cette merde et il faut maintenant que je nettoie ce que je peux. Et je fais appel à toi parce que tu es la seule personne extérieure en qui j'ai confiance.

Iris se dit qu'elle ne l'avait jamais vu aussi calme et sérieux. Il n'avait effectivement plus l'air de prendre les choses avec légèreté, comme à son habitude. En trois mois, Giraud avait vieilli. Comme elle, même si les raisons étaient un peu différentes. Elle lui répondit avec douceur.

— Fred, j'ai confiance en toi. J'ai confiance en toi parce que tu m'as un jour sortie du ruisseau et que tu m'as donné ce qu'il fallait pour que je change de vie. De l'argent, des relations. Mais surtout, tu m'as appris à voir grand et à ne pas accepter ce que je ne voulais plus. Tu te doutes bien que plein de trucs me dérangent encore aujourd'hui. Mais je ne suis qu'une fille partie de rien et arrivée très haut, simplement parce que tu m'as rendu ma dignité et que j'ai refusé à tout jamais de m'en séparer une seule seconde. Je couche toujours pour de l'argent, c'est vrai... mais au tarif que je décide, quand je le veux et dans un immeuble de luxe. Et si je peux me permettre ça, c'est parce que je ne manque jamais à ma parole, que je ne trahis pas et que je garde pour moi tout ce qui se passe ici. Et aussi parce que j'ai bonne conscience ! Tu veux que je renie tout ce que j'ai mis en place si patiemment en assassinant quelqu'un ? Tu as vraiment envie que je me méprise à nouveau, de la pire manière qui soit ?

— Iris, ton Serrès est tout sauf un gentil enfant de chœur ! Il trompe sa femme sous son nez depuis des années, il a des tas de plaintes sur le dos pour harcèlement professionnel et il s'en met plein les fouilles en exploitant les pays pauvres ! N'oublie pas qu'il est super bien payé pour diriger une organisation qui fait vraiment du mal à plein de gens. Comment peux-tu ne pas voir ça ? En m'aidant, tu ne te mépriserais pas, au contraire… tu participerais à quelque chose qui a du sens, même si tu ne le vois pas encore aujourd'hui. Une action courageuse, même si le geste te semble mauvais. Avant de raccrocher…

Iris secoua la tête en signe d'incertitude.

— Je ne sais pas, Giraud, vraiment je ne sais pas. Tuer quelqu'un me répugne, même si la cause est bonne. Et en imaginant que je puisse me convaincre que c'est ce qu'il faut faire, comment ? Où ? Si tu crois que je vais m'amuser à planquer un cadavre dans mon immeuble, tu te fourres le doigt dans l'œil ! Serrès est costaud en plus et je ne suis pas Rambo ! Alors quoi, tu as un plan ? Juste par curiosité, si je te disais oui, que devrais-je faire ?

— Tu ne rejettes donc pas l'idée ?

— Je n'en sais rien. Je suis partagée. Je crois que votre cause est légitime, sincèrement. Mais de là à participer au plan que vous avez en tête, il y a un pas… Je ne suis même pas sûre d'en être capable.

— Alors, écoute ce que j'ai prévu et dis-moi si tu te sens capable de faire ça. Tu vas voir, ta partie serait bien moins impressionnante que ce que tu imagines. Mais elle serait décisive…

Iris replia ses jambes sous elle, se blottit dans le canapé et l'écouta avec attention.

Chapitre 19 – 18 mai 2010

« A lors, Cecil, qu'a finalement décidé cette femme que vous évoquiez le mois dernier ?

— Mon cher Roderich, j'ai le plaisir de vous dire qu'elle a accepté. D'après ce que ma source m'a transmis, l'opération "Priape" se déroulera bien comme je l'espérais. L'homme qui s'en occupe a dû trouver les arguments imparables, finalement. »

Cecil, assis dans un fauteuil moelleux du salon Windsor, ne cachait pas sa satisfaction.

— Je peux vous l'avouer maintenant, mon ami, c'était la seule des trois opérations qui m'inquiétait un peu. Mais mon contact a récupéré des informations qui ne laissent planer aucun doute. Tout se met en place comme prévu et je n'ai plus à m'en faire… jusqu'en septembre.

— Alors, nous sommes vraiment prêts ?

— Quelques détails restent à régler, mais l'essentiel est fait, oui. Dans moins de quatre mois, le monde se préparera à changer de visage.

— Et la deuxième phase ?

— Elle est parfaitement au point, car je l'ai planifiée dans les moindres détails, jour par jour. Soyez tranquille, je n'ai rien laissé au hasard.

Cecil sortit un Cohiba « Esplendidos » d'une belle boîte sobrement décorée, et l'alluma avec soin et délectation.

— Saviez-vous, mon cher Roderich, que ce cigare avait

initialement été créé tout spécialement pour Fidel ? Quelle ironie, ne trouvez-vous pas… ? Un cigare offert en 1963 à un symbole du communisme, devenant ainsi une légende chez les fumeurs, et qui est aujourd'hui commercialisé de façon totalement élitiste… puis-je vous en offrir un ?

Roderich refusa d'un signe de tête poli.

— Alors, soyez aimable, cher ami. Donnez-moi le Times, si vous l'avez terminé, que je regarde ce qui se passe dans le monde aujourd'hui…

Chapitre 20 – 6 septembre 2010

Il était 17 heures et Iris s'affairait dans la cuisine, protégée par un grand tablier qu'Anna lui avait offert à Noël en lui disant « on a beau tout avoir, parfois il vous manque l'essentiel ! ».

Elle s'apprêtait à cuisiner le plat que Serrès voulait absolument déguster à chacune de ses visites : un sauté de veau aux épices, qui lui plaisait manifestement plus pour l'effet des épices sur son organisme que pour le veau lui-même.

La recette n'était pas très compliquée, mais demandait un suivi rigoureux des différentes étapes, afin que le mélange des épices soit subtil une fois en bouche.

Elle commença par faire bouillir du lait dans une grande casserole, en y ajoutant des clous de girofle, de la cannelle, ainsi que des graines de coriandre et de carvi. Elle baissa la puissance du feu et plongea le veau coupé en cubes dans le mélange, puis régla son minuteur sur quarante-cinq minutes, durée nécessaire pour que la viande mijote parfaitement. Elle hacha quelques oignons puis se lava soigneusement les mains et quitta la pièce.

Repassant régulièrement à la cuisine pour vérifier que tout allait bien, elle entreprit de se préparer, pour gagner du temps. La tenue idéale était toujours la même, Serrès manquant parfois un peu d'originalité. Robe de satin noir fendue sur le côté et sous-vêtements de cuir lacé. Les talons aiguille d'aspect agressif viendraient compléter sa tenue au dernier moment, afin d'épargner ses pieds jusque-là.

À 17 h 50 précises, le minuteur sonna et elle coupa le feu sous la casserole. Elle sortit une sauteuse, pour y faire revenir les oignons dans de l'huile d'olive, puis ajouta le gingembre frais et le veau qu'elle venait d'égoutter. Elle fit cuire le mélange à feu très fort pendant quelques minutes pour que la viande dore comme elle le désirait, ajouta de la pulpe de tomates, sala, poivra, puis couvrit la sauteuse, avant de régler une nouvelle fois son minuteur. Une heure à attendre, pour que tout mijote parfaitement. Peu de temps avant de passer à table, elle ajouterait la coriandre fraîche. Le cuit-riz automatique était déjà programmé pour que la cuisson soit terminée juste avant 20 heures.

En attendant l'arrivée de son invité, il lui restait à retoucher son maquillage et à trier quelques papiers.

À 19 heures, Didier Serrès tapa à sa porte, aussi ponctuel qu'à son habitude. Iris, immobile dans le salon depuis quelques minutes, fut surprise de son propre calme lorsqu'elle se leva pour aller ouvrir. Il était temps de jouer son rôle.

Les retrouvailles furent chaleureuses, les cadeaux aussi somptueux que de coutume et l'apéritif se déroula sur fond de potins politiques sans importance, dans le confort du canapé en cuir. Quelques baisers furent échangés, des mains furtives frôlèrent le tissu de sa robe et Iris proposa de passer rapidement à table afin de profiter ensuite plus longuement de leur soirée. Elle invita Serrès à s'installer et à déboucher le vin, pendant qu'elle allait chercher le sauté de veau épicé qu'il attendait avec impatience.

Elle revint avec deux assiettes copieusement garnies, la sienne ne contenant pas de riz. Son invité eut l'air surpris.

— Oh, une histoire de régime, s'excusa-t-elle. Les féculents sont sur ma liste noire pour encore quelques semaines.

— Iris, ta ligne ferait pâlir d'envie n'importe quelle jeunette de vingt ans, répondit-il d'un ton galant.

— Justement, comment crois-tu que j'y parviens ? pouffa-t-elle.

Le repas fut agréable, Serrès étant un convive parfait. Il avait l'esprit vif, le compliment facile, la plaisanterie amusante et la séduction subtile. En observant sa chevelure grise soigneusement coiffée, son hâle léger et sa carrure rassurante, Iris se sentit envahie de regrets et d'une pointe de remords. Il lui manquerait. Mais il était trop tard pour reculer.

Le dessert, des bananes flambées au rhum ambré, finit d'attiser les élans passionnés de son invité. Ses mains et ses allusions se firent plus pressantes. Iris comprit qu'il était temps de passer dans la chambre à coucher.

Serrès, sous une apparence de totale respectabilité, cachait trois passions : les femmes, la prise abusive de Viagra et un petit penchant masochiste. Il avait discrètement avalé une pilule bleue en fin de repas, Iris ayant la délicatesse de faire comme si elle ne l'avait pas vu, et il comptait sur sa compagne pour pimenter leurs ébats. C'était d'ailleurs une des raisons qui justifiaient sa fidélité en tant que client. Iris ne rechignait pas à jouer le rôle de dominatrice et à enfoncer ses talons aiguilles là où il le réclamait, tout en agitant un fouet aux lanières douloureuses.

Ce soir encore, elle s'acquitta de sa mission comme il l'espérait, zébrant patiemment le fessier du directeur du FMI de fines rayures rouges. Il fut même surpris de la fougue avec laquelle elle le chevaucha longuement un peu plus tard, flatté qu'elle se donne à lui avec tant d'enthousiasme.

Absorbée par le plaisir de son partenaire, Iris ne manqua pourtant pas de contrôler l'heure à intervalles réguliers, en jetant de discrets coups d'œil au réveil posé sur une des tables de nuit. Giraud avait été catégorique. « Pas plus de trois heures après la première prise, surtout. Débrouille-toi comme tu veux, mais fais en sorte qu'il quitte ton immeuble dans ce délai », avait-il insisté.

Iris accéléra le mouvement de ses hanches tout en pinçant les tétons de son partenaire, un geste qu'il appréciait tout particulièrement. Les râles s'intensifièrent et les mains de Serrès agrippèrent ses seins alors qu'il jouissait. Elle s'effondra sur lui, en utilisant ses cheveux en désordre pour cacher l'angoisse qui se lisait sur son visage. L'heure tournait.

Après quelques minutes de silence, ils échangèrent les banalités d'usage quant à leur plaisir respectif et Iris dut refouler un sanglot lorsqu'il murmura « merci » à son oreille. Elle le trouvait moins bavard que d'habitude. Pour se donner une contenance et lui rappeler l'heure sans en avoir l'air, elle changea de sujet.

— C'est demain matin, la fameuse réunion de crise ?

— Oui, à 9 heures.

— Alors, tu ferais mieux d'y aller, pour être d'attaque. Moi-même, je me sens vidée. Tu étais particulièrement en forme, ce soir, rajouta-t-elle en essayant de prendre un air mutin.

Serrès regarda sa montre et se leva rapidement.

— J'ai promis à Daphné d'être de retour de ma « réunion » avant 23 h 30 et il ne me reste pas beaucoup de temps pour rentrer, tu as raison. Passe-moi mes affaires, tu veux bien ?

Iris fit le tour de la chambre pour ramasser les vêtements éparpillés et vit son compagnon se rasseoir pesamment sur le lit.

— Ça ne va pas ?

— J'ai du mal à retrouver mon souffle, mais c'est normal avec tout ce qu'on a bu et mangé. Sans parler de tes prouesses…

Son sourire semblait plus fatigué que la normale. Iris s'activa pour l'aider à s'habiller, comprenant qu'il aurait du mal à nouer sa cravate tout seul.

— Je sais que ça ne me regarde pas, mais tu devrais vraiment faire attention avec certaines pilules. Il me semble que ce n'est pas très recommandé pour le cœur. Et je suis désolée si j'ai un peu forcé sur les épices…

— Ne t'excuse pas, c'était délicieux.

Quelques minutes plus tard, il était prêt à partir. Il embrassa Iris avec tendresse et la remercia encore une fois, sur le pas de la porte. Il avait soudain l'air pressé de rejoindre sa voiture, qu'il laissait toujours garée à quelques rues de là.

Elle ne referma que lorsqu'elle entendit la porte du hall d'entrée claquer dans le silence. C'était fini. Le reste ne dépendait plus d'elle. Mais un dernier rendez-vous l'attendait encore.

Serrès mit quelques minutes pour retrouver sa voiture. Il se sentait nauséeux, avait la bouche pâteuse et son ventre était un peu douloureux. Une fois installé dans la berline, il dut s'y reprendre à plusieurs reprises pour la faire démarrer. Ses gestes étaient gourds et il avait comme l'impression de flotter. Je ferais bien de lever le pied sur les dîners trop arrosés, pensa-t-il.

En cette fin de soirée, la circulation était fluide. Il put rejoindre rapidement les quais de Seine et il était 23 h 20 lorsqu'il s'engagea sur le pont de Bir Hakeim. Arrivé sur le boulevard de Grenelle, il réalisa que ses vertiges s'intensifiaient et il ouvrit une fenêtre pour mieux respirer, tout en desserrant sa cravate. Le quartier de Montparnasse, où se trouvait son hôtel, n'était plus loin, mais il avait pourtant l'impression que son trajet durait une éternité.

Lorsqu'il atteignit le boulevard Pasteur, il comprit que quelque chose n'allait pas. Jamais l'alcool ne lui avait causé de malaise aussi grand. Profitant d'un feu rouge qui l'immobilisait dans la rue de Vaugirard, il sortit son portable de sa veste avec difficulté et l'alluma, puis composa laborieusement son code PIN. Son téléphone bipa, signalant la présence de messages qu'il ne perdit pas de temps à écouter. Il lui fallait à tout prix joindre sa femme, avant de tourner de l'œil, ce qui lui semblait imminent d'après sa difficulté de plus en plus grande à respirer et à déglutir.

Elle décrocha dès la première sonnerie.

— Daph… né ?

— Mais tu es où, bon sang, ça fait des heures que j'essaye de te joindre ! Je t'ai même laissé deux messages, tu les as eus ?

— Pas loin… en voiture… Vaugirard. J'ai du mal… respirer. Parler.

— Mais qu'est-ce que tu dis ? Tu es complètement soûl ou quoi ?

— Problème… secours.

— Didier, il faut que tu rentres tout de suite ! J'ai reçu deux coups de fil urgents ce soir, il s'est passé quelque chose d'affreux !

— Vaugirard… Aide… moi…

— Didier ? Didier ??

Daphné Serrès, l'épouse régulièrement trompée et bafouée, mais toujours loyale, mit quelques secondes à comprendre que son mari n'était pas seulement ivre. Ce fut en entendant le bruit prolongé du klaxon de la voiture, car il venait de s'affaler sur le volant, qu'elle décida de raccrocher pour appeler les secours. Quand ils arrivèrent au bout de quelques minutes, il était trop tard pour le directeur du FMI, qui venait de succomber à une paralysie respiratoire, suivie rapidement par un arrêt cardiaque.

Les tests toxicologiques menés ultérieurement donneraient la cause de cette paralysie, mais n'en expliqueraient pas la source précise avec certitude. Les premières dépêches officielles envoyées au petit matin ne mentionnèrent d'ailleurs pas l'existence de la toxine, pas plus que les zébrures trouvées sur le corps de Serrès lors de son examen.

Chapitre 21 – 7 septembre 2010

Iris et Giraud se retrouvèrent à une heure du matin, comme prévu, dans un petit hôtel miteux de Pigalle. La première chose qu'elle fit en arrivant dans leur chambre fut de lui tendre la fiole.

— Débarrasse-moi de ça, je ne veux plus y toucher.

— Merci d'avoir été jusqu'au bout, répondit-il en gardant sa main dans la sienne.

— Tu as du nouveau ? dit-elle en évitant de prolonger le contact avec la main gantée qui lui serrait les doigts.

— Oui, tout s'est passé comme prévu. J'ai suivi la voiture et pris son pouls avant que les secours arrivent. C'était déjà fini.

— Oh…

Elle s'assit sur le dessus-de-lit décoloré sans pouvoir rien dire d'autre. Giraud fut encore une fois frappé par sa fragilité grandissante. Elle avait le teint cireux et les traits creusés. Son cœur se serra et il se mit à parler avec un détachement feint, pour meubler le silence qui les séparait.

— Le dosage choisi était parfait. J'avais peur que ce soit trop concentré ou pas assez et que Serrès meure chez toi ou s'en sorte avec un gros malaise. Mais Quentin maîtrise vraiment ce domaine et a fait de l'excellent boulot. Ce restaurant japonais semi-clandestin qu'il connaît vend sous le manteau des gonades de fugu sauvage qui tiennent leurs promesses. Je suis soulagé que tout ait fonctionné sans problème. Je craignais que tu te trompes d'assiette au dernier moment, avec le stress, et que…

— La mienne n'avait pas de riz.

— Pardon ?

— Pour éviter de me tromper, après avoir versé le liquide dans sa viande, j'ai préféré ne pas mettre de riz dans mon assiette. Après tout, une pute qui surveille sa ligne, c'est plausible, non ?

— Ne sois pas si dure avec toi-même… Tu ne peux pas savoir à quel point tu m'as rendu service. À moi et aux autres. Sans ton aide, je…

— Tais-toi ! Je n'ai pas besoin que tu me remercies avec des paroles creuses. Ce que j'ai fait est abominable, qu'elle que soit la noblesse de la cause ! Ne cherche pas à me persuader du contraire.

Elle se leva et alla se poster à la fenêtre. En bas, la ruelle était vide et d'une couleur déprimante à travers le verre crasseux.

— C'est maintenant à toi de tenir ta promesse. C'est tout ce qui compte pour moi désormais.

— Tu es toujours sûre ?

— Absolument. Et n'essaye pas non plus de me persuader du contraire pour cette question. J'ai fait mon choix, mis de l'ordre là où je le devais. À toi de mesurer ce que peut coûter un service rendu.

Elle désigna son sac à main d'un geste du menton.

— Cette enveloppe que je te confie contient une copie de mon testament. Mon notaire a enregistré l'original cet après-midi. Je veux que tu le lises, que tu sois au courant de mes dispositions avant tout le monde. Que tu saches qu'Anna prendra ma suite. Je n'ai eu que sept mois pour la former, mais elle est prête. Elle reprendra les rênes et empêchera mes filles de retourner à la rue. Je lui transmets ma société et toutes mes activités annexes plus… confidentielles. Nous avons déjà lancé la passation de pouvoir. Assure-toi que tout se passe bien si elle a besoin d'aide. Mais je pense que ce ne sera pas le cas.

Elle appuya doucement sa tête sur le rideau, en levant les yeux vers une lune blafarde. Son ton changea subitement.

— On a eu de bons moments, quand même, non ? Malgré tout le reste…

Giraud vint la rejoindre et la prit dans ses bras, alors qu'elle regardait toujours par la fenêtre.

— Des moments formidables, tu veux dire ! Et quand je pense que je t'ai vue pour la première fois à deux pas d'ici… j'ai l'impression que c'était hier.

Iris appuya son dos contre son torse et profita de l'instant en fermant les yeux. Ils restèrent ainsi de longues minutes, bercés par les sirènes lointaines des ambulances nocturnes. Elle rompit le charme en se tournant vers lui avec un sourire gêné.

— Désolée de casser l'ambiance, mais il faut absolument que j'aille aux toilettes.

Elle l'embrassa longuement. Giraud s'enivra d'un parfum qu'il n'avait jamais regoûté depuis leur première rencontre. Un code d'honneur qu'ils avaient fixé ensemble, afin de préserver leur amitié naissante et leur respect mutuel. Un code d'honneur débile, pensa Giraud avec regret et tristesse. Elle lui caressa le visage d'une main légère, s'attardant sur la petite cicatrice qui marquait sa tempe gauche.

— Je reviens vite, murmura-t-elle.

Elle lui sourit et lui tourna le dos pour se diriger vers la minuscule salle d'eau, près de la porte de la chambre. Elle n'avait fait que trois pas lorsqu'elle s'écroula sans un bruit, un trou net à l'arrière du crâne. Derrière elle, son silencieux à la main, Giraud s'effondra à son tour, recroquevillé contre les rideaux défraîchis. Il pleurait.

Il prit le corps inerte dans ses bras et le déposa sur le lit, en s'assurant qu'il ne tachait pas ses vêtements. Le sang goutta sur la moquette élimée et commença à détremper l'oreiller.

Il arrangea les cheveux d'Iris, encore courts mais toujours aussi soyeux. Il lui croisa les mains sur le ventre. Puis il regarda longtemps ses yeux si magnétiques, qui prenaient maintenant un aspect vitreux, avant de les fermer avec douceur.

Giraud resta longtemps assis sur le lit à la contempler. Les larmes s'étaient arrêtées, mais la douleur ne le quitterait plus.

— Saloperie de contrat... c'est pas un cadeau que tu m'as fait, Iris !

Il était 4 heures du matin quand il finit par quitter l'immeuble par un escalier de secours, pour se fondre dans l'obscurité. En bas, le réceptionniste de nuit regardait à la télévision une édition spéciale qui évoquait en boucle les événements terribles des dernières heures.

Il faut reconnaître que cette partie de la première phase a quand même bénéficié d'un gros coup de pouce du destin. Si j'étais croyant, je dirais que la main de Dieu est intervenue.

Tout s'est joué à tellement peu de choses... Serrès aurait pu garder son téléphone allumé ce soir-là et apprendre les nouvelles à temps pour rentrer à l'hôtel en urgence... Il aurait pu ne pas boire autant ou s'abstenir de prendre sa pilule favorite, ce qui aurait peut-être retardé la mort et permis aux médecins d'empêcher l'asphyxie. Qui sait ?

Même la maladie d'Iris ressemble à une coïncidence divine. En pensant à elle pour cette partie du plan, Giraud ne savait pas encore qu'elle était malade et il ne comptait donc pas là-dessus. Mais on peut dire que ça a facilité pas mal de choses... Enfin, pour elle, pas pour lui.

Mais ça a aussi permis qu'il perde sa dernière attache personnelle. Je crois que Giraud aimait vraiment cette femme. Sans doute la seule personne qui comptait dans sa vie. Son seul repère stable.

Tout ça m'a conforté dans l'idée que le plan était juste. Quand tout semble se dérouler simplement, sans accrocs, c'est que l'univers donne sa bénédiction, non ?

Quand la mission est valable, sa réalisation devient évidente. Ou peut-être est-ce l'inverse...

De toute façon, Serrès n'était pas quelqu'un de bien. Manipulateur, menteur, égoïste... Je ne dis pas que ça aurait changé grand-chose s'il avait été un saint, mais je dois dire que ça aussi, ça a facilité la mise en œuvre du plan.

Je ne crois pas en Dieu, mais s'il existe, je pense qu'il comprend ce que nous avons accompli... et même qu'il nous approuve.

4 – ATTAQUE « CARPETTE »

Je pense depuis longtemps, que si un jour les méthodes de destruction de plus en plus efficaces finissent par rayer notre espèce de la planète, ce ne sera pas la cruauté qui sera la cause de notre extinction, et moins encore, bien entendu, l'indignation qu'éveille la cruauté, ni même les représailles et la vengeance qu'elle s'attire… mais la docilité, l'absence de responsabilité de l'homme moderne, son acceptation vile et servile du moindre décret public. Les horreurs auxquelles nous avons assisté, les horreurs encore plus abominables auxquelles nous allons maintenant assister, ne signalent pas que les rebelles, les insubordonnés, les réfractaires sont de plus en plus nombreux dans le monde, mais plutôt qu'il y a de plus en plus d'hommes obéissants et dociles.

Georges Bernanos

Il existe trois manières de tuer quelqu'un à l'aide d'une arme à feu.

L'option la plus efficace – qui est aussi la plus miséricordieuse – consiste à loger la balle dans le système nerveux central de la personne. Un coup de feu dans la tête, bien placé entre les oreilles, entraîne une mort clinique en moins d'un dixième de seconde, la victime s'effondrant instantanément.

Il est aussi possible de s'en prendre à son système circulatoire et artériel, une balle tirée dans le cœur ou l'aorte créant une dépressurisation rapide. La mort survient dans ce cas en moins de vingt secondes, sans aucune chance de survie.

La troisième option, moins sûre, consiste à s'en prendre à un organe vital ou à provoquer une hémorragie fatale qui, en l'absence de secours immédiats, peut entraîner la mort après de longues minutes de souffrance.

À moins d'avoir des raisons bien précises la justifiant – telles une diversion ou une simple pulsion sadique –, cette dernière option n'est pas la préférée du tireur d'élite à longue distance – dit « TELD » – ayant pour mission de tuer, car son unique objectif est d'abattre sa cible avec certitude et en un seul coup.

Une exécution impeccable implique essentiellement la prise en compte de quelques grandes lois physiques et mathématiques, comme la force de gravité ou l'effet gyroscopique subi par n'importe quel projectile.

Réussir son coup nécessite donc de connaître parfaitement la distance de tir, mais également de maîtriser de nombreux autres paramètres, comme la direction et la force du vent, la température, la pression atmosphérique et l'angle de tir. Il va de soi qu'un choix adapté et une connaissance parfaite de l'arme utilisée et de son comportement sont indispensables.

Conséquence mathématique évidente, plus la cible est mobile, plus l'exécution se complique et nécessite une préparation minutieuse.

Le TELD de haut niveau se doit donc d'être intelligent, doué de raisonnement, patient, observateur, résistant à l'inconfort d'une attente prolongée, méthodique et capable de s'adapter à son environnement et aux conditions de tir qu'il rencontre, quelles que soient les circonstances.

Allongé derrière sa PGM 338, les muscles relâchés mais l'œil vigilant, François Vannier répondait à tous ces critères.

Mais il disposait d'un atout supplémentaire : l'orgueil revanchard qui l'animait.

Chapitre 22 – 30 décembre 2009

« F rançois Vannier ? Il me semble que vous cherchez du travail, et je pense avoir une proposition intéressante à vous faire...

— Qui êtes-vous ?

— Disons que je suis un admirateur et que nous avons quelques amis en commun.

— Vous avez un nom ?

— Mon nom ne vous dirait rien. Mais mon visage vous sera peut-être familier le jour où nous nous rencontrerons.

— On se connaît ?

— Nous nous sommes côtoyés, il y a bien longtemps. Mais chaque chose en son temps... j'avais besoin de m'assurer que vous étiez bien joignable à ce numéro. C'est chose faite. Et je veux aussi savoir si un contrat privé vous intéresserait, d'ici quelques mois.

— Mais qui vous a donné ce numéro ?

— Vous posez beaucoup de questions !

— Parce que vous donnez peu de réponses, Monsieur... ?

— Bien joué, mais je ne vous communiquerai pas ce genre d'informations par téléphone... Pour le moment, sachez juste que j'ai une somme sympathique à vous remettre pour une opération qui vous intéressera vraiment, je pense.

— Vous pouvez m'en dire un peu plus ?

— Surveillez votre boîte aux lettres dans une semaine. Si le courrier que vous allez recevoir vous plaît, gardez votre téléphone près de vous à partir du 25 février. Je vous rappellerai à ce moment-là pour vous proposer un rendez-vous. Je pense que mon offre vous plaira.

— Et si j'ai besoin de vous joindre ?

— C'est moi qui vous contacterai. Ne cherchez pas à m'appeler sur ce numéro, il ne sera plus actif dans quelques heures.

— Attendez, il me semble quand même important de savoir de quoi il…

— Pas aujourd'hui et pas au téléphone. Je vous rappellerai sans faute fin février. D'ici là, lisez votre courrier et ne perdez pas la main ! Bonne journée à vous. »

Balard raccrocha en pouffant. Le poisson était ferré et allait ronger son frein pendant plusieurs semaines. Les informations données par un de ses anciens camarades militaires, une connaissance commune, étaient correctes jusque-là. Vannier avait effectivement l'air désœuvré et sa curiosité était piquée. S'il n'avait pas eu besoin de travail, il aurait directement raccroché au nez de Balard, qui se souvenait plutôt bien du caractère irascible du bonhomme.

Un type assez imbu de lui-même, très conscient de ses compétences et peu enclin à se laisser dicter sa conduite, ce qui lui avait coûté sa carrière militaire. Le gars était raciste jusqu'au bout des ongles, pour couronner le tout. Pas le genre de personne avec qui il aurait pris un verre pour le plaisir, mais ça n'avait pas d'importance pour ce qu'il attendait de lui.

Debout sur un petit bateau de location arrêté en plein milieu de la pointe sud du lac Léman, à quelques centaines de mètres au nord-ouest du quai Gustave Ador, Balard reprit ses jumelles pour examiner une nouvelle fois le quai Wilson qui se trouvait sur la rive opposée.

L'endroit était parfait. Les hôtels de la zone étaient assez nombreux et proposaient de multiples lieux propices au tir à distance, offrant la position camouflée nécessaire.

Il avait observé sa cible à trois reprises pendant son heure de course à pied et il connaissait maintenant son trajet habituel. Vers 19 heures, toujours suivi du même homme – un garde du corps probablement –, Louvin quittait les bâtiments de l'OMC en passant par le parc Barton, qui jouxtait le lac. Il suivait la rive en direction du sud, jusqu'au pont du Mont-Blanc, en traversant le parc Mon Repos et en empruntant le quai Wilson. Ce quai était une aubaine, car c'était une longue ligne droite bien dégagée, dans l'axe d'un des hôtels à envisager.

Sans doute la meilleure option pour agir, pensa Balard en reposant ses jumelles. Louvin ne courait pas bien vite et devait avant tout profiter de son moment tranquille au bord de l'eau pour se vider la tête, plus que pour dépenser des calories. Ce long passage sur le quai laissait tout le temps nécessaire pour une intervention efficace, pour peu que le tireur connaisse son métier.

Mais après tout, Vannier allait être suffisamment bien payé pour choisir lui-même l'endroit idéal. À lui de confirmer le lieu définitif, lorsqu'ils reviendraient ensemble.

Le seul point embêtant était le planning de Louvin. D'après la jolie secrétaire trop bavarde qu'il avait draguée la veille dans un bar huppé du centre-ville, le patron de l'OMC était généralement à Genève les lundis, alors qu'il voyageait pas mal les autres jours de la semaine. Le lundi semblait donc être le bon choix, mais cette incertitude était un risque. Il faudrait qu'il parle aux autres de ce problème éventuel lorsqu'ils fixeraient le calendrier définitif de l'opération.

Pour le moment, le boulot de repérage préliminaire était fait et Louvin ne se montrerait pas aujourd'hui, de toute façon, puisqu'il était officiellement en vacances pour quatre jours. Balard avait pris quelques photos et relevé les adresses utiles. Il ne pouvait rien faire de plus dans l'immédiat. Il était temps de restituer le bateau qu'il avait loué et de rentrer au bercail.

Chapitre 23 – 27 février 2010

Assis sur un banc du parc Municipal Monceau, Vannier observait avec suspicion les promeneurs qui passaient devant lui. Il était arrivé avec quinze minutes d'avance, l'homme lui ayant demandé la veille au téléphone d'être là à 14 heures précises. Jusque-là, il n'avait vu passer que quelques couples d'amoureux, trois petites vieilles promenant des chiens minuscules et de nombreuses familles encombrées de poussettes, de ballons et d'enfants bruyants. Un peu plus loin, à l'ombre d'un arbre, un homme en tenue de sport n'en finissait plus de faire ses étirements.

Vannier maugréa. Il n'aimait ni les samedis ni les parcs, remplis l'un et l'autre d'un tas de gens ayant l'air parfaitement contents de leur vie sociale. Lui attendait sur un banc, comme un con, que le seul vrai contact humain qu'il avait eu depuis des semaines daigne se montrer. Le type s'était peut-être foutu de lui. Pourtant, l'enveloppe des dix mille euros reçue début janvier était bien réelle. Qui serait assez dingue pour envoyer une telle somme pour un simple canular ? Il regarda une nouvelle fois sa montre.

Encore cinq minutes, et je me tire, pensa-t-il.

Il sentit le banc bouger et vit avec surprise que le sportif en survêtement était maintenant assis à côté de lui, en train de sortir de son petit sac à dos une bouteille d'eau minérale. L'homme but une longue gorgée avant de se tourner vers lui avec un grand sourire.

— Salut, François.

Vannier le regarda sans répondre, cherchant manifestement à

situer le visage qui lui semblait issu d'un passé lointain.

— Je vais t'éviter de chercher trop longtemps, car ça fait un bail, lui dit l'homme en souriant toujours. Quentin Balard. On a fait une partie de nos classes ensemble en 1991, si ma mémoire est bonne. Ou était-ce 1992… ? Ça commence à dater… Enfin bref. La forme ?

Balard observa son ancien camarade de chambrée. Il paraissait encore plus tendu et émacié que dans ses souvenirs et semblait avoir perdu toute étincelle de vie dans les yeux. Mâchoire serrée, mains planquées dans les poches de son blouson, pied tapant nerveusement par terre… ce type était vraiment stressé.

— J'ai connu mieux.

— Oui, j'ai appris tes problèmes. C'est dégueulasse, ce qui t'est arrivé.

Il fallait l'amadouer, mais sans trop en faire. Vannier n'avait pas vraiment l'air de vouloir s'épancher et n'avait jamais été réputé pour son sentimentalisme.

— Ouais.

— Aucun recours possible ?

— Non. Et j'avais aucune envie de supplier pour ne pas être lourdé. Il manquerait plus que ça.

— Tu m'étonnes. Ce sont eux qui doivent s'en mordre les doigts, maintenant.

— Ouais. Je les emmerde.

Balard sortit deux barres vitaminées de son sac et en tendit une à Vannier sans mot dire, comme si le partage de ses denrées allait de soi. Celui-ci la prit en silence, déchira l'emballage et commença à manger.

— Alors, tous ces mystères au téléphone, c'est pour me proposer quoi ?

— Un contrat gouvernemental officieux. Opération

confidentielle très délicate pour laquelle j'ai carte blanche. Je vais avoir besoin du meilleur TELD possible. Désolé pour tous ces mystères, comme tu dis, mais des précautions s'imposaient. D'ailleurs, cette conversation n'a pas lieu…

Balard mordit dans sa barre et mâcha lentement. Ne pas trop parler, surtout. La curiosité et l'orgueil de Vannier étaient ses meilleurs atouts.

— C'est pour quand ?

— Pas de date précise, encore. D'ici l'automne. Un gros poisson à pêcher près du lac Léman. J'aurai plus de détails dans quelques semaines.

— C'est un peu flou, tout ça.

— Laisse-moi te montrer la cible, pour voir si ça t'inspire.

Balard sortit de son sac une des photos prises lors de son séjour en Suisse et la lui passa nonchalamment.

Vannier étudia sans parler l'image de l'homme noir en tenue de sport qui courait au bord de l'eau, puis rendit la photo.

— C'est qui ce type ? Son visage est familier.

— Un mec haut placé qui cause de graves problèmes politiques. Impossible de le mettre sur la touche par les moyens conventionnels ou d'impliquer ouvertement notre gouvernement. Mes ordres sont de traiter ça très discrètement, sans faire de vagues.

Balard rangea la photo dans son sac.

— Tu veux en savoir plus sur ce qui motive cette opération ? Je peux pas te dire grand-chose, mais…

— Tout ce qui m'intéresse, c'est le montant du contrat, le coupa Vannier. Vos raisons politiques ne me concernent pas et ce nègre a une tête qui ne me revient pas, de toute façon. Combien ?

— OK, répondit Balard, en sortant une épaisse enveloppe de son sac. Parlons du contrat, qui me paraît plus qu'honnête. Il y a ici dix mille euros. Tu peux vérifier si tu veux. C'est une deuxième avance. Tu toucheras la même somme tous les mois à partir de maintenant, jusqu'au moment du contrat. Vois ça comme un dédommagement pour ta période d'attente. Quand tout sera fini, tu toucheras cent mille de plus. Tout ce que je te demande en retour, d'ici là, c'est une totale disponibilité. Si je t'appelle en te disant que le moment est venu, je dois être sûr que tu décrocheras…

Vannier prit l'enveloppe, jeta un regard rapide à la liasse de billets et acquiesça d'un signe de tête.

— T'as déjà fait les repérages ?

— Il est encore trop tôt. J'ai juste fait le travail de base pour choisir le moment de la journée et la distance approximative. Environ six cents mètres, pas plus de huit cents, je pense. Mais tu auras carte blanche pour organiser les détails. Je t'ai aussi choisi pour cette raison. Nous arriverons sur place quelques jours avant la date choisie et tu détermineras le mode opératoire qui te semble le plus adapté. Mais nous avons largement le temps pour reparler de tout ça.

Balard se mit debout, tendit une jambe sur le bord du banc et simula quelques étirements.

— Donc, tu es partant ?

— Pour cette somme et cette cible, oui, bien sûr que je suis partant.

— Je dois pouvoir compter sur toi, tu comprends bien. Je ne pourrai pas choisir de remplaçant à la dernière minute.

— Je te dis que je suis partant. Je suis pas du genre à changer d'avis.

Balard passa à l'autre jambe.

— Et… sans vouloir te vexer… tu es vraiment toujours aussi bon ?

Vannier le regarda avec dédain, comme si une telle question ne pouvait avoir qu'une seule réponse.

— Je fais ce qu'il faut pour rester le meilleur, si c'est ta question. Entraînement régulier en dehors de Paris. Mes armes sont parfaitement entretenues. J'ai toujours mes abaques de tir dans un dossier quelque part, même si je n'en ai pas vraiment besoin. Pas d'alcool et pas de drogues, ça tue les réflexes. À partir du moment où le tir est possible, je descendrai ton type en un coup, si c'est ton souci.

Balard récupéra son sac et l'endossa.

— C'est tout ce que je voulais savoir. On n'aura qu'une seule occasion, alors fais ce qu'il faut pour être à la hauteur de ta réputation, le moment venu. Tu recevras ton enveloppe chaque début de mois, d'ici là. Attends mon coup de fil et sois patient, car l'organisation peut prendre un peu de temps. Et sois absolument discret, évidemment.

— Évidemment.

Vannier se tourna vers la poubelle, à la droite du banc, pour y jeter l'emballage de sa barre vitaminée. Lorsqu'il rouvrit la bouche pour ajouter quelque chose, Balard s'éloignait déjà sur sa gauche, à petites foulées.

Il empocha l'enveloppe, se leva et partit dans la direction opposée.

Chapitre 24 – 15 juin 2010

« Vous pensez donc que le planning des cibles peut poser problème, Cecil ?

— Disons que ce sont des personnes très occupées, susceptibles d'être appelées aux quatre coins du monde un peu n'importe quand. On ne peut pas risquer un déplacement inopiné. Ce serait dommage que nos amis échouent juste pour une question de rendez-vous mal placé.

— Alors, que proposez-vous ?

— De leur donner le petit coup de pouce que nous évoquions il y a quelques semaines, tout simplement. Mais discrètement, Roderich. Il faut que tout ait l'air normal. Presque banal, même. »

Cecil se tourna vers un de ses compagnons, un homme maigre et peu causant, assis à sa gauche.

— Edgar, vous qui suivez toutes ces questions de près, que pouvez-vous nous dire ?

— D'après mes contacts, la question est réglée pour Serrès, il ne touchera plus à son planning. L'organisation de la semaine de conférences a bien été confirmée pour les dates prévues. J'ai par contre des doutes pour Zellington et Louvin. Notre trio a raison d'être inquiet, car le calendrier de ces deux-là est encore incertain.

— Alors, faisons en sorte de le remplir à notre convenance !

— Vous voulez vous assurer qu'ils auront des rendez-vous sur place ?

— Oui, l'important est qu'ils ne quittent pas leur port d'attache.

Zellington s'éloigne rarement de Washington le lundi, car c'est le jour de son rendez-vous hebdomadaire préféré, celui où il prépare activement la suite de sa carrière dans l'entourage présidentiel.

Cecil eut une moue dédaigneuse.

— Cet homme est un lèche-bottes que je serai ravi de ne plus voir à la tête de la Banque Mondiale. Il manque singulièrement de principes et d'envergure. Mais il serait dommage que pour une fois, il me fasse mentir.

Il réfléchit quelques secondes.

— Dennis ?

— Oui ? sursauta ce dernier, maintenant habitué à ne jamais être consulté sur grand-chose d'important.

— Vous êtes géographiquement le plus proche de Washington et autant vous mettre à contribution, même si vous n'aurez pas grand-chose à faire. Nous allons vous organiser un rendez-vous avec Zellington, pour la fin d'après-midi du 6 septembre.

— Sous quel prétexte ?

— Vous êtes depuis plusieurs semaines le nouveau P.-D.G. d'un des plus gros empires bancaires de la planète et vous ne l'avez pas encore rencontré personnellement, ça tombe sous le sens, non ?

— Oui, mais de quoi vais-je devoir lui parler ?

— Mais de rien, Dennis ! Zellington nous aura déjà quittés au moment du rendez-vous. C'est un simple prétexte, pour être sûr qu'il ne prévoira aucun déplacement ce jour-là.

Cecil eut une expression qui mêlait agacement et découragement.

— Edgar va se charger des prises de contact nécessaires, vous n'aurez rien à faire. Retenez juste la date et ne prenez pas d'autre engagement ce jour-là, par souci de crédibilité. Vous vous en sentez capable ?

Sans attendre de réponse, il se tourna à nouveau vers Edgar.

— Occupez-vous de ça, s'il vous plaît.

— C'est noté. Et pour Louvin ?

— Louvin… Cet idiot mérite que je me déplace moi-même pour une petite visite. Je me rends à si peu de rendez-vous depuis quelques années qu'il prendra ça pour un honneur suprême. Ce n'est qu'un laquais, après tout.

Ses compagnons assis autour de la table sourirent à l'évocation de l'homme servile et peu compétent qu'ils méprisaient tous.

— Vous voulez vraiment le rencontrer ou simplement bloquer son agenda ? demanda Edgar.

Cecil hésita quelques secondes.

— Je vais jouer le jeu, pour cette fois. Fixez un rendez-vous en début d'après-midi, le 6. Quelque chose sur le thème de l'aide alimentaire dans le monde. Une proposition de financement de ma part, pour contribuer au programme qu'il dit vouloir mettre sur pied en Afrique centrale. Ça devrait l'intéresser au plus haut point.

Il sourit à ses compagnons.

— Et au moins, je subirai ces deux heures avec lui en sachant que ce sont les dernières.

Chapitre 25 – 1er septembre 2010

Lancé sur l'autoroute A40, Vannier s'observa une dernière fois dans le rétroviseur.

Costume gris impeccable, lunettes de soleil discrètes, attaché-case posé sur le siège passager : il avait tout de l'homme d'affaires respectable en route pour un séjour professionnel à Genève.

Posés derrière lui, une housse de transport contenant ses clubs de golf et un petit sac de voyage complétaient son équipement.

Il quitta l'autoroute à la sortie 13 et prit l'A41, afin de rejoindre la douane franco-suisse. Il était 13 h 30 et il espérait que les douaniers parfois zélés étaient encore en pleine digestion. Me faire choper à quelques kilomètres de ma destination serait trop con, pensa-t-il.

Celui qui l'arrêta fut apparemment sensible à son apparence et à son attitude faussement décontractée. Il lui posa quelques questions d'usage, fit le tour de la berline de location immatriculée dans l'Oise, jeta un œil dans le coffre vide et lui rendit rapidement ses papiers. Vannier n'était manifestement pas le genre de client méritant une fouille au corps et il le laissa passer sans plus de formalités.

En entrant sur le dernier tronçon de l'autoroute suisse A1 qui le mènerait jusqu'à Genève, ce dernier eut un petit sourire. Sa PGM 338, bien au chaud entre les clubs, était passée comme une lettre à la poste.

Il ne restait plus qu'à espérer que tous ses accessoires, dont l'optique Night Force et le chargeur de munitions scenar chemisées qu'il utiliserait, allaient voyager aussi facilement, dans le double-fond de la grosse mallette de Balard, qui devait prendre le train en Gare de Lyon en milieu d'après-midi. Son équipement de photographe devrait donner le change sans trop de problèmes, pensa-t-il.

Vannier avait longuement ergoté pour pouvoir transporter lui-même sa lunette de visée, ayant l'habitude de ne jamais s'en séparer. Mais Balard avait été clair quant à la sécurité opérationnelle : limitation maximale des risques de détection et donc de questions par les douanes.

Le problème majeur n'était pas tant de se faire arrêter, car les Suisses étaient bien plus tolérants que les Français pour tout ce qui concernait le transport d'armes personnelles, que de se faire repérer. Sur ce coup, Balard était le chef, car c'était lui qui payait et il avait fallu que Vannier obtempère à contrecœur.

Il suivit à la lettre les consignes qu'il avait reçues trois jours plus tôt. À 15 heures, il avait pris possession de la chambre double réservée à son nom dans un hôtel proche de la gare de Cornavin et il s'accorda une sieste, l'arrivée de son compagnon n'étant prévue qu'en soirée.

Lorsque celui-ci le rejoint, il était presque 20 h 30.

Avec son jeans, son petit sac de voyage en toile et sa valise de transport photo en bandoulière, Balard ressemblait à un innocent chasseur d'images. Il posa ses affaires avec soulagement et les deux hommes s'assirent pour faire un point rapide.

— Alors, pas de souci à la douane ?

— Non, je m'attendais à voir l'autoroute envahie par les chiens renifleurs, mais c'était vraiment tranquille. Contrôle de routine, rien de plus.

— Moi, je n'ai vu personne côté train. Je pensais aussi que la surveillance serait plus importante, mais bon, tant mieux ! Vu que j'étais en avance, je suis passé récupérer une arme de poing chez un contact sûr. On ne sait jamais, on pourrait en avoir besoin…

Balard alla se rafraîchir à la salle de bains et en sortit en s'épongeant le visage.

— T'as la dalle ? On pourrait s'envoyer un repas rapide dans les environs.

— Donne-moi deux minutes pour me changer et on y va.

Vannier troqua son costume maintenant froissé contre un ensemble plus décontracté, poussa le sac de golf sous son lit avec hésitation – il n'aimait pas laisser ses armes dans ce genre d'endroit – et prit son portefeuille, tandis que Balard rangeait la mallette dans l'armoire. La porte à serrure électronique se ferma silencieusement derrière eux.

Ils suivirent les conseils du réceptionniste et se dirigèrent vers une petite brasserie calme de la rue de Berne. Ils trouvèrent une table isolée au fond de la salle et passèrent commande de deux plats du jour. Ils n'échangèrent que quelques banalités jusqu'au retour du serveur avec leurs assiettes.

Ce ne fut qu'en s'attaquant à son entrecôte que Vannier relança vraiment la conversation.

— Alors, quel est le programme ?

— Demain, je te propose une visite du coin qui nous intéresse, avec petit tour en bateau. Que tu puisses me dire si mon premier repérage était bon. Selon tes conclusions, on décidera de la suite. Mais si on part bien sur l'idée d'un hôtel, il nous faudra trouver un moyen d'entrer sans réserver, si tu vois ce que je veux dire.

Il fit un signe au serveur de leur apporter plus de pain.

— C'est pour ça que j'ai préféré prendre quelques jours d'avance. J'ai horreur des imprévus. J'aurais même préféré arriver encore plus tôt, mais je devais rendre service à un ami avant de m'en aller.

— Un service urgent ?

— Juste une mise en contact professionnelle. Une histoire qui te barberait. Pas mauvaises ces frites !

— On est loin du lac, ici ?

— Non, à peine huit cents mètres de l'endroit où on louera le bateau. Tu n'étais jamais venu à Genève ?

— Non, ça peut sembler con. J'ai parcouru la planète dans tous les sens, mais je n'ai jamais eu l'occasion de mettre les pieds ici. Faut dire que c'est pas vraiment le genre d'endroit où on nous appelait.

— Ouais, forcément.

La conversation se fit plus rare pendant le reste du repas, les deux hommes échangeant simplement quelques vieilles anecdotes. Il était 22 h 30 lorsqu'ils rentrèrent à l'hôtel. Chacun se doucha et se coucha rapidement.

À minuit, Balard dormait profondément.

Dans le noir, les yeux grands ouverts, Vannier ne pouvait s'empêcher de penser au plaisir qu'il éprouverait lorsque sa cible apparaîtrait au centre de la lunette de visée. Cette image agréable à l'esprit, il finit par sombrer à son tour.

Chapitre 26 – 5 septembre 2010

Après trois jours de repérage et d'organisation, le plan fut mis à exécution.

Vannier avait rapidement choisi l'hôtel Wilson, qui proposait notamment des suites presque dans l'axe du quai, situées au sixième étage du luxueux bâtiment.

Lors de leur balade en bateau, il avait longuement observé la zone aux jumelles. Ils avaient étudié tout le parcours habituel de Louvin, en longeant la rive à distance respectable, pour finalement revenir au choix initial de Balard, la ligne droite qui émergeait du parc Mon Repos.

Elle présentait plusieurs avantages évidents pour Vannier. Sa tranquillité et son orientation étaient des atouts à exploiter. Louvin serait relativement seul sur cette portion du parcours en fin de journée et un tir en direction du nord signifiait aussi l'absence de rayonnement direct du soleil sur l'objectif de son fusil.

Le plus difficile était de savoir comment entrer dans la suite idéale, déjà occupée d'après les fenêtres entrouvertes. Ils venaient d'employer deux journées à trouver une solution et s'apprêtaient à la mettre en œuvre.

Assis dans la voiture de location, garée dans une ruelle proche de l'entrée de service de l'hôtel, ils surveillaient les allées et venues. À 17 heures, la femme arriva, très ponctuelle, marchant d'un bon pas dans la rue des Pâquis.

Vannier, assis du côté passager, sortit du véhicule et se dirigea vers elle, un sourire aimable sur le visage.

— Excusez-moi !

Elle devait avoir une quarantaine d'années et possédait un visage doux et avenant. Perdue dans ses pensées, elle leva la tête en entendant l'appel de l'homme au costume impeccable.

— Oui ?

— Vous êtes bien de service de nuit au Wilson ?

Supposant qu'elle avait affaire à un client, son ton se fit encore plus serviable.

— Oui, Monsieur. Du soir, plus exactement.

— Parfait ! Dites-moi, j'aurais besoin d'un service un peu particulier.

— Il vous faut formuler vos demandes auprès des concierges de la réception, Monsieur.

— C'est une affaire délicate, malheureusement, la réception ne pourra rien pour moi.

— S'ils ne peuvent pas vous aider, je ne pourrai rien faire non plus. Je ne suis que femme de chambre.

— Vous êtes une femme avant tout, c'est pourquoi vous comprendrez certainement mon problème, répondit Vannier, du ton le plus galant possible.

— Je suis désolée, mais…

— Il s'agit d'une malheureuse histoire personnelle, vous voyez. Ma fiancée m'a quitté. Elle s'est enfuie avec mon meilleur ami pour passer une semaine ici, dans une suite du sixième étage. J'ai déjà vérifié et ils y sont depuis deux jours.

— C'est très triste pour vous, Monsieur, malheureusement…

— S'il vous plaît, écoutez-moi ! Elle est partie avec un bijou ayant appartenu à ma famille. Je dois absolument le récupérer. Elle refuse de répondre au téléphone, et…

— Monsieur, je vous dis que je ne peux rien faire pour vous, même si je le regrette. Je n'ai pas le droit de mettre mon nez dans les affaires de clients. Portez plainte pour vol, si c'est vraiment grave ! Vous comprendrez bien que je ne peux pas risquer mon emploi pour une affaire de ce genre.

Vannier soupira devant son petit menton déterminé.

— Quel dommage, j'espérais régler ça simplement.

— Si vous voulez bien me laisser passer, maintenant, je vais être en retard.

Il lui attrapa fermement le bras et parla très vite, tandis qu'elle essayait de se dégager.

— Madame Laval, attendez ! Vous habitez rue du Léman, à Saint-Julien-en-Genevois, juste de l'autre côté de la frontière. Vous élevez seule votre fils, qui est scolarisé au collège Jean-Jacques Rousseau, avec l'aide d'une baby-sitter qui le surveille les soirs où vous travaillez. Je n'aimerais pas qu'il arrive quelque chose à ce garçon ou à votre aide à domicile.

Elle arrêta de bouger et l'appel à l'aide qu'elle voulait lancer resta coincé dans sa gorge.

— Mais... ? Que voulez-vous ?

— Je vous l'ai dit, je dois absolument récupérer un objet qui m'appartient. Vous ne pouvez pas imaginer à quel point c'est important. Et je n'hésiterai pas à employer certains moyens, même si c'est regrettable. Je vous en prie, ne me forcez pas à utiliser la menace.

— Je vais prévenir la police !

— Je ne ferais pas ça si j'étais vous, dit-il en lui montrant un cran d'arrêt passé dans sa ceinture. Je crois que Jérémy quitte le collège vers 17 heures et rentre à pied, c'est bien ça non ? Onze ans, blond, pas très grand, cartable noir avec une collection de porte-clés accrochée sur le côté... il m'a l'air d'un gentil garçon. Prévenir la police ne changera rien, car je ne suis pas seul. Et il faudra bien qu'il retourne à l'école un jour ou l'autre…

Mathilde Laval n'était ni peureuse ni stupide, malgré une certaine naïveté. Elle ne croyait pas vraiment à l'histoire du bijou, mais savait reconnaître la menace d'une personne déterminée. L'homme n'était pas un simple déséquilibré. Il voulait quelque chose et savait exactement qui elle était et comment l'atteindre. Elle prit rapidement sa décision, aucun travail ne valant qu'on prenne de tels risques personnels.

— Très bien, je vous aiderai parce que je n'ai pas le choix, mais ne me prenez pas pour une idiote. Ne me parlez plus de bijou, votre histoire ne sonne pas vrai. Si vous voulez mon aide, dites-moi juste ce que je dois faire, et ensuite, laissez-nous tranquilles. Je ne veux rien savoir de plus.

Vannier la regarda avec un intérêt accru.

— Il est agréable de discuter avec quelqu'un de sensé. Vous allez voir, c'est très simple. J'ai juste besoin d'entrer dans une suite bien spécifique. Celle qui est occupée au sixième étage par ce jeune couple d'amoureux, avec vue sur le lac et le parc au nord.

— Que voulez-vous y faire ?

— Je pensais que nous étions d'accord… pas de questions et tout le monde sera content.

Elle soupira et massa son bras meurtri.

— Quand ?

— Je vais monter dans dix minutes et vous me rejoindrez là-haut, pour m'ouvrir la porte.

— Et s'ils sont là ?

— Ils sont partis en balade jusqu'à ce soir, j'ai déjà vérifié. Et je n'en aurai que pour quelques instants, de toute façon.

Elle hocha la tête, l'air peu convaincu.

— Donnez-moi un quart d'heure, le temps que je me change et que je monte mon matériel.

— Très bien, je vous retrouve là-haut.

Il fit mine de partir et se retourna vers elle.

— Et ne faites pas de bêtises, hein ? Pensez à Jérémy…

Elle ne répondit rien et reprit le chemin de l'entrée de service. Vannier la vit disparaître par une porte battante. Il retourna à la voiture et s'assit à côté de Balard, qui n'avait pas bougé.

— Bon, je pense que tout est en ordre. Les infos que tu as récupérées à son sujet sont exactes et elle pourra nous faire entrer. Elle n'est pas tranquille, mais la menace sur le môme devrait la faire taire. Ceci dit, je reste persuadé qu'on devrait simplement se débarrasser d'elle et lui tirer sa carte d'accès. En tout cas, une prochaine fois, occupe-toi de ce genre de discussion, je suis pas très doué pour être aimable…

— Pour ce qui est du nettoyage, c'est moi qui décide du degré nécessaire. Si tu as été assez persuasif, elle aura suffisamment peur pour se tenir à carreau le temps qu'on fasse le boulot. Pour le reste, comme tu le sais, c'est une mission confidentielle. Je ne suis pas censé être là. Et on ne peut pas dire que je passe inaperçu. C'est pour ça que je ne t'accompagne pas aujourd'hui. J'évite de me faire repérer pour rien avant demain.

— Ouais, la taille n'est pas toujours un avantage, contrairement à ce qu'on croit… Bon, je monte. Bouge pas d'ici, je serai pas long.

— Surtout, évite de te faire remarquer.

— Je suis pas un bleu, je sais être discret.

Il ressortit après avoir récupéré sa housse de golf sur la banquette arrière, ainsi que son petit sac de voyage. Il prit tranquillement la direction du quai, pour ne pas arriver trop vite et se dirigea vers l'entrée principale. L'endroit était absolument renversant. Il dégageait une ambiance à la fois feutrée et dynamique. Le raffinement du hall, marbré dans les moindres recoins, l'éclairage modulé selon les zones et la décoration moderne impressionnèrent

Vannier, pourtant peu attiré par les hôtels de luxe.

Il se repéra rapidement, prit l'attitude d'un habitué des lieux et emprunta le hall presque désert avec son portable collé à l'oreille, en simulant une conversation qui lui donnait l'air affairé. Ce n'était pas le moment qu'on l'aborde pour lui poser une quelconque question. Un des ascenseurs donnant vers les chambres de l'aile est s'ouvrit silencieusement devant lui, quelques secondes seulement après l'avoir appelé, et il y entra rapidement. Il rangea son téléphone et appuya sur le bouton du sixième étage.

La suite qui l'intéressait était située à l'extrémité est du bâtiment et il espérait la trouver sans difficulté. En sortant de l'ascenseur, il fut soulagé de voir que la femme de chambre était déjà présente et en train d'arranger les panières de produits de beauté qu'elle transportait sur son chariot. Elle le regarda sans parler et lui fit un simple signe de tête pour l'inviter à la suivre. Elle poussa son matériel dans le long couloir, jusqu'à la dernière porte.

— C'est bien celle-là ?

— Je n'en serai sûr que lorsque je serai dedans.

— En tout cas, vous aviez raison, il n'y a personne, j'ai vérifié.

Elle s'assura qu'ils étaient bien seuls et fit glisser son passe magnétique dans la serrure électronique. Le voyant devint vert et Vannier put ouvrir la porte.

— Je n'en ai pas pour longtemps, assurez-vous juste que personne ne vient.

Il entra et referma derrière lui, encore une fois impressionné par l'élégance moderne des lieux. La suite comportait une chambre, un petit salon attenant et une salle de bains luxueuse, accessible du vestibule, équipée d'une baignoire gigantesque qui dépassait l'entendement. Tout respirait l'opulence et le bon goût. Il n'avait jamais vu d'endroit de ce genre, mais ne s'attarda pas à contempler la décoration.

Il alla d'abord à la baie coulissante de la chambre, donnant au nord-est, afin de vérifier ses prévisions. Il avait vu juste, l'axe était plutôt bon. Un peu décalé par rapport à la rive que Louvin allait emprunter, mais ce n'était pas un angle de vingt degrés qui allait lui poser problème. Par contre, les arbustes qui étaient plantés entre la promenade et la zone de circulation des voitures sur le quai pouvaient être gênants, même à cette hauteur.

Il fit quelques calculs rapides et décida qu'il faudrait frapper dès que la cible émergerait du parc, pour avoir la vue la plus dégagée possible. Demain, il prendrait le temps de tout peaufiner dans le détail. Inutile de s'attarder maintenant, il avait contrôlé le plus important. Il lui fallait encore camoufler l'arme dans la suite. Balard ne voulait plus qu'ils jouent avec le feu, en se baladant de partout avec le sac de golf qu'ils répugnaient également à laisser dans leur propre chambre d'hôtel. Il était plutôt d'accord. Ce serait toujours ça de moins à rapporter le lendemain.

Il fit un tour rapide des pièces sans trouver de cachette qui lui convenait. Agacé, son regard finit par s'arrêter sur le haut lit king-size de la chambre, pourvu d'un matelas très épais et recouvert d'un couvre-lit satiné qui tombait jusqu'au sol. Il s'allongea par terre et fut soulagé de constater que la structure était ouverte sur les côtés, suffisamment pour qu'il puisse se glisser sous le lit et inspecter le sommier.

Il ouvrit le sac de golf. Il en retira le fusil avec précaution, ainsi que de grosses attaches en plastique autobloquantes et une lampe frontale. Il s'allongea à nouveau, se coula sous le lit et alluma sa lampe. Les ressorts inférieurs du sommier seraient parfaits. Il plaça le fusil dans le sens de la longueur et utilisa trois attaches pour le fixer aux spirales métalliques. Il était en train de placer la troisième lorsqu'il entendit des voix dans le couloir ainsi que le son de la serrure électronique qui venait d'être activée. Il éteignit précipitamment sa lumière et arrêta presque de respirer.

— Je vous assure que j'ai fait le nécessaire, Madame !

— Je vais juste jeter un œil et vérifier, Mathilde. Hier, nous avons reçu une plainte d'une cliente pour des crèmes corporelles en quantité insuffisante. Je sais que vous faites généralement du bon travail, mais le mien est de le contrôler.

Vannier entendit des pas se déplacer sur la moquette épaisse puis perçut le bruit caractéristique du carrelage de la salle de bains. La femme dut être satisfaite, car elle revint rapidement vers l'entrée. Vannier était prêt à se remettre au travail quand elle s'adressa de nouveau à la femme de chambre.

— Et ça, qu'est-ce que c'est ?

Bruits de pas dans la chambre se rapprochant pour contourner le lit, en direction de la baie vitrée. Merde, la housse, se dit-il. Par réflexe, il fit retomber le couvre-lit qu'il avait dérangé sur sa gauche, et eut juste le temps d'apercevoir une paire de chaussures s'arrêtant à moins de trente centimètres de lui.

— Vous avez laissé traîner un sac de golf ! Je croyais que vous m'aviez dit que la chambre avait été entièrement faite.

— Le monsieur m'a demandé de ne pas toucher à ses clubs, Madame !

— Mais il ne vous a pas interdit de ranger le sac lui-même, non ?

— Je m'en occupe immédiatement.

— Et retapez correctement ce lit ! On dirait qu'il a été fait par un amateur !

— Oui, Madame.

Les pas s'éloignèrent à nouveau et la porte se referma. Vannier savait que la femme de chambre était restée à l'intérieur, car il l'entendit marmonner. Il finit de fixer son attache, s'assura que le fusil était parfaitement arrimé et sortit de sa cachette en soufflant.

— Je dois reconnaître que le ménage est nickel, pas le moindre grain de poussière…

— Vous aviez dit que vous n'en aviez pas pour longtemps ! J'aurais pu me faire virer !

— Pas de panique. Je m'en vais. En plus, vous vous en êtes bien sortie…

— Vous avez fait ce que vous aviez besoin de faire ?

— Presque ! Je dois revenir demain, à la même heure.

— Demain ? Mais vous êtes dingue ! Vous ne pouvez pas rentrer comme ça dans les chambres !

— Avec votre aide, ce ne sera pas un problème.

— C'est hors de question ! Vous avez vu le genre de responsable que j'ai… je vais finir par me faire renvoyer avec votre histoire.

— Allons, allons, n'en faites pas un drame. En plus, demain j'aurai de l'aide. Je vous demanderai juste de m'ouvrir.

— Quoi, vous comptez venir avec quelqu'un d'autre ?

Elle avait l'air totalement effondrée.

— Ne faites pas cette tête. Dans deux jours, vous n'y penserez même plus. Il s'agit juste d'ouvrir une porte, après tout. Et je vous promets que je n'ai rien volé, vous voulez vérifier mon sac ?

Sa tentative de sourire n'eut aucun effet sur elle et il haussa les épaules. Son visage prit une expression moins plaisante.

— Demain, même heure, même endroit. Ne me forcez pas à devenir désagréable et tout se passera bien pour tout le monde.

Il récupéra le sac et le mit sur son épaule.

— Bonne soirée, Mathilde.

Il quitta la pièce sans se retourner. La femme de chambre, dès que la porte se referma, se baissa pour regarder brièvement sous le lit, mais ne vit rien. Elle replaça le couvre-lit, fit le tour de la suite et inspecta les différents placards, sans remarquer de changement apparent.

S'il n'a rien pris, comme il le dit, et qu'il n'a rien laissé, pourquoi est-il venu ici ? se demanda-t-elle, perplexe.

Haussant les épaules à son tour, elle se dit qu'il devait s'agir d'une histoire bizarre entre riches qui ne la concernait pas, après tout. Elle quitta la suite et reprit sa tournée des chambres.

Chapitre 27 – 6 septembre 2010

Ce lundi fut une journée agréable, au ciel à peine voilé.

Balard et Vannier rendirent la clef de leur chambre en fin de matinée, déjeunèrent au bord du lac et firent comme si le stress ne les envahissait pas peu à peu, chacun se repliant sur lui-même pour contrer l'excitation croissante.

Tous les détails avaient été passés au crible et le reste, à l'exception du tir fatal lui-même, ne dépendait plus d'eux. Si Louvin décidait exceptionnellement de ne pas courir ce jour-là, si la femme de chambre changeait d'avis et appelait la police, si l'hôtel prenait feu et devait être évacué, bref, si tout partait de travers, il ne resterait plus qu'à agir à découvert ou, dans le pire des cas, à carrément laisser tomber toute l'opération.

Mais ce serait une véritable déception pour ses employeurs, expliqua Balard à Vannier, en réaffirmant le caractère extrêmement important de sa mission.

La veille au soir, ce dernier avait scrupuleusement nettoyé les lentilles de sa lunette de visée, en expliquant qu'une bonne partie du travail de TELD consistait avant tout à prendre soin de son matériel. Devenant soudain bavard, il avait longuement commenté ses manipulations. Cette conversation avait dérivé vers un véritable cours technique plutôt intéressant.

Lorsqu'il se contentait d'évoquer sa passion et s'abstenait de commentaires racistes ou homophobes, Vannier n'était finalement pas si pénible, s'était dit Balard. Prétentieux, certes, mais sans doute à juste titre. Ce type savait exactement ce qu'il faisait et sa réputation n'était pas usurpée. Il avait en tête les calculs complets que Balard avait pu lire sur ses abaques de tir et qui permettaient de connaître les réglages à utiliser en fonction de l'angle, du vent, de la distance et d'un tas d'autres paramètres qu'il n'avait pas retenus. Rien à voir avec l'utilisation d'une arme de poing, même capricieuse. Il fallait reconnaître ça à l'ancien militaire : il prenait son boulot très au sérieux et se donnait les moyens de ne pas échouer.

Balard n'avait pas suivi tous les détails, mais une chose semblait certaine. Si Vannier ne pouvait pas descendre Louvin, c'est que le tir était vraiment impossible à placer.

À 16 h 30, ils se garèrent une nouvelle fois dans une petite rue non loin de l'hôtel et patientèrent quelques minutes.

Lorsque Mathilde, ponctuelle, apparut au bout de la rue, Vannier sortit du véhicule pour qu'elle le voie. En l'apercevant, elle lui fit un simple signe de tête et continua son chemin vers l'entrée de service.

— Bon, elle n'a pas l'air hystérique, c'est sans doute bon signe. Allez viens, on s'avance.

Balard s'exécuta et vérifia qu'ils avaient bien tout leur équipement. Lunette, chargeur et tous les autres gadgets de Vannier étaient répartis dans leurs deux mallettes. Lui-même avait rangé son arme de poing dans une poche de son pardessus, qu'il portait sur le bras.

Il se baissa et ramassa un petit caillou qu'il inséra dans sa chaussure, puis fit quelques pas pour vérifier que son boitillement était suffisant. Une façon simple de détourner l'attention des témoins, qui avait souvent fait ses preuves.

Tels deux hommes d'affaires en grande discussion, ils empruntèrent le chemin que Vannier avait suivi la veille.

Balard éprouvait de l'anxiété, malgré l'assurance de son compagnon. Tant de choses imprévues pouvaient leur tomber dessus. Pendant quelques secondes, l'énormité du plan global lui sauta au visage. Rien à voir avec le travail de l'époque, organisé par une véritable équipe et soutenu par des commanditaires qui faisaient les choix à leur place.

Il pensa à ses deux amis, qui à des centaines de kilomètres de là devaient se sentir comme lui, tendus. Qu'est-ce que je fous là ? se dit-il. L'envie de tourner les talons était présente, mais il suivit Vannier, l'excitation palpable du tireur d'élite se faisant contagieuse.

Au sixième étage, Mathilde les attendait, pas loin de la porte de la suite. Balard boitait tête baissée et fit en sorte qu'elle voie mal son visage, en restant en arrière pour laisser Vannier s'occuper des formalités.

— Vous avez de la chance, pour le moment ils sont encore de sortie. Je ne comprends pas pourquoi les gens viennent dans des hôtels si chers pour y passer si peu de temps.

— Que voulez-vous, Mathilde, c'est tout l'avantage d'avoir du fric, on peut le gaspiller. Merci pour votre aide, vous pouvez y aller maintenant.

— C'est la dernière fois que… ?

— Oui, après je vous fiche la paix. Mais tenez votre langue. Je sais où vous retrouver.

— Je voudrais juste savoir pourquoi, ça n'a pas de sens…

Vannier la regarda avec impatience et une certaine compréhension. Après tout, elle avait été plutôt simple à manœuvrer. Quitte à ne pas pouvoir utiliser de solution plus définitive pour se débarrasser d'elle, il pouvait bien lui donner un os à ronger et s'amuser un peu. D'un air très sérieux, il se mit à murmurer sur un ton de conspirateur.

— Opération de surveillance ultra-confidentielle. Je ne peux pas vous en dire plus. Désolé pour les menaces, mais vous n'êtes pas censée être au courant. Votre silence est une nécessité pour l'état et nous ne reculons devant aucun moyen pour le garantir.

L'explication n'avait aucun sens et aurait fait rire n'importe quelle personne s'y connaissant un peu, mais elle parut suffire pour rendre Mathilde encore plus perplexe et la faire taire.

— Oh.

Elle leur donna accès à la suite et recula pour laisser passer les deux hommes, Balard boitant toujours aussi bas que possible. Lorsque la porte se referma, elle resta les bras ballants dans le couloir, à se demander une seule chose : pourquoi ce genre de truc devait lui arriver à elle ?

Les deux hommes ne perdirent pas de temps en paroles inutiles. Ils avaient du temps, mais pas trop non plus. Louvin pouvait très bien décider de faire son apparition en avance.

Le contenu des mallettes fut soigneusement réparti sur la moquette et Vannier récupéra rapidement son fusil sous le lit, se servant d'un couteau pour cisailler les attaches provisoires. Balard le laissa ensuite faire son travail, qui passa par le nettoyage et le remontage précis de son arme, le dépliage de la crosse, la mise en place du chargeur, de la lunette de visée et du modérateur de son, qui prit la place du frein de bouche, et l'installation de l'ensemble sur un bipied. S'ensuivit une séquence de réglages minutieux de la crosse, qui lui prirent quelques minutes.

À 17 h 45, après un passage aux toilettes pour vider sa vessie et avoir l'esprit libre, Vannier entrouvrit la baie vitrée et commença à prendre ses repères extérieurs. Le tir serait effectué au moment du passage de la cible près du premier banc situé à la sortie du parc, dans une zone bien dégagée. Le télémètre laser lui indiqua une distance précise de 612 mètres jusqu'à ce repère. Balard l'observa prendre la mesure de l'angle de tir, puis ajuster le tambour de hausse par des clics verticaux qui allaient élever légèrement l'angle de tir et donc compenser la chute du projectile tout au long de son trajet.

Le mouvement des voiles et des fanions des petits bateaux arrimés au bord du lac le renseignèrent sur le sens et la force de la légère brise qui soufflait près du parc, et sur le nombre de clics horizontaux nécessaires pour compenser la dérive de la balle causée par le vent.

Balard le regarda ainsi s'affairer sans un bruit pendant un long moment, persuadé que Vannier n'avait de toute façon même pas besoin de se reporter à ses abaques de tir pour savoir exactement comme régler son arme. Il voulait juste lui montrer qu'il faisait tout dans les règles de l'art et qu'il ne bâclait aucune étape. Et il voulait peut-être aussi frimer un peu…

Le fait était qu'ils ne pouvaient se permettre de tir de test, que ce premier coup à froid allait légèrement modifier le point d'impact et que la précision des réglages initiaux devait donc être absolue. Vannier devrait aussi tenir compte du déplacement de la cible pour déterminer son calcul final et Balard éprouva encore une fois un grand respect pour les capacités du tireur d'élite.

Dire que certains croient toujours qu'Oswald a fait son coup tout seul, se dit-il en souriant intérieurement, lorsqu'il vit Vannier s'équiper d'un cache-œil, accessoire permettant de tirer les deux yeux ouverts et limitant ainsi la fatigue oculaire lors des longues périodes d'attente.

— Tout se passe comme tu veux ?

— Parfaitement, ce fusil est un vrai bonheur. Tu savais que la PGM 338 est l'évolution d'une arme qui a été initialement développée pour le RAID, sous le nom Ultima Ratio ? Ça vient d'une expression qui était gravée sur les canons de Louis XIV. « *Ultima Ratio Regis* » ou encore « *Ultime Recours du Roi* ». J'ai toujours eu une préférence pour ce modèle, car il porte effectivement bien son nom.

— Le fusil à sortir quand on veut être sûr de toucher, en quelque sorte.

— Exactement. Et aujourd'hui, à cette distance, ce sera le cœur.

Sur ces belles paroles modestes, Vannier trouva sa position idéale, celle qui lui assurerait appui, relâchement musculaire et point de visée parfait, et se tut. Balard s'allongea à sa droite, une lunette monoculaire Swarowsky à fort grossissement dans la main, afin d'étudier le parcours à son tour et de pouvoir confirmer la cible, dès son apparition.

Il était 18 h 15 et l'attente pouvait commencer.

Absorbé par la contemplation des arbres du parc, Balard sursauta lorsqu'il entendit les voix dans le couloir qui s'approchaient de la porte d'entrée.

— Commande-nous un super repas pendant que je me douche, j'ai trop faim !

— Tu préfères pas qu'on se prenne un bain à deux ? On pourrait boire du champagne et je te masserai les pieds…

Merde, il n'y a pas d'autre chambre après celle-ci, c'est pour nous ! pensa-t-il. Il se leva d'un bond, en prenant garde à ne pas bousculer son compagnon. Ce dernier restait impassible.

— Je règle ça en vitesse, toi tu gardes l'œil ouvert.

Pestant après le caillou qui n'avait pas retiré de sa chaussure, il se précipita vers la porte d'entrée, son arme à la main. Il avait horreur de l'improvisation.

Lorsque Mathieu et Alexandra Cherrière firent bruyamment irruption dans la pièce, enlacés et les bras chargés de paquets, la nuque de la jeune femme heurta son silencieux.

— Chut… pas un bruit, ou ça ne sera pas beau à voir.

Il tira brusquement Mathieu par le bras pour le faire entrer et referma la porte, en ayant la présence d'esprit de placer la pancarte « ne pas déranger » sur la poignée extérieure. Il ne les quitta pas des yeux, mais comprit vite que les jeunes gens n'étaient pas bien dangereux. Leurs vêtements et leur attitude les classaient dans la catégorie « gosses de riches frivoles avec du fric à claquer », confirmée par les achats qu'ils rapportaient.

Faisant écran de son corps, il leur fit tomber les paquets des mains et les poussa dans la salle de bain, sans leur laisser le temps de voir l'homme allongé dans la chambre. Il ferma la porte derrière lui et eut une seconde d'hésitation avant de leur parler d'un ton sec.

— À poil !

— Quoi ? bredouilla la femme.

— J'ai dit à poil, vite ! Vous avez quinze secondes avant que le doigt se mette à me démanger.

Avec des gestes précipités, le couple se débarrassa de ses vêtements, jetant au sol pantalon, jupe et t-shirts.

— Les sous-vêtements aussi.

La fille jeta un regard désespéré à son compagnon, signifiant manifestement « tu ne vas pas le laisser me violer sans rien faire », mais ce dernier avait déjà obtempéré, son pénis contracté témoignant de sa peur intense. Elle s'exécuta à son tour, tentant maladroitement de cacher sa nudité.

Balard s'empara de la culotte de la femme et la lui fourra dans la bouche, puis utilisa son t-shirt comme un bâillon qu'il noua derrière sa tête. Il fit de même pour l'homme, en laissant un peu de tissu sortir pour qu'il ne s'étouffe pas.

— Montez dans la baignoire.

Ils le regardèrent comme s'il était fou.

— Montez dans la baignoire ! Vous vouliez prendre un bain, non ?

Ils gravirent les deux marches et s'assirent dans la grande vasque de marbre glacé.

— Ne touchez à rien si vous voulez que je reste de bonne humeur.

La fille fit un signe vigoureux de la tête, indiquant que ce n'était pas son intention.

Il courut vers la chambre, prit le sac de matériel et un oreiller sur le lit.

— Tu t'en sors ? demanda calmement Vannier, qui n'avait pas décollé l'œil de sa lunette. Ça m'a l'air de traîner un peu…

— Ouais. Je mets fin au problème et je reviens tout de suite.

Il repartit en courant à la salle de bains, dont il ferma la porte.

Le tireur d'élite entendit quelques murmures, trois ou quatre sanglots presque inaudibles, puis deux coups de feu très étouffés.

Une minute plus tard, Balard était de retour à ses côtés, une expression contrariée sur le visage.

— Affaire réglée. Alors, j'ai rien loupé ?

— Deux jeunes à vélo, un papi avec son caniche et un petit couple d'homos qui est allé se planquer sous les arbres. Rien d'autre à signaler. Le coin est très calme.

Balard reprit son observation en silence à ses côtés.

À 19 h 10, l'inquiétude se fit sentir et ses mains se crispèrent sur sa lunette. Et si Louvin avait changé sa routine ? S'il s'était retrouvé coincé à une réunion de crise ou s'était pété la jambe ? Si Philippe était intervenu trop tôt de son côté et que l'information lui avait été transmise depuis Washington ?

— Allez, viens, bon sang, qu'on n'ait pas fait tout ça pour rien ! Amène-toi !

À ses côtés, Vannier restait imperturbable. Balard était en train de se demander comment il était humainement possible de rester si parfaitement concentré, sans y perdre son œil, quand une silhouette émergea en trottinant du couvert du parc, bientôt suivie par une deuxième. Il s'assura fébrilement de l'identité du premier coureur.

— C'est lui !

— Sûr ?

— Certain. Le premier homme. t-shirt gris, bas de survêt noir. Il passera le banc dans moins de 10 secondes.

Vannier s'assura encore une fois que le vent n'avait pas changé de direction ou de force depuis son dernier contrôle, calcula l'écart de temps nécessaire pour prendre en compte la vitesse de course de sa cible, puis il resta fixé sur son point de tir prédéterminé, tout en bloquant sa respiration.

Dans sa lunette, Balard voyait Louvin courir à petites foulées, l'air paisible et concentré sur son souffle. Une fine pellicule de sueur couvrait la peau sombre de son front. Il ne ressemble pas à un homme qui est sur le point de mourir, pensa-t-il, en contemplant son expression confiante, et pendant un instant infime, il eut pitié de lui.

Cette sérénité prit fin deux secondes plus tard, lorsque Louvin reçut la balle en pleine poitrine et fut projeté en arrière, en s'écroulant dans une petite mare de sang qui grandit rapidement. Vannier avait touché le cœur, fidèle à sa réputation et à sa promesse.

Derrière Louvin, l'homme qui l'accompagnait se précipita en criant et Balard le vit tourner la tête en tous sens, manifestement pour appeler à l'aide tout en espérant trouver l'origine du coup.

— Et un macaque de moins, un ! Le parc Mon Repos porte bien son nom, non ? lança Vannier joyeusement, après avoir lui aussi contrôlé le résultat parfait de son tir, comme si le corps étendu par terre n'était qu'une cible de fête foraine.

Alors qu'il était en train de se redresser, un sourire de contentement sur les lèvres, il prit en pleine tempe la balle d'un Balard écœuré, qui le regarda s'écrouler comme une masse sur la crosse de son fusil.

— Et un con de moins…, murmura-t-il d'un ton amer.

Les deux tirs n'avaient pas encore attiré l'attention, mais l'endroit grouillerait bientôt de flics et de curieux. Inutile de traîner. Il essuya soigneusement son arme avant de la placer dans la main droite du cadavre. L'analyse des résidus de tir ne tromperait pas les experts, qui ne trouveraient qu'un seul type de poudre sur sa main, mais ça suffirait pour faire croire provisoirement au suicide d'un déséquilibré qui vient de faire un carton.

Ramassant uniquement ses quelques affaires, Balard enfila son pardessus et franchit en boitant la porte de la suite sans un regard pour le cadavre.

Recroquevillée dans la baignoire et couverte de plumes, Alexandra gémissait et se blottissait contre l'oreiller éventré, tandis que son compagnon tentait de la calmer maladroitement malgré ses mains entravées derrière son dos.

*E*n y repensant, le tir de Vannier a quand même été sacrément bon. Ce type était sacrément bon. Techniquement parlant, je veux dire...

À l'intérieur, il était totalement pourri, comme un vieux tronc qui aurait subi trop d'orages pour recracher l'eau infiltrée en lui. Une pauvre mentalité racornie dans un cerveau pourtant brillant. Un sacré gâchis, à la réflexion. Un gâchis qu'il devait sans doute à son père, tout comme je dois en grande partie ma réussite au mien.

Mais peut-être suis-je le seul vrai responsable de mon évolution, après tout... dans ce cas, Vannier n'était peut-être qu'un être simplement trop faible pour tirer parti de ses talents.

S'il n'avait pas pris tant de plaisir à faire son boulot, si Louvin n'avait pas été pour lui une cible trop personnelle à cause de sa couleur de peau, je me demande si Balard l'aurait vraiment tué. Devant les regrets d'un autre, il aurait probablement flanché.

Balard a toujours eu des problèmes avec les questions de nettoyage. Quand il a révélé qu'il avait laissé deux témoins directs assis dans leur baignoire, les choses avaient déjà commencé à tourner au vinaigre et il était trop tard pour qu'il se dise « et si... ? ».

S'il avait fait l'inverse, s'il les avait tués et s'il avait choisi de laisser Vannier en vie, peut-être que la suite des événements aurait été différente. Qui sait ?

Mais je me mens à moi-même. Ça n'aurait pas changé grand-chose. Le Cercle avait pris ses dispositions bien avant de savoir précisément ce qui se passerait dans cette chambre d'hôtel. La suite de l'histoire était écrite depuis très longtemps.

Une question étrange me traverse l'esprit, encore aujourd'hui. Si Vannier avait su que ce tir serait son dernier, sa main aurait-elle

tremblé ? Est-ce que sa balle se serait perdue au milieu des arbres ?
Jusqu'où ce type aurait suivi sa propre logique orgueilleuse ?

Je n'aurai jamais de certitude à ce sujet, mais si vous me le
demandez, j'ai ma propre théorie. Je pense qu'il aurait carrément
réussi un tir en pleine tête, même à cette distance, juste pour frimer une
dernière fois et nous dire merde à tous.

5 – ATTAQUE « VULCAIN »

Quand il s'agit d'offenser un homme, il faut le faire de telle manière qu'on ne puisse redouter sa vengeance.
Nicolas Machiavel

Le plus sûr moyen de survivre à une embuscade est de ne pas s'y laisser prendre.

Lorsqu'on est pris dans une attaque armée de ce type, et si elle est menée dans les règles de l'art, on peut d'emblée se considérer comme mort, tant les chances de s'en sortir vivant sont quasi inexistantes.

Une embuscade réussie est déterminée par plusieurs facteurs : une connaissance supérieure du terrain, une mobilité plus grande que celle de la cible, un contrôle parfait de la situation et bien sûr, l'effet de surprise.

Une équipe bien préparée saura choisir la zone d'intervention idéale : un endroit que la cible emprunte obligatoirement pour se déplacer selon le contexte étudié et où elle bouge lentement, en manœuvrant difficilement, mais un lieu qui permette aussi aux attaquants de se replier sans laisser trop de plumes au passage.

Étude du parcours, choix du véhicule et des armes, prise en compte de l'arrivée de renforts éventuels, mise en place discrète, attaque soudaine… rien n'est laissé au hasard.

On se débarrasse du chauffeur adverse et de l'escorte, si possible simultanément, avant de s'occuper de la cible, laissée sans défense. Si l'on peut éliminer tout le monde d'un seul coup efficace, c'est encore mieux. L'action est minutée, précise et sans fioritures.

Contrairement à une croyance populaire alimentée par certains films d'action mal inspirés, l'embuscade parfaite ne dure pas vingt minutes et ne nécessite pas des centaines de tirs frénétiques pour que la cible soit traitée. En réalité, l'attaque prend généralement moins d'une minute. Plus vite c'est terminé, plus vite on peut disparaître dans la nature, après un repli stratégique en bon ordre.

Si l'action s'éternise ou se transforme en véritable champ de bataille, c'est que le groupe d'assaut est mal préparé ou qu'il joue vraiment de malchance. Ou encore, c'est parce qu'il y a sabotage du plan.

À leur décharge, les hommes de Peterson – qui firent un vrai carnage en cette après-midi du 6 septembre – avaient au moins l'excuse d'être les victimes de la troisième explication.

Chapitre 28 – 1ᵉʳ février 2010

Depuis plusieurs jours, Philippe Vandercamere arpentait les rues situées à l'ouest de la Maison-Blanche.

À pied ou en voiture, il avait emprunté des dizaines de fois le réseau de rues formé entre autres par F, G et H Streets – les trois artères horizontales au sud de Pennsylvania Avenue – et par les 17ᵗʰ, 18ᵗʰ et 19ᵗʰ Street, qui les croisaient perpendiculairement d'est en ouest. Il connaissait maintenant la zone par cœur et il l'avait photographiée sous tous les angles.

Ce n'était pas son premier séjour à Washington, mais jamais encore il n'avait ainsi vu de près le quartier des affaires, où il avait élu domicile pour encore quelques semaines, avant de se rendre en Virginie.

Son hôtel, proche de l'université Georges Washington, était idéalement situé. Par la fenêtre de sa chambre, il pouvait contempler la façade du bâtiment où était installé le FMI, lui-même séparé de la Banque Mondiale par une seule rue. Le coin fourmillait d'immeubles administratifs et de restaurants pour hommes d'affaires souhaitant conclure leurs contrats juteux dans des lieux agréables.

Déambulant tranquillement en cette fin d'après-midi, son appareil photo en bandoulière, Vandercamere se faisait l'effet d'un touriste et l'impression n'était pas désagréable. Tant qu'à devoir patienter avant de rencontrer Peterson, autant joindre l'utile à l'agréable et profiter pleinement de ce que la ville avait à lui offrir, malgré le froid venteux qui sévissait.

Il aimait Washington et son harmonie de type néoclassique, notamment due à l'absence de gratte-ciel et à ses bâtiments de couleur blanche. Ses larges avenues et ses multiples parcs aéraient le paysage et mettaient en valeur les nombreux édifices d'état aux proportions monumentales. Vandercamere puisait dans ce paysage bien rangé une véritable satisfaction.

Il avait évidemment déjà effectué sa surveillance préliminaire, en suivant deux lundis de suite le déplacement de Zellington pour son déjeuner hebdomadaire. Un trajet court et un itinéraire simple, qui forçaient presque le choix du lieu d'intervention et le déroulement de la manœuvre. Pas vraiment besoin de s'attarder des semaines dans le coin, mais il n'avait pas non plus envie de faire l'aller-retour à Paris, le temps que Peterson récupère de son accident et soit prêt à écouter sa proposition. Il avait préféré l'option du tourisme actif, tout en profitant de ces vacances forcées pour renouer avec quelques vieilles connaissances pouvant lui être utiles.

Ce soir, il allait boire un verre avec Florence Bardou, anciennement Marianne Leprier, qui avait parfaitement su mener sa barque depuis son année de formation au Centre. Actuellement en poste au sein de l'ambassade française à Washington et nantie d'un carnet d'adresses impressionnant, elle savait tout ce qu'il fallait connaître sur tout le monde, de l'information la plus officielle à la rumeur la plus douteuse. Vandercamere se félicita d'avoir toujours maintenu le contact avec cette recrue très compétente, qui était aussi une maîtresse occasionnelle délicieuse et qui ne lui demandait rien de plus.

Une soirée détendue dans le quartier de Georgetown, à boire de l'excellent vin et à récolter quelques informations ; rien de mieux pour se changer agréablement les idées tout en gardant un œil sur ses objectifs.

D'autres rendez-vous suivraient les prochains jours, avant sa visite en Virginie.

Ce passage à Washington n'était qu'une étape, essentielle certes, un prélude à la partie la plus délicate, mais aussi la plus excitante du plan : convaincre une dizaine de fanatiques qu'il était temps de passer de la parole à l'action.

Cette perspective le fit sourire.

Chapitre 29 – 26 février 2010

« Parfois, une anecdote vaut mieux qu'un long discours… Alors, laissez-moi vous raconter une petite histoire, qui vient d'une récente pièce de théâtre française à succès. Elle met en scène deux de nos anciens hommes d'État, Mazarin et Colbert. Pour comprendre, il faut savoir que ces deux hommes ont vécu il y a quatre siècles environ et étaient un peu l'équivalent d'un ministre des finances, avec déjà les mêmes préoccupations que ceux qui nous gouvernent aujourd'hui… l'argent ! »

Vandercamere sourit devant les mines intriguées du petit groupe d'hommes rassemblés devant lui.

— Donc, pour faire court, dans cette scène, Colbert demande à Mazarin, qui a géré les finances de l'état avant lui, ce qu'on est censé faire pour pouvoir continuer à dépenser quand on est déjà complètement endetté. Mazarin lui répond que lorsqu'on n'est qu'un simple mortel, c'est très simple… on va en prison !

Il perçut quelques sourires entendus parmi son auditoire.

— Puis il rajoute que pour l'État, c'est différent, car bien sûr, l'État ne peut pas aller en prison. Mais il ne peut pas non plus arrêter de dépenser, évidemment. Il n'a donc qu'une seule solution : continuer à dépenser et creuser la dette. D'ailleurs, Mazarin dit à Colbert que tous les États le font. Celui-ci objecte que c'est bien beau, mais que pour dépenser, il faut de l'argent ! Où le trouver quand tous les impôts possibles existent déjà ?

Un des hommes joua le jeu et répondit d'un ton joyeux.

— Il n'a qu'à en inventer d'autres ! C'est ce qu'ils font tous !

— Et c'est exactement ce que répond Mazarin. Il faut créer d'autres impôts. Mais Colbert lui demande qui pourra alors être taxé. Les pauvres sont déjà tellement pauvres que ça ne sert à rien, ils n'ont plus d'argent à donner. Mazarin reconnaît que c'est impossible de taxer les pauvres un peu plus, effectivement.

L'homme l'interrompit à nouveau en riant.

— Mais merde, ils n'ont qu'à taxer les riches ! Même à l'époque ils pouvaient comprendre que c'était la bonne solution !

— Eh non… c'est bien ce que Colbert propose à Mazarin, mais celui-ci lui dit que c'est une mauvaise idée, car alors, les riches arrêteraient de dépenser. Et comme un riche qui dépense permet à des centaines de pauvres de vivre, c'est une très mauvaise idée… Et donc Colbert reste perplexe, comme vous en ce moment !

Vandercamere se mit à rire doucement et continua, dans son anglais parfait.

— Mazarin se moque de lui, en lui disant qu'il n'est pas bien malin et qu'il raisonne vraiment de travers. La solution est pourtant simple, puisqu'il existe de très nombreuses personnes qui ne sont ni riches ni pauvres. Des gens qui travaillent, qui aimeraient bien devenir riches mais qui, surtout, ont vraiment peur de devenir pauvres. Ceux-là, on peut les taxer sans problème, puisqu'ils feront toujours en sorte de travailler plus pour compenser ce qu'on leur prend. Il faut absolument taxer ces personnes, encore et encore… Ce réservoir qui alimente sans fin la dette toujours plus lourde de l'État, c'est la classe moyenne. C'est vous, tout simplement !

Content de son petit discours, il adressa un vague sourire de pitié à la quinzaine d'hommes que Peterson avait réunis dans son salon pour la soirée.

— Vous serez toujours ceux que l'on sacrifie en priorité. Dans nos pays censés être modernes, la classe moyenne, celle qui produit les richesses sans jamais rien recevoir en retour, est comme un esclave consentant. Vous êtes pris à la gorge. Vous ne voulez pas perdre vos maisons ou vos emplois. Vous espérez mettre assez d'argent de côté pour envoyer vos enfants faire des études dignes de ce nom, ou vous payer de vraies vacances. Vous jouez le jeu, mais vous n'avez jamais eu le privilège de définir les règles et bizarrement, on dirait qu'elles ne sont jamais faites pour vous rendre service.

La plupart des hommes approuvèrent d'un grognement ou d'un signe de tête.

— Votre pays est bien plus récent que le mien et on pourrait espérer que ses principes fondateurs soient mieux respectés grâce à ça. Mais non, c'est tout le contraire ! Les États-Unis sont un symbole de richesse partout sur la planète et tout le monde croit qu'il s'agit encore d'une terre promise, où l'homme volontaire peut réussir s'il fait ce qu'il faut. Mais combien parmi vous croient encore à ce mirage ? Combien pensent que le pays vous rend ce que vous lui donnez, tous les jours, sans baisser les bras ? Combien se sentent vraiment reconnus comme des citoyens à part entière ? Votre pays pourrait être un exemple pour le reste du monde, mais il ne vous appartient plus !

L'approbation générale se fit plus virulente et Vandercamere dut lever les mains pour demander le silence.

— Comme la mienne, votre nation s'est vendue à des intérêts privés qui l'ont rongée. Elle a plié devant les empires industriels qui font la pluie et le beau temps, grâce à la complicité de quelques politiciens bien placés. Habiter la Virginie, le Texas ou le Kentucky ne fait plus vraiment de différence… vous n'avez pas d'autre choix que de faire ce que vous commande Washington. Et Washington ne pense pas à vous, car ses intérêts sont ailleurs ! Elle se fiche complètement de ses citoyens honnêtes, qui veulent encore croire que la richesse dépend du mérite et du travail. On vous prend ce que vous gagnez pour enrichir toujours plus des gens qui ne sont parfois même pas américains !

L'homme qui l'avait déjà interrompu pendant qu'il racontait son anecdote le coupa à nouveau, pour s'adresser à ses compagnons.

— Ouais, y'en a marre ! J'ai commencé à bosser à l'âge de 16 ans, pour aider mon père dans son garage. J'ai jamais manqué une journée, sauf quand ma femme est tombée malade à cause des produits qu'ils utilisent dans son usine. Je fais bien mon métier et tous les amis ici peuvent vous le dire : quand on vient chez Clyde, on est sûr de repartir avec une voiture qui tient la route ! Pourtant, j'ai jamais un rond d'avance, car on ne fait que me réclamer de l'argent, toujours plus d'argent… et y'a rien qui change. Mes mômes sont partis pour être comme moi, même si ce sont de bons gamins. Je vois pas comment je peux les aider à changer leur avenir et ça… ça me fout drôlement les jetons.

Il regarda Vandercamere et Peterson, assis l'un à côté de l'autre.

— Mais franchement, qu'est-ce qu'on peut faire ? À part dire que c'est dégueulasse et se serrer les coudes entre nous, vous en avez des solutions, vous ?

Peterson, pas totalement remis de ses blessures, se tourna avec raideur vers son voisin et l'invita à continuer, d'un signe de tête.

— Lorsque je suis venu il y a un peu moins d'un an, je vous ai fait une promesse. Celle de vous donner de l'argent pour vous permettre de vous équiper et d'être pris au sérieux. Cette promesse, je l'ai tenue, comme vous le savez.

Les hommes approuvèrent à nouveau, quelques remerciements timides se mêlant aux remarques indistinctes.

— Ce jour-là, je vous ai aussi dit que vous deviez vous préparer, car un jour, votre pays aurait besoin de vous. Votre pays et le reste du monde, de façon plus large. Ce n'était pas juste des paroles en l'air. Aujourd'hui, c'est mon tour de vous demander de l'aide. Car j'ai un plan, un plan important, mais pour lequel je ne peux pas réussir seul. Je dois absolument pouvoir compter sur vous.

Les regards se firent soudain plus attentifs.

— Ça fait plusieurs jours que Mike et moi parlons de ça. Il est temps de vous mettre dans la confidence, avant que je reparte, pour que vous sachiez exactement à quoi vous attendre et pour que je recueille votre avis. Mais maintenant que je vous connais bien, je ne vois pas comment des hommes aussi motivés que vous pourraient refuser de participer.

Il fit une pause, comme pour ménager son effet, puis reprit.

— Je dépends d'une organisation qui désire combattre ce dont nous avons parlé ce soir, c'est-à-dire les empires financiers qui gangrènent les gouvernements et traitent les citoyens comme des esclaves. Après une longue réflexion, nous avons décidé de commencer en frappant stratégiquement plusieurs symboles de ce cancer et l'une des cibles choisies se trouve justement à Washington. Il s'agit du président de la Banque Mondiale.

La pièce se remplit instantanément de murmures et de marques d'étonnement. Peterson demanda un peu de calme et Vandercamere put reprendre.

— Je sais, présenté comme ça, ça peut sembler un peu énorme comme objectif. Mais sachez qu'il ne s'agit que de l'une des cibles et que d'autres patriotes dans le monde vont risquer leur peau au même moment, pour s'occuper de régler leur compte à des pourris de même nature. Le plan est à la fois simple mais ambitieux et a besoin d'hommes volontaires, qui veulent vraiment faire bouger les choses parce qu'ils savent que nous n'avons plus le choix. Des hommes comme vous.

— Mais pourquoi lui ? le coupa Clyde, manifestement décidé à faire le porte-parole pour ses compagnons. Ce n'est pas un membre du gouvernement, non ? Ce n'est pas vraiment lui qui pose problème !

— Non, il n'appartient pas au gouvernement, c'est vrai, mais c'est tout comme ! Vous saviez qu'il passe beaucoup de temps avec certains membres de l'entourage présidentiel, à prendre des décisions pour le reste de la planète, tout en peaufinant son plan de carrière ? Vous avez vraiment envie que je vous explique en quoi consiste son boulot et ce qu'il touche à l'année, juste pour permettre le maintien d'un système qui fait que vous, vous ne partez jamais en vacances, Clyde ?

— Ben, disons que je voudrais comprendre... Si elle porte bien son nom, la Banque Mondiale n'est même pas américaine, donc je...

— Parce que vous croyez que ça a de l'importance ? Vous pensez peut-être que ça marche comme ça, chaque institution respectant une certaine zone d'influence en fonction de son nom et faisant attention à ne pas dépasser les limites prévues ? Vous allez peut-être me dire aussi que vous êtes persuadé que la Réserve Fédérale Américaine est une réserve d'argent et qu'elle est fédérale et américaine ?

Vandercamere se mit à rire méchamment en regardant Clyde.

— Vous voulez que je fasse une petite parenthèse et que je vous raconte l'histoire d'une des plus grandes escroqueries planétaires ? Celle dans laquelle votre pays est tombé avec la meilleure des volontés ?

Clyde ne répondit rien, mais son voisin de droite, Steve, qui semblait avoir pris un peu de bouteille depuis son entrée dans le groupe l'année précédente, prit la parole à son tour.

— Moi, on ne m'a jamais rien expliqué à propos de nos institutions, alors allez-y, j'aimerais savoir.

— Ce n'est pas une de vos institutions et votre réponse confirme l'ignorance dans laquelle on vous maintient !

— Mais pourtant… si, elle est fédérale… elle représente les intérêts de nos états et…

— Ne vous fiez pas aux jolis libellés, Steve, c'est comme ça qu'on vous trompe. La Fed n'est pas une vraie institution américaine, c'est une banque parfaitement privée, en réalité. Elle porte le nom de « fédérale » simplement parce qu'elle est détenue par douze banques régionales privées. Mais personne ne vous dit exactement de qui ces banques sont la propriété.

— Mais non, la Fed appartient au gouvernement, ça, je le sais !

— Pas du tout… et je vais vous expliquer pourquoi. Mais il faut remonter en arrière pour comprendre… faire un bond de deux cents ans dans le passé et regarder ce qui se passait à l'époque en Europe.

Vandercamere but une gorgée de la bière que Peterson venait de poser obligeamment devant lui, sachant qu'un long discours se préparait. Il savoura l'attention de son auditoire.

— À l'époque, pendant que votre pays tout neuf est à peine en train de se construire, les peuples européens connaissent une phase générale de révolte : refus des monarchies, révolutions un peu partout pour se débarrasser des nobles et pouvoir accéder à des formes de gouvernement plus démocratiques. Mais pendant que les citoyens s'arment de fourches et défendent leurs droits et leur liberté, les puissants se construisent dans l'ombre un nouveau visage, apparemment respectable. Les plus grandes familles de banquiers de l'époque se regroupent pour fonder une nouvelle forme de dynastie politique, qui s'implante peu à peu dans tous les pays majeurs. Lazard, Selingman, Erlanger, Schröder… je ne vais pas tous vous les citer, car ce n'est pas le plus important. Ce qui compte, c'est qu'ils s'installent partout dans les coulisses des gouvernements et que l'Europe du dix-neuvième siècle troque peu à peu ses monarchies contre une autre forme d'oppression, celle du pouvoir financier. Pendant un siècle environ, les États-Unis, encore influencés par les intentions initiales des pères fondateurs, qui savaient que cette menace les concernerait aussi un jour, résistent plutôt bien. Plusieurs de vos présidents de l'époque parviendront même à faire reculer ces familles dans leurs tentatives de créer une banque centrale qui contrôlerait à peu près toutes les finances américaines. Mais tout ça s'est arrêté en 1913, avec Woodrow Wilson...

La pièce était silencieuse. Les hommes attendaient la suite avec une impatience manifeste.

— Ce pauvre Wilson a cédé devant la pression en acceptant de signer le Federal Reserve Act, deux jours avant Noël, pendant que les Américains profitaient de leurs vacances en famille. Il a fourni à des banques privées internationales, domiciliées dans le monde entier, les clefs de l'économie américaine... sur un joli plateau. Mauvaise année pour vous ! Après 138 ans d'existence plutôt protégée, vous vous êtes retrouvés en même temps avec la naissance de la Fed et celle de l'IRS, qui elle, est venue multiplier les taxes et les impôts pour vous tondre la laine sur le dos... le tout un an avant une guerre qui a profité avant tout à l'économie des banques et de leurs partenaires... Mais je m'égare, pardon !

Il leur adressa un petit signe d'excuse de la main, contredit par un sourire en coin, et continua.

— La Fed n'a rien à voir avec les institutions que prévoit votre constitution. Il s'agit juste du regroupement de douze banques privées qui sont elles-mêmes la propriété indirecte des grandes familles bancaires internationales. Elle prête au gouvernement de l'argent qui n'existe pas, en le fabriquant à la demande sur du papier qui ne vaut rien, car en face il n'y a plus d'or dans les coffres pour soutenir cette monnaie, grâce à Nixon qui a aboli cette nécessité en

1971. Et bien sûr, ces prêts accordés à l'État sont rémunérés… Cette rémunération est placée de façon à fructifier et croyez-le ou non, la Fed ne paye pas d'impôts sur le revenu ! En fait, plus votre gouvernement est endetté et plus la Fed prête et donc amasse de l'argent. Un business très lucratif…

— Mais il y a bien d'autres institutions qui la contrôlent, quand même ? demanda Steve. Je ne peux pas croire que notre pays accepte ça sans rien faire et sans qu'on le sache !

— Désolé de vous décevoir, Steve, mais la Fed est quasiment intouchable… Personne n'a officiellement le droit d'y mettre le nez. Ni le président, ni le Congrès, ni les sénateurs, ni vos agences multiples, telles que la CIA, le FBI, la NSA et j'en passe… ni vous, bien évidemment ! Je le répète, la Fed est un groupe privé qui fait la pluie et le beau temps dans l'économie américaine, en décidant de votre politique monétaire et en supervisant votre système bancaire. Les citoyens de ce pays la confondent depuis 97 ans avec une institution réglementée, parce qu'ils n'ont jamais trop cherché à comprendre ce qu'elle était vraiment.

— Et personne ne se bat contre ça ?

— Le dernier qui a essayé, c'est JFK, en juin 1963. Il a tenté via un décret présidentiel, l'EO 11110, de se débarrasser de la Fed en remettant en route un système dans lequel le dollar était, comme avant, adossé à du métal… l'argent dans ce cas. L'état a émis à nouveau sa propre monnaie et le plan aurait pu fonctionner. Le problème, c'est qu'entre cette initiative et ses propos relatifs au Vietnam, Kennedy n'est jamais revenu de Dallas, quelques mois plus tard… après lui, Johnson a proprement enterré le décret et a rendu les clefs à la Fed. Jamais plus aucun président n'a remis en cause son existence depuis. En résumé, votre économie est sous coupe réglée et ce n'est pas près de changer si personne ne s'en mêle.

Clyde montra des signes de perplexité.

— Je suis désolé, mais j'ai un peu de mal à suivre… tout ça me semble bien trop gros pour être vrai.

— Plus un secret est gros, moins il a besoin d'être secret… votre incrédulité suffit. Je vais vous donner un exemple qui va vous parler. La crise dans laquelle nous avons tous les pieds actuellement… à votre avis, d'où elle vient ? Vous croyez que ce sont juste quelques traders fous qui ont déclenché ce cataclysme financier en appuyant sur des boutons ? Non, bien sûr que non… Dès 2001, la Fed a patiemment poussé les banques à prêter de plus en plus d'argent, sans garanties suffisantes, à des citoyens qui seraient pourtant manifestement incapables de rembourser par la suite. Je vous passe tous les détails complexes de la chaîne d'événements qui ont suivi, mais retenez une chose : afin de sauver les géants hypothécaires qui eux-mêmes ne pouvaient plus assurer le paiement de toutes ces dettes accumulées, l'état a dû emprunter. Et à qui ? À la Fed bien sûr, qui a fait des profits incroyables au passage. Il est vrai que ce ne sont pas les seuls à s'être engraissés au passage, mais je crois qu'un simple chiffre suffit à comprendre : les profits de la Fed ont été multipliés par cinquante entre 1971 et aujourd'hui, alors que vous êtes, vous les citoyens, de plus en plus pauvres. Ça vous semble normal ? J'entends parfois les gens s'énerver quand ils parlent de la fortune de quelqu'un comme Bill Gates… Mais si je vous dis que les quelques banques privées qui détiennent la Fed se partagent chaque année des sommes cinquante fois plus grandes, ça ne vous énerve pas encore plus ?

— Je commence à comprendre, mais je ne vois toujours pas vraiment ce que la Banque Mondiale vient faire là-dedans.

— Considérez le monde de la finance comme un groupe fermé où les intérêts des uns et des autres sont liés. Les organismes semblent différents, leurs noms varient, mais ne vous y trompez pas, leurs objectifs sont communs. Le plus important étant bien sûr de tenir le monde par l'argent. Si nous avons notamment choisi cette cible, soyez certains que ce n'est pas par hasard. Vous aussi vous êtes concernés, même si vous avez encore un peu de mal à relier les points entre eux.

Peterson posa une main bandée sur le bras de Vandercamere et s'adressa à ses compagnons.

— Je pense que nous n'avons pas vraiment besoin d'un cours complet sur l'économie mondiale et les dérives de Washington, vous ne croyez pas ? Tout ce qui a déjà été dit est largement suffisant, en ce qui me concerne. Si Philippe, qui a tenu toutes ses promesses depuis que je le connais, nous dit que cette cible est importante pour participer à un plan de plus grande taille, moi je lui fais confiance. Et je crois que vous feriez bien d'en faire autant, si vous avez vraiment l'intention de faire honneur au serment que vous avez prêté en entrant au CVAP. Quel que soit le plan, moi, j'en serai. Qui m'accompagnera ?

Six mains se levèrent instantanément.

— Et vous autres ? Robert, Craig, Perry, Thomas ?... Tony ? Clyde ?

Il regarda chacun des hommes en s'adressant à eux et les interpellés s'agitèrent sur leurs chaises, un peu gênés. Le dénommé Craig, un homme d'âge mûr au visage précocement ridé, répondit sur un ton d'excuse.

— C'est que... je pense qu'on aimerait tous en savoir un peu plus sur ce qui nous attend. C'est une chose de s'entraîner ici, dans les bois, et de parler entre nous de tout ce qui pose problème dans le pays. Mais aller à la capitale descendre un type haut placé, c'en est une autre. Qu'est-ce qu'on devra faire exactement ? Est-ce qu'on est sûrs de revenir en un seul morceau ? Et quand est-ce que ça aura lieu ? On a tous des obligations personnelles, vous comprenez...

Peterson le regarda d'un air méprisant.

— Ça fait des années que tu me parles de patriotisme, de retour aux valeurs du pays, de respect de la constitution et j'en passe… et c'est tout ce que tu trouves à dire ? Qu'on a des « obligations » ? Quelle obligation est plus grande que celle de servir son pays et de le libérer quand il est en danger ? Nous sommes tous ici parce que nous croyons pouvoir être utiles et faire enfin changer les choses ! Mais j'ai maintenant l'impression qu'il s'agit surtout de belles paroles, pour certains d'entre vous. Non seulement nous avons besoin que ce soit un étranger qui vienne nous rappeler notre devoir, en nous donnant au passage les moyens d'agir, mais en plus on va le forcer à nous supplier ! Vous voulez vraiment que j'aie honte de nous ?

Vandercamere l'interrompit à son tour, ravi de la tournure que prenait la discussion.

— Mike, je crois que ces interrogations sont normales. Tes hommes sont simplement étonnés de voir que les choses peuvent enfin devenir concrètes et il leur faut un peu de temps pour digérer tout ce que je viens de raconter. Je suis sûr que leur détermination n'est pas en cause et qu'ils vont rapidement ressentir la même excitation que nous, à l'idée de participer à un tel plan. Et je vais bien sûr vous donner quelques précisions, ajouta-t-il en regardant bien en face les hommes hésitants.

La tension retomba d'un cran dans la pièce et chacun montra des signes d'écoute.

— Le plan est prévu pour septembre, mais la date précise est encore tenue secrète, pour des questions évidentes de confidentialité. Moi-même, je ne connais pas ce détail. D'ailleurs, pour revenir sur ce que Mike a dit à mon sujet, sachez que si je vous révèle certaines choses ce soir, après avoir longtemps hésité, c'est parce que je pense moi aussi que vous êtes tous dignes de confiance… Aucune information ne doit quitter cette pièce, je le rappelle au cas où, même si Mike m'a déjà donné sa parole… Bref… La partie qui nous concerne a été appelée « Attaque Vulcain ». Pour ceux qui aiment la mythologie romaine, je vous rappelle qu'il s'agit du dieu du feu et de la forge, et ce nom de code n'a pas été choisi au hasard !

Content de voir que sa remarque, lancée d'un ton complice, avait un peu détendu l'atmosphère, il poursuivit plus sérieusement.

— Il faut que vous sachiez qu'il ne s'agit pas d'un plan très compliqué, dans l'absolu. Je ne suis pas en train de vous dire que nous allons nous en prendre à la Maison-Blanche ! Notre cible se déplace systématiquement avec une voiture accompagnatrice afin de se donner l'air important, mais pas parce qu'elle se croit vraiment menacée. Nous l'avons choisie pour l'aspect symbolique et justement parce qu'elle ne fait pas partie des objectifs terroristes classiques. Une attaque-surprise a donc toutes les chances de réussir, puisque la sécurité est presque inexistante, et vous pouvez me croire si je vous dis que les risques sont vraiment mineurs. Enfin, si vous acceptez mon plan… J'ai besoin si possible de huit hommes, idéalement dix pour organiser un repli plus délicat que prévu, dont deux bons chauffeurs et quatre tireurs qui n'auront pas peur d'utiliser un RPG-7. Deux hommes seulement devront effectivement tirer, mais il m'en faut une paire dans chaque véhicule. Les autres, en appui, seront équipés d'armes plus légères dès le début.

— Une attaque au lance-roquettes en pleine ville ?

Clyde venait encore une fois de lui couper la parole, l'air complètement abasourdi.

— Mais il est prévu de faire des trous dans un immeuble ou quoi ? Ça fait des sacrés dégâts, cet engin !

— Pas un immeuble, non. Deux véhicules à l'arrêt, ou presque.

Aucune chance de louper la cible à une aussi courte distance, surtout avec un entraînement digne de ce nom. C'est encore ce qui permet de limiter le plus possible les dommages collatéraux, en évitant une riposte et en allant très vite. L'attaque aura lieu pas loin de l'immeuble de la Banque Mondiale, selon le trajet que je vous communiquerai quelques jours avant, au moment où nous verrons tout ça point par point. Mais l'objectif en lui-même est assez simple : se poster, bloquer la rue, tirer et se replier vers le véhicule de soutien pour disparaître rapidement. Tout ça demande un bon entraînement, afin de travailler votre précision et votre organisation en tant qu'équipe. Les embuscades ne réussissent jamais aux amateurs, ne vous y trompez pas !

— Mais aujourd'hui, ce n'est pas vraiment le moment de parler des détails du jour J, ajouta Peterson. On est encore à plus de six mois de l'opération et je préfère effectivement qu'on parle surtout de l'entraînement à venir… et de votre engagement. Je le redemande donc. Qui seront les neuf patriotes, prêts à donner leur vie si nécessaire, qui m'accompagneront à Washington ?

Cette fois-ci, personne n'osa ou n'eut envie de garder la main baissée.

Amusé, Vandercamere se dit qu'il allait même devoir refuser du monde.

Chapitre 30 – 23 août 2010

« Alors, comment ils s'en sortent ?

— Je dois dire que je suis épaté par leurs progrès ! Au début, ils parlaient beaucoup mais n'étaient pas vraiment très bons… en quelques mois, ils ont sacrément changé. Certains ont même ralenti la bière pour retrouver la forme ! Ils ont compris l'importance de la mission qui les attend et ne veulent pas me décevoir, je pense. À mon avis, tu vas être content… »

Vandercamere et Peterson se tenaient en retrait de la zone d'entraînement et observaient le groupe d'hommes situé à une cinquantaine de mètres, tout en discutant tranquillement.

— Aucun problème avec le matériel ?

— Non, l'équipement est au poil. Ils maîtrisent tous bien l'utilisation des AK-47 et ont fini par me faire des évacuations en tiroir dignes de ce nom. Bon, c'est pas simple de reproduire l'aspect d'une rue en plein milieu des bois, mais je crois que tu seras satisfait. Si tout se passe rapidement comme tu me l'as expliqué, on devrait se replier jusqu'au deuxième véhicule sans trop de grabuge.

— Et les tireurs de roquettes ? Ils touchent leurs cibles à chaque coup ?

— J'ai choisi les quatre qui ont obtenu les meilleurs résultats avec les roquettes d'entraînement. Tony, Steve, Doug et… Clyde. Qui l'eût cru, il y a quelques mois ? Il est super-motivé depuis qu'il a compris qu'il serait aux premières loges !

— Ils ont travaillé sur quelles distances ?

— Je les ai fait tirer de soixante à cent mètres, sur des carcasses de bagnoles. D'après les infos que tu m'avais laissées, ça m'a semblé suffisant comme fourchette.

— Oui, les voitures seront proches, entre soixante et quatre-vingts mètres, et ralentiront très vite, dès qu'elles verront que la rue leur est barrée. Je ne vois pas comment ils pourraient les louper, s'ils sont bien entraînés.

— Oh ça, ils le sont. Ça fait presque six mois qu'on est là tous les week-ends et que personne ne chôme. Parce qu'entre nous, il y avait du boulot, pour transformer ces tireurs du dimanche en vrais soldats… Ils ont appris la discipline, ça ne leur fait pas de mal…

— Je suis sûr que tu as fait de l'excellent travail. Ces hommes ne pouvaient pas mieux tomber.

Vandercamere se détourna du tronc d'arbre sur lequel il était appuyé et se dirigea à pas lents vers le camp de base, suivi par son compagnon.

— Quinze jours. C'est le temps qu'il te reste pour t'assurer que tout le monde sait ce qu'il devra faire. La date est confirmée au 6 septembre, en début d'après-midi. Tu leur communiqueras la nouvelle quand tu jugeras que le moment est propice, pour qu'ils restent concentrés sur l'entraînement le plus longtemps possible. Mais certains vont devoir fermer boutique ce jour-là, alors tiens-en compte et ne leur dis pas la veille non plus !

Peterson accueillit l'information avec son calme habituel.

— Le 6. OK. Ils seront prêts. Comment on organise les derniers détails ?

— Je vais leur parler maintenant, si tu peux leur demander de faire une pause. Je vais chercher quelques papiers pendant ce temps.

— Pas de problème, je reviens.

Les deux hommes se séparèrent, Vandercamere se dirigeant vers sa voiture de location pendant que Peterson allait en direction de la clairière, en criant pour se faire entendre de ses hommes.

Tout le monde se regroupa en quelques minutes autour de la table de camping, sur laquelle un plan de la capitale fut étalé.

— Mes amis, la date approche. Dans peu de temps, Mike vous annoncera que le moment est venu et vous prendrez la route pour me rejoindre à Washington.

Vandercamere pointa du doigt l'entrée de la ville.

— C'est un trajet assez court pour vous. Moins de trois heures. Comme nous attaquerons en début d'après-midi, vous partirez de chez vous à l'aube, pour me rejoindre en fin de matinée et ne pas traîner en ville inutilement. Je vous attendrai à un point de rendez-vous convenu avec Mike au dernier moment, avec le matériel. De là, et après avoir troqué vos voitures contre les vans que je vais faire repeindre et équiper, nous nous dirigerons vers la zone qui nous intéresse, à l'ouest de la Maison-Blanche, ici. Voici ce qui va se passer…

Tout le monde se pencha sur la carte pour suivre les explications, certains des hommes n'ayant jamais mis les pieds dans la capitale.

— Les deux vans seront maquillés en véhicules de livraison. Comme c'est un quartier d'affaires, vous aurez des ramettes de papier et des cartons de fournitures à l'arrière, pour pouvoir vous dissimuler grossièrement en cas d'ouverture des portes. Dans chaque véhicule, en plus du chauffeur, quatre hommes. Deux avec les RPG et les autres avec les fusils d'assaut pour la couverture. Je crois que Mike vous a déjà expliqué cette partie-là.

Les hommes acquiescèrent et il poursuivit.

— Le trajet de la cible est presque toujours le même, d'après mes constatations, mais il y a un risque dont nous devons tenir compte. Le chauffeur de la première voiture, celle dans laquelle notre ami le président de la Banque Mondiale prend généralement place, a le choix entre deux rues pour rejoindre sa destination, selon que la cible veut être déposée devant l'entrée ou finir à pied pour aller plus vite et en profiter pour digérer. Nous devons donc nous assurer que nous couvrons les deux possibilités. Regardez le plan simplifié que je vous ai préparé… il est plus lisible que la carte.

Il posa une feuille par-dessus la carte, sur laquelle était dessiné un plan sommaire mais précis.

— En rouge, le trajet de la cible, à partir du moment où elle passe la barrière de sortie de State PI, et les trois positions à retenir : la mienne, au croisement de G Street et de Penn Avenue, où j'ai noté l'initiale de mon prénom, et celles des deux vans. La cible arrivera par le sud et remontera jusqu'à moi. Je vous rappelle qu'il s'agit d'une suite de deux berlines noires aux vitres fumées. Arrivée à mon niveau, il se peut qu'elle continue pour prendre Penn Avenue, mais il y a très peu de chances que ce soit le cas… Généralement, elle prend G Street, en longeant la poste par la gauche, pour aller jusqu'au bâtiment de la Banque, car le trajet est plus direct. Mais autant ne pas prendre de risques. Le véhicule 1 sera placé là-haut pour l'intercepter si nécessaire. Dans ce cas-là, les rôles seront inversés.

Il indiqua le véhicule 2 sur le plan.

— Il y a 90 % de chances pour que ce soit cette équipe qui intervienne, ce qui serait idéal pour avoir la meilleure distance de tir. Dès que les voitures tourneront dans G Street, vous aurez une visibilité parfaite pour agir, en ligne droite.

Clyde intervint.

— Comment est-ce qu'on pourra être sûrs de ce que fait la voiture ?

— Je passerai un appel radio dès que je saurai ce que fait le chauffeur de tête. À mon avis, ça dépendra de la météo… Quand il pleut, la cible n'aime pas marcher, mais s'il fait beau, il est presque certain qu'elle veuille descendre au croisement de G Street et de 18th

Street, pour terminer à pied et gagner quelques minutes. Croisons les doigts pour qu'il ne pleuve pas, ça arrangerait nos affaires... Dans les deux cas, je citerai en premier le van qui doit agir, puis je confirmerai que l'autre doit se rendre en vitesse sur la zone d'intervention afin de récupérer tout le monde et de filer par le nord-ouest pour aller larguer le van et rejoindre vos voitures. Le véhicule qui aura servi pour l'attaque restera sur place et bloquera un peu la circulation, ce qui facilitera la fuite.

Il indiqua à nouveau certaines zones du plan.

— Ce qui est important, surtout, c'est que vous reteniez bien l'orientation des flèches, lorsqu'il y en a. Elles correspondent à la circulation dans les voies à sens unique. Il ne s'agirait pas de vous tromper d'une rue et que le véhicule d'évacuation se retrouve coincé ! Si le van 1 doit rejoindre le van 2, il descend de deux blocs avant de remonter par F Street pour choper les autres au croisement suivant. Et si c'est le van 2 qui doit se déplacer, il doit remonter jusqu'à Penn Avenue, pour suivre la même route que celle qu'utilisera la cible et récupérer les collègues. Prenez bien le temps de mémoriser cette zone. Pour ce qui est des codes radio, vous aurez tous les détails le matin même, lorsque nous reverrons le plan une dernière fois, lors de la récupération des vans. Vous avez des questions ?

Le jeune Steve leva la main et prit la parole.

— C'est peut-être une question idiote, mais... quel que soit le véhicule qui s'occupera de la récupération, est-ce qu'il sera assez grand pour que tout le monde puisse tenir ? Je veux dire, on est nombreux quand même...

— Vous serez initialement cinq par van, donc c'est sûr que vous serez un peu tassés dans un seul, mais oui, tout le monde pourra rentrer. Je vais évidemment choisir des modèles qui le permettent.

— Et par où on devra filer, après avoir largué le van et récupéré nos véhicules ?

— J'ai confié ce choix à Mike, qui connaît mieux que moi les alentours de la ville. Il vous parlera de ça lui-même et me contactera s'il veut en discuter avec moi. Mais comme vous ne devriez pas être suivis, le trajet se fera de façon normale.

— Vous pouvez nous redire encore une fois dans quel ordre procéder, à partir du moment où la cible est en vue ? demanda Clyde, qui était un des tireurs de roquette.

— Tout à fait. La rapidité est la clef. Dès que j'ai prévenu le van qui intervient, il quitte la place où il se sera garé pour attendre. Il se place au milieu de la rue, en laissant d'abord passer tout véhicule qui pourrait s'intercaler entre lui et les voitures cibles. Je ferai en sorte de ralentir les cibles pour donner au van 2 le temps de faire ça, vu que la rue est plus courte et étroite que celle du van 1. Le chauffeur et son passager descendent. On ouvre les portes arrière. Les deux tireurs de RPG-7 jaillissent, prêts à viser, pendant que les trois autres s'équipent de leur AK-47, prêts à couvrir leurs camarades en cas de besoin. Chaque tireur se décale légèrement sur un côté et fait rapidement feu sur la voiture qui le concerne. Je laisse à Mike le soin de revoir dans chaque équipe qui s'occupera de quel véhicule et selon quel timing. Dès qu'ils ont été éliminés, on laisse tomber les RPG et on se replie vers le point d'arrivée de l'autre van, qui embarque tout le monde et disparaît avant que les flics aient le temps d'arriver.

Il sourit légèrement.

— Ça, c'est dans le cas où les voitures sont détruites immédiatement et où il n'y a aucune intervention en face. Si malheureusement un tir est loupé et qu'un des passagers visés a le temps de sortir et de se planquer, ou si certaines forces de police traînaient dans le coin et devaient s'en mêler, il faudra que les fusils d'assaut entrent en action pour finir le nettoyage et gagner du temps. L'autre van ne mettra que quelques minutes à arriver, mais dans une telle situation, les secondes peuvent sembler très longues… C'est pour ça que Mike vous fait travailler votre technique de repli et d'attente depuis plusieurs semaines. Garder la tête froide et ne pas faire n'importe quoi sera indispensable. Mais bien sûr, ceci ne doit pas arriver si vous respectez parfaitement les consignes. Une embuscade de ce genre doit normalement se passer en moins d'une minute, sinon, c'est que quelque chose va de travers…

Clyde reprit la parole, en désignant cette fois le « P » du plan.

— Et si vous ne les voyez pas à temps ? Si l'appel radio tarde ou que vous vous trompez de véhicule ? Ou si la cible change ses habitudes et ne se pointe pas du tout au bon endroit ? On fait quoi, nous, alors ? Et vous n'avez pas parlé de la façon dont vous alliez vous-même quitter le quartier !

Vandercamere prit un air suffisant pour lui répondre.

— Une embuscade est réussie parce que chacun joue son rôle à la perfection, Clyde, sans remettre en cause le rôle de ses partenaires… Ne doutez pas une seconde de ma motivation et de ma compétence. Je sais exactement ce que je veux et ce que j'ai à faire pour l'obtenir. Vous pouvez me faire confiance les yeux fermés, car je ne commettrai aucune erreur, ni pendant ni après. J'ai les moyens de vous assurer un sans-faute… Mais vous, est-ce que vous pouvez m'en promettre autant ?

N'obtenant pas de réponse, il changea complètement d'attitude, se tourna vers Peterson et lui tapa sur l'épaule.

— On pourrait peut-être se boire une bière avant de s'y remettre, non ?

Chapitre 31 – 6 septembre 2010

Les hommes de Peterson profitèrent chacun à leur manière des 250 kilomètres qui les séparaient de la capitale, ce matin-là, tandis qu'ils regardaient le paysage défiler.

Les trois voitures furent le théâtre de diverses pensées vagabondes, qui s'éloignèrent rapidement de l'objet de leur présence sur cette route, pour prendre des chemins de traverse très personnels.

Steve se dit qu'il était temps de proposer le mariage à Judy, sa petite amie de longue date. Il se demanda comment il paierait pour la bague, car il voulait lui acheter quelque chose de vraiment bien. Ses parents l'aideraient. De toute façon, quand ils sauraient ce qu'il avait fait, ils seraient tellement fiers de lui qu'ils ne pourraient pas refuser. Ce serait un beau mariage, avec beaucoup de roses blanches, comme Judy les aimait. Ils pourraient louer la petite maison que le vieux Earl Higgins avait laissée en quittant la ville pour la maison de retraite. Il repeindrait la véranda et réparerait la marche cassée sur laquelle Earl avait buté une fois de trop lorsqu'il s'était cassé la hanche. Judy planterait des fleurs et rendrait l'endroit magnifique. Ils seraient bien, ensemble. Mais avant, il fallait qu'il trouve la bague. Sans cette bague, il était hors de question qu'il lui parle de ses projets.

Craig pensa qu'il avait oublié de prendre son médicament contre l'arthrose avant de partir et que ce n'était pas bien malin. Ses mains le lançaient et il fit craquer ses jointures douloureuses pour assouplir ses doigts. Il se dit que le temps passait trop vite et qu'il lui faudrait bientôt trouver un successeur à la boutique. Le petit Steve, qui vivotait en passant d'un travail à un autre, pourrait faire un remplaçant acceptable. Après tout, il avait vu de quelle façon ils se tenaient la main, avec la fille de Rufus Winchester. Elle avait bien grandi, la petite Judy, depuis l'époque où elle venait acheter des bonbons après l'école. Elle était devenue un sacré bout de femme... Elle saurait mettre un peu de plomb dans la cervelle de ce gamin. Oui, c'était une bonne idée de passer la gérance du drugstore à Steve, il allait bientôt avoir besoin d'une vraie situation. Ils en parleraient au retour, après avoir accompli la mission. Craig fit claquer sa langue, content de sa décision, ce qui intrigua Peterson, qui conduisait à côté de lui.

Dans la troisième voiture, Perry, un cousin de Clyde, pestait intérieurement contre Tony, qui lui avait piqué la place en tant que tireur au RPG-7, comme à son habitude. Tony s'arrangeait toujours pour le faire passer au second plan. Il avait tellement envie de se servir de l'arme ! Peterson n'avait pas assuré sur ce coup-là ; il devait commencer à se faire vieux et devenait influençable, certainement. Perry espérait secrètement que Tony serait dans le van qui n'interviendrait pas. Ça lui fera les pieds, pensa-t-il.

Certains pensèrent à leurs femmes, qui n'avaient pas apprécié d'apprendre seulement la veille qu'un départ à l'aube était prévu en ce début de semaine, ce qui avait donné lieu à de sacrées disputes dans deux maisons.

D'autres s'attardèrent sur des problèmes de trésorerie, une voiture dont il fallait changer les pneus, un toit qui fuyait, des soucis de couple, un évier bouché ou encore un enfant à punir, car il avait cassé deux vitres en jouant au ballon dans le salon, la veille.

Il fut aussi question d'arbres à élaguer, de conflit de voisinage à résoudre et de rendez-vous à prendre avec l'institutrice du petit dernier, pour évoquer le programme scolaire de l'année à venir.

Dans l'ensemble, les pensées ne concernèrent que très peu la mission du jour, passés les premiers kilomètres, comme si éviter d'y penser revenait un peu à se dire que tout allait bien se passer, toute cette histoire ne devenant qu'une formalité. Sauf dans la tête de Peterson…

Conduisant la voiture de tête, il passa 250 kilomètres à revoir le plan sous toutes ses coutures. Ce n'était pas un mauvais plan, à dire vrai. Exécuté par des professionnels, il aurait toutes les chances d'être un succès total. Mais ses hommes n'étaient que des amateurs, de pauvres bougres en mal de reconnaissance, qui jouaient aux cow-boys depuis des années parce qu'ils lui faisaient confiance, à lui, pour maintenir l'illusion d'une troupe organisée et utile pour le pays.

Peterson, seul membre du groupe à avoir un vrai passé militaire digne de ce nom, ne se leurrait pas. Il savait très bien que Philippe était aussi conscient que lui des limites de chacun et qu'il avait joué la carte de la motivation et de la manipulation pour pousser ses hommes à être partants. À quelques heures de la mission, Peterson se demandait toujours pourquoi. Pourquoi eux ? Pourquoi pas un vrai commando, puisque le Français semblait avoir les moyens de financer presque n'importe quoi ? Pourquoi une bande de péquenots et pas des vrais pros ? Peut-être pour des questions de discrétion, peut-être pour brouiller les pistes quant aux raisons cachées derrière cet attentat… peut-être pour leur donner à chacun la chance de devenir quelqu'un, enfin…

Mais la raison n'avait finalement que peu d'importance, pour Peterson. C'était simplement l'occasion de participer à une opération d'envergure, dont le monde se souviendrait pendant longtemps. La possibilité de défendre le pays avec autre chose que des paroles de colère. Les moyens d'agir, pour de vrai, comme en temps de guerre. Être sur le terrain et risquer sa peau pour le bien commun. Ouvrir sa gueule, mais que, pour une fois, les politiciens en costume ne puissent pas jouer aux sourds. Faire suffisamment de bruit pour être entendus et profiter du train dans lequel le Français leur avait proposé de grimper, même s'il était loin de tout leur dire. Mais surtout, être conscient que c'était du sérieux et qu'il y avait un grand risque que tous ne rentrent pas à la maison.

Deux de ses hommes avaient d'ailleurs changé d'avis au dernier moment. Il n'avait pas cherché à les convaincre de venir. Ils auraient certainement fait douter les autres membres du groupe et auraient tout foutu en l'air. Mieux valait donner une excuse plausible et garder tout le monde motivé.

Satisfait de sa lucidité, Peterson conduisit ses hommes jusqu'au point de rendez-vous prévu, un grand parking tranquille situé à quelques kilomètres à l'ouest du lieu de l'opération, pas très loin de Key Bridge, où ils arrivèrent un peu avant 11 heures.

Au fond, garés près des arbres, deux gros vans Ford de couleur noire les attendaient, ainsi que Vandercamere qui patientait au volant d'une voiture et était en train de téléphoner. Il raccrocha en les voyant s'approcher et leur fit signe de le rejoindre.

Les hommes se garèrent et descendirent rapidement, soulagés de pouvoir enfin se dégourdir les jambes après leur trajet ininterrompu. Les retrouvailles furent chaleureuses mais courtes, chacun réalisant soudain que l'opération était toute proche.

Peterson désigna les vans d'un mouvement de tête.

— Alors, ils sont prêts ?

— Oui, avec l'équipement, quelques fausses caisses vides de livraison, faciles à bouger, le plein d'essence et les tenues.

— Les tenues ? demanda Steve, surpris.

— Vous ne croyez quand même pas que je vais vous laisser vous balader là-bas en chemise à carreaux et à visage découvert ! Les vans sont à peine maquillés, avec juste un faux nom de compagnie sur le côté et à l'arrière, pour ne pas attirer l'attention plus que nécessaire, mais je vous ai fait préparer des tenues de livreurs à enfiler par-dessus vos vêtements et les gilets pare-balles. D'une part, personne ne vous regardera de trop près en arrivant dans le quartier, mais en plus, ça vous sera utile après. Au moment où vous larguerez les vans, près du fleuve, vous laisserez dedans les tenues et tous les résidus qui vont avec. N'oubliez pas non plus de mettre les gants et de les abandonner de la même façon. Pour ce qui est des cagoules, ça me semble évident qu'il vaut mieux en porter, non ?

Vandercamere se tourna vers Peterson.

— Qui sont les chauffeurs, alors ?

— Robert et Thomas.

— Ils connaissent bien l'itinéraire de repli pour revenir sur le quai ?

— Oui, parfaitement, on l'a revu des dizaines de fois la semaine dernière.

Il regarda les deux hommes.

— Quel que soit celui d'entre vous qui conduira au retour, il devra rester calme. Rouler à la limite autorisée, mais sans traîner. On ne grille pas de feu, on ne fait pas chauffer les pneus et on se fait oublier. Il y a très peu de chances que des voitures de police débarquent sur place avant votre fuite et vous aurez le temps de mettre quelques kilomètres entre vous et le lieu de l'attaque. Donc, vous vous rendez au quai, vous laissez les affaires dedans et vous remontez tranquillement jusqu'ici, par petits groupes. Il y en a pour cinq minutes à peine. Vous ne serez que quelques amis en balade, aux yeux des gens. Ayez un comportement normal, montez dans vos voitures et rentrez à la maison, sans attirer l'attention. Si je vous rejoins ici à temps, c'est parfait. Si je suis en retard, ne m'attendez pas, je vous retrouverai plus tard chez vous. C'est bien compris ?

Robert et Thomas, deux trentenaires à l'air calme, acquiescèrent.

— Nous avons encore un peu de temps devant nous, des questions ?

— Les armes, il faut les rapporter ? intervint Craig. Je veux dire, il vaut mieux les laisser sur place ou les rapporter avec le van ?

— Faites comme vous pouvez. On s'en fiche, ils finiront par les trouver de toute façon. Mais si vous portez bien vos tenues, personne ne remontera jusqu'à vous, quand bien même on vous arrêterait à la sortie de Washington.

Il remit une radio à chacun des deux conducteurs.

— Robert, van 1, au nord. Thomas, van 2, au sud. Les radios sont déjà réglées sur la bonne fréquence et la portée est largement suffisante, je l'ai fait tester. Vous savez vous en servir ? Oui ? Parfait. Mike va quand même faire un petit test avec vous pour vérifier que tout fonctionne bien. Il faut que je parle aux quatre tireurs pendant ce temps.

Peterson s'éloigna avec les deux hommes pour quelques tests radio, tandis que Vandercamere prenait Tony, Steve, Doug et Clyde à part.

— Le succès de l'opération repose sur les épaules de deux d'entre vous. J'espère que vous mesurez l'importance de ce que vous avez à faire et que vous vous sentez prêts... déjà, rappelez-moi qui est avec qui ?

— Je suis avec Clyde, répondit Steve.

— Bien. Vous serez dans le van 2, alors. Celui qui est le plus susceptible d'agir. Mike m'a donné vos résultats d'entraînement, et je prends les plus performants pour ce véhicule, tout simplement. Mais vous deux – il se tourna vers Tony et Doug – ne vous relâchez pas, car il se peut que tout se passe de façon inverse. Quelle que soit l'équipe qui intervient, n'oubliez pas ce que Mike vous a montré, soyez rapides mais calmes et concentrez-vous uniquement sur vos cibles respectives. Les véhicules, pas les hommes qui sont dedans, sinon vous risquez d'hésiter. Ne vous posez pas de questions, visez, tirez, jetez vos RPG et récupérez un fusil dans le van pour la phase de repli. Il sera temps plus tard de regretter qu'il n'y ait pas eu d'autre solution pour vous faire entendre. Si vous loupez votre coup, c'est toute l'équipe que vous mettez dans la merde. Nous sommes bien d'accord ?

Les quatre hommes lui répondirent par un simple signe de tête. Peterson et les deux chauffeurs revinrent à ce moment-là, les tests étant concluants.

— Pour finir, et ça s'adresse à tout le monde, ne me transformez pas la rue en boucherie ! Le temps que le van de soutien arrive, ne tirez pas si c'est inutile. Planquez-vous et surveillez vos arrières, mais restez disciplinés. Personne n'a envie que les médias vous fassent ensuite passer pour des fous furieux ayant trop vu de films de guerre. C'est seulement dans le cas où vous êtes menacés que vous devez riposter, en écoutant ce que vous dit votre chef d'équipe. Le van 2 sera sous tes ordres, Mike ?

— Oui, et pour l'autre, ce sera Craig, qui a de la bouteille. On sera chacun près de notre chauffeur, pour entendre ton appel radio.

— Bon, alors je crois que l'essentiel a été vu… chacun sait ce qu'il doit faire et quand le faire.

Vandercamere regarda chacun des hommes à tour de rôle.

— Je pense qu'aucun d'entre nous ne réalise encore vraiment ce qui va se passer. D'une certaine manière, il vaut mieux, sinon nous aurions tous le réflexe de nous enfuir immédiatement. Dites-vous que dans quelques heures, grâce à vous, le monde va se réveiller pour se poser des questions. Mon organisation va pouvoir revendiquer de nouvelles libertés pour votre pays et pour tous ceux qui subissent le pouvoir des puissants. Je veux que vous soyez fiers de ce que vous accomplissez aujourd'hui et que vous n'ayez aucun doute. L'action peut vous sembler dangereuse, horrible sous certains aspects, mais elle est nécessaire pour secouer l'opinion publique… J'espère que vous ne décevrez pas ceux qui comptent sur vous, sans même le savoir.

Le petit groupe resta silencieux jusqu'à ce que Peterson se tourne vers Vandercamere et lui tende la main.

— Merci de nous donner la chance de jouer un rôle aussi important. Personne n'avait jamais eu confiance en nous de cette manière. Mes gars ne te décevront pas. Mais il faut y aller maintenant.

Vandercamere lui serra la main avec force.

— Je vous dis à tout à l'heure.

Les hommes se scindèrent en deux groupes et rejoignirent le van auquel ils étaient affectés. Ils récupérèrent leurs tenues de livreur et les enfilèrent rapidement, après avoir ajusté leur gilet pare-balles de classe IIIA, les véhicules les protégeant d'éventuels regards indiscrets. Puis ils s'installèrent à l'intérieur. Peterson s'assura en personne que tout le monde était bien équipé.

Il était temps d'aller se poster dans le quartier.

Pour ne pas attirer l'attention, ils quittèrent le parking à cinq minutes d'intervalle, chacun prenant un trajet légèrement différent pour rejoindre le quartier des affaires. Les chauffeurs, après avoir tourné deux ou trois fois, trouvèrent rapidement des places libres le long des trottoirs et purent se garer aux endroits définis.

Le Français avait vraiment pensé à tout. Dans chaque van, un sac de sandwiches avait été laissé, un livreur faisant une pause déjeuner dans son véhicule attirant moins l'attention qu'un homme désœuvré. Les sacs circulèrent aussi à l'arrière, chacun prenant son repas en silence.

Assis derrière les caisses vides de fournitures de bureau, les deux groupes eurent le temps de penser à ce qui les attendait. Les armes rangées sous des bâches de protection attiraient leur œil sans relâche et la tension commença à se faire sentir. L'attente risquait d'être longue. Assis dans le van 1, Craig pensa qu'il était dommage que le jeune Steve ne soit pas dans le même véhicule que lui. Il aurait pu lui parler du drugstore pour s'occuper l'esprit.

Vandercamere arriva dans le quartier juste avant 13 heures et commença par faire un tour rapide pour vérifier le placement des vans. Constatant qu'ils se trouvaient là où c'était prévu, il se sentit soulagé. Jusqu'au bout, il aurait du mal à faire confiance à ces types, pensa-t-il, bien qu'il ait fait le maximum pour les motiver. Il remercia silencieusement Peterson qui, en bon chien fidèle, avait soigneusement fait tout ce qu'il pouvait pour lui faciliter le travail. L'amour de certains Américains pour Dieu et leur Constitution était vraiment une arme redoutable.

Il alla se garer un peu plus bas dans le quartier, sur 17th Street, et passa quelques coups de téléphone, tout en surveillant l'heure. À 13 h 20, il descendit de voiture et contempla son reflet dans la vitrine d'un magasin. Sa fausse moustache, son maquillage et sa perruque blonde modifiaient suffisamment son apparence pour qu'il trompe les recherches sur le réseau CCTV, dont les caméras de surveillance étaient installées un peu partout dans la ville.

Il remonta tranquillement la rue, adressant un signe de tête amical à un homme assis sous un abribus, sur le trottoir de gauche. Il continua son chemin jusqu'au croisement de 17th Street et de G Street et s'assit à la terrasse du café qui faisait l'angle. Il avait choisi une table orientée dans le sens qui l'intéressait et il n'avait plus qu'à attendre. Un café le ferait patienter.

Dans le van 2, Peterson regardait fréquemment sa montre. Toute l'équipe avait fini les sandwiches depuis un moment et Thomas, son chauffeur, faisait semblant de lire un plan de la ville pour se donner une contenance.

Le chef du groupe tapa contre la paroi qui le séparait de l'arrière du véhicule, pour signaler à ses hommes qu'il fallait commencer à se préparer. Perry sortit cinq AK-47 de sous la bâche et Steve et Clyde récupérèrent leurs RPG-7, les trouvant soudain bien plus réels que les modèles pourtant identiques qu'ils avaient utilisés à l'entraînement. Les armes furent examinées, les consignes – apprises pendant plusieurs mois – passées en revues une nouvelle fois et la tension monta encore d'un cran.

Dans le van 1, Craig faisait craquer ses jointures douloureuses.

À 13 h 55, Vandercamere se préparait à boire son troisième café quand son téléphone sonna. Son interlocuteur ne prononça que deux mots.

— Ils sortent.

Il avala sa boisson d'un trait, laissa un généreux pourboire sur la table et se leva, son téléphone à l'oreille et sa veste posée sur le bras gauche.

Se postant au bord du trottoir, comme s'il s'apprêtait à traverser G Street, il n'était qu'un homme d'affaires en pleine conversation, même s'il ne guettait qu'une chose : deux berlines noires aux vitres fumées qui se suivaient.

Une poussée d'excitation l'envahit lorsqu'il les vit apparaître plus loin sur 17th Street. La ponctualité de ce type est vraiment appréciable, pensa-t-il.

La voiture de tête roulait tranquillement, en serrant à droite, et pendant un instant, Vandercamere eut la crainte qu'elle continue tout droit. Ça n'allait pas arranger ses affaires, car il préférait que les hommes du van 2 se chargent de l'attaque. S'apprêtant à appuyer sur le bouton de sa radio, qu'il tenait dans l'autre main, il se sentit soulagé en voyant le clignotant s'allumer. Ils allaient tourner dans G Street.

Une voiture grise et une fourgonnette verte étaient en train de prendre le virage. Il les laissa passer puis s'engagea lentement sur la chaussée, en simulant un boitement prononcé. Il troqua son téléphone contre la radio et passa l'appel.

— Van 2, à vous de jouer, je répète, van 2, à vous de jouer. Véhicule cible en approche après fourgonnette verte. Je répète, laissez passer fourgonnette verte. Van 1, vous faites le taxi.

Il entendit deux confirmations étouffées dans la radio. Le véhicule de tête était en plein virage et arrivait sur lui. Il fit volontairement tomber sa veste et les quelques papiers qu'il cachait dessous, fit un geste en direction de la voiture pour s'excuser et se baissa lentement pour ramasser le vêtement et les feuilles éparpillées, avant de reprendre sa traversée boitillante.

Le chauffeur du véhicule le klaxonna pour marquer son impatience et reprit sa route.

Il venait de gagner presque vingt secondes. Cela devrait leur suffire pour avoir une vue dégagée. Il lui fallait maintenant se mettre à l'abri en vitesse.

Dans le van 1, les hommes étaient partagés entre le soulagement de n'être que l'équipe de récupération et une certaine déception. Robert prit son rôle de chauffeur au sérieux et quitta rapidement sa place pour tourner à droite sur 19th Street et descendre les deux pâtés de maisons. Leurs compagnons comptaient sur eux et il serait là-bas dans les temps.

Les hommes du van 2 réagirent très rapidement, Peterson leur ayant rappelé plusieurs fois que leur équipe était presque certainement celle qui devrait agir. Après la confirmation radio, ils ne mirent que cinq secondes à quitter leur place de stationnement et à se placer en travers de la rue, juste avant le croisement entre G Street et 18th Street. À l'arrière, les hommes comprirent la manœuvre, enfilèrent leurs cagoules et se tinrent prêts.

Le chef d'équipe, qui vint en trombe ouvrir les portes, leur cria de descendre et leur indiqua le véhicule de tête qui arrivait du bout de la rue.

Steve et Clyde, conformément aux instructions, se déplacèrent sur les côtés de la rue, laissant derrière eux un espace vide suffisant pour ne pas craindre les effets de la flamme de départ. Lorsqu'ils placèrent l'empennage de stabilisation sur leur épaule, on entendit quelques cris de passants sur les trottoirs.

Peterson leur avait assuré un entraînement minutieux. Ils n'hésitèrent pas et se rappelèrent immédiatement comment utiliser la lunette, afin de pouvoir mesurer la distance et ajuster leur visée.

Clyde était responsable du véhicule de tête et du premier tir. Placé près du trottoir de droite, il fit feu alors que la voiture était à environ soixante-dix mètres et sa roquette atteignit l'avant de la portière du conducteur.

Une fraction de seconde plus tard, Steve déclencha son tir en direction du véhicule suiveur, situé à moins de dix mètres derrière. La charge creuse explosa directement dans le moteur.

Coup sur coup, les deux voitures s'embrasèrent instantanément, soulevées par la puissance des roquettes qui les percutèrent à plus de 200 mètres par seconde. Autour d'elles, à seulement quelques mètres, les gens se mirent à courir et hurler, certains recevant des débris de verre et de tôle. On entendit des sirènes retentir à peu de distance.

Surpris par ce bruit, les hommes de Peterson se regroupèrent autour du van, Clyde et Steve jetant leurs lance-roquettes pour prendre eux aussi des fusils d'assaut. Dans leur dos, ils entendirent une nouvelle explosion. Les cris se multiplièrent partout.

Les sirènes se rapprochaient. Les hommes reculèrent vers le croisement, guettant à droite l'arrivée de l'autre van, qui ne tarderait pas à débarquer sur 18th Street. À la place, ils virent une voiture de police apparaître au loin.

Clyde était sur le point de demander à Peterson ce qu'ils devaient faire quand il vit Perry s'effondrer sur sa gauche, sa tenue kaki virant rapidement au rouge au niveau du bas-ventre. Plus loin sur le trottoir de G Street, un homme en uniforme, qui venait de sortir du bâtiment de la Poste, tenait encore son pistolet devant lui.

Steve perdit ses moyens et arrosa l'espace devant lui en direction de l'agent de sécurité, qui reçut une rafale d'AK-47 dans les jambes, ce qui le projeta en arrière. Les balles du fusil d'assaut touchèrent également un passant qui sortait de l'immeuble pour voir ce qui se passait, ainsi qu'un piéton qui venait imprudemment de décider de traverser la rue en courant.

Comprenant que Perry était fichu et que le deuxième van n'arriverait pas dans les temps, Peterson cria à ses hommes de remonter dans leur véhicule pour échapper à la voiture de police qui arrivait à toute allure. Thomas se jeta derrière le volant, son chef à ses côtés, pendant que Clyde et Steve grimpaient à l'arrière en catastrophe. Couchés au milieu des cartons, ils sentirent le véhicule virer à droite pour remonter 18th Street et se mirent en position de tir. S'ils arrivaient à toucher les pneus de la voiture qui les poursuivait, ils avaient encore une chance de s'en tirer.

À l'avant, Peterson essayait de garder son calme et donnait des consignes à son chauffeur. Il était en train d'essayer de comprendre pourquoi tout était soudain parti de travers. Il n'eut pas le temps d'aller au bout de sa réflexion. Juste avant d'atteindre Pennsylvania Avenue, le van explosa, projetant ses débris dans la façade est de la Banque Mondiale.

Posté au croisement de F Street et de 18th Street, Vandercamere, qui avait rapidement fait le tour du bloc par le sud après avoir vérifié que la cible était éliminée, regarda le véhicule partir en fumée, le téléphone encore à la main.

Dans l'excitation, il avait failli intervertir les numéros d'appel des appareils qui servaient de déclencheurs aux charges explosives placées sous les vans. Il fut soulagé de voir que tout se terminait comme il l'avait prévu. Cette erreur aurait coûté cher.

Florence, qu'il avait encore du mal à ne pas appeler Marianne, lui avait fourni tout ce qu'il fallait. Un homme de confiance pour surveiller la zone de sortie de la Maison-Blanche et quelques noms utiles pour trouver véhicules et matériel. Le temps passé à la former en valait la peine. Elle comprenait parfaitement l'importance du mot « mission ».

Il continua vers l'ouest et jeta un œil dans 19th Street, où, cinquante mètres plus loin, le van 1 était en flammes. Les secours et les forces de l'ordre commençaient à arriver de partout. Il fit demi-tour et retourna rapidement jusqu'à sa voiture. Il avait un avion à prendre.

Chapitre 32 – 6 septembre 2010

Cecil reposa son téléphone, un grand sourire sur le visage.

— Messieurs, je viens de recevoir l'information que « Priape » est également un succès ! C'est donc un sans-faute dont nous pouvons nous réjouir.

— « Priape », « Vulcain », « Carpette »… Où ces hommes sont-ils allés chercher leurs noms de code ? pouffa Roderich. Et comment diable est-ce que vous, vous les connaissez ?

— Vandercamere surveille peut-être tout le monde, mais moi je surveille Vandercamere… Ce qu'il fait, je le sais. C'est suffisant pour connaître l'essentiel…

— Donc, ils ont réussi ? dit doucement Chu-Chung. Entre nous, je ne pensais pas qu'ils y parviendraient.

— Bien sûr, nous leur avons donné un petit coup de pouce de temps en temps. Mais ce sont des hommes pleins de ressources. Même sans nous, je reste persuadé qu'ils auraient trouvé le moyen d'aller jusqu'au bout de ce plan insensé.

Cecil poussa un soupir de contentement.

— Ils ont magnifiquement rempli leur rôle, avec panache. Ça m'attriste de savoir que nous devrons prochainement nous séparer d'eux.

— Panache, panache… grommela Dennis. Vandercamere a quand même fait sauter dix pauvres types qui croyaient enfin servir à quelque chose ! Sans compter tous les morts et les blessés qu'on a retrouvés un peu partout autour…

— Il a fait ce qu'il devait faire pour le bien de la mission. Il a certainement dû juger que ces hommes en savaient trop et qu'il n'avait pas le choix. C'est un professionnel, après tout. Ne critiquez pas ce que vous seriez bien en peine de faire vous-même !

— Oh, après tout, moi je m'en fiche… Quelques anonymes de moins, ce n'est pas ça qui me pose problème. Je m'attendais juste à quelque chose de plus… propre, dans la mesure où vous parlez toujours de ces types comme s'ils étaient des dieux.

— Ils ont réussi quelque chose de déterminant pour nous, c'est tout ce qui compte !

Cecil se détourna ostensiblement de Dennis et regarda ses autres compagnons.

— La première phase du plan est sur le point de s'achever. Bientôt, nous entrerons véritablement en scène.

— Vous voulez déjà que j'active la suite ? demanda Edgar, la main posée sur son sempiternel agenda.

— Non, pas immédiatement. Bientôt, dans quelques heures, il sera temps. Laissons-les aller au bout des choses et savourer leur réussite encore un peu, tant que ça leur est possible. C'est seulement après que notre tour viendra.

L'attaque de Washington a été un moment savoureux, et sans doute l'opération la plus jouissive des trois, pour tous ceux qui surveillaient le déroulement de cette journée.

Effectuée bien loin des deux autres, s'appuyant sur une équipe absolument incompétente sur le papier, elle avait toutes les raisons de capoter.

J'ai encore du mal à comprendre comment ces miliciens se sont laissé entraîner dans une histoire pareille sans moufter, même si les arguments de Vandercamere étaient convaincants. À leur place, j'aurais fait la sourde oreille et appelé la police dans la minute. Un esprit faible et peu éduqué répond sans doute à une logique particulière qui n'est pas la mienne...

En repensant aux moyens mis en œuvre, par rapport à la crise générale que tout ça a déclenchée, je dois avouer que je rigole encore. C'est un peu comme bricoler un avion qui vole avec les restes d'une machine à laver. Il y a une certaine jubilation à regarder le résultat lorsqu'il est probant.

Les gens qui pensent que les terroristes ont du mal à mettre leurs opérations sur pied parce que c'est très compliqué ne sont que des ignares. Tout le monde n'est pas capable de faire ce qui a été fait ce jour-là, bien sûr, mais faire péter une simple bombe n'importe où n'est réellement pas bien difficile. Ça prouve juste que les terroristes classiques se débrouillent mal ou ne sont pas si motivés que ça, contrairement à la croyance populaire.

Parce que si on a de la suite dans les idées, je vous garantis que presque tout le monde est capable de faire des dégâts. Mais encore faut-il avoir la détermination nécessaire. Et ça, peu de groupes qui s'autoproclament dangereux la possèdent vraiment.

Le 6 septembre a semé la pagaille, mais ce n'était que le début du véritable plan. Enfin, le plan de Cecil, cette fois, qui a mis en branle quelque chose que personne d'autre n'aurait eu le courage de faire.

Le lendemain, en lisant les journaux, les gens pensaient avoir la gueule de bois. Quelques semaines plus tard, ils ont découvert ce que c'est que de prendre une véritable cuite.

6 – ÉCHEC

Certains des plus grands hommes des États-Unis, dans le domaine du commerce et de la production, ont peur de quelque chose. Ils savent qu'il existe quelque part une puissance si organisée, si subtile, si vigilante, si cohérente, si complète, si persuasive... Qu'ils font bien, lorsqu'ils en parlent, de parler doucement.

Woodrow Wilson, président des États-Unis – 1913-1921

Chapitre 33 – 7 septembre 2010

« Merde, si j'avais su que tu me prendrais autant la tête, je ne t'en aurais pas parlé !

— Parce que tu crois vraiment qu'on n'aurait pas fini par comprendre que t'as déconné ? Mais putain, Quentin ! Qu'est-ce que t'as dans le cerveau ? Il y a vraiment des fois où je me pose des questions ! T'es juste devenu mauvais ou ça te fait plaisir de bosser de travers ?

Debout dans la cuisine de la ferme, Giraud gesticulait devant son ami. Au fond de la pièce, posée sur un bahut campagnard, la télévision transmettait en sourdine une chaîne d'informations en continu.

— Trois témoins, trois ! On peut difficilement faire mieux en voulant le faire exprès !

— Je t'ai déjà expliqué pourquoi.

— Oui, je sais ! La femme de chambre qui se taira parce qu'elle a peur pour son môme et les deux gosses de riches trop jeunes pour passer l'arme à gauche. Tu crois une seule seconde qu'une fois dans un bureau de flics et mise au courant de la situation, ta bonne femme ne va pas craquer ? Elle donnera tout en moins de dix minutes, après quelques promesses de protection. Surtout quand elle saura que Vannier a cassé sa pipe !

— Je suis au courant. J'étais là-bas, figure-toi !

— Ah ouais ? À faire quoi ? Ficeler des témoins dans une baignoire en leur donnant bien le temps de voir ta gueule ? Les portraits-robots, tu connais ?

— C'est bon, lâche-moi un peu ! J'ai fait ce qui me semblait juste ! Est-ce que je suis le seul dans cette histoire à me rappeler pourquoi on en est là ? Le plan formidable qu'on va poursuivre, c'est quoi ? Flinguer des clochards, éliminer des mômes et tout cramer au passage ?

Balard, assis depuis le début de leur conversation, se leva brutalement en tapant sur la vieille table en bois.

— Ça va faire bientôt un an ! Un an qu'ils sont morts ! Et en guise de vengeance, j'ai droit à quoi ? À me faire engueuler parce que je n'ai pas récolté assez de cadavres ? J'ai fait mon taf ! Louvin a pris sa balle, Vannier ne parlera plus, et le reste… on se débrouillera avec le reste…

Giraud lui tourna le dos pour regarder par la fenêtre et répondit d'une voix sarcastique.

— Ouais, bien sûr… on se débrouillera. Si tu continues comme ça, on crèvera avant d'avoir fini quoi que ce soit.

— Ça t'ennuierait de me foutre la paix avec ça ? Je te rappelle que de nous trois, t'es le seul à ne pas t'être sali les mains ! Tu n'as pas eu à sacrifier grand-chose ! J'ai eu la tête de Louvin en gros plan dans mes jumelles et Philippe a certainement dû se prendre une bonne odeur de brûlé dans les narines ! Toi, à part me demander de te préparer la toxine pour la transmettre, qu'est-ce que t'as eu à foutre ? Rien ! Vérifier que Serrès était bien mort, et c'est tout ! Facile de parler, quand on est resté dans un coin à compter les points sans se mouiller !

Giraud se rua rageusement sur lui et le poussa avec violence, en le renversant sur la table. Surpris par cette attaque, Balard n'eut pas le temps de réagir et son dos écrasa une tasse en verre dont les bords coupants lui entrèrent dans la peau.

— J'ai dû lui mettre une balle dans la tête ! Tu crois que ça ne compte pas, connard ? Je lui ai tiré dans le dos et j'ai regardé son crâne exploser !

— Mais de quoi tu parles ?

— De la seule femme pour qui j'avais de l'importance ! De la seule qui savait vraiment qui j'étais ! Une femme que j'aimais…

Giraud lâcha soudain son ami et se détourna, comme vidé de toutes ses forces.

— Iris… je l'ai laissée sur un lit dégueulasse dans une piaule de Pigalle. Ils ont dû la trouver depuis…

— Merde, je suis désolé ! Mais pourquoi tu ne m'as rien dit ?

— Parce que ton compte rendu suisse m'a foutu les nerfs à l'envers et que je n'ai pas eu le temps de t'en informer !

— Fred, vraiment, je suis désolé… Mais pourquoi ? Elle n'aurait parlé à personne. Elle t'aurait protégé ! Tu n'avais pas à faire ça, bon sang !

— C'est ce qu'elle voulait. Elle était gravement malade. J'avais promis et j'ai tenu ma promesse…

— Qu'est-ce qu'elle avait ?

— Glioblastome. Inopérable. Au fond de moi, je sais que ce n'est pas un meurtre, que c'est différent. Mais ça ne change rien à la douleur. Alors, ne me dis plus que je ne me suis pas sali les mains, même si la raison était différente… je ne me suis jamais senti aussi crade…

Balard tenta un geste de réconfort maladroit que Giraud accepta avec un vague haussement d'épaules.

— Alors, on fait quoi ? C'est toi qui parles de ta boulette à Philippe ou c'est moi ?

— Me parler de quoi ?

Un sac de voyage dans chaque main, Vandercamere venait d'apparaître à l'entrée de la cuisine.

— Ça fait plaisir de se sentir accueilli avec autant d'effusions !

Vous n'avez pas entendu ma voiture arriver ?

— Désolé, on était en pleine discussion et on n'a pas fait attention, répondit Giraud.

— Discussion ? Ça ne devait pas être bien gai, quand on voit vos têtes ! Vous devriez pourtant être en train de vous réjouir… En plus, je vois que la presse parle de nous en boucle, ici aussi. C'est parfait !

Ses deux amis se regardèrent brièvement et Balard prit la parole.

— Ouais, ils racontent la même chose depuis ce matin, que l'enquête commence tout juste, que certaines pistes sont à l'étude, blablabla… qu'ils ne savent rien, en fait. Mais moi, il faut que je te parle d'un truc. Pose-toi deux minutes, avant. Tu viens juste d'arriver et tu dois être crevé.

— Non, pas tant que ça. J'ai fait un bon somme pendant le vol et je me sens plutôt en forme. Rien ne vaut une opération rondement menée pour me mettre de bonne humeur !

Il posa ses sacs dans un coin et s'assit pesamment sur une chaise, regardant d'un air contrarié les débris de verre éparpillés sur la table.

— On a fait du bon boulot, Messieurs ! La suite n'en sera que meilleure…

— Justement, il faut que tu saches quelque chose. J'ai eu un imprévu à régler pendant que j'étais avec Vannier.

— Quoi ? Ton message disait que tu t'étais occupé de lui, non ?

— Lui, oui. Mais j'ai eu d'autres complications.

Balard se rassit et s'expliqua. Vandercamere l'écouta en silence, occupé à regrouper avec précautions les morceaux de tasse en un petit tas devant lui. Lorsque son ami eut terminé de parler, il hocha la tête.

— Je suppose que Fred t'a déjà largement engueulé ?

— Euh, c'était le sujet de notre… discussion.

— Alors ça ne sert à rien que je dépense mon énergie pour te redire la même chose. Tu as fait une grosse connerie, mais bizarrement, je ne peux pas dire que je sois vraiment étonné... On dirait que tu as un peu de mal à te remettre complètement dans le bain.

Il se leva pour récupérer une vieille balayette à côté de l'évier et poussa les débris de verre dans une petite pelle tout aussi vétuste.

— Mais Quentin, il va falloir que ça cesse, tout ça. Les cas de conscience, les remords qui n'en finissent pas... On ne peut pas passer notre temps à te tenir la main ou à te passer des savons pour que tu fasses ton travail. La mission ne souffre aucune hésitation, tu le sais comme moi. Si je ne te connaissais pas aussi bien, j'aurais tendance à te prendre pour un amateur...

— Je suis désolé. Mais j'ai fait ce qui me semblait juste sur le moment. C'est peut-être emmerdant pour la mission, oui, mais je ne regrette pas mon choix, malgré tout. Tu as sans doute raison, j'ai du mal à me remettre en selle. Et d'une certaine façon, j'espère que ce ne sera jamais vraiment le cas.

— Je comprends ton point de vue... Ne crois pas que j'aie trahi tous ces pauvres bougres le cœur léger et que je sois ravi qu'ils aient explosé en plein Washington. Ils n'étaient pas bien malins, mais j'avais commencé à les apprécier. Après tout, j'ai passé un bout de temps avec eux, bien plus que toi avec tes témoins. Je connaissais leurs proches, leurs petites habitudes, tout ce qui fait qu'on s'attache aux gens... mais quand il a fallu passer un coup de fil anonyme aux flics pour les faire arriver plus vite, quand il a fallu appuyer sur le bouton pour tout faire sauter, je n'ai pas cherché à me souvenir de notre dernière soirée autour d'une bière. Alors, tu vas me dire que je ne suis pas assez sentimental et c'est sans doute vrai, mais toi tu es devenu carrément sentimentaliste. Et ça finira par nous créer de gros problèmes...

Il jeta le contenu de sa pelle dans un sac plastique et remit chaque objet à sa place avant de se rasseoir.

— Il y a dix ans, tu grognais beaucoup, mais tu finissais toujours par faire le boulot. Aujourd'hui, tu te laisses contrôler par des émotions dangereuses. J'aurais pourtant pensé que les événements de Cassis t'endurciraient...

— Les événements, comme tu les appelles, m'ont donné envie de me venger, c'est tout. De faire payer les personnes responsables. Pas de replonger dans mon ancienne vie.

— Et tu crois que tu vas te venger en te faisant prendre ?

— Je crois que je peux me venger sans redevenir ce que j'étais avant.

— Tu te trompes. À un certain point, il te faudra te salir les mains et accepter la réalité. Nous jouons contre beaucoup plus fort que nous. Des personnes aux moyens illimités et prêtes à tout. Tu comptes leur faciliter la vie en te passant tout seul la corde au cou ?

— Il y a des gens qui ne méritent pas de se retrouver en plein milieu du champ de tir.

— Peut-être. Je n'en suis pas sûr, à vrai dire. Mais même s'ils ne le méritent pas, ils y sont. Et tu ne peux rien y faire. Tu peux juste limiter la casse du mieux possible, tant que la mission n'est pas mise en danger. Et la mission reste la même. Poursuivre ce que nous avons à faire, en préservant nos identités le plus longtemps possible...

Giraud les interrompit en levant la main.

— Écoutez !

Il alla monter le volume de la télévision.

Alors que l'enquête ne fait que commencer, nous apprenons qu'une vidéo de revendication circule actuellement sur Internet. Un blog politique, connu pour ses positions anarchistes, a en effet annoncé qu'il avait reçu ce matin un document enregistré en français et sous-titré en anglais, dans lequel trois hommes masqués, qui se présentent sous le nom de « Rémoras », revendiquent les meurtres que nous venons d'évoquer et annoncent que d'autres actions sont à prévoir. Alors que les gouvernements concernés par les attaques sont encore sous le choc et renforcent activement leurs mesures de sécurité intérieure, nous ne sommes pas en mesure de dire si cette revendication est à prendre au sérieux. En France, la Police judiciaire va être saisie du dossier, mais cette nouvelle information pourrait déboucher sur une enquête internationale, coordonnée par Interpol. Nous vous tiendrons bien sûr informés de la suite donnée à...

Giraud baissa légèrement le son et sourit pour la première fois de la journée.

— Bon, on dirait qu'ils ont fait leur boulot chez Cronaca !

— Tu leur as envoyé le document à quelle heure ?

— En tout début de matinée, il y a moins de cinq heures, puisque Quentin était de retour et que ton avion avait fini par décoller. T'étais déjà en retard et j'ai préféré ne pas attendre.

— Tu as fait ça comme prévu ?

— Oui. J'ai suivi exactement le plan. Je ne suis resté que cinq minutes au cybercafé et l'envoi a été rapide. Bob avait fait du bon boulot pour héberger le document et j'ai juste eu à transmettre le lien à l'adresse que tu m'avais laissée.

— Bon, à l'heure qu'il est, et vu son contenu, la vidéo a dû commencer à se répandre un peu partout et la presse ne pourra rien y faire. Les services de police non plus. Notre message va être relayé par des milliers de personnes.

Vandercamere prit un air très satisfait.

— D'ici la fin de semaine, une bonne partie de la planète saura à quoi s'en tenir. Et si les types de chez Cronaca sont aussi bons que dans mes souvenirs, ils sauront faire en sorte qu'on ait un minimum de soutien populaire. On va en avoir besoin pour continuer.

— Ça n'aurait pas été plus simple d'envoyer la vidéo directement à la presse ? demanda Balard. Ils ont des moyens plus rapides de communiquer à grande échelle, non ? Internet, c'est bien, mais avec la télé, on est sûr de toucher presque tout le monde.

— Pour qu'ils coupent la vidéo et ne montrent que ce qu'ils veulent bien ? Depuis quand les journalistes télé font preuve d'objectivité ? ricana Vandercamere.

Il montra le poste du doigt.

— Notre vidéo fait moins de trois minutes, mais je te parie tout ce que tu veux qu'elle ne sera jamais montrée au journal. On la retrouvera peut-être sur des chaînes satellites spécialisées ou dans une émission politique diffusée à 2 heures du matin, mais c'est tout ! Le reste du temps, on ne fera que vaguement la citer. Ils ne prennent même pas le risque de mentionner le nom du blog, tu as remarqué ? Pas de publicité pour les terroristes, ils connaissent bien leur leçon ! Dans quelques jours, ils nous traiteront même de pauvres dingues, sans jamais parler des arguments très précis que nous mettons en avant. Préparons-nous à une contre-communication violente, car ils ne vont pas nous louper... Internet est le seul point d'entrée avec lequel on a une chance, car il n'y a pas de tri et pas d'intermédiaire. Et même là, dites-vous que ça ne va pas être simple. Il va falloir que nous communiquions fréquemment et parfaitement. Nous entrons sur un terrain miné qui n'est pas le nôtre. Et la suite des opérations va être de plus en plus difficile... Interpol va s'en mêler, si ce n'est pas déjà le cas. Tout le monde va être sur les dents et nous allons devoir être de plus en plus vigilants.

Il se leva, repoussa sa chaise sous la table et prit appui sur le dossier.

— Nous venons d'accomplir quelque chose qui est à la fois simple, mais aussi très complexe. Simple, car nos cibles n'étaient pas les plus difficiles qui soient et que notre premier objectif était somme toute raisonnable et à notre portée. Nous venons de créer un beau bordel, pour dire les choses comme elles sont. Pour autant, ce que nous avons fait est complexe, car les implications sont nombreuses et que nous risquons de vite perdre le contrôle si nous ne procédons pas avec la plus grande des méthodes. Les prochaines opérations vont devoir être…

— C'est quoi, ça ? l'interrompit brutalement Giraud, en montrant la télé du doigt et en se précipitant pour remonter le volume.

... ne savons pas si ce nouvel attentat est relié aux trois meurtres qui se sont produits hier soir à Paris, Genève et Washington, mais nous vous rappelons que la vidéo dont nous vous avons parlé il y a quelques minutes faisait état d'autres menaces, qui sont donc certainement à prendre au sérieux. Heureusement, aucune victime n'est à déplorer dans l'explosion qui s'est produite il y a moins d'une heure à New York, au dernier étage des bureaux de JP Morgan, l'une des plus grosses banques mondiales en activité. Le premier bilan indique des dégâts matériels très importants, mais l'étage était encore inoccupé à l'heure de l'explosion. Nous retrouvons notre envoyé spécial à New York, qui...

Les trois hommes fixaient le poste d'un air perplexe et Balard fut le premier à parler.

— T'as raison, Philippe, Internet fonctionne bien. On dirait qu'on a déjà au moins un fan…

Chapitre 34 – 7 septembre 2010

« **I**ls s'expriment plutôt bien, pour des terroristes… mon français n'est pas terrible, mais je comprends à peu près tout ce qui se dit.

— Ne dites pas de bêtises, Dennis, ce sont tout sauf de vulgaires terroristes ! Bien sûr qu'ils savent s'exprimer !

— Si vous le dites…

Cecil soupira et se tourna vers Edgar, laissant Dennis regarder une deuxième fois la vidéo sur son ordinateur portable.

À l'écran, trois hommes masqués sur fond noir fixaient la caméra. Celui du centre exposait posément les motifs de leurs actions et leurs futurs objectifs, ses propos étant intégralement sous-titrés en anglais.

— Et vous pensez vraiment que personne ne pourra remonter jusqu'à eux en analysant simplement cette vidéo ? Les experts scientifiques sont censés avoir des outils incroyables pour détecter…

Cecil ne prit pas la peine de le regarder lorsqu'il l'interrompit.

— Dennis, observez et écoutez attentivement. Pas un son extérieur, pas la moindre indication de lieu qui pourrait donner un début de piste à un enquêteur. L'éclairage est manifestement artificiel. Aucun indice concernant le lieu ou le moment. À mon avis, ils ont tourné cette séquence au fond d'une cave isolée, en bons professionnels. Et je ne pense pas qu'ils aient envoyé cette vidéo en utilisant leur propre ordinateur. Bien malin qui saura les pister, sans un petit coup de pouce de notre part. Maintenant, si vous le permettez, Edgar a quelques informations à nous transmettre.

Cecil se détourna franchement de l'Américain pour accorder son attention à Edgar, porteur d'une épaisse liasse de feuilles, en plus de l'agenda qui semblait greffé à sa personne.

— Dites-nous donc ce que pense le public de toute cette affaire, Edgar !

— Je viens d'imprimer certains commentaires des internautes. C'est incroyable de voir tout ce que les gens peuvent dire en seulement quelques heures ! Et dans un langage parfois très curieux.

— Vous auriez dû venir directement avec votre ordinateur, ce serait sans doute plus simple pour vous que de transporter tous ces papiers.

Edgar leva un sourcil en signe d'horreur incrédule, comme si Cecil venait de lui suggérer le pire des outrages. Il distribua quelques feuilles à chacun des hommes présents dans le salon Windsor, qu'ils étaient seuls à occuper en cette fin d'après-midi.

— Ceci pour vous donner un aperçu de la rapidité avec laquelle la vidéo se répand sur Internet. On la retrouve déjà sur plus de cinq cents sites, d'après ce que j'ai pu constater, mais je pense qu'il y en a encore d'autres. Certains commentaires sont même dans des langues que je ne reconnais absolument pas.

— Et pourtant, Edgar parle onze langues, souligna Cecil, en souriant d'un air entendu à ses compagnons.

L'un des hommes, un Canadien âgé au visage pincé, tâta les poches de sa veste puis montra des signes d'agacement.

— J'ai oublié mes lunettes à l'hôtel. Faites-nous donc un petit résumé de vos passages préférés, Edgar, si ça ne vous embête pas.

Ce dernier parcourut quelques feuilles et arrêta son choix sur un premier extrait.

— En voici un qui synthétise la majorité des commentaires, et qui montre que les internautes ne sont pas tous décérébrés… je cite : « *Quand l'homme comprendra que le monde court à sa perte et que la fin des temps est proche, il aura peut-être le courage de se dresser contre les tyrans, qui empilent les cadavres autour d'eux afin de leur grimper dessus pour s'élever toujours plus haut. Nous sommes opprimés par le culte de l'argent et du pouvoir. Il est temps que les plus braves d'entre nous prennent les armes et mettent le feu à la maison des banquiers, des despotes et de leurs complices. Bravo au groupe Rémoras pour ses actions ! J'espère qu'il aura le temps d'aller jusqu'au bout de sa mission et que d'autres le rejoindront. Je suis moi-même prêt à combattre pour libérer la race humaine de ses ennemis* ». C'est signé du pseudonyme « Saromer ».

— En voilà un qui aime les anagrammes, pouffa Roderich. C'est plutôt recherché comme commentaire, bien qu'un peu grandiloquent.

— Surtout si on le compare avec celui d'un certain « Paris7575 », qui a écrit juste après, pour dire : « *Bien fait pour leur cul, à ces salauds de vendus. Qu'ils crèvent tous en enfer avec leur pognon. Je leur crache à la gueule et je leur pisse à la raie, à ces enculés* ». Je précise qu'il est impossible de reproduire à l'oral le niveau orthographique de la chose…

Edgar avait légèrement rosi, à la lecture de ces quelques lignes, et se racla la gorge avant de poursuivre.

— Nous avons bien sûr quelques protestations émises par des personnes ayant de fortes convictions éthiques ou religieuses et pour qui la fin ne justifie pas les moyens, mais dans l'ensemble, la plupart des commentaires se rapprochent assez des deux spécimens que je viens de vous citer. Nous retrouvons aussi un peu partout de nombreux « lol », « mdr », « lmao » et quantité d'autres acronymes pour le moins surprenants qui me laissent perplexe, je vous l'avoue bien volontiers !

Cecil se retint de sourire à l'écoute de cette dernière remarque.

— Bon, je regarderai tout ça plus tard dans le détail, mais je vous fais confiance, Edgar. Selon vous, l'opinion est donc majoritairement positive et soutient les propos de notre trio ?

— Exactement. Leur discours, particulièrement bien construit, fait mouche. Les gens disent qu'ils n'en peuvent plus, que le temps des paroles est dépassé, et qu'ils se reconnaissent dans ce message qui est pour eux – je cite encore – « universel », « d'actualité », « indispensable », « urgent », « courageux », etc. Ces hommes inspirent la sympathie, le respect, voire parfois l'envie. Je ne vous parle même pas des commentaires postés par les internautes qui habitent dans certains des pays du Moyen-Orient. Ils sont majoritairement élogieux et s'accompagnent de félicitations très chaleureuses. L'un d'entre eux considère carrément que le trio devrait plutôt s'appeler « la main de Dieu ». Bref ! S'ils continuent comme ça, ces hommes vont devenir des stars.

Cecil se versa une tasse de thé et piocha dans le plateau de scones.

— À nous de faire en sorte qu'ils restent célèbres, mais pour de tout autres raisons... L'incident de New York est une première étape. Bientôt, le monde entier les haïra.

Roderich se servit à son tour.

— Vous croyez qu'ils vont mordre à l'hameçon ?

— Je suis prêt à parier n'importe quoi, mon ami. Pensez-vous, l'occasion est trop belle ! Une explosion sans victimes située aussi idéalement, aussi symboliquement... c'est une signature parfaite qu'ils vont rapidement s'approprier. Demain, je pense. Dès qu'ils verront que personne d'autre ne revendique cette bombe, ils s'en chargeront. Ils penseront que quelqu'un a voulu signifier son soutien et qu'ils peuvent au moins le remercier de cette façon.

Cecil savoura lentement son scone.

— Avant demain soir, je suis à peu près certain qu'une deuxième vidéo fera son apparition et revendiquera le saccage des bureaux de New York. Ils mettront le doigt dans un engrenage pervers qu'ils ne soupçonnent pas encore. Mais il sera trop tard pour eux. Une erreur qui va leur coûter cher et qui nous laissera le champ libre pour la suite. Notre heure est bientôt venue.

Dennis, qui avait préféré lire lui-même les commentaires en ligne des internautes, referma son ordinateur portable d'un claquement sec et l'interrompit, manifestement très énervé.

— Alors, c'est vrai ! Vous comptez vraiment aller jusqu'au bout de votre plan insensé ?

— Je vous demande pardon, Dennis ?

— Toute cette histoire que vous avez mise sur pied entre vous, depuis des années ! Et j'ai lu le dossier en entier, cette fois, donc ne commencez pas à me parler de haut comme à un gosse attardé. J'ai lu et j'ai fini par comprendre jusqu'où vous vouliez aller. Jusqu'à maintenant, je ne disais trop rien parce que j'étais le petit nouveau et que j'essayais de me convaincre que tout ça n'était qu'une grosse plaisanterie de votre part, dont l'objectif était surtout de se faire quelques milliards de plus. L'argent, ça me parle, mais pas une telle violence programmée ! Et là, en regardant cette vidéo et en vous écoutant, je réalise que tout ça devient vraiment réel. Ces trois types sont très décidés et vous aussi. Je me rends compte que vous irez tous au bout de votre logique. Et à choisir, je pense qu'ils sont bien moins dingues que vous ! Au moins, leurs arguments peuvent se comprendre, même si je ne les partage pas… Mais vous… ? Vous réalisez que vous venez carrément de faire péter les bureaux de nos collègues, juste pour avoir un avantage psychologique, et que votre plan est tout simplement taré ?

Il eut un rire amer.

— Je savais que mon père était un original, mais je n'aurais jamais pensé qu'il irait s'embarquer dans un truc aussi insensé. Après six mois passés à vos côtés, je commence à comprendre que je suis au milieu d'une bande de vieillards séniles et mégalos, en manque d'excitation ! Vous pouvez bien me traiter comme un moins que rien à chaque fois que j'ouvre la bouche, mais ne croyez pas que je sois complètement débile. Ce que vous voulez faire relève de l'asile psychiatrique !

— Je vous invite à modérer vos propos, mon cher ami, répondit Cecil d'un ton doucereux.

— Je ne suis pas votre ami ! Et arrêtez d'être aussi… anglais, quand vous parlez ! Ayez au moins les couilles d'être honnête ! Je sais très bien que vous ne pouvez pas m'encadrer et que tout le monde ici donnerait n'importe quoi pour que mon père soit assis à ma place. Et vous savez quoi ? Moi aussi ! J'en ai ma claque de votre club du mardi et de toutes vos manigances !

Sa voix prit un ton provocateur et il tripota les papiers devant lui avec mépris.

— Vous êtes déjà sacrément chanceux que je n'aille pas vous dénoncer, vous et la menace que vous représentez ! Ce serait une catastrophe pour les affaires et je n'ai aucune envie de me suicider professionnellement, après avoir dû patienter aussi longtemps… Mais je ne veux plus rien avoir à faire avec vous et toute cette histoire. Ce soir, je sors m'amuser et demain je reprends l'avion. Envoyez-moi les prochains bilans financiers par email et ne me faites plus jamais venir ici pour me parler de votre petit complot ! Je ne veux plus rien savoir de vos jeux pervers…

Dennis regroupa ses affaires et commença à se lever, les hommes autour de lui plongés dans un silence sévère. Il interrompit son geste et poursuivit d'un ton hargneux.

— Ben quoi ? Ça vous coupe le sifflet de voir que je ne suis pas d'accord ? Plus personne n'a de remarque à me faire ? D'insulte déguisée à me balancer avec un petit sourire entendu ?

Il prit un accent anglais exagéré et singea la gestuelle très calculée de Cecil.

— « *Ce pauvre Dennis… comment son père a-t-il pu rater à ce point son éducation ? Il est si quelconque, si vulgaire ! Comment allons-nous le supporter à nos côtés alors que le sort du monde repose entre nos mains diaboliques ?* ».

Il prit son ordinateur sous le bras, attrapa sa serviette en cuir et fit un grand sourire dépourvu de toute chaleur au groupe toujours silencieux.

— Parfait ! Je vois que personne n'a rien à me dire. Tant mieux, car moi non plus ! Je vous dirais bien « au plaisir de vous revoir », mais ce serait vraiment trop exagéré. Bonne fin de journée, Messieurs !

Il leur tourna le dos et s'élança vers la porte du salon. La voix de Cecil brisa le silence alors qu'il commençait à tourner la poignée.

— Juste une chose Dennis, avant que vous nous quittiez !

— Ça m'aurait étonné que vous ne tentiez pas d'avoir le dernier mot, ricana Dennis. Qu'est-ce que vous me voulez encore… mon cher Cecil ?

Cecil se leva et se rapprocha de lui.

— Ne prenez pas l'avion avant d'être revenu me voir, demain matin. Vous serez un peu plus calme, je l'espère tout du moins, et j'ai quelques papiers à voir avec vous, pour lesquels des décisions sont attendues. Ce sont des dossiers financiers laissés en suspens lorsque votre père nous a quittés. J'ai besoin de votre signature, mais surtout, il faut que je vous explique certaines choses de vive voix. J'ai promis à Walter de m'en occuper. Si nous ne devons pas nous revoir avant un certain temps, je pense qu'il serait sage de s'en occuper rapidement.

— Et vous êtes sûr qu'on ne peut pas régler ça par courrier ?

— Non. Il est impératif que nous fassions ça en personne, car je dois signer moi aussi certains des documents, qui sont en double exemplaire. Faire ça à distance prendrait beaucoup trop de temps. J'ai déjà tardé à vous en parler et je le regrette. Autant profiter de votre présence à Londres, ça me semble plus raisonnable.

Dennis soupira et fit mine d'hésiter.

— Bon, très bien ! Je sens que si je refuse, vous allez me casser les pieds pendant un bon moment… Vous voulez que je passe demain matin ?

— Venez à 11 heures Nous nous occuperons de cette affaire avant de déjeuner tous les deux et vous serez dans les temps pour un avion en milieu d'après-midi. Je tiens à ce que votre venue ici ne vous laisse pas un trop mauvais souvenir, même si nous avons nos petites différences.

Dennis éclata de rire et tapa sur l'épaule de Cecil.

— Vous êtes vraiment impayable, Cecil ! Malgré ce que je viens de vous balancer, vous ferez tout pour sauver les apparences, jusqu'au bout ! C'est entendu. Demain, 11 heures On parle, on déjeune et je me tire. Et ensuite, vous ne me faites plus venir à Londres rencontrer tous vos amis qui me foutent les jetons, c'est compris ? Je vous dis donc à demain matin…

Il s'en alla, en claquant inutilement la porte derrière lui. Cecil croisa les bras derrière son dos et revint à pas lents près de la table. Ses compagnons lui lancèrent un regard interrogateur.

— Soyez rassurés, Messieurs. Le petit entretien de demain matin me permettra d'aplanir cette difficulté passagère. Notre ami ne pourra que se rendre à mes arguments…

Il se rassit et regroupa les pages étalées devant lui.

— Edgar, je vous rends tout ça. Nous reprendrons plus tard la lecture de cette prose fascinante. Pour le moment, j'ai une autre mission urgente à vous confier, si vous le voulez bien. Après, nous parlerons de la suite des opérations.

Edgar s'installa à ses côtés et dégaina un bloc-notes.

La réunion se poursuivit jusqu'à tard dans la soirée.

Chapitre 35 – 8 septembre 2010

« Ju, tu n'aurais pas vu mes pilules, à tout hasard ? Je n'arrive pas à mettre la main dessus et j'en ai sacrément besoin…

— Tu les as encore perdues ? Mais c'est pas possible, Dave ! Ça fait trois fois cette semaine ! T'es sûr que t'as vraiment cherché ? Attends, j'arrive pour regarder avec toi… je finis juste de mettre des trucs dans la réserve.

Dangereusement perchée sur un haut tabouret branlant censé compenser sa petite taille, Juliana Calderón était en train de ranger des composants électroniques sur des étagères déjà très remplies. Ayant enfin réussi à insérer une alimentation et un processeur au milieu d'emballages de cartes mères et de câbles empilés, elle sauta de son perchoir avec légèreté et sortit de ce que l'équipe appelait pompeusement « la réserve », mais qui n'était finalement qu'un grand placard reconverti en zone de stockage pour leurs fournitures informatiques.

Le siège officieux de Cronaca Sovversiva était un ancien entrepôt de Brooklyn transformé une dizaine d'années auparavant en un joli loft aux murs de brique rouge, mais situé dans un quartier si peu attrayant que le propriétaire s'était résigné à le louer pour une bouchée de pain. Dave Bergeretti s'était jeté sur l'occasion quatre ans plus tôt, lorsque ses parents l'avaient sommé de choisir entre le nid familial et ses activités de pirate informatique, qui menaçaient d'envahir définitivement le salon après avoir déjà colonisé le bureau paternel.

Dave, alors âgé de vingt ans, avait déménagé son matériel et ses idées révolutionnaires dans ce loft somme toute très accueillant, si on faisait abstraction de l'aspect lépreux des alentours. Il disposait de presque 200 m² qui s'organisaient principalement autour d'une dizaine de postes informatiques, placés en vis-à-vis sur toute la partie droite du loft pour que leurs utilisateurs puissent y travailler sans se tourner le dos. Au fond à gauche, un grand paravent opaque délimitait une zone vaguement privée, où Dave disposait de l'équivalent d'une chambre et d'une salle de bains au confort spartiate. La cuisine, située à gauche de l'entrée, était un ensemble hétéroclite de meubles et d'accessoires en inox, séparés du reste de la grande pièce par un comptoir encombré.

La réserve donnait directement vers l'espace informatique. Juliana en sortit échevelée et prit un air faussement mécontent.

— Si tu rangeais un peu mieux tout ton petit bordel, je n'aurais pas besoin de jouer à la maman à longueur de journée ! Bouge de là… le flacon doit être planqué au milieu de tout ce fatras.

Dave, un grand blond à l'allure encore adolescente et aux cheveux en bataille, propulsa son fauteuil à roulettes à deux mètres du bureau. Il regarda avec affection son amie d'enfance mettre instantanément de l'ordre dans le tas de matériel et de papiers qui étaient éparpillés sur son poste de travail. D'une main experte, elle classa ses affaires en petits tas ordonnés, fit la moue en voyant que les pilules n'étaient pas là, et se glissa sous le meuble pour chercher au milieu des câbles qui couraient un peu partout au sol.

— Mais c'est pas possible d'être aussi bordélique ! Même pour un geek, tu abuses ! T'as vu tout ce qu'il y a, là-dessous ? C'est un vrai dépotoir !

Elle ressortit avec deux vieux gobelets teintés de café, un stylo sans capuchon, trois trombones, auxquels s'accrochaient des moutons de poussière, une bouteille vide de nettoyant pour écran et une vieille clef USB, mais sans les pilules.

— Merde, Dave, je ne suis pas ta femme de ménage ! Tu pourrais faire un effort, quand même… après tout, c'est chez toi, ici !

Elle se remit debout souplement et se déplaça à la droite du bureau, pour jeter ses trouvailles dans une petite poubelle qui débordait. Prise d'une intuition qu'elle devait surtout à l'habitude, elle remua ce qui s'y trouvait avec une grimace de dégoût.

— Ah tiens ! Le voilà ton flacon ! Caché dans un vieux carton de pizza…

Elle lui lança les pilules d'un geste adroit et son ami attrapa le flacon à la volée, en la gratifiant d'un clin d'œil à la fois espiègle et penaud.

— La prochaine fois, tu décolles tes fesses de ton fauteuil et tu les trouves tout seul ! Je bosse, moi, au cas où tu l'aurais pas vu ! D'ailleurs, tu ferais bien de t'y mettre aussi.

— Rhooo, fais pas ta pénible… ça te plaît de me materner, je le sais bien !

Juliana lui fit une grimace affreuse, reliquat de leurs années d'école primaire, et alla s'installer au poste le plus proche, juste à sa gauche.

Il était 8 heures et leur journée commençait.

— C'est pas un peu tôt pour prendre tes cachets, d'ailleurs ? Je te rappelle qu'il y a une dose à respecter…

— Oui, maman !

— Je plaisante pas, Dave ! Qu'est-ce qui t'arrive ? T'as vraiment mal ?

— Tu sais bien que le stress fait remonter plus vite mes vieux maux de ventre…

— Ben oui, mais pourquoi ? T'es angoissé ?

— Non, pas angoissé. Juste excité. Il va se passer un nouveau truc énorme aujourd'hui, je le sens !

— Quoi ? Suite à la vidéo d'hier ? Tu penses pas que c'est un gros hoax, cette histoire ?

— Non, je suis sûr que non. Quelque chose me dit qu'ils ne racontent pas de salades. Je ne peux pas te dire pourquoi, mais j'en suis sûr. Et je suis persuadé qu'on va recevoir autre chose.

— Une autre vidéo ?

— Ouais. Ça m'étonnerait qu'ils balancent un tel truc pour ne plus se manifester ensuite. Je suis sûr que l'explosion de New York a aussi un rapport avec eux. Tu te rends compte ? Cronaca va se retrouver au cœur d'une actualité démente ! Exactement ce que je voulais pour nous, depuis le début.

Dave avait monté le blog cronaca-sovversiva.com trois ans plus tôt, lorsqu'il avait réalisé que cracker et copier des logiciels ne suffisait plus à assouvir ses idéaux anticapitalistes. Voulant rendre hommage à ses lointains ancêtres italiens, il avait choisi le nom d'une publication anarchiste ayant été interdite sur le territoire américain juste avant la Première Guerre mondiale. Son blog avait rapidement attiré les mécontents du pays entier et il avait dû s'adjoindre les services de plusieurs personnes pour l'épauler dans une activité croissante et même devenue rentable, grâce à la publicité en ligne.

Juliana s'occupait à temps plein du forum de Cronaca. Elle supervisait dix modérateurs étrangers, qui travaillaient dans divers pays du globe, et s'occupait elle-même des membres anglophones, dont il fallait en permanence surveiller les propos.

Harvey, un ami commun rencontré au lycée, leur dédiait quotidiennement une partie de son temps libre pour compresser et encoder les images et vidéos qui leur arrivaient d'un peu partout, afin qu'elles soient proprement mises en ligne sur le blog, après avoir vérifié autant que possible leur authenticité.

Jefferson, un surdoué du fer à souder, lunatique à souhait et cousin de Juliana, s'occupait de la maintenance des machines et du bon fonctionnement du matériel.

Stella, la petite amie de Harvey, venait trois fois par semaine faire de l'archivage et de la sauvegarde de données, tandis que Terrence, Carlos et Lily participaient à l'écriture des sujets, quelques heures chaque jour.

Dave pilotait tout ce petit monde dans une ambiance joyeusement désorganisée, sa passion pour l'écriture et les complots en tous genres étant doublée d'une paranoïa très développée. Cronaca était une microsociété officiellement enregistrée en Italie, un cousin éloigné ayant prêté son nom pour l'occasion, et ses sites étaient hébergés en Suède. Les amis étrangers qui les épaulaient avaient tous des droits d'administrateurs, Dave voulant s'assurer que rien ne pourrait arrêter la diffusion, en cas de saisie – certes improbable – de leur équipement par le gouvernement américain.

Stella avait beau lui rappeler régulièrement qu'ils respectaient la loi, qu'il avait lui-même fait en sorte que leurs adresses IP restent de toute façon anonymes et qu'il était après tout un petit génie de l'informatique, il ne pouvait s'empêcher de clamer que le droit d'expression était un concept en voie de disparition.

Cronaca recevait des centaines de témoignages chaque jour, qu'il fallait soigneusement trier pour ne garder que les informations particulièrement intéressantes ou les révélations choquantes. Son objectif premier était de dénoncer les injustices et les dérives du pouvoir partout où il se trouvait, de les illustrer du mieux possible, à l'aide des vidéos communiquées par les internautes, et de les diffuser au plus grand nombre.

Fort de plus de cinquante mille membres enregistrés sur le forum, proposant ses contenus en onze langues différentes, le projet initial de Dave s'était mué au fil des mois en un point de rencontre virtuel mais incontournable pour tous les anarchistes, les amateurs de complots, les révolutionnaires dans l'âme et les insurgés de tout poil. On y parlait politique, économie, scandales et menaces diverses à l'encontre des droits et de l'épanouissement des peuples.

Pour souligner le logo officiel du site, version modernisée de celui qu'utilisait le journal du même nom un siècle plus tôt, Dave avait choisi sa devise latine préférée. Sous le dessin d'un homme enchaîné par les poignets était écrit « *quis custodiet ipsos custodes ?* » une phrase de Juvénal signifiant « *qui gardera les gardiens ?* ». Elle était pour lui un rappel permanent que ceux qui encadrent et dirigent le monde devaient eux aussi être contrôlés.

La veille, Dave avait été réveillé avant l'aube par l'administrateur français de l'équipe. Fabian, un jeune du même âge que lui qui baragouinait un anglais approximatif, lui avait demandé d'une voix surexcitée d'aller immédiatement regarder le mail étrange qu'ils venaient de recevoir.

Une heure après sa réception, une fois mise à l'abri sur leur serveur en Suède, la vidéo avait déjà été transmise à tous leurs sites partenaires et à quelques journalistes en qui Dave avait confiance. Chargée sur des sites de partage comme Youtube ou Dailymotion, elle avait rapidement envahi les rubriques d'actualité et s'était retrouvée en tête des consultations du jour.

Habitué à recevoir des documents douteux, où rumeurs et vraies informations se mélangeaient, Dave avait développé un flair presque infaillible qui lui permettait de faire le tri et de repérer les messages potentiellement explosifs. Le système qu'avaient choisi les envoyeurs pour transmettre la vidéo à Cronaca – un courrier émanant d'une adresse email temporaire déjà inactive lorsque Dave avait tenté de répondre, renvoyant vers un document hébergé sur un serveur anonyme – montrait qu'ils savaient ce qu'ils faisaient et qu'ils n'étaient pas de simples internautes voulant tenter un canular.

Le soin apporté au document, de sa réalisation à son encodage, en passant par le sous-titrage et la qualité sonore, était synonyme de matériel de qualité et de préparation du contenu. Les vidéos bricolées maison étaient généralement d'une tout autre facture. Cette fois-ci, il pouvait flairer un travail effectué par des professionnels. Des pros qui les avaient choisis eux, et pas la presse traditionnelle, pour diffuser leur message. Ces types craignaient la censure et savaient ce qu'ils faisaient. Cronaca n'allait pas les décevoir.

En moins de vingt-quatre heures, le blog et le forum de Cronaca s'étaient retrouvés pris d'assaut et l'équipe éparpillée aux quatre coins du globe ne chômait pas. Les internautes avaient manifestement bien des choses à dire à propos de la suite d'événements incroyables des dernières quarante-huit heures et il fallait continuellement modérer les commentaires et les témoignages plus ou moins valables qui leur arrivaient.

Dave et Juliana s'étaient couchés très tard et avaient peu dormi, la jeune fille ayant choisi de rester et de passer sa courte nuit sur le canapé inconfortable du loft, ce qui accentuait sans doute sa mauvaise humeur.

Dave l'entendit soupirer quand elle découvrit la quantité de nouveaux messages qui l'attendaient sur le forum et il vit du coin de l'œil sa tête brune s'avancer vers l'écran, signe qu'elle se mettait au travail.

Ce n'était pas aujourd'hui qu'ils allaient pouvoir se reposer, pensa-t-il.

Il ne croyait pas si bien dire.

Chapitre 36 – 8 septembre 2010

« **B**on, on la balance, cette vidéo ? Tout est prêt et il est déjà plus de 14 heures !

— Elle est parfaite sur la forme, mais le fond m'embête toujours un peu, Fred. J'ai des doutes.

— Franchement, tu m'étonnes, là, Philippe ! D'habitude, c'est toi qui nous motives quand on a un coup de mou. Qu'est-ce qui te chagrine ? On a attendu suffisamment longtemps et c'est clair que personne d'autre ne revendiquera l'explosion, maintenant. Je vous dis que c'est un sympathisant qui a réagi à la première vidéo et qu'il attend sûrement qu'on se bouge !

— Mouais… il a été bien rapide, quand même. L'explosion de New York a eu lieu alors que notre première vidéo commençait à peine à être diffusée, si je calcule juste. Il est sacrément fort, le bonhomme… un peu trop à mon goût. Et tu sais bien que revendiquer une action qu'on n'a pas préparée est généralement une mauvaise idée.

— Alors pourquoi tu as accepté de l'enregistrer, celle-ci ? intervint Balard.

— Parce que je n'aime pas rester inactif pendant que je réfléchis. Je préfère optimiser. Mais avant de l'envoyer, pensons bien à ce qu'on est sur le point de faire.

Assis devant l'équipement informatique de la ferme, les trois hommes se repassèrent encore une fois l'enregistrement effectué une heure plus tôt. Beaucoup plus court que le premier, il se contentait d'une déclaration rapide dans laquelle le trio endossait la paternité du dernier attentat et annonçait de nouvelles actions à venir sous peu. Son et image avaient cette fois encore été soigneusement vérifiés, pour ne laisser aucun indice exploitable.

Vandercamere étudia silencieusement la vidéo avant de reprendre la parole.

— Je crois que ce qui me gêne le plus, en fait, c'est le délai entre les actions. Dans la première vidéo, on insistait bien sur la raison de nos actes et sur leur préparation méticuleuse. On s'est même excusés que des victimes innocentes soient à déplorer dans l'attaque de Washington. On a parlé de notre détermination, mais surtout de notre priorité : aider les gens. Là, j'ai peur qu'on se mette à nous prendre pour des énervés de la gâchette, si vous voyez ce que je veux dire. Des types qui commencent à ne plus se contrôler. Alors oui, je comprends bien tes arguments, Fred. La signature idéale, qui confirme exactement ce qu'on a annoncé hier, à propos des grands banquiers et de notre liste de cibles annoncées. L'absence de victimes innocentes, qui nous permet de montrer que nous ne sommes pas des psychopathes. Le fait qu'on ait pu pousser quelqu'un à exprimer à son tour son envie de révolte. Mais quand même… il y a quelque chose qui me gêne. Un élément qui ne colle pas bien. Comment le responsable de l'explosion est entré dans cette tour en pleine nuit pour préparer son coup ? Qui est-il vraiment ? Est-ce qu'il est vraiment dans notre camp ? Qu'est-ce qu'on veut nous faire faire, en réalité ? Ne pas avoir ces informations me dérange…

— Et si pour une fois, tu arrêtais un peu de vouloir tout contrôler ? le coupa Giraud. Pourquoi ne pas accepter l'intérêt de cette intervention ? On gagne du temps, on renforce notre discours et on peut continuer sur notre lancée, comme prévu. Il n'y a pas mort d'homme et aucun de ceux qui nous soutiennent pour le moment ne fera la gueule parce que les mecs de chez Morgan vont devoir refaire un peu de déco ! C'est tout bénef, non ?

Vandercamere fit une moue dubitative et se tourna vers Balard.

— On n'a qu'à voter. Quentin, ton avis ? Tu n'as pas dit grand-chose jusqu'à maintenant.

Son ami eut un sourire ambigu.

— Mon avis est que vous m'avez sacrément soufflé dans les bronches hier, pour avoir laissé trois personnes en vie. Je sais, je n'ai pas assez pensé aux conséquences générales, on ne va pas revenir là-dessus, dit-il en voyant Giraud ouvrir la bouche. De toute façon, on n'arrivera jamais à être vraiment d'accord sur cette question. Mais là, Philippe, tu veux faire l'impasse sur une attaque sans blessés, qui vise une des banques de notre liste ? J'ai du mal à te suivre ! Moi ça me va, évidemment. C'est justement le genre d'action que j'aimerais mener. Je n'ai pas le cerveau aussi tordu que toi pour m'imaginer une combine derrière tout ça. Et comme Fred, je suis étonné de te voir traîner des pieds. À mon avis, tu fais la gueule parce que, pour une fois, c'est pas toi qui as eu l'initiative.

Balard se moqua gentiment.

— En fait, je crois que t'es juste méchamment vexé ! Tu détestes qu'on te force la main. Pourtant, c'est bien notre objectif final, non ? Faire ce que les citoyens de base ne peuvent pas faire eux-mêmes, mais essayer de les entraîner dans notre cause en même temps ? On ne va pas se plaindre parce qu'on a un sympathisant qui a un peu plus de courage que les autres !

— Non, je ne me plains pas. Je dis juste que je flaire comme une odeur de futurs problèmes. Et tu as raison, je n'aime pas l'idée qu'on se retrouve à subir l'initiative de quelqu'un d'autre. C'est toujours une source d'emmerdes.

Il quitta sa chaise et leva les mains en signe de bonne volonté.

— Mais j'ai l'esprit sans doute trop tordu, comme tu le dis si bien. Et je respecte le vote. J'espère juste qu'on n'aura pas à le regretter. Je vous laisse faire l'envoi du fichier et du mail, puisque Fred s'en est déjà occupé hier. Faites ça bien, vu qu'on n'a pas le temps d'aller en ville pour trouver un cybercafé. Je reviens dans cinq minutes, j'ai un coup de fil urgent à donner. Après, il faut qu'on parle de la suite de notre liste. J'aimerais bien qu'on revienne à nos propres décisions, si ça ne vous dérange pas. Et pas de sourires moqueurs dans mon dos, je peux les sentir ! ajouta-t-il d'un ton pince-sans-rire alors qu'il quittait la pièce.

Giraud stoppa la grimace qu'il était en train d'esquisser, prit un air exagérément coupable en regardant Balard et les deux hommes se retinrent de rire avec difficulté.

Il répéta la procédure effectuée la veille. La vidéo fut envoyée vers un serveur réservé et paramétré par le cousin Bob, qui avait magnifiquement accompli ce qui lui était demandé jusqu'à maintenant, sans poser de questions superflues. Déjà, lorsque la première vidéo avait été enregistrée en août avant le départ de Vandercamere pour les États-Unis, il avait aimablement préparé matériel et logiciels, afin que les trois hommes gagnent du temps, sans s'intéresser le moins du monde à ce qu'ils avaient l'intention de faire avec.

Giraud commençait à se demander s'il était normal que son cousin se sente aussi peu concerné par leurs activités. N'importe qui d'autre aurait fait preuve d'un minimum de curiosité si on lui avait demandé d'installer de quoi masquer l'adresse IP utilisée à la ferme. Mais après tout, son cousin avait toujours été légèrement bizarre. L'important, c'était sa loyauté absolue et son sens de la famille.

Avec un petit sourire, Giraud évacua Bob de son esprit, vérifia une dernière fois l'adresse email du destinataire et cliqua sur « envoyer » pour expédier le lien qui permettrait à la vidéo d'être téléchargée.

— Et voilà ! À Cronaca de faire son boulot, maintenant.

Il ne restait plus qu'à supprimer le compte email créé pour cet unique envoi.

Les deux amis vérifièrent qu'ils avaient bien effacé leurs traces et quittèrent la pièce à leur tour, attirés par l'odeur provenant de la cuisine. Ils n'avaient pas encore déjeuné et Balard soupçonnait Vandercamere d'être parti se préparer une assiette, en prétextant son coup de téléphone. Il eut la surprise d'entendre Giraud formuler cette même pensée à voix haute.

— S'il est allé se faire à manger en traître, je ne réponds plus de rien !

Chapitre 37 – 8 septembre 2010

À 11 heures précises, Dennis se présenta à la chambre de Cecil, au troisième étage du Club. Ce dernier la louait à l'année, principalement pour y tenir ses conversations privées. Le vieil homme reçut l'Américain avec un sourire chaleureux très inhabituel et l'invita à s'asseoir à la table de travail, déplacée pour l'occasion au centre du petit salon attenant, au décor typiquement britannique.

Dennis fut frappé par l'odeur entêtante de pot-pourri qui imprégnait les lieux. Encore un truc anglais auquel il ne s'habituerait jamais !

Les deux hommes se firent monter thé et café et échangèrent quelques banalités pendant qu'ils attendaient leurs boissons, aucun des deux n'ayant l'air pressé d'en venir au cœur du sujet.

Ce fut seulement lorsqu'il eut sa tasse en main que Cecil passa aux choses sérieuses.

— Bon, Dennis, ne tournons pas autour du pot. Votre sortie d'hier soir a sacrément remué nos collègues. J'espère que vous êtes revenu à de meilleures dispositions et que nous allons pouvoir continuer à compter sur vous. Vous êtes un élément important de notre groupe.

Dennis fut étonné et charmé par le ton conciliant du vieil Anglais. Il avait peut-être bien fait de taper du poing sur la table, après tout. Manifestement, on ne le prenait plus pour un attardé mental et son opinion n'était plus quantité négligeable. Il fut tenté de répondre avec la même bonne volonté, même s'il ne partageait pas les objectifs du groupe d'hommes, mais se ravisa. Ces vieux banquiers à moitié dingues l'avaient traité comme un moins que rien pendant trop longtemps. Il n'allait pas leur rendre la tâche facile.

— Je crains, Cecil, que vous ne m'ayez pas bien compris. Mon problème, ce n'est pas de faire des affaires avec vous. C'est de participer à ce que vous prenez pour une mission divine. Désolé de vous le redire, mais j'ai l'impression d'être au milieu d'une bande de fous. Pour tout vous dire, ces derniers mois, j'ai fini par croire que vous me testiez. Que c'était une grosse blague, un genre de bizutage extrême, vous voyez ? C'est seulement hier que j'ai compris que toute cette histoire est parfaitement réelle. Et ça me fait froid dans le dos. Je n'arrive pas à comprendre. À vous comprendre. Vous tous. Et me dire que mon père trempait dans cette histoire me fait encore plus flipper. En fait, je ne le connaissais que très peu, quand j'y pense… peut-être même pas du tout.

Cecil l'observait sans l'interrompre. Dennis fut autant frappé par la fixité de son regard que par son silence. Il était rare que l'Anglais n'ait rien à dire et le laisse s'exprimer. Il tramait quelque chose, mais quoi ?

— Bref, reprit-il après quelques secondes de flottement, soudain moins sûr de lui. Je vous répète encore une fois que je ne veux pas participer à vos trucs. Et j'ai un conseil à vous donner. Laissez tomber votre plan avant que ça nous pète tous à la tête. Il y a déjà eu trois morts, sans parler des anonymes. Le jour des attaques, j'ai pris ça avec détachement, mais je pense que c'était à cause du choc. C'était trop gros pour que j'y croie vraiment et il m'a fallu un peu de temps pour me rendre compte de la situation. Et vous avez totalement pété les plombs, bordel ! En vérité, je ne suis pas un violent et j'ai beau adorer l'argent, j'ai mes limites. Ce que vous avez décidé est mal. Je ne peux pas vous laisser continuer sans rien dire.

Sans compter que mon père a participé à tout ça. Vous imaginez le scandale, si les gens l'apprenaient ? Il a beau être mort, je suis toujours « le fils de Walter » aux yeux du monde, avant d'être Dennis. Et ça sera le cas encore pendant un bon bout de temps, à mon avis. Vous voyez ce que je veux dire, non ?

Sa question, posée comme s'il avait vraiment besoin d'être conforté dans son analyse, attendait apparemment une réponse. Cecil joua le jeu et se fit compréhensif.

— Bien sûr, je comprends vos inquiétudes, Dennis. Mais tout n'est pas aussi simple que ce que vous croyez. Le bien et le mal sont des concepts très relatifs, quand on prend un peu de recul et qu'on étudie les choses.

Il ouvrit le dossier cartonné qu'il avait posé sur la table et en sortit une grosse liasse de feuilles.

— Mais puisque nous parlons de votre père, et avant de vous donner les raisons qui expliquent nos choix, j'aimerais que nous nous débarrassions de cette question de papiers. Votre père m'avait demandé d'attendre, en me confiant certaines de vos affaires, le temps que vous soyez prêt. Il vous trouvait un peu… jeune et manquant de maturité. Ce sont ses propres termes. Votre prise de position hier soir m'a fait comprendre que vous êtes enfin capable d'affirmer vos idées et que je dois vous laisser voler de vos propres ailes. Je vous propose donc de vous rendre les pleins pouvoirs et de vous restituer ce qui vous appartient de droit.

— Vous gérez une partie de mes activités sans que je sois au courant ? Comment est-ce possible ? Le notaire ne m'en a pas parlé ni aucun de mes avocats !

— Votre empire financier est complexe, vous avez dû vous en rendre compte. Votre conseil d'administration n'a pas les yeux partout, car Walter l'avait souhaité ainsi. Je ne vais pas vous embêter avec tous les détails, mais disons qu'il avait protégé certaines activités en les gardant sous son nom propre. Ce sont celles-ci qu'il m'a temporairement cédées, le temps que vous puissiez vous en occuper. Aujourd'hui, nous allons signer cette rétrocession. Vous voulez lire le dossier ?

Dennis regarda sa montre puis l'épaisseur du tas de feuilles devant lui. S'il voulait avoir le temps de déjeuner et prendre son avion dans les temps, il ne fallait pas trop traîner.

— Non, faites-moi un résumé de ce que je dois savoir. Sinon, j'en ai pour une heure de lecture au minimum.

Obligeamment, Cecil lui expliqua en quoi consistaient les activités concernées, ainsi que les profits escomptés. Dennis, agacé d'avoir été considéré jusqu'à la fin par son père comme un enfant incapable, l'écoutait d'une oreille distraite. Ponctuant le monologue de Cecil de quelques signes de tête, il fulminait intérieurement, impatient de récupérer ce qui lui appartenait. Lorsque le vieil homme eut fini et lui tendit les papiers, il les saisit sans attendre.

— Où dois-je signer ?

— Paraphez chaque page et signez là où vous voyez ma propre signature. L'ensemble du dossier est en deux exemplaires et ça va vous prendre un peu de temps. Voulez-vous que je commande le déjeuner, pour vous éviter d'être retardé ?

— Oui, faites. Prenez-moi ce que vous voulez, tant que c'est de la viande.

Cecil passa dans sa chambre et appela le room-service du Club, pendant que Dennis passait d'une page à une autre pour y apposer ses initiales. Il mit plus de quinze minutes à signer l'ensemble du document. Lorsqu'il finit, Cecil était en train d'ouvrir la porte à un serveur qui resta respectueusement à distance de la table, le temps que le vieil homme la débarrasse de ses papiers.

— Tenez, Dennis, votre exemplaire. Rangez-le tout de suite pour ne pas l'oublier.

La table de travail fut rapidement transformée en coin-repas et les entrées firent leur apparition moins d'une minute plus tard. En son for intérieur, Dennis ne put que reconnaître l'efficacité à toute épreuve du service du Club, mais se garda bien de formuler son opinion à voix haute. Si le vieux espérait des compliments, il pouvait toujours courir…

Les deux hommes commencèrent à manger dans le silence, le tic-tac obsédant d'une horloge retenant l'attention de Dennis, habitué à des ambiances autrement plus vivantes. Autour d'eux, le serveur se déplaçait sans bruit, s'assurant du bon déroulement du repas. La voix de Cecil surprit l'Américain lorsqu'elle rompit le silence.

— Un sou pour vos pensées…

— Désolé. Je pense à tout le travail qui m'attend à mon retour. Et je ne vous cache pas que j'ai hâte de rentrer.

— Un sentiment bien naturel. Mais avant que nous terminions de déjeuner et que je vous laisse à vos occupations, permettez-moi de revenir sur un point resté en suspens.

— Qui est ?

— Votre perception du bien et du mal.

— Vous voulez vraiment repartir là-dessus ? Laissez tomber, Cecil, vous perdez votre temps avec moi ! Je vous l'ai dit, je ne veux pas tremper dans vos histoires. Et si j'apprends que vous continuez vos saloperies, je finirai par raconter ce que je sais, soyez-en sûr.

— Pourquoi feriez-vous ça ? Expliquez-moi l'intérêt de votre menace et peut-être que vous parviendrez à me convaincre.

Dennis faillit s'étrangler sur un morceau de viande lorsqu'il fut pris d'une envie soudaine de rire. Le vieux ne manquait pas d'aplomb !

— Vous convaincre que tuer est immoral ? Anormal ? Si vous avez besoin qu'on vous le rappelle, je crois que c'est cuit ! Vous êtes juste toqué !

— Vraiment ?

Cecil paraissait presque peiné. Dennis eut une nouvelle fois l'impression d'être totalement à côté de la plaque, comme si l'Anglais détenait un secret évident qui lui échappait complètement.

— Dennis, avez-vous bien compris que nos actions n'ont rien à voir avec le plaisir ? Il ne s'agit pas de pulsions ou de vengeance. Nous ne cherchons que l'équilibre.

— L'équilibre ? Vous vous foutez de moi ?

— Non, je suis très sérieux. L'équilibre, l'harmonie, la balance universelle, appelez ça comme vous le préférez. Nous avons pour mission de recréer l'équilibre que nous avons tous perdu et que les futures générations n'auront plus aucun espoir de retrouver si nous n'intervenons pas. Et si nous devons au passage supprimer quelques gêneurs pour le bien de notre stratégie, nous le faisons. Sans plaisir, mais avec la conscience que certaines choses sont nécessaires pour atteindre l'objectif final.

Cecil eut un petit rire que Dennis trouva obscène.

— Ceci dit, j'avoue que la petite jeune pressentie pour remplacer Serrès me plaît bien… très malléable, très conciliante. Au passage, nous ferons certainement quelques belles affaires, je l'avoue. Mais là n'est pas la question. Notre argent et notre position ne sont finalement que des outils, qui nous donnent le droit et le devoir de jouer un rôle particulier dans le destin de l'homme. Dans l'avenir de l'humanité.

— Vous vous écoutez parler ? Vous êtes en train de me dire que vous vous prenez pour Dieu !

— Et qui est Dieu, d'après vous ? Un barbu perché dans les nuages qui écoute les pleurs quotidiens de presque sept milliards d'âmes perdues ? Non, Dieu est une invention qui permet à l'homme de s'en remettre à quelque chose de bien pratique, quand il ne sait plus où le mènent ses pas. Une conception mentale qui décharge les faibles et les opprimés des fardeaux qu'ils ne sont plus capables de transporter ! On a besoin d'argent ? On prie. On veut sauver un proche de la maladie ? On fait brûler un cierge. On a la conscience trop chargée ? On va parler à un autre être humain, qui, sous couvert des pouvoirs qu'il a reçus d'un troisième homme tout aussi terrestre que vous et moi, va vous laver de vos péchés en deux temps trois mouvements. On n'est pas d'accord avec le pays voisin ? On déclenche une guerre sainte en s'auto-octroyant l'approbation et la bénédiction des cieux. Quelle facilité et quelle impudence ! L'homme n'obtient que le dieu qu'il mérite ! Et jusqu'à maintenant, on ne peut pas dire que les résultats soient formidables… nous n'avons réussi qu'à créer un épouvantable gâchis.

Cecil avait l'air réellement déprimé et Dennis ne savait plus quoi lui dire. Le vieux croyait vraiment en ce qu'il racontait.

— Le Cercle est ce qui se rapproche le plus de ce que vous appelez « Dieu », Dennis. Un regroupement de personnes hautement conscientes du danger que court notre espèce et qui a choisi de faire ce que la majorité des humains ne sont même pas capables d'envisager. Assumer les responsabilités dont personne ne veut. Prendre les choses en main. Sauver notre monde de sa propre décadence. Remettre l'humanité sur le droit chemin, avant qu'il soit trop tard.

Les deux hommes avaient fini leurs assiettes et c'est en voyant le serveur les récupérer que Dennis se souvint qu'ils n'étaient pas seuls. Il jeta un coup d'œil inquiet à son compagnon.

— Ne vous inquiétez pas, il est sourd. Lawrence est à mon service depuis presque vingt ans et a assisté sans le savoir à tant de conversations de ce genre. Quelle ironie… Vous voulez un dessert ? demanda Cecil en faisant un signe à son serveur.

— Non, merci. Un café me suffira, pour digérer tout ce que vous venez de me raconter. Et je ne sais pas quoi vous répondre, en réalité.

— Vous réalisez donc que ce que je dis n'est pas si fou, après tout ?

— Non, ce n'est pas ça. Je pense que vous êtes complètement dingue ! Dans un genre bien précis, je le reconnais. Mais c'est justement parce que vous êtes totalement siphonné que je ne sais pas quoi vous dire. À part d'aller vous faire foutre, évidemment ! Comment vous faire comprendre qu'aucun être humain n'a le droit de s'estimer supérieur aux autres ? Vous êtes tellement sûr de vous et de votre bon droit…

— Vous croyez vraiment que tous les humains sont égaux ?

— Oui, bien sûr ! C'est une des bases évidentes de notre fonctionnement.

— Et parce que certains l'ont décrétée, elle est forcément vraie ?

— Elle est vraie parce qu'elle semble juste, tout bêtement ! Vous m'embrouillez, avec vos questions !

— Dennis, prenez un peu de recul. Si vous comparez deux hommes, séparés l'un de l'autre par quarante points de quotient intellectuel… vous croyez vraiment qu'ils sont égaux ?

— L'intelligence ne vous donne pas plus de droits !

— Non, elle vous donne plus de devoirs, effectivement. Mais vous répondez à côté de ma question… sont-ils égaux ?

— Oui, bien sûr !

— Et moi je vous affirme que non. C'est peut-être injuste, mais c'est une réalité. Nous naissons inégaux. Inégaux en intelligence, en beauté, en amour reçu, en argent possédé, en charisme et en tant d'autres choses. Le potentiel qui nous est donné est inégal selon les personnes, c'est un fait. Vous pouvez le regretter, mais vous ne pouvez le contester. En fait, nous ne sommes égaux que devant une seule chose : le droit et le devoir de faire de notre mieux avec ce qui nous a été transmis. L'obligation d'œuvrer pour le bien commun.

Lawrence déposa les boissons et repartit vers la chambre.

— Celui qui naît nettement plus intelligent ou plus riche que son voisin a le devoir d'exploiter ses atouts pour qu'ils profitent à son espèce. De la même façon qu'une bande d'animaux s'organise en fonction des capacités de chacun. Vous ne verrez jamais une meute constituée de quinze dominants qui veulent tous décider pour le groupe. La nature fait bien les choses, sans se poser de questions. Pourquoi l'espèce humaine serait-elle différente ? Certains sont faits pour mener les autres, là où le groupe est censé se rendre. Si tout le monde décide qu'il doit conduire en même temps, il ne reste que l'anarchie, qui ne profite à personne… et certainement pas aux plus faibles.

— Et vous êtes donc ce meneur naturel ? Cet être supérieur chargé de guider le reste du troupeau ? ricana Dennis.

— Pas moi tout seul, mais oui. J'en fais partie. Et l'histoire me donnera raison, je vous le garantis. L'espèce humaine est partie à la dérive il y a bien trop longtemps et nous sommes sur le point de régler son problème majeur.

— Votre fameux équilibre ?

— Oui, en effet. L'équilibre est une absolue nécessité pour le genre humain. Nous ferons ce qu'il faut pour le retrouver.

Cecil finit de boire son thé à petites gorgées et contempla l'Américain avec une fausse expression d'inquiétude.

— Vous m'avez l'air bien pâle, mon ami. Ça ne va pas ?

— Je me sens soudain très fatigué, à vrai dire. C'est bizarre, j'étais en pleine forme et tout d'un coup, je…

Dennis se mit à osciller légèrement sur sa chaise, comme s'il pouvait perdre l'équilibre et piquer du nez sur la table à tout moment. Sa voix était de plus en plus pâteuse.

— Qu'est-ce que vous m'avez fait ? Sale vieillard ! Vous m'avez empoisonné…

— Dennis, enfin, un peu de tenue ! Et je ne vais pas ternir la réputation de mon Club avec un cadavre d'Américain, non…

Il claqua des doigts en direction de Lawrence, qui attendait dans la chambre.

— Lawrence, notre ami est pris d'une subite envie de dormir. Je crois que vous allez devoir le raccompagner avec votre voiture. Il n'est pas en état de prendre l'avion aujourd'hui.

Dennis luttait comme un fou pour garder les yeux ouverts et s'accrochait au rebord de la table.

— Qu'est-ce que vous m'avez… Je vais vous…

— Un somnifère, Dennis. Puissant et rapide. Votre manie de boire du café est bien pratique. Et votre arrogance est incroyable… Vous pensiez vraiment menacer ce que le Cercle planifie depuis si longtemps ? Vous, votre grande bouche et votre prétendue connaissance du monde ? Vous venez de me prouver que porter le nom et les gènes d'un homme ne suffit pas à en faire le véritable fils. Si Walter était encore avec nous, il vous étranglerait de ses propres mains, de honte ! Soyez heureux que mon grand âge me pousse vers des pratiques plus miséricordieuses… et je suis désolé de ne pas avoir su vous convaincre de prendre votre place parmi nous. Soyez certain que j'espérais une autre issue, en ce qui vous concerne. Mais qui n'est pas avec nous est contre nous, dans cette affaire… l'objectif est la seule chose importante.

Dennis n'entendait déjà plus qu'une voix lointaine. Il s'affaissa lentement sur le côté et finit par tomber de sa chaise.

— Lawrence, je vous félicite pour votre prestation, vous êtes un sourd décidément très convaincant. Merci de ramasser ce pauvre Dennis et de le descendre au parking en utilisant l'ascenseur de service. Il est parti pour huit heures de sommeil du juste, compte tenu de la dose que vous avez versée dans son café. Mais ne prenez aucun risque et surveillez-le constamment jusqu'à son réveil. Faisons en sorte que le somnifère laisse un minimum de traces.

— Oui, Monsieur. Et ensuite ?

— Ensuite, faites ce que vous faites le mieux. Et débrouillez-vous pour qu'on le retrouve dans un de ces lieux publics mal famés où je ne mets jamais les pieds. Attendez la nuit, par contre. Ça brouillera un peu les pistes.

— Un vol ayant mal tourné, Monsieur ?

— Au premier abord, oui. Mais vous savez comme moi que notre trio de Rémoras, puisqu'ils ont choisi ce nom, est un bouc émissaire idéal. Laissez planer le doute, l'opinion publique fera le reste...

— Et sa mallette, Monsieur ?

— Très juste, j'allais l'oublier ! Ressortez juste le dossier qu'il y a rangé plus tôt. Oui, celui qui porte mon en-tête. Merci. Dire que ce garçon n'a même pas lu ce qu'il signait... son père doit se retourner dans sa tombe.

Cecil rangea la liasse de feuilles avec la sienne et contempla le tas de papiers avec tristesse.

— C'est curieux... j'aurais pensé que devenir l'actionnaire principal de l'entreprise de Walter me rendrait plus heureux que ça... je dois devenir sentimental, après tout.

Lawrence sortit de la chambre en portant Dennis à moitié sur son épaule, comme s'il s'agissait d'un compagnon de beuverie. Il abandonna son patron à un silence pesant, que seule l'horloge venait méthodiquement perturber.

Chapitre 38 – 8 septembre 2010

L'équipe de Cronaca était en pleine effervescence.

Chacun avait passé la matinée à regarder en boucle la deuxième vidéo récupérée et rendue publique par un Dave surexcité quelques heures plus tôt. Tous y allaient de leur commentaire, en gardant un œil sur la propagation en ligne du fichier. Au milieu du brouhaha ambiant, Juliana essayait tant bien que mal de s'assurer que le forum anglophone ne bascule pas dans l'anarchie, les membres postant des messages beaucoup trop rapidement pour qu'elle pût suivre le rythme.

— Merde, heureusement que ça reste virtuel ! Certains de ces types seraient prêts à en venir aux mains, tellement ils sont énervés. Je n'ai jamais eu à modérer autant d'insultes. Si ça continue, il va falloir bannir un quart des membres !

Dave, qui était en train de rédiger un article ouvrant le débat sur la question des révoltes armées dans les états démocratiques, se tourna vers elle d'un air surpris.

— Tu plaisantes ! Hors de question de couper les droits de qui que ce soit ! Tu enlèves juste les trucs qui sont vraiment limites, mais tu laisses les accès ouverts. On n'a jamais eu autant de trafic que depuis deux jours et tout le monde se tourne vers nous pour avoir des infos. Si on les bloque, ils iront ailleurs, de toute façon. Je suis pour le débat et tant mieux si c'est un peu musclé.

— Ouais, ben regarde ce que ça donne, même chez nous, lui répondit Juliana en désignant deux de leurs amis du menton.

Pourtant, tu peux pas dire que ce sont des violents, d'habitude…

Debout près du comptoir qui marquait la séparation avec la zone de la cuisine, Carlos et Stella étaient en pleine discussion et le ton montait depuis quelques minutes.

— On voit bien que tu n'as jamais eu de problèmes de fric, toi ! Tu ne sais pas ce que c'est, de te demander comment tu vas bouffer chaque fin de mois, sans parler du reste !

— Mais oui, Carlos, bien sûr ! Je roule sur l'or et je ne comprends rien à l'économie. Tu crois vraiment que ton couplet habituel de petit-fils d'immigré m'impressionne ? Je vais quand même pas m'excuser parce que ma famille n'a pas de soucis d'argent !

— Non, mais tu pourrais au moins essayer de comprendre qu'il y a plus de gens comme moi que de gens comme toi ! Et ces gens en ont marre ! Marre de crever la bouche ouverte, à mendier une existence correcte. C'est pour ça qu'ils soutiennent les Rémoras et que moi aussi j'applaudis sans me cacher.

— Non, mais tu t'entends parler, avec ton air dramatique ? Depuis quand tu es d'accord avec les actions terroristes, pour commencer ? Je croyais que t'étais un type un peu plus subtil que ça !

— Parce que tu trouves que c'est malin de rester les bras croisés à attendre que quelqu'un d'autre se lève à notre place pour dire stop ? T'as vu l'état du monde ?

— Ah non ! Tu ne vas pas recommencer avec tes arguments simplistes ! Je veux bien supporter tes articles écolos à propos du climat et des baleines, mais là, tu commences à m'emmerder sérieusement !

— Et toi, je finis par me demander ce que tu fous ici ! T'es au courant qu'on est un groupe qui ne soutient pas exactement les capitalistes dans ton genre ?

— Fais gaffe, Carlos, j'ai la main qui me démange ! Je te rappelle que j'étais là bien avant toi et que j'ai été une des premières personnes à travailler ici.

— Oui, tant qu'il ne fallait pas trop se mouiller, ça t'allait bien ! T'es une vraie dégonflée politique, Stella, reconnais-le, au moins !

— Ce n'est pas parce que j'ai une certaine idée de la civilisation que je n'ai pas de convictions, bon sang ! Je pense juste que ce ne sont pas trois ex-militaires à moitié tarés qui vont remettre de l'ordre là où c'est nécessaire. Tu peux accepter que je ne sois pas d'accord avec leurs méthodes, non ?

— Vu le ton que tu emploies pour parler d'eux, on voit bien que tu les prends pour des minables. Ce ne sont pas juste d'anciens troufions débiles ! T'as vraiment regardé ce qu'ils expliquent dans leurs vidéos ?

— Oui, Monsieur ! J'ai tout regardé ! Trois fois. Et il me semble que c'est bien ce qu'ils disent pour expliquer qui ils sont, non ? Qu'ils ont notamment fait partie des services de renseignement occidentaux et qu'ils ont décidé de s'en prendre à leurs anciens donneurs d'ordres et aux empires de banquiers, afin de remettre les pendules à l'heure, ou un truc dans ce goût-là ?

— Tu simplifies sacrément leurs propos !

— Oui, mais l'idée générale, c'est ça. Et je ne suis pas persuadée que trois types, même bien informés, aient les moyens et le droit de faire ce qu'ils disent vouloir faire. C'est dingue et totalement mégalo, comme histoire ! Même les islamistes ne vont pas aussi loin !

— Les islamistes sont des arriérés qui veulent juste faire chier l'occident pour des questions de religion ! Ils n'ont pas la prétention de redistribuer les cartes à l'ensemble du genre humain et de remettre l'humanité dans le droit chemin !

— Et ça, ce n'est pas simpliste, comme analyse, peut-être ?

— Mais t'as vraiment envie d'être conne aujourd'hui, ou quoi ? Tu crois que…

Un de leurs amis vautrés sur le sofa de la zone de détente du loft cria plus fort qu'eux pour les faire taire.

— Hé, vous la mettez en sourdine ? On aimerait entendre ce qui se dit, nous ! dit-il en désignant la télévision posée sur une table basse, devant eux.

Stella se rapprocha d'un pas décidé de Harvey, son petit ami, et changea de cible.

— Toi, tu pourrais me défendre un peu, pour changer ! Carlos me traite de traîtresse capitaliste et tu ne lèves pas le petit doigt pour dire que j'ai raison quand je…

— Chut, ma puce ! Tu ferais mieux d'écouter ce qui se dit. On entre en phase de contre-communication, on dirait.

Terrence, assis à côté de lui, acquiesça d'un hochement de tête et d'une remarque laconique.

— Ouais, ils vont commencer à en prendre plein la gueule.

Tout le monde se rapprocha pour écouter les commentaires d'un porte-parole gouvernemental, interrogé par un journaliste de la chaîne Fox News.

— *Ces hommes se présentent comme ayant un passé militaire actif et disent qu'ils ont fait partie des services de renseignement, en ayant travaillé pour plusieurs gouvernements, dont le gouvernement français. Mais l'enquête menée pour le moment nous a fourni des informations très différentes. Ils ne sont pas exactement ce qu'ils disent être.*

— *Vous pouvez nous en dire plus ?*

— *Vous comprendrez qu'une certaine confidentialité est nécessaire pour les besoins de l'enquête, bien sûr, mais je peux au moins vous dire que l'un d'entre eux – celui qui semble être le meneur du groupe – ne serait qu'un ancien simple cuisinier sur un navire militaire, qui a été renvoyé de l'armée, d'après nos sources. Manifestement, il s'agit* surtout de personnes frustrées et déséquilibrées, qui ont décidé d'exercer une vengeance personnelle sous des prétextes politiques.

— Vous avez donc identifié ces hommes ? Comment avez-vous procédé ?

— Il reste beaucoup de choses à confirmer, car ils ont réussi à semer une grande confusion jusqu'à maintenant, mais je suis confiant quant à l'efficacité des services antiterroristes occidentaux. Nous ne sommes qu'à trois jours des célébrations prévues pour honorer la mémoire des personnes qui ont trouvé la mort ici il y a neuf ans, et il est hors de question que nous laissions d'autres terroristes ébranler ainsi les valeurs fondamentales de notre pays.

— Quatre attaques se sont déjà produites, et trois dirigeants d'organismes majeurs en ont été les victimes directes. Pouvez-vous nous dire comment les Américains doivent réagir ? Est-ce qu'ils ont des raisons d'avoir peur pour leur sécurité ?

— Ces attaques sont effroyables, mais vous connaissez comme moi la philosophie de notre nation : rien ne doit céder devant le terrorisme. Nous conseillons à nos concitoyens d'être vigilants, mais de conserver une activité normale. Je leur demande aussi personnellement de faire suivre à leurs proches les informations qui viennent d'être données.

— À propos du vrai passé de ces hommes ?

— Exactement. Que personne ne se laisse aveugler par les propos mensongers qui figurent dans ces vidéos de propagande. Il faut savoir appeler un chat un chat. Et les Rémoras ne sont rien d'autre qu'un énième groupe terroriste, un peu plus évolué que d'autres quant à sa communication, je vous l'accorde. D'ailleurs, je tiens aussi à vous dire que...

Dave se mit à rire.

— Cuisinier ? Ils n'ont vraiment pas trouvé mieux que ça ? Pourquoi pas homme de ménage, tant qu'on y est ?

— Les gens ne peuvent quand même pas gober ça ! s'écria Carlos. Ces mecs ont organisé trois attaques simultanées sur deux

continents et seraient de simples petits « ex-militaires tarés » ?
ajouta-t-il en se tournant vers Stella d'un air agressif.

— Tu vois que je ne suis pas la seule à en parler ! lui répondit-
elle sur un ton de défi. Tu te laisses aveugler par leur côté
« révolutionnaire français romantique » et tu oublies qu'on ne sait
rien de ces types.

— Et toi, tu oublies qu'on vient de voir la Fox, la coupa
Terrence. La pire chaîne qu'on puisse choisir si on veut des infos
impartiales qui ne baignent pas dans un patriotisme aveugle.
Questions orientées et réponses téléguidées, sans point de vue
contradictoire.

— Et pourquoi tu la regardes, alors ?

— Justement parce que je veux savoir ce que disent les pires
opposants au combat contre le capitalisme primaire ! Et parce que
ce que tu viens d'entendre, on va le retrouver de plus en plus sur le
forum, quand les membres conservateurs et un peu bas du front
vont venir se connecter en masse pour en découdre avec nos
communistes et anarchistes les plus énervés. Bref, ça va chauffer un
max ! Surtout si nos trois mousquetaires ne s'arrêtent pas là.

Juliana, qui était retournée se rasseoir devant son poste,
l'interrompit d'une voix lasse.

— Ouais, et bien je vais finir par jeter l'éponge, moi. Je veux bien
qu'on laisse le droit au débat s'exercer, mais je ne peux plus suivre
les échanges. Ça poste à la chaîne et presque aucun message ne
respecte les règles du forum. On va se retrouver avec des procès
pour injures, menaces, incitation à la violence, racisme et
homophobie, ajouta-t-elle en parcourant rapidement quelques
sujets. Alors, arrêtez ce que vous êtes en train de faire et venez
m'aider. Parce que là, je ne vais pas m'en sortir toute seule. On n'a
jamais eu ce genre d'activité avant, et mes deux mains ne suffisent
plus.

Stella laissa tomber sa querelle inachevée et vint s'asseoir au poste situé en face de son amie.

— Attends, on va au moins rajouter quelques filtres supplémentaires pour les injures. Ça calmera les plus excités d'avoir des étoiles partout au milieu de leurs phrases.

— Ils vont juste nous accuser de faire de la censure, tu vas voir.

— Je crois qu'il vaut mieux ça plutôt que de devoir fermer boutique, non ?

Dave se rassit à son tour.

— Restez zen, les filles. Dites-vous que nous sommes certainement la dernière chose qui intéresse le pouvoir, pour le moment. Ils ont d'autres chats à fouetter !

Juliana le regarda avec des yeux exagérément écarquillés et se moqua de lui.

— C'est toi, le plus grand parano que je connaisse, qui me dit ça ? Tu n'as plus peur qu'on ait des problèmes ? Qu'est-ce qui t'arrive ?

— Il m'arrive qu'on est en plein milieu de l'actualité et qu'il est hors de question qu'on en sorte, simplement parce que certains internautes ont tendance à s'échauffer.

Juliana reprit un air sérieux.

— C'est toi qui chargeras le plus, Dave, en cas de problème juridique. Donc c'est toi qui décides. Mais dans ce cas, viens te connecter et lire. Parce que je crois que tu ne mesures pas vraiment l'ampleur du phénomène. On a reçu autant d'inscriptions en deux jours que ces six derniers mois, si ça peut te donner une idée. Et depuis quatre heures, c'est devenu un truc de malade !

— Oui, j'ai suivi les chiffres. Et je suis prêt à prendre le risque, pour un sujet pareil. Tout passe par nous et c'est incroyablement jouissif comme sensation !

Stella tenta de modérer son enthousiasme.

— Dave, il faudrait quand même qu'on prenne position pour dire qu'on n'est pas d'accord avec les méthodes. Qu'on montre un peu de recul par rapport à l'information, non ?

— Qui te dit que je ne suis pas d'accord ?

— Ah, non, tu ne vas pas te mettre à parler comme Carlos ! Tu ne comptes quand même pas approuver officiellement sur le blog ce qui se passe ?

— Je ne sais pas encore. J'ai besoin d'un peu de temps pour réfléchir à tout ce qui vient d'arriver. Peut-être que je me contenterai de faire l'arbitre en lançant des débats, ajouta-t-il d'un ton léger.

— Nous avons une responsabilité, Dave. Nous ne pouvons encourager ouvertement le terrorisme. Pas seulement pour des questions légales, mais tout simplement parce que c'est mal !

— Tu devrais aller participer au débat que je suis en train de lancer, alors ! Je crois que c'est un sujet qui va passionner nos lecteurs…

— Je ne plaisante pas ! Dans notre créneau, nous sommes plutôt écoutés et respectés. Approuver les attaques, c'est prendre une position dangereuse sur le plan moral !

— Dangereuse ou courageuse ? La frontière est mince…

Carlos, qui s'était à son tour connecté pour travailler sur le forum, intervint.

— C'est ce que je me tue à lui expliquer ! Qu'il arrive un stade où discuter et écrire ne sont plus suffisants, et qu'il faut alors agir. Mais autant parler à un mur, car madame est pleine de théories !

— Oh, la ferme, Carlos ! Tu raisonnes comme un manche ! Si on t'écoutait, ce serait le retour à l'âge de pierre. Tout le monde réglerait ses comptes à coup de massue !

— Et toi tu resterais à papoter devant le méchant dinosaure, en lui expliquant que ce n'est pas bien qu'il ait envie de te bouffer toute crue… la belle affaire !

— Les dinosaures étaient déjà éteints depuis belle lurette quand l'homme est arrivé, Carlos, révise ton histoire.

— Oh, c'est bon, t'as très bien compris ce que je veux dire !

Juliana les interrompit d'un ton cassant.

— Vous savez quoi ? J'ai dormi quatre heures la nuit dernière et j'ai mal à la tête… alors ou vous bossez en silence et vous débattez sur le forum si ça vous fait vraiment du bien de vous pourrir virtuellement, ou vous vous cassez d'ici !

— Et vous avez aussi le droit de ne pas être d'accord, ajouta Dave. Je crois que personne ici n'est encore capable de comprendre tout ce qui se passe. Il est trop tôt pour avoir des idées arrêtées, alors qu'il nous manque des tas d'infos. Les prochains jours nous diront vers quoi on se dirige. J'ai l'impression que ce n'est que le début d'un truc bien plus énorme.

Il se remit à l'écriture de son article.

— Et on risque d'être tous surpris, murmura-t-il.

Chapitre 39 – 10 septembre 2010

« M es amis, il reste moins d'une heure. Je crois que le moment est approprié pour que nous ayons une pensée à l'égard de ceux qui vont contribuer à l'émergence du nouveau monde que nous sommes sur le point de mettre en route.

— Vous voulez parler des futures victimes, Cecil ?

— Oui, effectivement, si vous voulez présenter ça de façon pragmatique. Mais je n'aime pas ce terme, Roderich. Il est commun et reflète tellement peu l'importance du rôle involontaire que ces personnes vont jouer. »

Le visage rubicond de l'Allemand se tourna vers son compagnon et lui adressa un sourire sans joie.

— Autant dire les choses telles qu'elles sont. Je n'ai jamais eu votre talent pour les discours mis en scène. Et ces gens sont sur le point de mourir, c'est ainsi.

— Oui, c'est ainsi, Roderich. Une étape douloureuse, mais un objectif noble et indispensable.

— Je le sais. Et je pense que nous avons tous eu le temps de nous y préparer. Mais si vous voulez que nous ayons une pensée pour ces personnes, et pour celles qui vont suivre, autant être honnêtes. Ceux qui vont mourir ne le savent pas encore et s'ils le savaient, nos pensées actuelles seraient le cadet de leurs soucis. Ce petit cérémonial ne fait qu'apaiser notre propre conscience, vous le savez aussi bien que moi. Après tout, vous venez de vivre ça avec Dennis.

Les hommes présents eurent tous un regard gêné en direction de la chaise vide. Ils semblaient plus embêtés que peinés, plus contrariés que remplis de remords, comme si cette absence ternissait une situation par ailleurs conforme à leurs attentes. Le départ de Dennis était semblable à une tache sur une nappe immaculée, à un grain de sable dans une mécanique bien huilée.

Cecil interpréta le silence ambiant comme un besoin de réconfort moral et d'optimisme.

Laissant ses propres regrets de côté, il reprit la parole d'un ton assuré.

— Dennis n'était pas capable de se joindre à nous. Il n'avait pas été initié et préparé à embrasser notre cause. Ironiquement, son décès nous rend plus service que sa présence à nos côtés, car il va faire partie de la longue liste d'erreurs que nos trois amis vont commettre.

— Vont commettre ? l'interrompit Chu-Chung. Il est mort il y a maintenant deux jours. Pourquoi personne n'en parle déjà ?

— Parce que j'ai fait en sorte que l'identification de son corps soit différée...

Cecil consulta sa montre.

— ... et que dans quelques minutes, on saura officiellement qu'un éminent banquier a été victime de la vendetta des Rémoras. L'information paraîtra juste avant que l'événement de New York se produise. Rien de mieux qu'un peu de confusion pour pousser tout le monde à des conclusions hâtives. Et au milieu de la panique des prochains jours, personne ne cherchera une autre explication. Nos trois mercenaires seront très vite les hommes les plus détestés de la planète.

— Vous êtes plutôt sûr de vous, Cecil, l'interrompit le représentant canadien. Alors, vous êtes certain que personne ne gardera la tête froide ?

Le vieil Anglais eut un petit sourire en coin plein de condescendance.

— Vous savez, j'ai appris une chose essentielle au cours des décennies passées. Une chose qui ne s'est jamais démentie et qui au contraire n'a fait que s'amplifier, grâce aux moyens de communication modernes. Chez la plupart des êtres humains, l'émotion brouille la raison. Elle l'étouffe, elle la paralyse. Elle l'empêche de jouer son rôle.

Il se tourna vers Roderich et le regarda affectueusement.

— Pas chez quelqu'un comme notre ami Roderich, effectivement. Il y a bien sûr des exceptions. Mais le pouvoir collectif de l'émotion est immense. Au point d'en perdre toute logique et rationalité. Pourquoi croyez-vous que j'ai choisi la date d'aujourd'hui, veille d'une journée de deuil et de célébrations ? Pas par cruauté mentale, non. Mais parce que je compte sur l'émotion pour faire taire les esprits rebelles. Devant elle, personne n'a son mot à dire, car les arguments rationnels sont perçus comme des agressions, qu'on rejette en bloc, faute d'avoir les idées assez claires pour y répondre.

Il eut un geste fataliste, qui évoquait à la fois le regret et la déception.

— Nous avons encore pu constater cela, il y a neuf ans, malgré un plan que nous n'avions pas parfaitement ficelé. Il était pourtant assez facile de réaliser qu'aucun avion ne s'était écrasé en pleine campagne, qu'un missile avait percuté le pentagone ou que les tours avaient été méthodiquement démolies. Il suffisait que les gens s'interrogent, regardent deux ou trois vidéos, révisent quelques connaissances scientifiques de base et acceptent juste de se demander si la théorie officielle était juste. Ce que toute personne sensée est supposée faire, en somme. Avoir l'esprit critique et éclairé. Et pourtant, presque tout le monde a gobé nos explications, sans sourciller. Pourquoi ? Parce qu'ils ont vu d'autres êtres humains sauter des tours. Ils les ont vus et entendus se jeter, dans la douleur et la panique. Et c'est un spectacle insoutenable, surtout quand on a un proche qui est concerné. L'émotion est à son comble, elle recouvre tout sur son passage. Alors, on s'accroche à la première théorie qui nous est donnée, répétée et amplifiée, car elle nous procure la seule chose qui peut légèrement atténuer la douleur : un coupable. Un ennemi. Un réceptacle qui pourra accueillir toute la haine et la soif de vengeance. Et qu'importe si le premier scientifique venu peut prouver que l'acier ne fond pas à telle température, qu'importe si la taille du trou ne correspond pas à celle de l'avion qui est supposé l'avoir créé... la raison n'est plus maîtresse. On s'accommode tout d'un coup de nombres impossibles ou d'éléments hautement improbables. On abandonne calculs et analyses. On fait tout ce qu'on peut pour que l'émotion puisse s'exprimer pleinement, sans freins et sans limites. On renonce à toute objectivité.

Il fit une pause et laissa planer le silence quelques secondes, avant de poursuivre.

— Et lorsque certains se réveillent, lorsqu'ils tentent de mettre de l'ordre dans leurs pensées, ils commettent le pire des crimes. Ils se soustraient à l'émotion collective, en essayant de la rationaliser. Et ça, le groupe ne peut l'admettre. Alors, ces gens plus raisonnables se font traiter de fous, de traîtres, de « conspirationnistes », et on leur reproche de nier l'émotion, de vouloir la minimiser. Dans l'exemple du 11 septembre, on a accusé ceux qui raisonnaient de vouloir remettre en cause la mort des victimes, alors qu'ils voulaient simplement identifier les vrais responsables. Le fond et la forme se sont mélangés, l'émotion a pris le pas sur la raison. Ça a toujours été comme ça. Et ça le sera encore, rajouta-t-il, en conclusion.

Ses compagnons restèrent silencieux et attendirent. Personne ne savait trop quoi rajouter. Ce fut finalement Roderich qui compléta l'explication de son ami d'enfance.

— Demain sera une double journée de deuil. L'action de ce soir va déclencher les premières vraies réactions de colère et de peur. Et avant que ces émotions retombent, les événements des prochaines semaines prendront le relais, ce qui ne fera que les amplifier. Ce sera une période noire, dure et difficile pour nous également, car le quotidien du monde va être bouleversé et que nous ne pourrons pas revenir en arrière.

Cecil acquiesça d'un signe de tête et reprit la parole.

— Et soyez certains que nous aurons tous des regrets, même si nous savons depuis des années que c'est la chose à faire. Votre conscience va vous tirailler, vos nuits seront de moins en moins légères et vos réveils chaque fois un peu plus amers. Mais ces émotions, même si elles sont légitimes, devront être contrôlées, car nous sommes dans le juste. Attendre serait un luxe que le monde ne peut plus se payer. Ce que nous allons planter d'ici l'année prochaine ne deviendra productif que pour les générations futures, mais c'est pour ça que nous sommes ce que j'appelle des visionnaires. Parce que nous savons ce qui sera un jour bon pour ceux qui ne sont même pas encore nés.

Il se leva et invita d'un geste solennel ses compagnons à faire de même.

— Messieurs, je vous propose de lever notre verre à la santé du monde. Puisse-t-il retrouver la voie de l'équilibre et de la prospérité !

Les hommes trinquèrent dans un silence respectueux puis reprirent leur discussion d'une voix feutrée.

Il était 20 h 10 lorsque Cecil demanda à Edgar d'allumer la télévision du petit salon, afin de suivre les nouvelles.

Les images ensanglantées du quartier de Wall Street leur sautèrent au visage et ils baissèrent la tête, comme pour se recueillir devant les amas de tôle fumante et de gravats.

J'étais encore très jeune lorsque Cecil m'a enseigné les trois règles fondamentales du pouvoir : être celui qui prend les décisions politiques, avoir l'argent pour les financer et les appliquer, et contrôler les médias pour pouvoir en parler... ou pas.

Politique, économie, médias. La Trinité qui domine tout le reste. Grâce à elle, les peuples vous appartiennent.

Si vous infiltrez ces trois milieux, en plaçant habilement vos pions, en étendant votre influence et en faisant preuve de patience et de discrétion, vous pouvez être sûr que vous façonnerez le monde comme vous l'entendez.

Car qui pourrait s'y opposer ? Qui pourrait contrer un groupe d'hommes qui tissent leur toile depuis des décennies et qui sont devenus propriétaires de tous les autres, dans la quasi-indifférence générale ?

Ceux qui ont tenté d'exprimer leurs craintes, au cours du siècle dernier, tous ceux qui ont maladroitement crié au complot et appelé à la révolte... eh bien, ces personnes-là ont mal fini. On les a critiquées, on s'en est moqué, on a détruit leur réputation et on les a même parfois assassinées, lorsque les derniers lambeaux de leur crédibilité refusaient de partir en fumée.

Au mieux, ces personnes ont été une distraction amusante pour les hommes du Cercle, et au pire, une épine dans le pied qui devait être rapidement extraite afin d'éviter le risque d'infection.

Mais elles n'ont jamais été une véritable menace.

Parce que le Cercle a rapidement compris une chose : aucun être humain ne combat avec conviction une chose à laquelle il ne croit pas vraiment. Et le coup le plus malin que le Cercle ait jamais réussi, ça a été de faire croire à tout le monde qu'il n'était qu'une invention *populaire. Un mythe ou une légende urbaine qu'on évoque entre amis, les soirs où on se sent d'humeur à parler du monde et de ses dérives, un peu comme on discute du dernier film à la mode.*

Mais même ceux qui croient en l'existence d'une élite dominante ne comprennent finalement rien.

Ils imaginent une poignée de politiciens véreux qui se réunissent dans quelque lieu secret et obscur, et dont la seule obsession serait de mettre la main sur l'or du monde. Ne voient-ils pas que l'argent n'est qu'un outil et pas une fin en soi, et que les hommes du Cercle font tranquillement leur travail, presque sous le nez de tout le monde ?

Le Cercle n'a pas besoin d'argent, en réalité, puisqu'il peut le fabriquer à tout moment. Il a juste besoin de s'assurer que le reste du monde n'en aura jamais autant que lui, nuance. Il faut respecter La Trinité, vous voyez...

Quant aux objectifs du Cercle, ils ont toujours été évidents, pour peu qu'on ouvre les yeux, même à peine, et qu'on décide qu'il est temps d'y voir clair.

Comment près de sept milliards d'individus peuvent espérer se partager un seul caillou, si personne n'est là pour faire l'arbitre et organiser l'avenir ? L'homme est-il naïf au point de croire qu'il y a suffisamment de bonne volonté en chacun de nous pour que la planète tourne toute seule ?

Seul un fou pourrait imaginer qu'un navire puisse voguer correctement sans capitaine et pourtant, personne n'a jamais trouvé bizarre ou choquant que notre monde soit, en apparence, la simple somme de nations disparates et hétérogènes. Pourquoi est-on arrivé à sauver les meubles jusqu'à maintenant, à leur avis ? Comment a-t-on pu à peu près s'en sortir ?

Grâce au Cercle, bien sûr, qui a discrètement colmaté les brèches tant bien que mal, jusqu'à ce que cela ne suffise plus. Jusqu'à ce que le monde ait atteint une phase de son développement qui demandait plus de contrôle et un nouvel équilibre. Une deuxième donne, en quelque sorte, pour espérer repartir du bon pied et profiter de quelques millénaires supplémentaires.

Et aujourd'hui, pendant que le monde fait enfin peau neuve et entame une nouvelle vie, je me dis qu'on s'en est tiré de justesse, et je contemple avec pitié les visages de tous ces gens qui n'ont rien compris dans le passé... et qui ne comprendront sans doute toujours rien à l'avenir.

Parce que ça me semble très simple, finalement : quand une rumeur refuse obstinément de mourir, c'est que ce n'était pas juste une rumeur...

7 – ZUGZWANG

« Être en zugzwang » se dit lorsqu'un joueur d'échecs est obligé de jouer un coup qui le fait perdre ou dégrade sa position.

Celui qui est en zugzwang n'affaiblirait pas sa position s'il avait le droit de ne pas jouer.

Le fait d'avoir la main constitue alors un désavantage, car tous les coups possibles entraînent un dommage dans la position sur l'échiquier.

Le terrorisme est la meilleure arme politique, puisque rien ne fait réagir davantage les gens que la peur d'une mort soudaine.
Adolf Hitler

Chapitre 40 – 11 septembre 2010

Son doigt se déplaçait lentement sur l'image scintillante, s'attardant parfois sur une mèche de cheveux, le contour d'une joue ou une main levée. Le dos tourné à la mer, Théo saluait son père d'un air enthousiaste, un rayon de soleil le faisant légèrement fermer un œil, comme s'il lui adressait un signe de connivence.

La photo ne reflétait ni la chaleur accablante ni l'odeur salée qui leur emplissait les narines ce jour-là, mais Balard n'avait aucun effort à faire pour que ces sensations l'envahissent à nouveau, accompagnées de cris d'oiseaux marins et de rires cristallins.

Assis devant le poste de télévision, il passa de longues minutes à dessiner le visage en gros plan de son fils, prisonnier d'un arrêt sur image et accompagné d'un logo de chaîne américaine qui semblait vouloir s'approprier cet instant intime tout en le rendant public.

Dans le coin supérieur droit de l'écran, sa propre photo venait perturber l'innocence du cliché principal. Tirée d'un vieux dossier de l'armée, elle le montrait crâne rasé, sans expression, les yeux fixes et insondables. L'image d'un homme dépourvu d'amour ou de tout sentiment honorable. Le portrait d'un tueur.

Lorsqu'il parla, sa voix n'était presque qu'un murmure et évoqua le son d'un papier qu'on déchire.

— Comment pourrait-on croire à une telle chose ? Qui acceptera cette version des événements ?

La réponse de Vandercamere lui parvint comme dans un songe,

car il avait presque oublié sa présence silencieuse, juste derrière lui.

— Tout le monde. Ou presque. Quelques amis proches qui connaissaient bien ta famille auront peut-être des doutes. Mais ils sont insignifiants face à tout ça. Leur avis ne compte pour rien.

La main de Balard s'arrêta sur les doigts menus de son fils et il sourit avec tendresse.

— Il adorait les cornichons. C'est un truc que je n'ai jamais trop compris, mais que je trouvais très amusant. Il en voulait partout, dans tout ce qu'il mangeait.

Dans son dos, Vandercamere eut un haussement de sourcil incertain mais ne répondit rien.

— Le jour de leur disparition, c'est moi qui ai fait son sandwich. Son dernier déjeuner. Je lui ai fait une blague et je l'ai rempli de cornichons. Beaucoup trop de cornichons pour un seul enfant… ma manière de l'accompagner sur le bateau, tu vois… pour qu'il ne m'en veuille pas trop de ne pas venir et qu'il sache que je pensais à lui, au moment où il le mangerait.

Sa main se remit à bouger sur l'écran, en direction du petit menton volontaire.

— Ça doit bien compter pour quelque chose, non ? Qui pourrait penser aux cornichons pendant qu'il planifie le meurtre de toute sa famille ?

Vandercamere se contenta de poser une main sur l'épaule de son ami, sans parler. Il fixait lui aussi l'image et semblait fasciné par le doigt qui s'y promenait sans relâche.

— Ils ne montrent pas Marie. Ni Charles. Pourquoi ? Ça alourdirait pourtant mon crime, d'avoir trois photos au lieu d'une, ajouta Balard d'une voix amère.

— Parce que rien n'est plus efficace que le visage d'un enfant seul et innocent, pour manipuler les foules, répondit Vandercamere d'une voix très douce.

Il se pencha au-dessus de Balard et prit fermement la main posée sur l'écran dans la sienne, en le forçant à se tourner vers lui. Dans un même mouvement, il éteignit le poste et fit un signe négatif et sans appel de la tête, lorsque son ami ouvrit la bouche pour protester faiblement.

— Ça suffit, Quentin. Tu es en train de faire exactement ce qu'ils attendent de toi.

— Je sais.

Les deux hommes restèrent silencieux, chacun se demandant ce qu'il pourrait bien dire dans une telle situation, alors que tout leur échappait.

Lorsque Balard avait mis en pause l'enregistrement effectué une heure plus tôt, aucun d'eux n'avait encore pris le temps d'évaluer la gravité des faits qui avaient été présentés avant l'apparition du visage de son fils à l'écran. Vandercamere avait respecté son besoin de recueillement et s'était juste concerté silencieusement avec Giraud, l'envoyant effectuer une tâche qui avait échappé à leur ami. Maintenant, il était temps de prendre des décisions.

L'actualité tournait principalement autour d'un sujet, depuis la veille au soir : l'attentat de Wall Street, qui avait mis le quartier proche du Stock Exchange à feu et à sang. Une dizaine de voitures bourrées d'explosifs et de ferraille, éparpillées dans les rues avoisinantes, avaient explosé en chaîne en milieu d'après-midi, à l'heure où le quartier était bondé. De nombreux bâtiments avaient subi d'importants dommages et plus de sept cents morts et deux mille blessés étaient déjà comptabilisés.

Les journalistes présents sur les lieux parlaient pêle-mêle de traumatisme, de détresse, de cellules psychologiques et de mesures antiterroristes, tentant de rassurer la population quant à la détermination du gouvernement face à cette attaque « inhumaine et symboliquement aggravée par sa proximité géographique avec

Ground Zero », comme l'avait souligné un des intervenants. Les personnes interrogées non loin des gravats fumants criaient leur colère et leur peur, en exigeant que leur protection soit assurée contre de nouvelles menaces. Les vidéos de revendication des jours précédents venaient s'intercaler de temps à autre, comme pour combler les moments où la tension risquait de retomber et raviver les plaies ouvertes.

Ces mêmes séquences avaient été réutilisées en boucle toute la nuit sur la plupart des chaînes diffusées internationalement, jusqu'à l'apparition d'un fait nouveau, transmis tôt le matin. Devant les yeux incrédules des trois hommes, le visage de Balard, « l'un des terroristes dont l'identité était presque assurée », était apparu à l'écran.

Afin de pouvoir réécouter le contenu de ce dernier communiqué, Vandercamere avait immédiatement lancé un enregistrement, tandis qu'ils restaient tous trois silencieux devant la suite d'informations qui leur parvenaient.

Le présentateur américain parlait d'un ton grave qui se voulait neutre, mais qui laissait paraître une certaine jubilation : « *D'après les dernières informations qui nous ont été transmises, l'un des trois hommes présumés responsables de ce nouvel attentat, qui s'ajoute à une liste déjà longue, aurait pu être identifié par un témoin entré en contact avec lui le 6 septembre dernier, à Genève. Le portrait-robot obtenu par les services de police les aurait conduits à un individu dont l'identité était déjà connue de plusieurs pays et dont l'extradition est désormais réclamée par les États-Unis. Cet homme est considéré comme extrêmement dangereux et fait également l'objet de la réouverture de l'enquête concernant le décès non élucidé de trois membres de sa famille, il y a presque un an. Quentin Balard est soupçonné d'avoir organisé le meurtre de sa femme, de son beau-père et de son petit garçon de presque six ans. Cette information reste encore à confirmer, mais… ».*

La deuxième fois, lorsque le visage de Théo avait rempli l'écran, Balard avait mis la pause et s'était approché de l'écran, comme pour partager avec son fils un instant intime qui ne serait pas sali par les commentaires insultants du journaliste.

Giraud était parti peu de temps après, malmenant la Twingo au milieu des graviers.

Aucun des deux hommes n'avait à cœur d'évoquer Genève et ses conséquences. Sans même se concerter, chacun avait de toute façon compris ce que Vandercamere finit par résumer laconiquement devant Balard, dans un langage qui ne lui ressemblait pas.

— On s'est bien fait baiser.

Alors que son ami était sur le point de lui répondre, Giraud entra en courant dans la pièce, son arrivée les ramenant à la réalité.

— J'ai fait vite mais au mieux. Impossible de lui mettre la main dessus. On dirait qu'il s'est volatilisé.

— Ça ne lui ressemble pas, répondit Vandercamere. Généralement, il nous laisse au moins un mot. Tu as fait le tour des gens qu'il connaît et de ses endroits préférés des alentours ?

— Oui, je viens de finir par sa petite amie du moment. Il devait passer la voir hier soir, l'a appelée vers 9 heures pour dire qu'il en avait pour cinq minutes, mais ne s'est jamais pointé. Comme il lui arrive d'être un peu bizarre, elle ne s'est pas trop inquiétée, même si elle était sacrément énervée. Moi, j'avoue que je n'avais même pas remarqué son absence, tellement il est discret.

— Bon, on a un problème de plus sur les bras, alors.

Balard écoutait sans être sûr de comprendre et finit par intervenir.

— Mais vous parlez de qui ? De Bob ?

— Ouais.

Giraud avait l'air soucieux et agacé.

— Il a choisi le pire moment pour faire l'école buissonnière. Et même s'il a tendance à ne rien faire comme tout le monde, cette absence m'inquiète. Je flaire un truc anormal.

— On lui aurait mis la main dessus ?

— Possible. Il sait que je n'aime pas les imprévus de ce genre et il ne me laisserait pas mariner sans répondre au moins au téléphone.

Vandercamere se leva et commença à rassembler les affaires éparpillées sur la table, d'un geste rapide mais méthodique.

— Peut-être aussi que son absence est volontaire. Tu as pensé à cette possibilité, Fred ?

— Qu'est-ce que tu veux dire par là ?

— Je veux dire que l'actualité ne va pas vraiment dans notre sens et que sa disparition est étrangement simultanée.

— Attends, que je sois sûr de comprendre ce que tu dis... tu penses que mon cousin a refilé des infos nous concernant ?

Vandercamere haussa les épaules.

— Qui sait ? Il ne dit jamais trop ce qu'il pense et on lui fait confiance depuis le début parce tu nous as dit qu'on le pouvait. Mais connais-tu vraiment ses motivations ? Qui est-ce qu'il voit quand il part faire un tour ? Est-ce qu'il sait vraiment résister à la pression ? En toute honnêteté, tu n'en sais pas beaucoup plus que nous à son sujet...

— Je lui fais totalement confiance ! Jamais il n'irait nous vendre à...

Son ami le coupa, sans se départir de son calme.

— Tu n'en sais rien. Nous ne savons rien. Nous n'avons que des intuitions et pas de faits, en ce qui le concerne. Et les seuls faits que nous avons en notre possession à l'instant où nous parlons, c'est que l'identité de Quentin est publique, qu'une demande d'extradition vient d'être lancée, et que nous avons forcément été piégés quelque part. Au moins depuis l'explosion chez JP Morgan.

Revendiquer cette attaque a été une grosse erreur, comme je le pressentais. On a endossé une signature impardonnable. Celle d'un vulgaire groupe de poseurs de bombes. Tout le reste nous sera mis sur le dos, dorénavant, quoi que nous fassions. On s'est cramés tout seuls.

— Mais pour quelle raison ? Qui aurait intérêt à tout faire péter ? intervint Balard. Cette récupération n'a aucun sens !

— Comment veux-tu que je le sache ? lui répondit Vandercamere, d'un ton irrité. Je n'ai pas forcément réponse à tout ! Fais ton choix parmi tous les groupes terroristes religieux et antimondialistes à moitié dingues qu'on trouve partout sur la planète ! L'un d'entre eux a dû se sentir vraiment motivé par nos propres actions et a fait preuve d'une plus grande efficacité que les autres.

Il fit une pause et hocha la tête, comme peu convaincu par ses propres explications.

— Mais ça n'explique pas comment nous sommes passés de l'ombre à la lumière en si peu de temps... Aucun groupe terroriste indépendant n'aurait les moyens ou même l'envie de nous rendre vulnérables aussi rapidement.

— Qui, alors ?

— Un groupe qui dispose au minimum d'appuis gouvernementaux. Qui peut entrer dans les archives de l'armée et mettre la main sur ton dossier, qui est pourtant classé confidentiel...

Il se tourna vers Giraud.

— ... et qui peut sans doute aussi mettre la main sur ton cousin, qu'il ait coopéré ou non.

Il se remit à ranger tout en continuant à parler.

— Dans tous les cas, on a intérêt à partir réfléchir ailleurs. Et rapidement. Cet endroit n'est plus sûr... s'il l'a jamais vraiment été.

— Partir où ? demanda Giraud.

— Au seul endroit où j'ai la possibilité de nous faire entrer discrètement et où je peux aussi garantir que Quentin pourra échapper à cette demande d'extradition. Au Venezuela. Mon ultime plan de secours pour les situations de ce genre.

— Merde, qu'est-ce qu'on va bien pouvoir faire en étant là-bas ?

— Je ne sais pas encore. On fera le point une fois en sécurité. Pour le moment, l'urgence est de plier boutique ici et de tenter de rejoindre l'ambassade vénézuélienne sans se faire remarquer. Nous devons être partis d'ici dans moins d'une heure. On n'emporte que le nécessaire et ce qui ne peut pas être laissé derrière nous.

— Et Bob ? Si ça se trouve, il est juste parti faire un tour et on flippe pour rien. On ne peut pas le laisser tomber comme ça, sans explication !

— Ton cousin est tout sauf un imbécile. S'il revient, il comprendra vite pourquoi on a dû filer, rien qu'en allumant la télé. Et si son absence est malheureusement contrainte ou au contraire volontaire… tu te doutes que je me fiche complètement de partir sans dire au revoir.

Balard quitta sa chaise à son tour et se dirigea vers la porte sans mot dire, d'un pas décidé. Giraud lui prit le bras pour l'intercepter.

— Eh, tu vas où comme ça ? C'est pas vraiment le moment d'aller faire un tour, toi aussi !

— Commencez à ranger ici sans moi. J'ai un truc indispensable à faire avant qu'on s'en aille. J'en ai pour vingt minutes.

Et il se dégagea doucement et sortit, sans leur laisser le temps de protester.

Chapitre 41 – 18 septembre 2010

Lorsqu'il fut interrogé par la police le matin qui suivit les événements de San Sebastian, Ignacio Garcia leur décrivit ce qui pouvait ressembler à un spectaculaire feu d'artifice. Il parla de magnifiques gerbes de lumière blanche et éclatante qui avaient brièvement illuminé les tribunes du stade, avant de les noyer dans la fumée, la confusion, les cris et l'horreur la plus totale.

Employé comme nettoyeur occasionnel les soirs de match, Ignacio fut une des rares personnes à sortir indemne du stade de l'Anoeta et devint ainsi le témoin principal d'une enquête dont la conclusion fut assez simple : stratégiquement placées sous une trentaine de sièges, des bombes au phosphore blanc avaient grièvement et plus ou moins directement blessé la plupart des supporters venus soutenir l'un des deux Real à l'affiche ce soir-là.

Déclenchée juste au moment de la mi-temps, l'explosion avait commencé par brûler mortellement les spectateurs les plus proches des déflagrations, avant d'entraîner panique, bousculade et chaos, au milieu d'une épaisse fumée irritante qui empêchait toute visibilité.

Ignacio, satisfait du score nul provisoire, était en train de traverser le terrain pour nettoyer le côté opposé du stade avant la reprise, lorsque tout avait commencé.

Alerté par un bruit anormal dans son dos, il s'était retourné pour voir la première explosion se produire en plein milieu de la tribune centrale, avant de se propager vers la droite, telle une ola pyrotechnique. Lui-même protégé par la piste d'athlétisme qui ceignait le terrain et le séparait largement des tribunes et des retombées, il avait assisté à l'embrasement progressif des rangées de spectateurs affolés.

Certains avaient dévalé les gradins, comme entourés de flammes persistantes mais curieusement invisibles qui consumaient leurs vêtements avant de s'attaquer à leur peau.

D'autres, surpris et affolés par cette vision cauchemardesque, et incapables de trouver la sortie la plus proche au milieu des colonnes de fumée, avaient tenté de rejoindre le terrain en enjambant les sièges, ce qui avait entraîné chutes et piétinements.

Ignacio, figé au milieu de la pelouse, avait assisté à la cruelle parodie de sprint qui se déroulait sur la piste, certaines victimes continuant de courir sans but jusqu'à ce que la douleur les terrasse. Conscient que le « feu » qu'il voyait était tout sauf habituel et qu'il ne pouvait rien faire, il était resté immobile, sans lâcher le grand plastique qui lui servait de poubelle, comme si le rond central était son dernier refuge en plein milieu de l'enfer. Les secours avaient fini par intervenir, mais bien trop tard pour de nombreux spectateurs, que l'acide phosphorique rongea quasiment à l'intérieur.

Curieusement, le témoignage d'Ignacio fut par la suite amputé d'une information qui pouvait pourtant sembler essentielle : une équipe d'entretien non prévue au programme avait investi les lieux en fin d'après-midi ce jour-là, afin d'inspecter les tribunes en prévision du match. La conclusion officielle de l'enquête ne fit jamais mention de ce détail et l'attaque fut immédiatement attribuée au plus célèbre groupe terroriste du moment.

Si les victimes de San Sebastian étaient majoritairement issues des classes moyennes et populaires, celles du *Shooting Star* – un magnifique yacht de cent vingt mètres qui croisait au large des Caraïbes – étaient sans conteste toutes millionnaires, voire plus.

Le bateau, propriété d'un magnat du pétrole et rempli d'invités prestigieux, explosa pratiquement à la même heure et envoya ses cinquante passagers par le fond en seulement quelques secondes, sans même leur laisser le temps d'émettre un S.O.S.

Pour compléter cette trilogie morbide, une troisième explosion eut lieu dans des locaux appartenant à l'Université d'Harvard, en plein milieu d'une conférence qui regroupait bon nombre d'économistes éminents ainsi que « les traders de demain », comme le titra un quotidien en mal de déclaration sensationnelle. Les morts furent moins nombreuses, mais la psychose collective commença à s'insinuer dans tous les pays qui pouvaient se considérer de près ou de loin comme capitalistes.

Une quinzaine d'attaques similaires se répétèrent le lendemain et ne firent que brouiller les cartes, en s'en prenant indifféremment à une zone touristique très visitée de la côte californienne, à l'Université islamique al-Azhar en Égypte, ou à une clinique de luxe en Suède, l'ensemble étant émaillé d'alertes diverses dans de nombreux bâtiments bancaires et administratifs, partout dans le monde.

Rien ni personne ne semblait pouvoir s'estimer totalement à l'abri de cette fureur implacable qui ne voulait plus s'arrêter.

La signature de ces attaques, de plus en plus confuse, jeta le trouble dans les esprits. Les Rémoras étaient-ils vraiment responsables de la panique généralisée qui s'emparait peu à peu de la planète entière, leur message initial n'ayant plus grand-chose à voir avec cette vague de terreur ?

Les deux nouvelles revendications qui suivirent ne firent que renforcer ce doute et ne répondirent pas à la question la plus importante : dans une telle situation, à qui faire confiance ?

Chapitre 42 – 19 septembre 2010

« M erde, c'est dégueulasse, comme truc !

— Tu n'avais jamais vu les effets des bombes au phosphore ?

— Non, j'en avais entendu parler, mais c'est tout. Et je m'en serais bien passé, quand je vois ça… quelle horreur !

— Ouais, c'est une saloperie sans nom. Même au niveau militaire, c'est super-encadré. Enfin… sur le papier. Ils sont censés ne s'en servir que pour créer des zones de fumée qui empêchent l'ennemi de les repérer, mais tout le monde sait que beaucoup d'armées attaquent aussi des civils avec, y compris des mômes. Et quand tu vois les photos, ça fait peur… »

Juliana frissonna de dégoût lorsque Dave lui montra un exemple de victime en gros plan et se détourna de l'écran, un goût nauséeux dans la bouche.

— Et cette vidéo amateur, qui l'a envoyée, alors ?

— On ne sait pas. Un anonyme qui était présent au match et qui a eu les nerfs assez solides pour dégainer son portable, sans être touché lui-même. Je t'avoue que je ne sais pas comment il a fait pour supporter la vision de tous ces gens en train de brûler. Je crois que c'est pire qu'un incendie, ce truc. Les voir cramer sans flamme et ne rien pouvoir faire, ça doit être insupportable.

Les deux amis restèrent silencieux quelques instants, la scène du stade les ayant profondément choqués.

— Dave, comment on va faire ?

— Comment on va faire quoi ?

— Comment est-ce qu'on va se retirer de ce qu'on fait depuis dix jours ? On ne peut pas continuer à alimenter le débat public comme ça, comme si de rien n'était. C'est beaucoup trop gros pour nous, ce qui se passe, et ce n'est plus du tout dans nos cordes. Je te rappelle que nous ne sommes pas journalistes, à la base. Juste une bande d'étudiants qui se la jouent rebelle et veulent emmerder le monde à leur petit niveau. Mais là, regarde… il y a des attaques partout. La planète est hystérique. Et nous, on cautionne ça, d'une certaine façon, en laissant les gens s'exprimer n'importe comment. Je suis de plus en plus d'accord avec Stella. On doit au moins prendre parti. Sinon, ça sous-entend qu'on est d'accord avec ce qui se passe.

— Là, je ne suis pas du même avis que toi.

— On n'a plus le droit de juste faire les arbitres, Dave. On ne débat pas autour d'événements aussi graves. Des gens meurent, merde !

— Oui, mais si on ne joue pas le rôle d'informateur impartial, personne ne le fera.

— Mais pourquoi veux-tu rester impartial ? C'est ça que je ne suis plus. Au début, on avait affaire à des actions politiques violentes mais ciblées. Je n'étais pas d'accord avec les méthodes, mais j'arrivais à comprendre. Mais là… on assiste à une vraie forme de terreur organisée. Quelque chose que nous n'avons jamais vu. Ces trois types ne sont plus rien d'autre que des meurtriers. Ou des fous…

Dave eut un instant d'hésitation puis fit un signe en direction de l'écran.

— Je dois te montrer un truc qui te fera peut-être changer d'avis. J'attendais l'arrivée des autres pour que tout le monde voie ça en même temps, mais autant que tu me dises tout de suite ce que tu en penses.

Il fit apparaître une fenêtre restée ouverte en tâche de fond et se tourna vers Juliana avant d'en lancer le contenu.

— Cette nuit, la nouvelle vidéo de revendication…

— Je sais bien, le coupa-t-elle. Celle où il est question d'amplification des attaques, tant que les États et les banques ne cèdent pas aux demandes d'annulation des dettes des pays pauvres, n'arrêtent pas de spéculer avec l'argent des citoyens, blablabla… La rengaine commence à sentir le réchauffé. Et la fin ne justifie certainement pas les moyens employés par ces trois types.

— Attends, laisse-moi finir ! Si on n'avait reçu que cette vidéo, je pencherais de ton côté, surtout après avoir vu celle du match espagnol… Mais on a un léger problème, parce que j'ai aussi reçu ça… j'étais tellement occupé avec les deux autres que je ne l'ai pas regardée tout de suite…

Tout en parlant, il avait cliqué sur un document et une nouvelle vidéo apparut à l'écran. Un homme seul s'adressait à la caméra, à visage découvert, dans un anglais un peu laborieux et maladroit, mais compréhensible. Il émanait de sa personne un certain accablement, mais également une dignité incontestable. Juliana reconnut immédiatement son visage.

— *Mon nom est Quentin Balard et vous savez forcément qui je suis. Je vous adresse cette vidéo en espérant que vous la diffuserez comme vous l'avez fait avec les deux précédentes.*

— Deux, mais qu'est-ce qu'il fait de la troisième ?

— Chut, écoute !

— *Montrer mon visage n'a désormais plus d'importance et je préfère m'adresser directement à ceux qui voudront connaître la vérité, car ce que j'ai à vous dire est très différent de ce qu'on vous raconte en ce moment.*

Balard fit une pause, cherchant manifestement les mots qui

traduiraient exactement sa pensée.

— *Mes camarades et moi-même sommes effectivement responsables des trois attaques individuelles du 6 septembre dernier et nous vous avons déjà expliqué la raison de nos actions. Il se passe dans le monde des choses que vous ne soupçonnez pas et nous pensons sincèrement avoir agi dans l'intérêt du plus grand nombre, malgré les apparences... Nous reconnaissons ces attaques et nous les assumons. Mais nous ne sommes pas les vrais responsables de l'explosion qui s'est produite chez JP Morgan, ni des derniers attentats dont on nous accuse actuellement. Nous avons revendiqué quelque chose que nous n'avons pas fait, en espérant que cela donnerait plus de poids à nos demandes. Mais quelqu'un d'autre est responsable. Et ce quelqu'un utilise actuellement notre nom pour de nouvelles actions que nous ne contrôlons pas et que nous condamnons absolument !*

Il regarda la caméra bien en face, comme pour donner plus de poids à ses mots.

— *Et si nous sommes déterminés, car nous croyons en ce que nous faisons, nous ne sommes pas des magiciens. Comment pourrions-nous, même avec un peu de soutien, agir partout à la fois, alors que nous ne sommes qu'un petit groupe d'hommes ? Ne croyez pas ce qu'on vous raconte et demandez-vous qui sont les vrais coupables qui se servent de nous pour détourner votre attention... demandez-vous qui a intérêt à commettre ces crimes et à vous faire croire tout ce qui se dit depuis vingt-quatre heures. Ne faites pas confiance aux médias, qui racontent n'importe quoi. Et surtout...*

Il leva les deux mains en dessous de son menton, pour montrer la photo qu'il tenait hors champ depuis le début de l'enregistrement.

— *... je n'ai pas tué ma famille. Je ne suis pas responsable de leur mort, mais je sais qui l'est. C'est pour cette raison que vous entendez actuellement parler de moi comme d'un meurtrier, alors que c'est totalement faux. Je veux que ceux qui me connaissent personnellement m'entendent le dire : je n'ai pas tué ma famille ! Je suis innocent de ce* *crime et je veux que la vérité soit connue…*

On entendit un bruit de porte qui claquait au loin et Balard tourna la tête vers la gauche, en sursautant très légèrement, comme si la réalité le rattrapait.

— Vous ne recevrez sans doute plus de vidéo de notre part avant un moment. Mais j'espère que vous diffuserez celle-ci et que la vérité permettra l'arrêt des attentats dont vous êtes victimes… dont nous sommes tous victimes. Merci de m'avoir écouté.

Balard se pencha vers l'avant, mettant fin à l'enregistrement.

Dave se tourna vers Juliana avec un sourire ambigu sur le visage.

— Alors ?

— Alors, je n'y comprends plus rien… Tu m'as pourtant dit que les trois hommes de la vidéo de cette nuit étaient bien ceux des deux vidéos de revendication précédentes ?

— C'était la conclusion naturelle, oui. En apparence, c'était bien eux, sous les masques. Mêmes taille, corpulence et attitude générale. La voix de celui qui parle habituellement semblait vraiment identique. Mais cette nouvelle vidéo laisse penser le contraire. Et c'est pour ça que je pense qu'on doit continuer à informer les gens. Parce que si effectivement un autre groupe s'amuse à tout faire exploser en utilisant le nom des Rémoras et en leur faisant porter le chapeau, c'est encore plus grave que ce qu'on croyait.

— Remontre-moi l'autre.

— Tu ne seras pas tellement plus avancée. Surtout qu'elle est en français sous-titré, comme les deux premières, et que Balard ne parle pas, dessus.

— C'est juste pour me refaire une impression.

Dave relança la vidéo de revendication reçue pendant la nuit. L'homme censé être Balard se tenait à droite, légèrement en retrait de celui qui parlait.

Juliana s'approcha de l'écran et le regarda attentivement.

— C'est vrai qu'on ne peut pas dire grand-chose… ça pourrait être lui, mais ça pourrait tout aussi bien être quelqu'un d'autre. Il se tient pareil, avec les épaules légèrement tombantes, mais c'est assez facile à imiter. Et ses yeux sont à peine visibles avec cette cagoule. On n'a pas beaucoup d'éléments à comparer.

— Non, quasiment rien. Il ne bouge jamais, on ne voit pas ses mains et on ne l'entend pas. Bref, on n'a aucun moyen de savoir. Mais j'aurais plutôt tendance à faire confiance au Balard sans cagoule, par principe. Il prend le risque de se lancer sans texte préparé et de façon un peu bancale, dans une langue qui n'est pas la sienne, ce qui signifie à mon avis qu'il fait dans l'urgence. Sinon, il aurait peaufiné tout ça, en français sous-titré comme les fois précédentes.

Il ouvrit deux autres fenêtres sur son écran, faisant apparaître la première vidéo reçue plus d'une semaine auparavant, après les attaques du 6 septembre, ainsi que celle revendiquant l'explosion des bureaux de JP Morgan.

— D'un autre côté, le problème, c'est vraiment le type du milieu, celui qui parle habituellement. Je ne comprends pas très bien le français, mais la voix semble à chaque fois être la même. C'est assez troublant, si on n'a pas de logiciel spécifique pour les comparer. L'explication la plus simple serait donc que Balard se soit mis à flipper en voyant sa photo diffusée partout et qu'il veuille se désolidariser des deux autres en communiquant en solo. Mais je trouve que ça ne sonne pas juste, personnellement.

Juliana se tourna vers lui en fronçant les sourcils.

— Oui, je vois ce que tu veux dire… il te semble sincère. Il a fait cet enregistrement parce qu'il trouvait injuste qu'on lui colle sur le dos ce qu'il n'a pas commis. Qu'on le fasse passer pour l'assassin de sa famille, surtout.

— Disons que chaque vidéo prise séparément semble

parfaitement à sa place. C'est quand on se dit qu'elles sont censées être reliées que ça ne va plus. Quelqu'un ici n'est pas la bonne personne ou alors il ne joue plus le même jeu que ses camarades. Dans tous les cas, les vidéos se contredisent et indiquent que tout ça n'est pas du tout aussi simple qu'on voudrait nous le faire croire. Je ne prétends pas savoir qui ment et qui dit la vérité. Et je n'ai pas l'intention de dire aux autres ce qu'ils doivent penser.

Il aligna soigneusement les icônes des vidéos côte à côte, comme si la manipulation lui permettait d'y voir plus clair.

— Je crois que ce n'est pas à nous de censurer les faits et de laisser croire qu'on sait mieux que tout le monde ce qui se passe. Parce qu'en vérité, on est complètement largués, nous aussi. Mais si nous ne sommes pas des journalistes, comme tu l'as dit, je veux croire que nous sommes toujours au moins des éclaireurs, des passeurs d'informations. Et je pense que ça vaut bien toutes les cartes de presse, en ce moment…

Il eut un mouvement de tête en direction de l'écran.

— Ils nous ont choisis, dès le début. Justement parce que nous ne sommes pas journalistes. Parce que nous ne dépendons de personne et que nous sommes censés être objectifs. Ce serait anormal de censurer une partie seulement de ce qui est en notre possession. Alors, allons au bout de notre démarche. Diffusons tout ce qu'on vient de recevoir et soyons honnêtes…

Juliana compléta sa phrase inachevée.

— … en expliquant aux gens qu'on ne sait pas quoi penser.

— Voilà.

— Tu as déjà préparé l'article qui va accompagner tout ça ?

— Oui. Il tient en peu de lignes, pour une fois…

— Tu as écrit quoi ?

— J'ai résumé tout ce que je viens de t'expliquer. Mais j'ai surtout insisté sur un point, en disant que si au début, je courais avant tout après le scoop qui amènerait les internautes chez nous, aujourd'hui je n'ai plus envie que d'une seule chose, finalement…

Il ouvrit de nouvelles pages pour préparer la mise en ligne des vidéos.

— Je voudrais simplement comprendre ce qui nous arrive. Et savoir pourquoi.

Chapitre 43 – 22 septembre 2010

Le matin du 22 septembre, tout commença par une rumeur. Un bruit sourd qui enfla peu à peu, avec l'arrivée progressive des manifestants qui investirent la place en moins de vingt minutes.

Sous l'œil de la Madonnina, perchée en haut de sa flèche, et d'un groupe de touristes allemands, venus principalement à Milan pour visiter l'incroyable « hérisson de marbre » et prendre quelques clichés en se postant sur les toits, la foule emplit rapidement la place du Dôme, presque jusqu'aux portes de la cathédrale.

Contrairement aux manifestations plus habituelles, celle-ci prit vite l'allure d'un match entre deux camps : laissant un large espace vide entre eux, deux groupes se formèrent, en se rassemblant autour de leurs meneurs respectifs.

Ils n'avaient apparemment pas prévu cette situation de partage, d'autant qu'ils étaient là pour des motifs opposés, ce qui créa immédiatement des tensions.

Le premier groupe manifestait pour la répression de la violence, qui venait encore, la veille, de frapper plusieurs villes dans le monde, dont Rome. Emmenés par un orateur virulent et charismatique, les participants étaient là pour crier leur colère envers les Rémoras, leurs sympathisants et les dirigeants politiques, incapables de mettre la main sur les hommes responsables de cette vague de terreur sans précédent. Ils demandaient de nouvelles mesures sécuritaires, immédiates et efficaces.

Le deuxième groupe, qui affichait sur de nombreuses bannières ses positions antimondialistes et pacifistes, était là pour soutenir les Rémoras et demander au pouvoir en place de céder aux revendications maintenant bien connues du grand public : la fin de la spéculation à grande échelle, de la toute-puissance des banques et de la corruption financière, dans le but de rendre aux peuples la liberté dont ils étaient privés et d'obtenir au passage l'arrêt des attaques.

Le premier groupe ne tarda pas à traiter les membres du deuxième de « lâches communistes ». Il reçut en retour quelques « collabos capitalistes » qui firent monter la température du rassemblement.

Les provocations verbales cédèrent vite la place à certains rapprochements musclés, eux-mêmes suivis d'un début de bousculade qui dégénéra en jets de projectiles divers.

Armé de sa caméra, un des Allemands présents sur le toit de la cathédrale immortalisa ainsi une rixe qui se transforma rapidement en émeute, la double manifestation devenant le théâtre d'affrontements sauvages entre citoyens pareillement ulcérés.

Lorsque les moins téméraires tentèrent de s'extraire de la marée agressive qui ondulait en tous sens sur la place, ils se heurtèrent aux forces de police anti-émeute, appelées à la rescousse pour rétablir l'ordre.

Ces dernières ne cherchaient pas à arbitrer le conflit, mais simplement à y mettre fin. Elles tapèrent donc dans le tas sans se poser de questions, espérant calmer rapidement les meneurs et stopper cet immense combat de rue.

L'attaque fut violente. La police, protégée par ses boucliers et ses masques, gaza abondamment les manifestants et distribua coups de pied et de matraque sans tenir compte des mains levées en signe de reddition.

Aucun groupe ne sortit vainqueur de ce que les journaux appelèrent par la suite « le bain de sang du Dôme ». Parmi les quelque trois mille personnes présentes ce matin-là, la majorité quitta la manifestation couverte de plaies diverses, les yeux larmoyants et l'esprit sonné par ce qui venait de se produire.

Douze citoyens ne se relevèrent pas.

Lorsqu'il regarda les informations à l'hôtel, plus tard dans la journée, le touriste allemand – qui espérait détenir un véritable scoop, puisqu'il avait filmé l'intégralité de l'émeute – apprit que des événements similaires s'étaient simultanément produits dans sept autres grandes villes à travers le monde, dont Berlin. Et ils n'étaient que les premières expressions d'une révolte populaire qui n'était pas près de se calmer.

Partout, telle une lame de fond puissante, la colère montait et empoisonnait les peuples, qui lui cédaient avec une incroyable facilité.

Chapitre 44 – 20 décembre 2010

« C'est incroyable, comme les Anglais parviennent à garder le moral. À les voir se promener et faire leurs courses de Noël, on pourrait croire que tout est normal !

— Ah, c'est une de nos grandes qualités, Chu-Chung… un Britannique qui céderait totalement à la panique aurait sans doute l'impression de vendre son âme au diable. Parfois, je me dis que ce pays tient uniquement debout grâce à son flegme légendaire. Si vous lui retirez ça, que lui restera-t-il ? »

Accoudés à la rambarde du pont de Westminster, Cecil et le représentant chinois contemplaient les eaux sombres de la Tamise, confortablement emmitouflés pour supporter la bise glaciale de ce début de soirée.

— Nous sommes un pays de contrastes et de paradoxes. Regardez autour de vous. À notre gauche, un bâtiment dont la plus vieille section remonte à 1097 et où les rituels emperruqués sont les mêmes depuis des siècles. À notre droite, une petite merveille de technologie moderne qui n'en finit pas d'attirer les touristes.

Il venait de désigner successivement le palais de Westminster et le London Eye, magnifiquement illuminé.

— Et les deux cohabitent à quelques centaines de mètres, de façon absolument naturelle, sans que personne ne trouve ça curieux ou comique, bien au contraire.

Il eut un sourire plein de tendresse alors que son regard balayait la ville autour d'eux.

— Mon pays a toujours su faire cohabiter l'ancien et le nouveau, plutôt que de tenter de remplacer l'un par l'autre. C'est sans doute pour ça que nous sommes autant attachés à notre monarchie, bien qu'elle puisse paraître parfaitement inutile, vue de l'extérieur, avec toutes ses cérémonies archaïques qui font parfois sourire. Il y a quelque chose de réconfortant dans cette notion de permanence, de stabilité et de dignité. Savoir que certaines pratiques existaient bien avant moi et continueront exactement de la même façon lorsque j'aurai disparu depuis longtemps m'apaise, personnellement.

Chu-Chung lui répondit avec un petit rire contenu.

— C'est pour cette raison que vous avez relativement préservé votre pays dans la liste des attaques ?

— Et que faites-vous de Manchester, de Glasgow et de Southampton ? J'ai largement donné ma part.

— C'est vrai. Mais vous avez épargné Londres.

— Oui, j'ai épargné Londres… cette ville a eu son lot de bombardements dans le passé. Je reconnais que je n'ai pas pu me résoudre à toucher à Londres. Voyez ça comme la preuve que je suis sentimental, après tout.

Cecil frotta ses mains gantées l'une contre l'autre pour se réchauffer.

— Dans le nouveau monde qui nous attend, il est indispensable que certaines choses restent immuables. Sans elles, les populations n'auraient plus rien à quoi se raccrocher. Je pense que les traditions constituent une base de rassemblement. Elles aideront la majorité des gens à passer le cap, lorsqu'ils comprendront que certains changements sont définitifs et qu'il n'y aura pas de retour en arrière. Les pays sans vraies traditions auront certainement plus de mal à avancer, vous verrez.

Il se tourna vers le représentant chinois.

— Est-ce que tout se passe comme prévu, de votre côté ? Le

calendrier sera bien respecté ?

— Oui, mon gouvernement n'a certainement pas l'intention d'être laissé de côté et fait ce qu'il faut pour tenir ses engagements. Ils signeront dans les temps.

— Il faut dire que les futures mesures sont en relation directe avec votre problème majeur. La nouvelle organisation va tout particulièrement vous profiter.

— Évidemment. La mise en place va être plus complexe chez nous, mais c'est une nécessité évidente. Si ces mesures doivent sauver au moins un pays de l'effondrement dans un avenir proche, c'est bien le nôtre. Pour survivre, certaines décisions ne peuvent être évitées.

Cecil prit Chu-Chung par le bras et commença à remonter le pont, en direction du Parlement.

— Dans quelques jours, le premier changement significatif aura lieu. Les populations seront suffisamment traumatisées par les événements, tout en s'accrochant aux fêtes de fin d'année pour essayer de se noyer l'esprit… elles ne lèveront pas le petit doigt pour protester. Interpol prendra définitivement le contrôle des polices nationales, sous l'égide de l'ONU. Ce sera un moment décisif, avant que cette dernière soit réorganisée.

— Vous ne craignez pas de soulèvements massifs contre ces mesures ?

— Pas le moins du monde ! Les dernières émeutes que nous avons eues un peu partout étaient clairement en faveur d'une intervention musclée de la part des gouvernements. Les gens n'en peuvent plus d'avoir peur et de ne pas voir le bout du tunnel.

Cecil prit un ton à la fois chagriné et condescendant.

— J'avoue que je comptais sur un peu plus de résistance de leur part. La vie moderne les a plongés dans une facilité et une paresse intellectuelle proprement effarantes. Ils ne sont pas prêts à se battre, tout simplement parce qu'ils n'en sont plus capables. Leur confort, leur routine... il suffit de menacer un peu leurs certitudes et leurs habitudes pour les voir courir dans tous les sens en appelant à l'aide...

— Sauf les Britanniques, ajouta Chu-Chung d'un air malicieux.

— Sauf les Britanniques... qui font semblant d'être parfaitement rassurés, comme il se doit. Après tout, j'ai bien vu le Très Honorable Lord archevêque de Canterbury prendre son thé à heures fixes pendant toute la durée du Blitz. J'étais jeune, cela m'impressionnait, je l'avoue... mais je pense que les jeunes Britanniques n'ont pas autant de force de caractère que leurs ancêtres, même s'ils restent plus dignes que la moyenne.

Ils traversèrent le pont en arrivant au bout et commencèrent à longer le palais de Westminster.

— Le fait est que les gens ne cherchent pas à comprendre. Tout individu normalement constitué devrait pourtant s'interroger... trois hommes pour plus de cinquante attaques en moins de quinze semaines... quand on y pense, c'est parfaitement... insensé, non ? Même en imaginant qu'ils aient bénéficié d'un peu de soutien. Et pourtant, en enrobant correctement l'information, ça passe sans problème. Comme ça a toujours été le cas ces dernières années...

Il soupira, comme s'il était déçu d'avoir raison.

— Plus les gens ont accès à l'information, moins ils sont vraiment informés. Ou moins ils ont envie de l'être, d'une certaine façon. C'est presque triste de les voir accepter sans broncher ce qu'on leur donne à manger. Mais ça ne fait que renforcer mes certitudes. Nous sommes dans le juste, mon ami, les réactions populaires nous donnent raison.

— Et nos trois mercenaires ? Où en sont-ils ?

— Ils ont l'intelligence de comprendre que la situation leur a complètement échappé dès l'attaque de Wall Street. Ils se terrent actuellement quelque part où ils pensent être à l'abri, le temps d'élaborer un nouveau plan. Le problème, c'est qu'aucun plan ne pourra les sauver, à présent.

— Ils peuvent encore essayer de se faire oublier, tout simplement. S'ils sont malins, ils accepteront la défaite et disparaîtront totalement. À leur place, je pense que c'est ce que je ferais.

— C'est mal les connaître… ce sont des hommes intelligents, mais qui ont aussi un certain code d'honneur personnel. Ils joueront leur coup plutôt que de conserver l'image qui leur colle actuellement à la peau, quitte à tout perdre, y compris la vie. La bonne attitude serait effectivement de ne pas bouger une oreille, mais ils en sont incapables… et cela signera leur fin. J'espère juste qu'elle sera à la hauteur des personnages. J'ai une certaine admiration pour ces hommes. Eux aussi ont de la suite dans les idées…

Chu-Chung hocha la tête avec respect et les deux hommes poursuivirent leur promenade, leurs paroles dessinant des volutes dans l'air froid de ce début d'hiver londonien.

Chapitre 45 – 24 décembre 2010

Traditionnellement, les fêtes de fin d'année sont synonymes de moment sacré.

Au-delà des questions religieuses, chères à certains, cette période est avant tout la garantie d'une parenthèse de vie apaisante. La promesse de quelques jours de pause, qui viennent mettre en suspens une existence parfois morose, déprimante ou sans horizon. Un rituel rassurant, une trêve collective qui reporte à plus tard les inquiétudes et les angoisses du quotidien.

Les quelques jours qui précèdent Noël plongent le monde dans une atmosphère unique, scintillante et odorante, où soudain tout semble accueillant et enivrant. Quelles décorations installer ? Quel dessert préparer ? Quelle tenue porter ? Quels cadeaux vais-je recevoir ? Est-ce que ces fêtes seront aussi réussies que celles de l'année dernière… ?

Des rues habituellement grises se colorent, les menus routiniers disparaissent et chacun est soudain entraîné dans une frénésie qui le dépasse. Entre lumières, parfums, musique enfantine et boissons chaudes réconfortantes, une seule pensée rythme l'inconscient collectif… Noël est presque là !

C'est exactement ce que ressentait la clientèle aisée des Galeries Lafayette installées boulevard Haussmann, à Paris, en cette dernière après-midi précédant le réveillon. Les événements des trois derniers mois ne leur voleraient pas la parenthèse magique à laquelle ils avaient pleinement droit.

Déambulant par grappes serrées dans la « cathédrale de la consommation », comme certains qualifiaient l'endroit, ils étaient autant là pour faire leurs achats que pour s'imprégner de l'ambiance festive animant le grand hall et contempler sa fameuse coupole de style byzantin, qui surplombait la scène à plus de trente mètres de hauteur.

Plus de cinquante mille m² de surface de vente étaient proposés sur plusieurs étages et les clients comptaient tous profiter de leur visite.

Installé en plein milieu du rez-de-chaussée central, paré de décorations somptueuses, le sapin immense, dont la cime pointait en direction des vitraux de la coupole, était à lui seul une attraction féerique pour les yeux. Les touristes photographiaient le hall circulaire sans relâche, en s'installant aux balcons qui faisaient le tour de cet espace dédié aux sens et aux achats.

Les innombrables boutiques rivalisaient d'inventivité pour attirer les clients : spectacles d'automates, dégustations de chocolat, maquillages de fête gracieusement offerts, père Noël acceptant sans relâche les nuées d'enfants qui venaient se blottir sur ses genoux pour immortaliser l'instant… chaque stand trouvait son public et ses acheteurs. La quantité de produits proposés spécialement pour la période des fêtes était tout simplement vertigineuse.

L'endroit évoquait le parfum, le velours, le vin chaud, les coussins moelleux, le papier cadeau satiné et les friandises. Il semblait imperméable aux soucis extérieurs, comme une bulle dorée increvable. C'était un peu le prologue d'une soirée qui serait, sans nul doute, inoubliable…

Lorsqu'à 17 heures, les dix faux paquets cadeaux géants suspendus à l'armature métallique de la haute coupole centrale explosèrent, les clients qui avaient la chance de se trouver dans les coursives les plus éloignées furent tous enclins à penser la même chose : un spectacle inédit leur était proposé. Cette idée ne traversa leur esprit qu'une fraction de seconde, car les bruits et les cris provenant soudain du grand hall n'avaient plus rien de magique.

Les premières personnes qui tentèrent de rejoindre les balcons pour savoir ce qui se passait se heurtèrent à une vision d'horreur : celle de corps déchiquetés et désarticulés. Le souffle de l'explosion avait été d'une violence suffisante pour que les visiteurs qui se tenaient sur les balcons les plus hauts – et donc les plus proches des paquets piégés – fussent maintenant méconnaissables.

Mais ce n'était pas le seul spectacle qui attendait les témoins du drame.

En bas, au milieu des vestiges des stands de luxe du rez-de-chaussée, le carnage était impressionnant. Prisonniers des décombres et des restes du sapin, qui s'était trouvé au milieu de l'explosion et avait été presque totalement désintégré, des corps s'agitaient faiblement. Les brûlés étaient nombreux et ceux qui étaient le moins touchés cherchaient désespérément à retrouver un parent ou un enfant au milieu des gravats ensanglantés.

Les témoins épargnés par le drame, lorsque la police les interrogea, furent nombreux à souligner un élément qui les avait tous marqués : l'odeur, écœurante. Les parfums capiteux, vaporisés par l'effondrement des stands, se mélangeaient à l'odeur des corps brûlés et à celle, surprenante pour l'endroit, du chlore.

Un nuage jaunâtre s'était répandu dans l'espace du hall et stagnait au-dessus de la scène, tel un brouillard nauséabond. Les personnes valides, en voyant les survivants du rez-de-chaussée se mettre à cracher du sang, comprirent que l'air était devenu toxique, se couvrirent tant bien que mal le visage et quittèrent les balcons en toute hâte, pour s'éloigner de la zone et tenter de rejoindre les sorties de secours les plus distantes.

Pendant que la panique générale faisait son nouveau lot de

victimes, les moribonds du hall, trop faibles pour rejoindre la rue, subirent les affres de l'asphyxie, se mettant à respirer de plus en plus difficilement tout en ayant l'impression que leurs poumons se déchiraient littéralement.

En arrivant sur les lieux dix minutes plus tard, les secours ne trouvèrent aucun survivant au rez-de-chaussée, les clients non tués par l'explosion ayant tous succombé aux effets du nuage de chlore très concentré.

L'enquête menée ultérieurement laissa d'ailleurs entendre que l'explosion avait été savamment calculée, afin de limiter les dégâts matériels immédiats causés par le souffle et permettre au produit toxique de faire la majeure partie du travail, grâce à sa transformation en acide chlorhydrique au contact des voies respiratoires.

L'attentat fut donc qualifié par la presse de « brutal, violent, mais aussi particulièrement vicieux, puisque les rescapés éventuels auraient fini par décéder d'un œdème pulmonaire en quelques jours, de toute façon, et n'avaient donc aucune véritable chance de s'en sortir ».

Cette dernière attaque de l'année, perpétrée pendant la période sacrée des fêtes et dans un de ses temples les plus renommés, ruinant l'existence de centaines de personnes et le réveillon de milliers d'autres, fut celle qui marqua le plus l'opinion publique, car près de la moitié des victimes étaient des enfants.

Chapitre 46 – 20 février 2011

Assis sur un banc, Balard et Giraud profitaient du soleil. La douceur des températures vénézuéliennes n'en finissait pas de les surprendre, malgré un hiver passé en bras de chemise, du matin au soir.

En ce début d'après-midi, ils attendaient.

Un peu plus loin, assis en tailleur sur la pelouse, le dos bien droit et les yeux fermés, Vandercamere semblait plongé dans un profond sommeil. Autour d'eux, le parc de l'Est était quasiment désert, quelques coureurs solitaires venant parfois troubler le calme ambiant.

Giraud, nonchalamment accoudé au dossier du banc, désigna leur ami d'un signe de tête.

— Il m'énerve, quand il se met à faire ça !

— Et pourquoi ?

— Je ne sais pas, c'est juste que ça me stresse. On dirait qu'il va se transformer ou s'envoler.

— C'est pourtant censé calmer les nerfs.

— Et renforcer la concentration, je sais… mais je n'arrive pas à comprendre comment il peut poser son cul sur l'herbe et déconnecter, alors que le monde fout le camp au même moment. Il se contrôle trop, je trouve ça malsain. En plus, ça faisait un bail que je ne l'avais pas vu faire ce truc et ça me rappelle les périodes d'attente avant certains contrats que je préférerais oublier.

— Ah… oui, je vois de quoi tu veux parler. L'été 1999. Une

mission couronnée de succès, pourtant…

— Ouais, on peut dire ça, répondit Giraud d'un ton dubitatif.

Il jeta un nouveau coup d'œil à Vandercamere, qui n'avait pas bougé d'un millimètre.

— Si pour lui, c'est l'équivalent d'une prière, j'espère qu'il s'applique. Parce qu'on aurait vraiment besoin d'un coup de pouce divin, cette fois.

— Je ne crois pas que Dieu ait mis les pieds sur cette planète depuis un moment, se moqua doucement son ami. Et il n'est pas près de descendre, si tu veux mon avis.

— L'envie doit lui manquer, oui. Difficile de lui en vouloir.

Les deux hommes se turent quelques minutes, leur regard s'évadant en direction des allées bordées de bambous et d'hévéas, et des bassins où s'ébattaient hérons, ibis écarlates et aigrettes. L'oasis de verdure, initialement dessinée par un paysagiste renommé, leur procurait d'ordinaire une sensation de paix incomparable. Aujourd'hui, le charme n'opérait pas. La faute sans doute à un entretien négligé depuis quelques semaines, qui donnait au parc une ambiance d'abandon, nostalgique d'une grandeur passée.

Balard aimait particulièrement contempler la réplique du Santa Maria de Christophe Colomb, qui reposait dans un des plus grands bassins du parc. Il pointa la lointaine caravelle du doigt.

— Dire que les hommes de cette époque affrontaient les océans sur des trucs pareils. Il fallait vraiment croire en Dieu pour avoir envie de quitter le port.

— Ouais. Mais merci à eux de nous avoir trouvé un coin pour nous planquer.

Le ton de Giraud se voulait léger, mais sans succès. Balard le poussa du coude.

— T'as l'intention de jouer le rabat-joie pendant combien de temps ? Torres va bientôt arriver, ajouta-t-il en consultant sa montre. Il est presque l'heure.

— Eh ben, il était temps ! On sort Philippe de son coma ?

— Fous-lui la paix. Le connaissant, il sera debout juste à temps.

Comme pour lui donner raison, Vandercamere bougea les bras et déplia les jambes, avant de se remettre souplement sur pied, malgré sa corpulence. Il parcourut les quelques mètres qui le séparaient de ses amis d'un pas nonchalant et s'assit à leurs côtés.

— Il est en retard.

— Il est juste l'heure, répondit Giraud et reniflant d'un air un peu agacé.

— Un problème ?

— Non.

— Bien.

Les trois hommes restèrent sans parler quelques minutes, jusqu'à entendre une voix amicale dans leur dos qui les fit se retourner.

— Messieurs, je vous salue.

Les cheveux grisonnants, simplement habillé d'un pantalon souple et d'une chemise de toile, le général Miguel Rodriguez Torres avait l'apparence d'un brave retraité, l'illusion étant entretenue par le chien en laisse qui l'accompagnait. Sans la cicatrice qui lui barrait le visage du côté droit et l'absence d'auriculaire à ses deux mains, personne n'aurait jugé bon de lui jeter plus qu'un coup d'œil. De taille moyenne et plutôt mince, il ressemblait à tout le monde.

— Excusez-moi pour ce léger retard. Nous avons un peu traîné en route, ajouta-t-il à l'intention de son labrador, qui le regarda en penchant la tête, comme pour se faire pardonner.

Son anglais était chantant et parfois émaillé de mots espagnols, lorsqu'il ne parvenait pas à trouver le terme adéquat, ce qui lui arrivait rarement. À leur première rencontre, il avait ri des efforts démesurés de Balard pour rouler les « r » et leur avait proposé d'en rester à l'utilisation de « la langue de l'oppresseur », comme il aimait le répéter.

Les trois hommes se levèrent et ils se mirent tous à marcher en direction de l'allée cimentée la plus proche, Torres détachant la laisse de son chien pour lui permettre de courir vers un des bassins.

— Cet endroit mériterait un bon nettoyage. Il faudra que j'en parle à Hugo.

— Je suppose qu'il a plus urgent à régler, répondit Vandercamere sur un ton pince-sans-rire.

— Vous croyez ?

Le général avait l'air de trouver ça très drôle et sourit de toutes ses dents.

— Il me charge de vous présenter ses hommages et espère que votre séjour prolongé ne commence pas à se faire trop pesant. Il craint que l'inactivité ne convienne pas à des hommes tels que vous.

— Vous plaisantez ! le coupa Giraud. Rester des heures à jeter du pain aux oiseaux est tout à fait mon genre. Personnellement, je trouve que c'est le pied absolu !

— J'ai l'impression de détecter une pointe d'amertume dans vos paroles, Frédéric.

— Vous en êtes sûr ?

Torres se mit à rire et lui serra amicalement le bras, avec une force que sa main mutilée ne laissait pas supposer.

— Nous vivons des temps compliqués, vous savez. La patience n'a jamais été une vertu aussi essentielle qu'elle l'est aujourd'hui. Surtout pour vous trois. Mais je comprends votre frustration.

Il leva ses deux mains.

— Vous vous doutez bien que ceci n'est pas dû à un accident de bricolage. Quand on a choisi la voie de l'engagement, il est difficile d'y résister, je ne le sais que trop.

Il siffla son chien, qui était sur le point de se jeter à l'eau, à la poursuite d'un oiseau joueur. Il les rattrapa en aboyant joyeusement.

— Je n'ai pas grand-chose à vous apprendre que vous n'ayez pu voir à la télévision, j'en suis navré. Les attaques continuent, les mensonges à votre sujet persistent et la planète vous hait, à l'exception de quelques personnes mieux informées que la majorité. Interpol contrôle désormais toutes les polices nationales et les pays parlent d'une seule voix, ou presque. Il est question d'une fusion de la plupart des grandes organisations internationales, mais je ne sais pas encore s'il s'agit d'une simple rumeur ou d'un projet en marche. Le SEBIN creuse activement cette question et j'espère pouvoir vous en dire plus lors de notre prochaine rencontre. Comme vous vous en doutez, nous ne sommes pas vraiment tenus informés par la voie officielle.

Il venait d'évoquer le Servicio Bolivariano de Inteligencia, l'agence majeure du Venezuela, homologue de la CIA américaine, en charge du renseignement national. Digne successeur de la DISIP, son ancêtre ayant changé de nom fin 2009, le service était tout aussi critiqué par les organisations humanitaires internationales, qui l'accusaient de nombreuses violations des droits de l'homme.

Torres était à la tête de l'agence, depuis cette refonte décidée par Hugo Chavez, et s'acquittait de sa mission avec efficacité, malgré des méthodes qu'aucun des trois hommes n'avait vraiment envie de connaître.

Vandercamere prit la parole.

— Je suppose qu'il serait indélicat de demander au Président de nous soutenir de façon publique ? D'appuyer nos propos et de confirmer notre innocence, en quelque sorte ?

Torres eut soudain l'air très embêté.

— Messieurs, je préfère être honnête avec vous. Le Président m'a plusieurs fois dit qu'il aimerait pouvoir s'exprimer en votre faveur, afin d'expliquer en même temps pourquoi il s'oppose aux événements en marche. Mais cela est très difficile. Compliqué et dangereux. Sa position est plus que précaire, vous le savez aussi bien que moi. Vous n'avez pas cherché refuge dans notre pays par hasard. Vous saviez très bien que l'asile vous serait accordé par principe, ne serait-ce que par opposition aux États-Unis et à leur politique extérieure. Mais c'était déjà beaucoup demander, compte tenu de notre isolement sur la scène internationale. En vérité, le Venezuela n'a jamais été aussi seul qu'aujourd'hui, puisqu'il ne reste qu'une poignée de pays qui refusent de respecter la demande d'extradition vous concernant et la soumission de leurs forces de police au nouvel Interpol.

Il flatta la tête du labrador et lui lança un bout de bois afin de l'occuper un peu plus loin.

— Sans vouloir me montrer trop dramatique, je pense d'ailleurs qu'il ne restera bientôt plus que nous. Et je pense que votre présence ici est parfaitement connue, malgré toutes les précautions prises pour la dissimuler. C'est d'ailleurs troublant de constater qu'il est manifestement impossible de vous faire disparaître... vous êtes sur le radar de quelqu'un qui ne vous lâche pas. Combien de temps avant que les États-Unis passent à la manière forte et viennent vous chercher par les armes ?

— Une attaque militaire ? l'interrompit Giraud. Ça semble un peu exagéré, non ? Et pas très discret.

— Frédéric, je pense que vous n'êtes pas suffisamment conscient de tout ce qui se passe depuis quatre mois. Vous vivez ça avec trop de distance, dans votre maison au milieu des arbres. Au cœur des révoltes émergentes des peuples arabes, des attaques menées en votre nom un peu partout et de l'anarchie monstrueuse qui règne dans presque tous les pays, vous pensez qu'une petite offensive américaine contre le Venezuela va poser le moindre problème à l'opinion publique ?

— Présenté comme ça, effectivement…

— Nous avons soigneusement étudié toute votre version de cette malheureuse histoire. Soyez certains que nous sommes de votre côté, même si nous ne pouvons pas le crier sur les toits. Notre seule possibilité, tant que la situation ne bouge pas, c'est de vous offrir un abri. Il est délicat de faire plus, croyez-moi.

Il s'arrêta pour relancer le bâton.

— Et en toute honnêteté, je crains que les problèmes ne fassent qu'empirer. Quelque chose a changé dans l'équilibre habituel du monde.

— L'équilibre ? demanda Balard. Vous trouvez notre planète équilibrée ? Vraiment ?

— Je veux dire par là que le schéma que nous connaissions – et qui intégrait bon nombre d'inégalités, je suis évidemment d'accord avec vous sur ce point, Quentin – a été subtilement modifié. Les anciens repères et les vieux codes de conduite sont morts. C'est comme si quelqu'un avait découpé notre monde moderne en petits bouts dans un sac, l'avait secoué et se mettait à redistribuer la donne. Mais sans que je puisse encore voir quel jeu nous devons jouer.

Il hocha la tête d'un air pensif, les yeux perdus dans le vague, comme s'il pouvait déceler l'avenir dans la végétation qui les entourait.

— Quelqu'un est en train de se donner beaucoup de mal et d'employer une méthode brutale mais efficace pour déconstruire ce qui existait et repartir différemment, de zéro. Mais où ? Pourquoi ? Comment ? Nous ne pouvons que lancer des suppositions… L'offensive est telle que l'objectif est pour le moment inconcevable. Mais je suis sûr que vous vous êtes déjà posé ces questions, de toute façon.

Il se tourna vers Giraud et lui sourit de façon malicieuse.

— Après tout, vous n'avez que ça à faire, actuellement…

— Et vous trouvez ça marrant ?

— J'essaye de ne pas m'enfoncer dans la déprime et je vous conseille d'essayer, vous aussi. Je peux sentir les tensions entre vous et ce n'est pas bon… pas bon du tout.

— Concrètement, vous nous dites donc de rester dans notre coin et d'attendre, sous la protection officieuse de votre gouvernement, c'est bien ça ? intervint Vandercamere. C'est vraiment la seule chose que vous puissiez faire pour nous ?

— Ça et vous inclure dans mes prières, mon ami. Nous aurons tous besoin de miséricorde divine.

— Je ne crois pas vraiment en Dieu.

— Rien ne m'empêche d'y croire pour vous.

Il siffla son chien, qui accourut et fut remis en laisse. Torres fit un petit signe vaguement militaire et sourit doucement aux trois hommes.

— Je vous retrouve ici la semaine prochaine, à la même heure, si Dios quiere. Qui sait, peut-être que d'ici là, mes hommes auront des réponses… si Dieu refuse de m'en fournir, termina-t-il en leur adressant un petit clin d'œil.

Et il s'éloigna dans l'allée, en sifflotant une vieille chanson révolutionnaire.

Chapitre 47 – 30 avril 2011

« J'aurais apprécié d'être tenu au courant, Cecil ! Cette phase des opérations n'a jamais été clairement présentée dans notre programme et elle est pourtant tout sauf anodine ! Seriez-vous en train de mettre une partie d'entre nous de côté et de favoriser certains intérêts en particulier ? »

Youssef Sabri, représentant de la zone du Moyen-Orient, était furieux.

Autour de lui, les hommes du Cercle étaient silencieux et attendaient patiemment que l'orage prenne fin et que Cecil fournisse des explications, ce qu'il ne manqua pas de faire.

— Cette phase, comme vous dites, est prévue depuis le début, Youssef. Il a toujours été question de mélanger les révoltes provoquées par nos propres attaques avec des insurrections populaires spontanées dans certaines parties du monde stratégiquement choisies.

— Spontanées, vous vous fichez de moi ? Vous savez très bien que les peuples de ces pays sont instrumentalisés en permanence !

— Oui, mais l'important, cette fois-ci, c'est qu'ils croient qu'il s'agit de leur propre victoire, non ? « Le Printemps arabe », quel nom poétique…

— Vous poussez le cynisme beaucoup trop loin, Cecil !

— Mon ami, vous croyez vraiment qu'il est encore temps de faire preuve de sentimentalisme ? Ne jouez pas l'homme surpris, je vous en prie !

— Je suis surpris de constater l'ampleur du mouvement, qui va bien au-delà de ce que je pensais avoir compris. Nous sommes en train de contribuer au chamboulement complet de la géopolitique, là-bas, et j'ai comme l'impression que cela va rendre service à certains pays plus qu'à d'autres, notamment sur le plan financier.

— Vous vous trompez, mon ami. Nous serons tous gagnants. Et de toute façon, comment atteindre pleinement nos objectifs si nous ne contrôlons pas totalement les gouvernements en place ? Ces changements font naturellement partie du plan général et ne sont qu'une étape de plus.

— La question n'est pas là ! Si vous commencez à œuvrer dans l'obscurité sans associer tous les membres au déroulement précis des opérations, cela ne me convient pas, c'est tout ! Et je pense que je ne suis pas le seul à me sentir sur la touche...

Il se tourna vers certains des hommes présents et recueillit quelques murmures d'assentiment. Cecil leva les mains en signe d'apaisement puis s'avança sur sa chaise, comme pour réduire la distance entre eux. Une mise au point était nécessaire.

— Je suis désolé si certains détails ont été mal expliqués ou omis lors de nos rencontres des derniers mois. Notre entreprise est tellement ambitieuse et vaste qu'il est parfois compliqué de se souvenir que certains d'entre vous n'étaient pas présents pour la totalité des débats et se sentent, à juste titre, légèrement en décalage. J'endosse la responsabilité de cette confusion et je vous propose de refaire un point, en ce qui concerne les motifs de notre action dans les pays arabes.

Sabri, satisfait par cette réponse, hocha la tête, l'invitant à continuer.

— Repartons donc de notre objectif de base : pour réussir, notre plan a avant tout besoin d'une union officielle de la majorité des états du monde. Le climat de terreur que nous avons instauré, au nom des Rémoras, a partiellement atteint ce but, la plupart des pays occidentaux étant déjà en phase de regroupement, comme prévu. Nous avons légèrement ralenti le rythme des attaques, en nous concentrant surtout sur les pays qui rechignent encore à rejoindre le troupeau. Mais nous maintenons tout le monde sous pression, évidemment. Le nouvel Interpol contrôle les polices nationales d'une majorité de pays et nous allons reparler dans quelques minutes de la fusion de certaines institutions internationales, qui est la clef de la suite des opérations. Mais avant d'en arriver là, nous avions un autre problème sur les bras, évidemment impossible à ignorer… Les états incorruptibles, difficiles à convaincre, ou trop instables pour qu'on leur fasse confiance.

L'Anglais se tourna vers un autre membre, un Colombien taciturne au teint sombre, comme pour obtenir sa confirmation.

— Le Venezuela, pour commencer, qui résiste depuis suffisamment longtemps aux pressions économiques et politiques américaines pour qu'on lui accorde un traitement particulier et adapté, lorsque le moment sera venu. La Corée du Nord, qui n'est plus vraiment un problème majeur aujourd'hui, mais qui devra être nettoyée et remodelée à un certain point de l'opération, grâce au concours de nos amis chinois. Et l'Iran, bien sûr, qui est un trop gros contre-pouvoir face aux intérêts occidentaux au Moyen-Orient et qui ne marchera jamais avec nous, tel qu'il est dirigé actuellement. C'est ce pays que nous devons prioritairement museler, en l'isolant.

Cecil regarda à nouveau Sabri et compléta son explication.

— Isoler l'Iran, pour pouvoir à terme le diriger comme nous l'entendons et lui faire accomplir sa partie du travail, c'est d'abord faire en sorte que ses alliés naturels l'abandonnent. Tunisie, Égypte, Maroc, Libye… tous ces pays étaient au bord de l'implosion depuis longtemps, pour des raisons sociales bien compréhensibles. Alors, pourquoi ne pas donner le petit coup de pouce nécessaire pour profiter de la situation et nous débarrasser des dictateurs qui ont fait leur temps et prétendent désormais s'affranchir des directives occidentales ? Ces hommes, malgré l'aide financière plus que substantielle qu'ils ont reçue de certains pays, se sont engagés dans des voies qui ne nous arrangeaient absolument pas, notamment dans un soutien plus ou moins officiel envers l'Iran, ce qui est absolument inacceptable. Ben Ali, Moubarak, et tous leurs petits camarades dictateurs, sont restés en place tant que cela nous convenait et qu'ils jouaient le jeu. À partir du moment où ils ont prétendu décider par eux-mêmes et se sont mis à oublier ce qu'ils devaient à d'autres, il était temps de s'en débarrasser et de faire également plaisir à leurs peuples, en laissant ces derniers croire qu'ils sont maîtres de leur destin et qu'ils font leur révolution.

— Ils la font vraiment ! protesta Sabri. Ces hommes et ces femmes se battent pour leurs convictions, sans voir à quel point ils sont manipulés.

— Je ne nie pas leur engagement, effectivement, et je sais qu'on peut trouver dommage de leur imposer un simple changement de propriétaire, alors qu'ils sont convaincus que les choses vont vraiment être bouleversées. Mais que voulez-vous… est-ce ma faute si l'homme a naturellement tendance à refaire cent fois les mêmes erreurs et à tendre sa laisse à une nouvelle main, plutôt que de s'en débarrasser ? La souveraineté des peuples est une belle invention philosophique dénuée de tout sens pratique. C'est bien pour cette raison que nous avons regroupé nos intérêts et que nous sommes ici aujourd'hui, à en parler. Si l'être humain était plus éveillé, nous n'en serions pas arrivés là, à devoir agir en son nom.

Cecil fit une pause, comme pour retrouver le fil de son discours.

— Bref, cette suite de renversements, savamment orchestrée par nos amis de la NED et des diverses agences en charge de la déstabilisation des régimes, est un élément parmi d'autres, qui nous permettra de régler la question de l'Iran le moment venu. Le seul individu qui va être plus délicat à retirer de l'équation, car sa psychologie est bien plus complexe et que faire couler le sang ne lui pose aucun problème, c'est Kadhafi, en sachant que son départ est encore plus important pour nous que celui des autres dirigeants, car...

Il fut interrompu par Edgar, qui venait d'entrer furtivement dans la pièce pour venir murmurer à son oreille.

Cecil l'écouta attentivement, sourit et reprit la parole d'un air très satisfait.

— Messieurs, une nouvelle épine est sur le point de nous être retirée du pied, avec un timing impeccable. Ben Laden devrait être éliminé sous 48 heures, dans le cadre d'une opération américaine appuyée par le Pakistan, qui vient d'être confirmée par nos contacts à Washington. Un symbole universel de moins, ce qui va venir rajouter un peu de confusion au milieu de tout ça. Un véritable ménage de printemps, en quelque sorte... c'est absolument parfait.

Ces paroles donnèrent lieu à un échange général de félicitations qui dura quelques minutes. Chu-Chung y mit fin en posant une question à Edgar.

— Et où en est le projet de fusion, alors ?

Edgar, fidèle à ses habitudes, était porteur d'une liasse de dossiers qu'il posa sur la table, devant Cecil, ce dernier se chargeant de les distribuer autour de lui.

— Les détails se trouvent ici, mais les grandes lignes sont simples et déjà approuvées officieusement par la plupart de ceux qui devront voter et signer le projet. D'ici la fin de l'été, toutes les grandes institutions internationales, dont l'OMC, l'OMS, le FMI et la Banque Mondiale, fusionneront au sein d'un seul organisme. L'intitulé finalement adopté sera celui « d'Agence Internationale de Transition ». L'AIT ne rendra de comptes qu'à l'ONU, dans un premier temps, avant que cette dernière soit dissoute pour être remplacée par un véritable gouvernement mondial, dont la structure générale est déjà prévue et expliquée en page 33 du dossier.

Les hommes se penchèrent attentivement sur une série d'organigrammes et de tableaux contenant des listes de noms et de futurs projets de loi.

— C'est en ayant tout ça devant les yeux qu'on comprend encore mieux l'intérêt d'avoir choisi Serrès comme une des cibles des premiers attentats, souligna Roderich. Le bonhomme avait dans l'idée de créer une nouvelle monnaie internationale pour faire concurrence au dollar et sortir les états pauvres de leur misère. En sachant que Kadhafi était prêt à travailler avec lui main dans la main… Un projet absolument incompatible avec nos futures mesures, qui aurait nui à la mise en place des nouvelles institutions. Ces dernières vont être accueillies à bras ouverts, justement parce que personne ne sait plus quoi faire d'autre pour remettre de l'ordre sur la planète. Nous allons apporter sécurité et stabilité à une population mondiale qui ne sait aujourd'hui plus à quel saint se vouer.

Cecil acquiesça.

— Et comme vous le savez, pour ceux qui se sont principalement intéressés à la partie finale de notre objectif, notre attention est surtout fixée sur l'OMS. Ce sont ses attributions qui devront être prises en charge de façon prioritaire par l'AIT. Cette partie du dossier est sous votre contrôle, Chu-Chung. Votre rapport préliminaire est prêt ?

Le Chinois fit un signe négatif de la tête.

— La personne en charge des projections chiffrées n'a pas complètement fini l'analyse des données que nous lui avons communiquées. Dans la mesure où elle travaille quasiment en aveugle, sans connaître notre objectif réel, je peux difficilement lui demander d'aller plus vite. Mais vous aurez ce rapport dans les prochaines semaines, je m'y engage.

— Alors, tout est pour le mieux.

Cecil ferma le dossier qu'il venait de parcourir et se frotta légèrement les mains.

— La toile commence à prendre forme, Messieurs. Et nous pouvons être fiers du travail accompli, car faire ainsi travailler de concert des centaines de personnes partout dans le monde, en maintenant la majorité d'entre eux dans l'ignorance du véritable but final, était a priori mission impossible. La plupart des hommes de bonne volonté n'auraient pas eu le courage d'aller au bout de leurs idées. La patience et la persévérance sont décidément des valeurs sûres.

Le représentant colombien prit la parole, ce qu'il faisait rarement.

— Et pour le Venezuela, alors, que faisons-nous ?

Cecil sourit d'un air malicieux.

— Gardons le plus gros morceau pour la fin. Laissons Chavez défendre jusqu'au bout les lambeaux de la liberté des peuples, vu que c'est un rôle dans lequel il excelle. Et puisqu'il a décidé de jouer à la nounou et de protéger notre trio de mercenaires au chômage, c'est encore mieux ainsi. Tant qu'ils restent là-bas à hésiter sur ce qu'ils doivent faire, nous n'avons pas besoin de nous débarrasser d'eux tout de suite. J'ai de meilleures idées les concernant…

Il se leva, mettant fin à la réunion.

— Prochaine étape majeure : Singapour, qui va accélérer la mise en place de l'AIT. J'ai hâte de voir cette étape se concrétiser !

Les hommes présents l'imitèrent et quittèrent la pièce les uns derrière les autres, en conversant aimablement. Cecil leur avait promis un dîner dans un nouveau restaurant japonais huppé du quartier et la perspective de ce repas les réjouissait.

En marchant derrière le petit groupe mené par Edgar, le vieil

Anglais inspira longuement, afin de s'imprégner de l'odeur des roses grimpantes qui recouvraient la façade de la maison qu'ils longeaient.

Oui, le printemps était vraiment là.

Chapitre 48 – 15 juillet 2011

En ce vendredi soir, Dave se sentait seul et le silence du loft lui pesait. La plupart des membres de Cronaca avaient profité de leurs vacances universitaires pour fuir New York dès le début du mois et même Juliana l'avait abandonné pour quelques jours, en lui expliquant qu'elle avait besoin de prendre le large et de faire le point.

Ces dix mois d'hystérie planétaire avaient progressivement calmé les ardeurs du groupe, qui avait assisté avec consternation à des échanges virtuels de plus en plus terrifiants entre les internautes. Ses collègues venaient de moins en moins souvent travailler à ses côtés, en se cachant derrière des excuses qu'il faisait mine d'accepter.

Dave continuait de publier les informations qu'il recevait, mais le faisait avec un sentiment d'impuissance, persuadé que la confusion absolue qui régnait ne faisait que cacher une trame parfaitement dessinée. Il y avait déjà longtemps qu'il était sûr que les Rémoras n'étaient pas responsables du chaos général, bien qu'ils n'aient pas repris contact depuis le dernier message de Balard, datant de septembre. Cette certitude lui semblait absolue et évidente.

Mais aucun élément concret ne lui permettait d'affirmer quoi que ce soit de valable et, perdu au milieu du tourbillon d'événements qui les emportait tous, il préférait se taire et attendre, pour ne pas transformer ses propres soupçons en rumeurs supplémentaires et stériles.

Un an plus tôt, il se serait empressé de partager ses pensées et ses théories avec les internautes. Aujourd'hui, il comprenait que ça ne servirait absolument à rien.

Sa génération avait grandi dans un contexte où l'information était à la fois partout et nulle part. On parlait pendant des heures d'éléments incertains, au point d'en avoir la nausée, et jusqu'à confondre les notions de « probable » et de « confirmé ». Mais il devenait par contre impossible d'obtenir des informations simples et tangibles, tellement le flux de l'actualité les noyait dans des abîmes sans fond. La vérité n'était désormais qu'un concept parmi d'autres, ni plus ni moins, et chacun s'accommodait de la sienne sans sourciller, puisque la seule chose importante, finalement, c'était juste d'en parler sans fin, en attendant qu'une nouvelle vérité vienne prendre la place de la précédente.

L'overdose d'informations avait tué la possibilité d'analyser le monde et de le comprendre. Juliana avait eu raison. Ils auraient dû contrôler leur propre contribution à cette montagne hypertrophiée et boursouflée, dès le début.

Car tout le monde avait quelque chose à dire, même les plus ignares. Cette pensée le faisait fulminer. Des dizaines de milliers de gens étaient venues sur le forum de Cronaca, ces derniers mois, inondant des sujets sérieux de leurs commentaires imbéciles, engloutissant au passage les quelques parcelles intelligentes et éclairées qui surgissaient parfois au détour d'une page, mais qui se faisaient de plus en plus rares.

Cronaca s'était transformé en laboratoire humain et Dave avait la sensation de contempler la planète à travers un microscope. Il ne voyait plus rien d'autre qu'un monde agité, ignorant, faible, laid et sans idéal universel. Chacun parlait de soi, de son pays, de ses théories, mais personne n'écoutait vraiment les autres. Les échanges se résumaient à des kilomètres de lignes mal rédigées, sans contenu, sans objectif, sans cohérence et sans aucune solidarité, évidemment.

Une éprouvette stérile, où se démenaient des milliers de microbes sans intérêt qui s'attaquaient faiblement entre eux, parce qu'ils n'avaient rien trouvé de mieux à faire. Et chaque jour, Dave les regardait faire, ses illusions s'envolant les unes après les autres.

Pour la première fois, il ne se sentait même plus vraiment en colère. L'excitation rebelle des premiers temps, qui avait ensuite cédé la place à l'inquiétude, puis à une peur bien réelle, s'était transformée ces derniers jours en un sentiment nouveau et déprimant. Une émotion banale mais pourtant brutale. Il avait honte.

Honte des médias, qui s'abaissaient à des pratiques de communication révoltantes qui salissaient leur métier. Honte des gouvernements, qui transformaient la notion de protection en répression quotidienne. Honte des citoyens qui, partout dans le monde, pratiquaient délation ou résignation absolue, comme si des siècles de combat contre de tels comportements n'avaient servi à rien et n'avaient abouti qu'à une régression totale, en moins d'un an.

Il avait fallu dix mois à peine pour que l'homme revienne à ses plus bas instincts, et privilégie ses viles émotions au détriment de son intellect. Des moutons, des enfants apeurés, des lâches, des menteurs ou des imbéciles violents. Voilà en quoi la majorité des citoyens du monde s'étaient transformés, sur fond de révolutions ou de manifestations sanglantes qui étaient maintenant si nombreuses qu'elles en devenaient presque insignifiantes.

Dave avait honte du genre humain et se sentait seul. Le monde était devenu fou et les personnes de bonne volonté se faisaient rares. Trop réfléchir était devenu un luxe douloureux dont il se serait bien passé.

En avalant ses nouilles chinoises pas assez cuites devant son poste de télévision, Dave se surprit à espérer une bonne nouvelle quelconque, ce soir-là. Une information positive ou optimiste, qui le détournerait des centaines de courriers reçus pendant la journée, dans lesquels il n'était question que de nouvelles attaques présumées, de cadavres et de mutilations en tous genres, images parfois à l'appui. Une nouvelle qui lui redonnerait un peu de foi et ferait cesser sa nausée permanente.

Ses espoirs fondirent en l'espace de quelques secondes.

« ... *Cette attaque sur le réseau d'eau potable de Singapour vient d'être revendiquée par le groupe Manus et devrait être confirmée par l'OMS dans les meilleurs délais, des prélèvements étant actuellement en cours dans la ville afin de savoir si le réseau a effectivement été empoisonné à la dioxine ou s'il s'agit d'une fausse revendication. La population de Singapour est en état d'alerte, le temps que l'information soit vérifiée, et il lui est demandé de ne consommer que de l'eau minérale en attendant de nouvelles instructions, ce qui donne lieu à de multiples scènes d'émeutes dans les magasins, comme vous pouvez le voir. Nous vous rappelons que l'OMS est actuellement déjà très sollicitée par la question du blé contaminé détecté dans plusieurs pays, certains gouvernements ayant préféré détruire leurs stocks pour limiter les risques, créant ainsi une pénurie qui risque de poser rapidement problème. Nous allons développer ces deux sujets dans quelques minutes et, pour parler des effets ravageurs de la dioxine, nous accueillons sur notre plateau le Professeur...* ».

Dave coupa le son et resta quelques minutes à fixer la télévision sans la voir. Il n'y aurait pas de scoop optimiste ce soir.

Le seul élément digne d'intérêt était que cette attaque était encore une fois attribuée au groupe Manus, une organisation sortie de nulle part quelques mois plus tôt et censée être une extension des Rémoras. Un groupe d'activistes ayant déclaré travailler pour le trio, juste quand il était devenu évident que trois hommes ne pouvaient être simultanément à dix endroits différents et que trop de questions avaient commencé à voir le jour.

Une invention bien pratique, selon Dave. Un groupe obscur, sans identités précises et sans visages, qui se contentait d'amplifier la terreur et la colère que la planète vouait aux trois instigateurs du mouvement, en rappelant régulièrement leur nom et en se servant de l'image de Balard comme d'un étendard. En comparaison, les mouvements terroristes traditionnels, plus familiers, avaient presque l'air sympathiques…

Bref, un groupe certainement bidon, qu'on agitait partout pour affoler les populations à la moindre alerte. Et ça fonctionnait parfaitement. Désespérément bien. Les vrais responsables de cette terreur devaient se frotter les mains en riant.

Dave reposa son carton de nouilles désormais froides sur la table basse, en sachant que du travail l'attendait. Mais la vanité de sa mission lui sauta à nouveau aux yeux et il préféra basculer sur le sofa, en s'enfouissant sous un plaid laineux qui lui piqua le visage lorsqu'il s'en couvrit la tête.

Il fut embarqué dans un sommeil agité, rempli d'écrans flous, de taches rouges et de silhouettes en colère qui l'entouraient, dans lequel un immense poing serré tombait du ciel pour tous les anéantir.

Chapitre 49 – 28 septembre 2011

Carlos, le responsable du petit cybercafé de l'avenue Santa Isabel, commençait à trouver les trois Français vraiment pénibles. Il avait eu la gentillesse de leur permettre de s'installer ensemble sur un seul poste, contrairement au règlement, mais cela ne les empêchait pas de s'éterniser pour discuter, en dépit de ses discrets rappels à l'ordre réguliers, comme si l'endroit leur appartenait.

Ces hommes ne lui étaient pas sympathiques, malgré l'espagnol poli et souriant de celui qui avait réservé l'ordinateur pour une demi-heure d'utilisation, ces trente minutes étant écoulées depuis bien longtemps. Le plus petit des trois n'avait pas l'air de se marrer souvent et la tête mélancolique du plus grand lui rappelait vaguement quelque chose, malgré sa barbe mal entretenue. Il aurait voulu qu'ils arrêtent de chuchoter de cette façon véhémente qui leur donnait une allure suspecte et dérangeait le reste de ses clients silencieux, bien que personne ne fût capable de comprendre ce qu'ils racontaient. Si son patron arrivait et trouvait trois personnes assises devant un seul ordinateur qui n'était même pas utilisé, il aurait des problèmes. Ils auraient quand même pu être moins radins et réserver pour une heure ! songea-t-il en surveillant les hommes du coin de l'œil.

Lorsque le plus grand tapa sèchement sur leur table et fit vibrer le clavier, Carlos s'arrêta de trier les papiers répandus sur le comptoir d'accueil, regarda le trio d'un air mécontent et fut gratifié en retour d'un geste d'excuse plutôt froid de la part du petit homme impassible, qui semblait vouloir endosser la responsabilité de la situation tout en la minimisant. Le Vénézuélien fit un signe du doigt au-dessus de sa montre pour lui signifier que l'heure tournait, en essayant de prendre une attitude autoritaire. Il indiqua aussi l'écriteau mural qui se trouvait derrière lui et qui expliquait en images que le bruit n'était pas toléré.

Sans trop savoir si cela était dû à son intervention ou parce qu'ils en avaient terminé, il fut soulagé de les voir se lever, remettre les chaises à leur place et se diriger vers la sortie. Au passage, celui qui avait payé à leur arrivée lui laissa un billet de plus et s'excusa pour le dérangement. Carlos le remercia vaguement en marmonnant, et rangea l'argent dans sa caisse.

Il suivit les trois hommes du regard lorsqu'ils furent dehors, s'interrogeant sur la cause de ce qui était manifestement une dispute jusque-là encore contenue. Des bribes de français lui parvinrent lorsque le plus grand cria quelque chose à ses deux compagnons, puis le son des voix s'atténua et le silence reprit ses droits. Carlos haussa les épaules et retourna au classement de ses papiers, satisfait. Le tourisme était mort, depuis la fermeture presque totale des frontières, mais si tous les étrangers devaient se montrer aussi peu agréables, ce n'était pas une grande perte, pensa-t-il, en oubliant que son propre emploi était en jeu. Silence et tranquillité, voilà ce qui lui plaisait dans son travail.

Une heure plus tôt, Vandercamere, Giraud et Balard avaient jeté leur dévolu sur le cybercafé de l'avenue Santa Isabel, car il était le moins fréquenté de ce quartier qui en comptait plusieurs autres, tous plus grands et mieux équipés. Par sécurité, ils évitaient de trop sortir et comptaient sur Torres pour les informer et les ravitailler, mais cette fois, la sensation de vivre dans le brouillard et l'ignorance avait été plus forte que leurs habitudes de protection. Chacun reconnaissait aussi, en son for intérieur, que l'isolement devenait pesant et qu'une visite au cybercafé était un prétexte comme un autre pour justifier un tour en ville.

Après avoir tenté de comprendre ce que lui disait l'homme à l'accueil dans un espagnol rugueux particulièrement difficile à interpréter, Giraud avait jeté un billet sur le comptoir, persuadé qu'il couvrait largement l'objet de sa demande. L'endroit était sale et exigu, et l'employé morose. Pas étonnant que les rares clients aient tous l'air déprimés, ricana Giraud lorsqu'il rejoignit ses deux amis devant l'ordinateur. Il avait les nerfs en pelote et aurait aimé se défouler sur quelqu'un.

Ils étaient là pour regarder ce que disait la presse internationale au sujet de l'actualité du jour, le poste de télévision dont ils disposaient dans leur retraite forcée ne captant correctement qu'une seule chaîne nationale, désormais largement censurée. Les Vénézuéliens n'étaient pas près de savoir où en était vraiment le monde, sans l'aide d'Internet.

Ils consultèrent plusieurs sites européens et américains, pour avoir confirmation des deux éléments majeurs que Torres leur avait annoncés la veille : l'Agence Internationale de Transition était maintenant officiellement créée et Chavez annonçait dans un long monologue filmé qu'il ne reconnaissait pas plus l'autorité de cette institution, qui n'était rien d'autre que « la main de l'empire américanosioniste s'emparant des peuples », selon ses propres termes, qu'il ne donnait à Interpol le droit de commander la police de son pays.

Les différents journaux télévisés résumaient la situation d'une façon finalement simple : pour s'unir dans un effort commun face à la menace terroriste permanente du groupe Manus, bras armé du tristement fameux trio des Rémoras, tous les états du monde venaient de se regrouper, en signant l'accord qui donnait les pleins pouvoirs à l'AIT pour coordonner les aspects politique, économique, financier et sanitaire de la situation.

En d'autres termes, comme le soulignait un journaliste un peu plus lucide que les autres, l'AIT était maintenant seul capitaine à bord, les gouvernements nationaux n'étant plus que des exécutants aux commandes de vulgaires provinces.

Quelques pays faisaient encore de la résistance, en refusant de signer ce traité historique, « *le Venezuela, l'Iran et Cuba étant bien évidemment les chefs de file de cette attitude rebelle déplorable, en s'obstinant à nier la gravité de la situation et en soutenant certainement les activités terroristes qui accablaient le monde* » commentait d'un ton dramatique un autre journaliste, manifestement fervent supporter de l'AIT.

Des dizaines d'attentats violents plus ou moins récents étaient évoquées pêle-mêle, l'image de Balard apparaissant de temps à autre au milieu des sujets présentés de façon brouillonne, comme un écho subliminal des origines de ce chaos général. L'état alarmant de certains pays était particulièrement mis en avant, le mot « pénurie » revenant à de nombreuses reprises dans la bouche des commentateurs et des spécialistes qui analysaient la situation économique et sanitaire de la planète, considérée comme « très sombre », même dans les états majeurs le mieux préparés.

En peu de temps, les trois hommes furent fatigués de contempler cette déferlante de déclarations, l'actualité ressemblant au produit d'une gigantesque centrifugeuse. Ils avaient de toute façon compris l'essentiel : il était définitivement impossible de ramener un peu de vérité dans tout ça. Les médias avaient parfaitement joué leur rôle d'abrutissement, en noyant tout le monde sous un déluge d'informations qui ne permettait plus aucune prise de recul. Il était inutile d'espérer faire passer de nouveaux messages pour rectifier ce qu'on disait d'eux. Trop de voix s'élevaient de partout, désormais, muselant chaque opinion dissidente avec une facilité déconcertante, à l'aide de quelques images sanglantes qui enterraient les populations sous des flots d'émotions primaires. Même Chavez passait pour un abruti inconscient dans la presse, malgré la finesse de son analyse et les hypothèses plus que sensées qu'il avançait. Qui voudrait les écouter, eux ?

Un rapide passage sur les pages de Cronaca leur apprit que la même impression de chaos régnait aussi là-bas. Les messages sérieux et étoffés qu'ils pouvaient encore lire sur le forum quelques mois plus tôt avaient totalement cédé la place à des commentaires hystériques. Les responsables du site avaient abandonné leurs chroniques et leurs analyses et se contentaient désormais de poster des brèves qui menaient vers des sites d'information plus traditionnels. Ils avaient baissé les bras, mais comment leur reprocher ?

Ils continuèrent de naviguer encore quelques minutes au milieu des archives de la matinée, ne sachant plus trop ce qu'ils pourraient bien trouver de nouveau dans ces vidéos qui se ressemblaient toutes.

C'est en entendant le présentateur d'une chaîne française annoncer que « *Quentin Balard aurait été vu très récemment en région parisienne, d'après un témoignage que la police nationale considère comme sérieux* » que les trois hommes sursautèrent, comme rappelés à la réalité de leur situation personnelle. Balard, sous une barbe mal taillée qui ne faisait que renforcer l'aspect émacié de son visage, grogna curieusement.

— Mais qu'est-ce qu'ils racontent ?

— Bah, leur source doit être un type qui voulait sa minute de gloire à la télé, tenta de plaisanter Giraud, sans grand succès.

— Quel intérêt d'en parler ? Tout le monde s'en fout, au milieu du reste… ou alors c'est pour avoir une raison de plus de montrer ma gueule à l'écran, pour la millième fois environ. Les gens doivent être blasés de voir ma sale tête, depuis le temps, ricana-t-il.

Sans demander l'avis de ses compagnons, Vandercamere ferma le navigateur et éteignit l'ordinateur, en jetant un œil au type du comptoir, qui montrait des signes d'impatience.

— Tu es sûr d'avoir payé ce qu'il fallait, Fred ? Notre ami ne m'a pas l'air très content.

— Il n'avait qu'à mieux s'exprimer. Les tarifs ne sont affichés nulle part et je défie quiconque de capter ce qu'il raconte. De toute façon, c'est déjà trop cher pour un endroit pouilleux comme celui-ci.

— Si tu le dis.

— Eh ! La prochaine fois, tu dérouilles ton espagnol minable et tu t'en occupes toi-même ! s'énerva Giraud. J'en ai marre de me frapper ton petit air supérieur en permanence ! C'est à cause de toi qu'on en est là aujourd'hui, essaye de ne pas l'oublier !

— Je te demande pardon ?

— Fais pas l'étonné ! Tu sais très bien de quoi je parle ! Et arrête de me faire signe de baisser d'un ton, c'est gonflant !

— Contrôle-toi un peu. Nous ne sommes pas seuls.

— Et alors, pas un de ces mecs ne comprend un mot de ce qu'on raconte ! Ils ne sont même pas foutus de reconnaître Quentin, alors que c'est l'ennemi public numéro 1 de la planète entière ! Et n'essaye pas de me faire changer de sujet, cette fois ça ne marchera pas.

— Ce n'est pas mon intention. Nous aurons l'occasion d'en discuter une fois que nous serons seuls, si tu veux bien.

— Non ! On peut en parler maintenant, avant que tu aies le temps de préparer tes réponses et que tu m'embrouilles le cerveau, comme tu le fais à chaque fois. Tout ce que je veux, c'est que tu reconnaisses que tu t'es bien planté, depuis le début ! Mais ça, pas moyen de te le faire dire et pourtant, ça fait des mois que j'essaye !

— Tout ce que je reconnais, c'est que j'avais raison de dire, dès le début, que nous allions nous lancer dans une partie très difficile. Mais nous connaissions les risques tous les trois et nous les avons acceptés ensemble, que je sache. Je ne vois pas en quoi je suis responsable de la tournure catastrophique des événements.

— T'es censé analyser les choses comme personne et être capable de prévoir toutes les conséquences d'une mission ! C'est ton grand talent, non ? On te fait confiance pour ça, depuis toujours…

— Oui, mais je n'ai jamais laissé entendre que j'étais médium. Qui aurait pu, il y a moins de deux ans, imaginer des conséquences pareilles ? Comment voulais-tu que je m'attende à un tel résultat ? Aucun manuel ne contient les consignes relatives à ce genre de situation…

Giraud, comme soudain conscient de l'énormité de son reproche mais ne voulant pas perdre la face, resta muet quelques secondes avant de soupirer rageusement.

— J'en sais rien ! Ce que je sais, c'est que jamais je ne me serais embringué dans ce plan foireux si je n'avais pas totalement confiance en toi.

— Tu as la mémoire un peu courte, il me semble. J'ai le souvenir de quelques discussions enthousiastes, au coin du feu, où tu n'étais pas le dernier à vouloir reconquérir le monde…

— Allez, fous-toi de moi par-dessus le reste ! C'est ce que tu fais de mieux en ce moment, de toute façon !

Balard sortit de sa torpeur apparente et tapa violemment sur la table pour les faire taire. L'homme au comptoir sursauta.

— Vous commencez à me faire chier, tous les deux ! Ça fait plus d'un an qu'on est dans ce pays, qu'on ne peut rien faire parce qu'on ne peut pas en sortir sans risquer d'avoir tous les flics de la planète au cul, qu'on n'a pas l'ombre d'un plan pour se sortir du bordel qu'on a nous-mêmes déclenché en pensant avoir raison, que je suis plus célèbre que le père Noël, et vous, vous ne trouvez rien de mieux à faire que de passer votre temps à vous tirer dans les pattes, à longueur de journée ! Fermez-la et cassons-nous d'ici. Ce type me tape sur les nerfs, à nous regarder toutes les dix secondes en secouant la tête, ajouta-t-il en désignant le comptoir d'un signe du menton.

Vandercamere se retourna vers l'employé crispé et lui fit un signe d'excuse qui ne sembla pas le dérider, mais déclencha au contraire quelques nouveaux gestes d'impatience.

— Oui, allons parler ailleurs, nous n'avons rien de plus à faire ici. Rangez vos chaises et laissons un joli pourboire, que notre ami ne garde pas un trop mauvais souvenir de nous.

Une fois dehors, ils poursuivirent leur discussion en profitant de l'anonymat de la rue. Giraud n'avait pas obtenu satisfaction et repartit de plus belle.

— Bon, Philippe, tu reconnais qu'on est dans ce merdier à cause de toi, ou pas ? Fais-moi au moins le plaisir, pour une fois, de dire que j'ai raison !

Vandercamere lui jeta un regard où se disputaient incrédulité et agacement et se laissa aller à hausser le ton, ce qui ne lui ressemblait pas.

— Tu es vraiment sérieux, avec tes accusations de bac à sable ? Tu tiens à ce que je te repasse le film des vingt-trois derniers mois et de toutes nos décisions ? Tu veux que je revienne sur notre implication personnelle et volontaire, pour chacun de nous, et notamment sur ce que tu as obtenu de ton amie Iris ? Sur le moyen de paiement qu'elle a réclamé en échange ? C'est une décision que j'ai prise pour toi, ça aussi ?

Giraud n'avait pas prévu cet angle d'attaque. Il accusa le coup et sa voix se fit presque murmure.

— Ça n'a rien à voir et c'est un sale coup bas.

— Je sais. Mais il faut bien que quelqu'un te remette les idées en place, avant que tu deviennes totalement insupportable. On a bien compris que tu es sur les nerfs, que tu deviens dingue en étant coincé ici, mais ça suffit comme ça ! Tu me fatigues avec tes humeurs. Prends sur toi, va draguer dans les bars, soûle-toi, fais ce que tu veux, mais par pitié, arrête de me chercher. Je n'ai aucune envie de passer mon temps à te clouer le bec. Et ce serait bien que Quentin intervienne et prenne le relais de temps en temps pour me soulager un peu ! ajouta-t-il en haussant le ton, pour que Balard, qui marchait plus loin devant eux, puisse l'entendre.

En se retournant juste à moitié, alors qu'il commençait à traverser l'avenue, ce dernier répondit presque en criant.

— Laissez-moi en dehors de vos conneries, je vous en supplie, je n'ai pas assez d'énergie pour faire l'arbitre entre vous ! Il y a des fois où je voudrais vraiment être en train de rôder en région parisienne plutôt que de vous supporter…

Giraud, malgré tout capable de retrouver un soupçon de bonne humeur, sourit. La tension de la dernière heure venait de le quitter, mais elle reviendrait, il le savait. Promiscuité et absence de perspectives usaient lentement leur entente habituelle, comme une gangrène vicieuse. L'attente inactive était leur pire ennemi.

— Ah oui, le fameux témoignage ! Alors, à votre avis, ça veut dire quoi ?

— Rien du tout. Les médias doivent juste se servir de mon nom pour meubler les temps morts. Comme s'ils avaient besoin de ça en plus du reste…

Vandercamere eut une expression dubitative.

— Ça reste à voir. J'ai dans l'idée qu'on entendra reparler de Paris d'ici peu et que ta « présence » expliquera bien des choses…

— Comment ça ?

— Je ne sais pas, une intuition. Certains éléments de communication, même anodins en apparence, sont essentiels. Mais j'ai peut-être tort, après tout. Comme je l'ai dit tout à l'heure, il n'y a plus de règles absolues, au milieu de ce foutoir géant.

Il croisa les bras derrière son dos et ralentit le pas, imposant son rythme à ses amis sans même s'en rendre compte.

— Quelle part de simple vérité, dans les informations, et quelle part de manipulation programmée ? Quel est finalement l'élément important à retenir, dans un journal de trente minutes, parfois contre toutes apparences ? Qui retiendra quoi et qu'en fera-t-il ensuite ? C'est tout l'art des personnes qui contrôlent le destin de l'homme, que de distiller le poison de la rumeur dans le cerveau de ceux qui écoutent et de prévoir sa propagation…

— Euh, je ne comprends rien à ce que tu racontes ! se moqua Giraud. Tu veux parler de messages codés ?

— Il veut simplement dire qu'à force de répéter les mêmes choses, les médias transforment une supposition ou une éventualité en information, intervint Balard. Tout le monde en parle, donc c'est forcément vrai, même quand la source est perdue. Et dans le cas présent, il y aura suffisamment de gens qui se souviendront avoir entendu parler de ma présence à Paris pour faire un lien avec un autre élément.

— Oui, mais un lien avec quoi ?

— Va savoir… quelque chose qu'on puisse me faire endosser, d'après ce que je comprends. C'est bien ce que tu penses ? demanda-t-il à Vandercamere, qui semblait perdu dans ses pensées.

— Quelque chose dans ce goût-là, oui…

— Tu m'as l'air bien pensif, tout d'un coup.

— J'étais juste en train de me demander à quel moment tout avait déraillé. Pour essayer d'inverser le cours des choses, il est essentiel de remonter jusqu'au mauvais choix qui a tout fait basculer. L'aiguillage mal utilisé.

— Et… ?

— Et je ne suis pas sûr. Plus je regarde loin et plus l'horizon m'a l'air de reculer. Comme si les choses avaient commencé avant même que nous soyons concernés. Je pensais que notre rôle était déterminant, que notre responsabilité était majeure, mais finalement, je crois que nous ne sommes que secondaires. D'autres que nous auraient pu faire l'affaire. Nous sommes des catalyseurs, en quelque sorte, mais c'est tout. Nous ne représentons qu'un pion sur l'échiquier. Utile mais pas forcément indispensable. Quand un pion ne tient pas ses promesses, d'autres pions sont là pour avancer. En conséquence, inutile de nous flageller devant l'état actuel du monde. Ce serait incroyablement présomptueux de notre part de croire que nous aurions pu éviter ce qui se passe, en faisant d'autres choix. La partie aurait eu lieu malgré tout.

— Ça devient de plus en plus compliqué de te suivre, mais je crois comprendre l'idée, répondit Giraud, d'un ton cette fois sérieux. Si je reformule ça à ma façon, tu es en train de dire qu'on s'est bien servi de nous, mais que si on était restés peinards, ce n'aurait pas été un problème, car d'autres auraient pu faire le boulot à notre place et le résultat serait le même ?

— Disons que nous étions un choix intéressant, car nos boutons étaient faciles à trouver et déclencher et que nous avions toutes les qualités pour le rôle, mais que nous n'étions pas une nécessité absolue.

— Rien de personnel, en quelque sorte… juste un gros coup de déveine. Et c'est censé me réconforter ?

— C'est censé au moins apaiser notre conscience et c'est déjà ça. Je pense sincèrement que la tournure générale des événements a été planifiée il y a très longtemps. Je ne peux pas croire qu'un changement aussi profond du fonctionnement de la planète ait été le fruit d'une décision prise il y a deux ans. Nous nous trouvons au cœur d'une mutation complète, sans retour en arrière possible. Et nous ne sommes que des microbes, à l'échelle de cette transformation...

Les trois hommes, pris dans leur discussion, avaient traversé le quartier et échoué devant un square abandonné, à l'image de leur humeur. S'asseyant sur un vieux banc délabré pour faire une pause, ils contemplèrent les vestiges du jardin d'enfants en silence.

Vandercamere fut le premier à reprendre la parole et surprit ses amis par la douceur de son ton. Il parlait encore plus lentement que d'habitude.

— Ils ne tarderont pas à venir nous chercher. Ils prennent juste leur temps, comme ils ont pris tout leur temps pour régler leur compte à d'autres symboles du terrorisme, après avoir fait semblant de les chercher, parfois pendant des années, pour pouvoir les brandir quand le moment devenait propice. La capture d'un terroriste de haut vol, c'est une opération de communication de grand luxe, qui se peaufine et se déguste. Ils savent très bien où nous sommes et ce n'est qu'une question de planification, de timing idéal. C'est peut-être une évidence pour vous aussi, mais je préfère la souligner. D'ici peu, maintenant que l'AIT mène la danse, la protection du Venezuela ne sera plus qu'une coquille qui volera en éclats, sous un prétexte politique ou militaire quelconque, et ils viendront nous chercher. Police, armée, mercenaires... peu importe, ils viendront. Lorsque le moment sera venu de fournir à la planète de quoi la rassurer, ils débarqueront à notre porte. Il est temps de l'accepter et de faire un choix.

Balard, penché vers l'avant et contemplant les balançoires hors d'usage, commenta cette déclaration sur le même ton.

— On reste ici à les attendre ou on s'enfonce plus loin dans le pays, en espérant qu'ils ne nous retrouveront pas, c'est ça ? Un choix perdant, dans les deux cas.

— Soyons lucides. Quitter le pays n'est plus envisageable. Rester à Caracas, c'est accepter de vivre cloîtrés, en regardant derrière nous dès qu'on met un pied dehors. Partir vers le sud, c'est se priver des quelques soutiens que nous avons encore ici, même si bientôt ils auront d'autres chats à fouetter que de s'occuper de notre situation. Aucun choix n'est le bon. Le seul qui nous permettra peut-être de tenir un peu, c'est de faire le même, tous les trois. Et de se serrer les coudes, ajouta-t-il d'un air plus sévère, en se tournant vers Giraud, qui acquiesça sans dire un mot. Nous devrions demander à rencontrer Torres pour avoir son avis et essayer de lui soutirer quelques appuis supplémentaires, avant qu'il soit trop tard. Des contacts ailleurs, du matériel... il est temps d'agir, même si l'issue doit nous être défavorable.

— Elle le sera, commenta simplement Giraud. Nous serions fous d'espérer autre chose.

— Peut-être, le coupa Balard en se levant lentement. Mais nous en choisirons les termes. On peut au moins encore décider de ça.

Les trois hommes quittèrent le square, en jetant un dernier regard au tourniquet rouillé qui n'avait cessé de grincer dans la brise légère pendant toute leur discussion, comme pour ricaner devant leur impuissance.

Chapitre 50 – 6 octobre 2011

Les hommes du Cercle passaient une excellente soirée et étaient plus que satisfaits.

Le bilan de l'action de l'AIT, pour sa première semaine d'existence, était très prometteur. Les pays déjà signataires lors de sa création faisaient preuve de la meilleure volonté pour remplir leurs engagements et ceux qui s'étaient fait tirer l'oreille pour les rejoindre avaient vite compris que l'isolement sur la scène internationale n'était plus une option possible.

Dans un joli discours un peu pompeux comme il les affectionnait, Cecil prodigua ses félicitations à l'ensemble des membres pour leur contribution active, tout en remerciant avec ironie les milliers d'officiels de tous pays qui avaient parfaitement rempli leur rôle, la plupart ne sachant pas dans quelle pièce on les faisait jouer.

Il fut question de politique, d'avenir, de nouvelles structures législatives et exécutives à mettre en place, de menus détails pratiques à consolider et de pots-de-vin substantiels restant à verser.

Les hommes présents ce soir-là discutèrent aussi de l'actualité majeure du jour, qui faisait la une du Times soigneusement plié devant le vieil Anglais. Le président et le Guide suprême d'Iran avaient malheureusement trouvé la mort le matin même, dans un accident d'avion encore inexpliqué, alors qu'ils étaient en route pour une rencontre, jusque-là tenue secrète, avec le président vénézuélien.

Malgré quelques éloges funèbres de circonstance, la plupart des médias accueillaient avec enthousiasme les pronostics des spécialistes quant à l'avenir politique de l'Iran : un duo réformiste et progressiste était déjà pressenti à la tête du pays, les pressions internationales ayant porté leurs fruits.

Cecil jubilait.

— Nos amis chinois ont magnifiquement négocié la question de la Corée du Nord, Cuba a à peine protesté, et voilà que le problème iranien se règle de lui-même. L'AIT est accueillie à bras ouverts, dans l'ensemble. Que demander de plus ?

— « De lui-même » ? commenta Roderich en souriant. Vous êtes trop modeste, Cecil… Ce qui est bizarre, c'est que personne n'ait fait le lien entre cet accident et ceux de Torrijos ou de Roldos, par exemple. C'est vrai que ça fait trente ans, remarquez. Mais c'est assez troublant de voir comme certains avions ont du mal à atterrir… je pensais que ça soulèverait plus de commentaires.

— L'AIT intéresse bien plus les citoyens du monde que la mort de deux islamistes. Je crois aussi que le vent de renouveau qui souffle dans les pays arabes n'étonne plus personne et semble presque être devenu une mode. Et c'est bien mieux comme ça.

Cecil prit le temps de se servir une tasse de thé qui embaumait le jasmin et en tendit une autre à Chu-Chung, en devançant sa demande.

— Dans peu de temps, la question de Kadhafi sera également de l'histoire ancienne. Bientôt, le public pourra se concentrer sur une nouvelle séquence palpitante, qui lui rendra un peu d'espoir dans cette période sombre et attestera pleinement que l'AIT était la seule solution à tous nos maux… la capture des Rémoras.

— Ou plutôt, la chute de Chavez, corrigea son ami.

— Un simple détail pratique qui n'intéresse que nous et que peu de gens prendront le temps de relever, mon cher Roderich. On ne peut pas laisser un pays abriter impunément trois hommes ayant ensanglanté la planète, après tout. C'est ça que les gens retiendront, car il n'y a que ça qui les intéresse vraiment. Ils ne veulent plus avoir peur.

Cecil souriait derrière sa tasse, une expression extatique presque indécente peinte sur le visage.

— Mais nous devons patienter encore un peu pour leur offrir ce petit cadeau. Profitons d'abord du clou du spectacle.

— C'est confirmé pour demain ? s'enquit Roderich.

— Oui, demain.

Chapitre 51 – 7 octobre 2011

Assis sur les toilettes, l'homme contemplait avec perplexité les quelques messages rédigés sur la porte qui lui faisait face. La pensée que des gens puissent avoir l'idée de dégainer un stylo pour immortaliser leur passage dans les sanitaires de l'aéroport Charles-de-Gaulle, pendant qu'ils satisfaisaient leurs besoins naturels dans cet endroit qui fleurait bon le désinfectant industriel, l'intriguait.

Un « *j'M les pipes* » tracé d'une écriture tremblotante côtoyait un « *vive le PSG* » entouré de points d'exclamation, tandis que de nombreux numéros de téléphone anonymes et d'autres commentaires étranges étaient éparpillés sur la porte, surmontés d'un « *Dieu est avec nous, bande de cons* » qui lui fit hausser les sourcils.

Certaines pratiques humaines n'en finiraient donc jamais de le dérouter. Il se fit la réflexion que certains hommes se vidaient de leur merde de plus d'une façon, avant de se reprocher sa propre vulgarité.

Il tira la chasse en prenant soin de ne pas éclabousser son costume gris et quitta la cabine après un dernier regard aux pitoyables messages. Il éprouvait le besoin urgent de se laver les mains et de se débarrasser d'une certaine impression de souillure.

La rangée de lavabos qui lui faisait face était surmontée de miroirs carrés éclairés par une lumière crue peu flatteuse. En voyant son reflet, il fut presque surpris de ne pas se trouver trop marqué par l'âge. Il s'attendait à autre chose, à une vision plus désagréable. Une pensée étrange qu'il analysa avec son flegme habituel, puis qu'il chassa rapidement de son esprit.

Il fit couler l'eau afin d'obtenir la température qui lui convenait et profita de ses quelques secondes d'attente pour regarder l'employé juché sur un escabeau près du lavabo le plus éloigné. Il était occupé à fixer ce qui ressemblait à un diffuseur de parfum en haut du mur carrelé et semblait totalement absorbé par sa tâche.

L'homme au costume, satisfait par la tiédeur de l'eau, se mouilla les mains et tira une quantité généreuse de savon du distributeur voisin, tout en lançant la conversation d'un ton amical, dans un français à peine teinté d'un accent étranger.

— Quel parfum, si je puis me permettre ?

L'employé se tourna vers lui d'un air étonné et mit quelques secondes à comprendre le sens de la question.

— Ah, pardon ! J'étais ailleurs… Je crois que c'est censé être de la vanille de synthèse, mais je vous avoue que je ne sens plus rien. C'est le trente-deuxième que j'installe depuis ce matin et mon nez ne répond plus vraiment.

L'homme au costume rit poliment et fronça exagérément ses narines avant de répondre par un clin d'œil.

— Les usagers se sont plaints, alors ?

— De l'odeur ?

— Eh bien, disons que la Javel bas de gamme n'est pas ce qu'on fait de plus agréable pour le nez.

L'employé rit à son tour et après s'être assuré que le diffuseur était solidement fixé au carrelage, descendit de son escabeau et le replia. Il ramassa un sac à dos noir par terre et le jeta sur son épaule.

— D'ici quelques minutes, cet endroit sentira comme les gâteaux de grands-mères. Je suis d'accord avec vous, on en avait besoin, les produits habituels ne sentent pas bon très longtemps ou ne sentent pas bon du tout, d'ailleurs.

— Combien de sanitaires à faire, encore ? s'enquit poliment l'homme au costume.

— Nous finissons d'équiper tout le terminal international en priorité, mais mes collègues vont terminer les autres cette après-midi. Mine de rien, ça fait un paquet de diffuseurs ! Et dire qu'il faudra tout recharger d'ici six semaines, quand les aérosols seront vides… ajouta-t-il avec une pointe de découragement dans la voix.

— Consolez-vous en vous disant que vous allez contribuer au confort olfactif de milliers de personnes. Peu de gens peuvent se vanter d'en faire autant.

Il avait fini de se laver les mains et les séchait maintenant soigneusement, tout en souriant à l'employé qui hésitait manifestement sur le sens du mot « olfactif ». Ce dernier parut soudain se souvenir qu'un autre lieu l'attendait et reprit son escabeau avant de saluer son interlocuteur.

— Bon, ben je dois y aller. Je suppose que vous venez de débarquer et je vous souhaite donc un bon séjour à Paris, Monsieur.

— Je vous remercie et je vous souhaite bon courage pour la fin de votre opération d'installation. Et, oui, j'arrive tout juste de Londres. Je ne manquerai d'ailleurs pas de réclamer les mêmes prestations pour nos aéroports, qui en ont bien besoin, conclut-il d'un ton complice.

L'employé le salua d'un signe de tête et sortit des sanitaires, en se demandant avec amertume comment il était possible qu'un étranger utilise des mots ou des tournures dont lui ne comprenait pas bien le sens. En hochant la tête, il poursuivit son chemin en direction de son travail suivant.

Devant le miroir, l'homme au costume réajusta sa cravate, lissa ses cheveux et récupéra sa mallette, après avoir jeté un dernier coup d'œil critique à son reflet impeccable. Il quitta à son tour les sanitaires et s'arrêta quelques secondes pour contempler le flot humain qui donnait au hall principal du terminal des allures de fourmilière.

Avec un grand sourire, Cecil Warton-Schaff prit lentement le chemin de la sortie et disparut dans la foule.

*J*e n'ai connu mon père qu'à l'âge de six ans, le jour de mon anniversaire.

La veille, j'étais seulement l'enfant chéri d'une mère qui faisait des ménages douze heures par jour et essayait de gagner assez d'argent pour que nous puissions manger à notre faim et ne pas être totalement pauvres.

Mais le jour de mes six ans, j'ai découvert que j'avais un père, après tout. Et ça m'a semblé presque normal qu'il surgisse de nulle part et se présente devant moi pour me dire « je suis ton père », alors que j'étais sagement assis sur le vieux sofa de notre salon.

Ça n'a pas changé grand-chose dans le fond, en tout cas pas immédiatement. Il m'a longuement observé, m'a offert une montre, a signé quelques papiers et est parti en me disant « nous nous reverrons ». Il avait omis de préciser qu'il s'écoulerait huit ans entre nos deux rencontres, mais avec le recul, je comprends ses raisons et je lui pardonne.

À l'époque, j'ai juste réalisé que c'était à lui que je devais d'avoir quitté mon école publique pour une pension loin de tout et loin de ma mère, en Suisse. Quand j'en suis sorti, c'était pour son enterrement.

Elle est morte seule et sans se plaindre, d'un cancer mais aussi d'un chagrin dévorant, si vous voulez mon avis. Une fin triste pour une vie banale. Mais elle m'aimait. Seule une femme remplie d'amour aurait accepté de se priver définitivement de la seule chose qui comptait pour elle, quitte à en mourir.

Ma mère avait donc le sens du sacrifice personnel, je n'en ai jamais douté, même si je n'ai jamais pu parler à quiconque de l'admiration que j'ai pour elle. Je ne parle jamais de ma mère. Elle est le doux fantôme de mon existence, ma confidente au visage menu et aux yeux *tendres, et je la garde jalousement en moi.*

Il m'arrive de me demander ce qu'elle penserait du monde, aujourd'hui. Aurait-elle condamné ce que nous avons fait ? M'aurait-elle renié ? Ou aurait-elle compris cette nécessité de sacrifice qui a guidé nos actions, elle, la femme qui s'est privée de tout et est partie sans rien ?

J'aime à croire qu'elle aurait accepté la mission du Cercle et qu'elle aurait approuvé mon propre rôle, avec même une pointe de fierté maternelle.

Mais peut-être que je me trompe. Il est si facile de faire parler les morts, quand on a besoin de leur approbation. Pour être tout à fait honnête, je me dis souvent que je suis soulagé qu'elle ne soit plus là, juste au cas où je serais dans l'erreur.

Car elle était la seule personne qui aurait éventuellement pu me faire changer d'avis.

8 – MAT

La présente fenêtre d'opportunité, durant laquelle un ordre mondial pacifique et interdépendant peut-être construit, ne sera pas ouverte pour très longtemps. Nous sommes à l'orée d'une transformation globale. Tout ce dont nous avons besoin est une crise majeure appropriée, et les nations accepteront le Nouvel Ordre mondial.

David Rockefeller – 23 septembre 1994

Chapitre 52 – 18 octobre 2011

« *A lors que l'AIT semblait avoir la situation désormais bien en main, avec une baisse significative des attaques armées du groupe Manus et une amélioration notable de l'économie mondiale, extrêmement affaiblie ces derniers mois, l'angoisse est de retour. En effet, l'épidémie de grippe dont nous vous parlions hier présente un degré de contagiosité et de virulence sans précédent, puisque moins de neuf jours après l'apparition des premiers cas, des malades sont recensés sur tous les continents, dans une proportion anormalement élevée. Les spécialistes, qui estiment que cette épidémie aurait débuté en France, s'accordent pour dire qu'elle se comporte de façon très similaire à la fameuse et encore mystérieuse "grippe espagnole" du siècle dernier, avec un taux inexplicablement élevé de complications pulmonaires. Près de 30 % des personnes atteintes par la maladie sont concernées par ces complications et on relève déjà de nombreux cas de décès directement causés par une défaillance des poumons, y compris chez les 20-40 ans, ce qui est fortement inhabituel. S'il est encore trop tôt pour en dire plus, la section "Santé et Protection des Populations" de l'AIT, anciennement connue sous le nom d'OMS, encourage dès à présent tous les gouvernements à relayer les messages de prévention appropriés. Il est notamment conseillé de renforcer les mesures d'hygiène et de limiter les risques de contagion au minimum. Si vous pensez présenter des symptômes de grippe, restez chez vous, consultez rapidement un médecin et évitez tout contact inutile, notamment avec les personnes considérées comme à risque, c'est-à-dire les moins de 20 ans et les plus de 60 ans. Pour mieux nous expliquer les origines probables de cette grippe et ses propriétés inhabituelles, nous recevons sur ce plateau le professeur Henry Carlyle, épidémiologiste renommé. Professeur, bonsoir. Faut-il parler de "nouvelle grippe espagnole"?*

— *Bonsoir. J'aimerais tout d'abord préciser que cette appellation n'est pas la plus adaptée, pour plusieurs raisons. La première est que l'origine géographique de la grippe de 1918-1919 n'a jamais été clairement identifiée, plusieurs hypothèses circulant toujours aujourd'hui au sujet de l'apparition du "virus père"...*

— *Pour nos téléspectateurs, précisons que le "virus père" est le premier virus recensé dans une épidémie, qui peut par la suite subir certaines mutations.*

— *Tout à fait. Et la source du virus père de la grippe dite "espagnole" n'a jamais été formellement trouvée, puisqu'aucune souche originale de ce virus n'a été étudiée à l'époque, la sortie de guerre mobilisant alors la plupart des ressources médicales. Pour faire court, l'origine géographique de la pandémie de grippe de 1918-1919 reste encore aujourd'hui très incertaine, l'Espagne n'étant pas plus responsable qu'un autre pays, ce qui n'est pas le cas de l'épidémie actuelle, que nous sommes capables de situer beaucoup plus facilement, grâce aux moyens de communication et de suivi modernes.*

— *Un point d'origine en France, donc?*

— *À ce stade, nous estimons en effet, grâce aux témoignages du corps médical et à la surveillance de la propagation de la maladie, que l'épidémie a commencé il y a environ neuf jours, en France. Nous sommes même capables de dire qu'elle a particulièrement touché la capitale, avant de se répandre très rapidement dans le reste du pays et bien sûr dans les pays étrangers.*

— *Les spécialistes sont donc tous d'accord pour dire que cette grippe se propage à une vitesse anormalement élevée, comme la "grippe espagnole" en son temps ou comme la pandémie de 2009...*

— *Attention de ne pas tout mélanger! Le terme "pandémie" est aujourd'hui utilisé à tort et à travers et on oublie qu'il ne signifie à l'origine qu'une seule chose : "tous les peuples". Une pandémie est une épidémie qui n'est pas locale, sur le plan géographique, mais qui touche une majeure partie des populations, sans distinction. Cela ne veut pas dire, pour autant, que la maladie est particulièrement mortelle et une pandémie peut être parfaitement bénigne, en termes de décès. L'affolement médiatique, il y a deux ans, a transformé une banale grippe en fléau mondial à cause de cette mauvaise interprétation et je pense qu'il est important de le rappeler : les grippes de 1918-1919 et de 2009-2010 ont effectivement en commun le même sous-type de virus A responsable, à savoir le fameux sous-type H1N1, mais la comparaison s'arrête là. Notez d'ailleurs que la moitié des virus grippaux est de type A H1N1 et que cela passe totalement inaperçu. On peut bien parler de pandémie dans les deux cas que vous citez, mais dans le sens strict du terme, c'est-à-dire que l'épidémie se propage vite et se répand donc rapidement dans l'ensemble des pays. Mais c'est tout, car le comportement meurtrier de ces deux grippes n'est absolument pas similaire. La grippe la plus récente n'était rien d'autre qu'une simple grippe saisonnière plus contagieuse et donc plus étendue que d'habitude, qui a été surmédiatisée sans raison médicale valable.*

— Vous pensez que la vague de panique actuelle n'est donc pas justifiée ?

— Je tiens simplement à préciser que si vous voulez comparer l'épidémie actuelle à une autre, la seule qui est valable dans ce cas est la "grippe espagnole", pour utiliser l'expression que tout le monde connaît. Une pandémie probable – et j'insiste sur le mot "probable" – de grippe dont le taux de mortalité semble anormalement élevé, d'après le peu de recul que nous avons à ce stade. Les premiers chiffres et les projections que nous sommes en mesure de faire indiquent que le virus actuel se comporte de façon très similaire à son ancêtre du siècle dernier, mais il est encore trop tôt pour en dire plus, comme vous l'avez souligné vous-même. De plus, je rappelle à toutes

fins utiles que les connaissances médicales et les moyens à notre disposition aujourd'hui sont bien plus importants que ce que les populations pouvaient espérer à l'époque, alors que le monde sortait tout juste de quatre ans de guerre. Il est donc inutile, pour le moment, de céder à l'affolement général.

— En attendant que de nouvelles informations soient rendues disponibles, quels conseils donnez-vous à ceux qui nous regardent ?

— Pour le moment, et comme vous l'avez très bien dit plus tôt, je préconise surtout une grande dose de bon sens ! Une hygiène renforcée et pas d'excès de zèle inutiles : si vous présentez tous les symptômes de la grippe, n'allez pas travailler, par exemple, pour éviter de transmettre le virus à vos collègues et restez à l'écart des personnes dont le système immunitaire est faible.

— Que se passera-t-il si cette pandémie conserve sa virulence ? Peut-on espérer rapidement la mise à disposition d'un vaccin ? Et cette grippe pourrait-elle être une nouvelle forme d'attaque terroriste ?

— Je ne tiens pas, avec seulement neuf jours de recul et trop peu de données, à aider les médias dans l'élaboration d'un scénario catastrophe... si c'est le terrain sur lequel vous essayez de m'amener.

— Compte tenu des événements récents et des répercussions importantes pour les populations, ainsi que de la récente présence supposée d'au moins un des membres du groupe Rémoras dans la région parisienne, d'après les derniers rapports de police, vous comprenez bien que l'inquiétude générale soit particulièrement élevée.

— Je comprends l'inquiétude des personnes, mais je ne suis pas là pour la renforcer, tant que cela n'est pas justifié et nécessaire.

— Mais en imaginant par exemple que ce virus anormalement violent ait été introduit volontairement... peut-on raisonnablement dire que les risques sont très importants, plus importants même que dans le cas de la grippe espagnole ?

— Vous partez d'une hypothèse absolument fantaisiste qui ne comporte aucune base sérieuse, si vous voulez mon avis.

— *Pourtant, certaines rumeurs sont déjà là et il nous semble important d'y répondre. Pouvez-vous juste nous dire si le virus A H1N1 peut être scientifiquement manipulé, afin de le rendre plus puissant et donc plus destructeur ?*

— *Scientifiquement parlant, on peut évidemment rendre une souche de virus hyperactive avant d'en faciliter sa diffusion, mais de telles affirmations sont absolument non fondées pour le moment...*

— *Je vous remercie, Professeur, pour les précisions importantes que vous venez de nous donner. Nous allons bien sûr suivre de très près les dispositions prises par la section SPP de l'AIT, qui devrait faciliter la coordination des mesures sanitaires entre tous les gouvernements.*

L'AIT est d'ailleurs encore obscure pour la plupart des populations, qui ne savent plus vraiment qui, de leur gouvernement national ou de l'AIT, prend les décisions qui les concernent. Nous vous rappelons donc que l'Agence Internationale de Transition, comme son nom l'indique, est un gouvernement mondial temporaire actuellement sous le contrôle théorique de l'ONU, dont la structure définitive sera établie dans les prochains mois, afin que tous les pays puissent désormais bénéficier d'un fonctionnement harmonieux, notamment sur les plans antiterroristes, économique et sanitaire. Je vous propose de revenir sur la création de l'AIT, sur ses prérogatives et ses moyens d'action. Avec nous, pour en parler, notre deuxième invité... »

Dave coupa le son avec une grimace d'agacement et redemanda une bière à Carlos, qui la lui jeta avec désinvolture.

L'équipe de Cronaca était presque au grand complet, mais personne dans le loft n'avait envie d'alimenter la conversation. Suivre les informations pendant qu'ils mangeaient était certainement une très mauvaise idée, mais tout le monde éprouvait le besoin peu avouable d'entendre ce qui se disait au sujet de cette grippe qui faisait la une à peu près partout.

Juliana se sentait fiévreuse. Elle avala discrètement un cachet de paracétamol et le fit descendre avec un morceau de pizza, en se disant que tout ça lui rappelait les épidémies de poux de son enfance : il suffisait qu'on vous en parle pour que la tête se mette à vous démanger.

Stella, qui avait observé son geste, ne dit rien. Elle ne venait plus que rarement voir ses amis et ne voulait pas jouer l'emmerdeuse de service, en posant encore une fois trop de questions.

Tous essayèrent d'évoquer quelques souvenirs déjà anciens, afin de laisser l'actualité de côté et de retrouver le sourire, mais leurs efforts furent vains. La soirée fut courte et peu animée.

Lorsqu'il ferma la porte après le départ de ses amis, Dave se fit une réflexion étrange qui lui laissa un goût désagréable dans la bouche : il venait de participer à ce qui ressemblait furieusement à une veillée funèbre.

Chapitre 53 – 20 octobre 2011

« Pourquoi avoir choisi Paris plutôt que Londres, par simple curiosité ?

— Eh bien… je pourrais vous dire que c'est parce que la sécurité de l'aéroport de Roissy est absolument ridicule, malgré les temps que nous vivons. On constate là-bas que les budgets alloués ne sont décidément pas à la hauteur de la situation. Mais la vérité, puisqu'aucune complication n'était vraiment à prévoir, c'est surtout que j'avais envie de constater par moi-même que tout se passait comme nous le voulions. Un petit caprice de ma part, si vous préférez.

Cecil avait l'expression d'un enfant qui vient de voler un pot de confiture.

— J'avais un rendez-vous prévu de longue date avec un de nos contacts parisiens. Lorsqu'il a fallu choisir le point de diffusion parmi les aéroports européens possibles, Roissy m'a semblé idéal. Pouvoir assister de mes propres yeux à la mise en route était tout simplement irrésistible, je vous l'avoue bien volontiers, Roderich.

Celui-ci eut un sourire à la fois complice et indulgent.

— C'est parfaitement compréhensible. J'espère juste que vous avez bien pris vos précautions. Vous voir alité en cette période cruciale aurait été dommage. Nous sommes si proches du but…

— Ne vous inquiétez pas. Je ne suis pas sénile au point d'oublier pareille évidence. Je suis en pleine forme, comme vous pouvez le constater !

— Preuve que le vaccin fonctionne à merveille…

— Oui, il est évident que l'avantage, quand vous contrôlez un virus, c'est que vous en contrôlez aussi beaucoup plus facilement le remède.

— Les chiffres actuels correspondent aux projections initiales ?

— Oui, parfaitement. Ils les dépassent même légèrement. Le virus se comporte comme prévu, avec un taux de contagion et de mortalité largement supérieur à celui de la grippe espagnole, qui était notre objectif à l'origine. Les médias en font d'ailleurs leurs choux gras et n'hésitent plus à parler de nouvelle forme d'attentat, même sans preuves valables. À défaut de vaccin, près de la moitié de la population mondiale devrait être touchée par le virus avant six mois, avec une moyenne d'environ 300 décès pour 10 000 grippés. Un taux plus que satisfaisant et relativement homogène, quels que soient les pays observés.

— Ça représenterait donc, pour trois milliards d'individus contaminés, 90 millions de morts. Un nombre que personne ne prendra à la légère, dès qu'il sera rendu public…

— Oui, une demande urgente de vaccin sera formulée d'ici peu, c'est une évidence. Les populations vont certainement exiger des mesures, et de façon spontanée. Et si d'aventure certains devaient rester sceptiques, nous aurons les moyens de les convaincre, évidemment.

Toute la personne de Cecil respirait la confiance et une certaine suffisance. Il saisit le bras de son ami de longue date et le regarda avec une telle intensité que Roderich ne put s'empêcher de baisser les yeux.

— Vous rendez-vous compte, Roderich, que nous avons presque réussi, alors que je craignais de quitter ce monde avant que nous ayons atteint notre but ? Après toutes ces années d'attente et de préparation… L'équilibre va se rétablir, enfin ! Grâce à nous, le monde va retrouver l'espoir et une chance de redresser la tête. Je parviens presque à visualiser le bonheur encore méconnu de la prochaine génération ! Ils nous haïront, certes, mais ils nous remercieront aussi…

— Attendons encore un peu pour fêter cette victoire, Cecil. Il reste une dernière étape d'importance, après celle-ci. Vous connaissez mon fond superstitieux… j'ai besoin d'être sûr du résultat avant de me réjouir.

— Vous avez raison, je vais suivre votre exemple et rester prudent dans mes propos, jusqu'à la fin.

Mais ses yeux pétillants contredisaient le ton conciliant qu'il venait d'employer.

Chapitre 54 – 14 novembre 2011

« *C*ela fait longtemps que je n'ai pas écrit ici. Rien de significatif en tout cas. Je n'avais ni l'envie ni l'énergie de le faire et je ne sais de toute façon même pas si ça intéresse encore quelqu'un de lire ce que j'ai à raconter. Le temps n'est plus au débat d'idées comme je le concevais il y a encore un an et je ne suis pas là pour ça.*

Aujourd'hui, j'ai juste besoin de parler, simplement parler. Dire ce que je ressens, ce dont j'ai peur. Partager avec vous mes inquiétudes et peut-être, je dis bien peut-être, trouver encore parmi vous des personnes qui voudront bien comprendre mes doutes et les relayer autour d'elles. Car j'ose espérer que je ne suis pas seul à penser que tout ce qui nous arrive est largement planifié, certainement depuis longtemps, et que d'autres que moi n'ont pas l'intention de se laisser aveugler.

Et si mes mots n'intéressent personne, eh bien... tant pis. Je n'éprouve plus le besoin de convaincre, juste celui de m'exprimer.

Il y a un peu plus d'un mois, la grippe a déferlé sur le monde. Une grippe soudaine et vicieuse, que personne ne comprend. Le genre d'épidémie normalement réservée aux mauvais films catastrophe, à laquelle personne n'a jamais eu à faire face. Déjà des millions de morts, avec des chiffres annoncés pour les prochains mois qui donnent le vertige, tant la courbe s'envole. Et cette grippe nous tombe dessus après un an de chaos mondial, comme une cerise géante sur un gros gâteau empoisonné. Quel manque de chance pour l'espèce humaine !

Je ne crois pas aux coïncidences. Je ne crois pas aux punitions divines, je le précise au cas où on viendrait me parler de Dieu au milieu du reste. Et je ne crois pas non plus ce qu'on essaye de nous faire avaler, à savoir que trois hommes seuls, suivis de quelques "adeptes" fanatiques, aient pu faire basculer le monde en à peine un an.

Je ne vais pas vous réécrire ici la chronologie des événements, car je n'ai pas le courage de combattre tout ce qui vous a été raconté et que vous allez m'opposer. Je n'ai pas les moyens de contrer le matraquage médiatique qui vous a poussés à tout mélanger, je ne me leurre pas et je reconnais mon impuissance. La lecture des messages du forum ces derniers mois m'a largement fait comprendre qu'il est trop tard pour ça et que l'histoire se réécrira peut-être correctement en son temps, quand cette période sera derrière nous et qu'une génération future osera poser certaines questions.

Demandez-vous simplement si tout ça a du sens. Si toute cette histoire est plausible. Et demandez-vous surtout pourquoi ces trois hommes n'ont pas donné signe de vie depuis l'hiver dernier, alors qu'ils devraient exulter publiquement s'ils étaient coupables de tout.

Je ne nie pas la réalité. Coupables, ils le sont, mais seulement en partie. Ils ont tué, c'est un fait. Ils ont commis trois attentats qu'ils ont publiquement endossés et que nous avons – sans doute à tort, il me semble, avec le recul – contribué à médiatiser, ici, dans nos pages. Nous avons fait monter les enchères de l'information non contrôlée, quand nous aurions dû nous taire, par précaution. Je suis moi-même coupable et je n'en suis pas fier.

Mais les Rémoras sont-ils coupables d'avoir répandu le chaos total sur la planète ? Ne serait-ce que par pur sens pratique, je n'y crois pas une seconde. Je crois au contenu du dernier communiqué que j'ai reçu de leur part, enfin à celui de Balard, l'homme qu'on vous a appris à détester de toutes vos forces, parce que c'est sacrément pratique de donner un visage en pâture. Il y avait plus de sincérité et de conviction dans ses quelques secondes d'enregistrement que dans les milliers de documents dont nous avons été abreuvés depuis. Et si je n'ai aucune *preuve, j'ai décidé de suivre mon instinct, la seule chose que je sois encore libre d'écouter.*

Mais je m'égare…

Aujourd'hui, information après information, l'inconscient collectif se persuade peu à peu que cette grippe tueuse qui nous assaille est encore une fois l'œuvre de trois hommes diaboliques qui veulent notre destruction. Quelle bêtise ! Demandez-vous ce qu'une telle manœuvre, en supposant qu'ils en aient les compétences scientifiques, pourrait bien avoir à faire avec leur démarche initiale, qui, je vous le rappelle, était de s'en prendre aux banques et au système capitaliste qui ronge notre société moderne ? Quel rapport y a-t-il entre l'assassinat de trois figures symboliques du monde des finances et une grippe tueuse mondiale ? J'aimerais qu'on me l'explique, de façon rationnelle.

Suis-je le seul à voir que nous nous sommes complètement éloignés de leur combat d'origine ? Que l'amalgame est devenu grotesque ? Qu'on veut nous faire gober une situation à laquelle personne ne croirait en temps normal, si la peur n'était pas si forte ?

À coup d'explosions en tous genres et de multiplication des victimes, il est devenu si facile de leur faire porter le chapeau, plutôt que de chercher les vrais coupables…

Ceux qui se souviennent de mon amour pour les polars se souviendront aussi de cette question récurrente dans toute enquête à l'ancienne, que j'aime utiliser : "à qui profite le crime" ? Et je vous le demande : à qui ?

Aux responsables politiques qui profitent de la situation pour faire passer des lois qui vont encore restreindre vos libertés, grâce à l'AIT devenue toute-puissante ? Aux laboratoires qui vont surfer sur la vague de la grippe tueuse et vendre à prix d'or le vaccin dont ils sont en train d'annoncer la sortie imminente ? Aux banques et aux empires financiers, qui ont été presque oubliés dans toute cette affaire, alors qu'ils étaient initialement au cœur de la tourmente, et qui reprennent discrètement leurs affaires dans l'indifférence générale ?

Je n'ai pas de réponse sûre et, contrairement à certains, je me contenterai donc de poser ces questions. Remuer la merde ambiante et s'interroger sur ce qui nous est dit est selon moi la seule attitude valable, désormais...

Quant à savoir si leur futur vaccin est la vraie solution à nos problèmes, je reste dubitatif : si cette grippe a effectivement été provoquée, et pas par les coupables publiquement désignés, même si les chiffres sont vrais, pourquoi devrais-je accepter de recevoir le remède à un problème qui n'aurait pas dû se poser, juste afin de faire plaisir à ceux qui prétendent me contrôler, moi, pauvre citoyen anonyme ?

Vaut-il mieux que je tombe malade en maudissant ceux qui sont responsables, ou que je plie devant la peur, en courbant docilement la tête, une fois de plus ? Mon choix personnel est déjà fait.

Je ne vous donne pas de conseils à ce sujet, chacun fera ce qui lui semble juste. Je vous invite simplement à vous reposer cette question, "à qui profite le crime ?" et à faire de votre mieux pour ne pas tremper dedans.

Il est parfois pire d'être complice consentant que coupable...

Sur cette réflexion que certains qualifieront de trop facile, j'en termine avec ce texte très personnel, qui ne reflète pas nécessairement les positions de l'équipe de Cronaca dans son ensemble (je préfère le préciser, à toutes fins utiles).

Je ne pense pas publier d'autre article avant longtemps et je vous dis donc à bientôt... enfin, je l'espère.

Et n'oubliez pas : "quis custodiet ipsos custodes ?".

Dave. »

Chapitre 55 – 17 janvier 2012

Assis face à son président dans le petit bureau où ils aimaient se retrouver pour discuter en tête-à-tête, Torres essayait de lui faire entendre raison avec douceur et diplomatie.

— Hugo, pourquoi ne pas admettre l'inévitable ? Il est trop tard, maintenant. Ils seront là dans peu de temps, mes informations sont fiables.

— Je ne partirai pas.

Passant la main sur son crâne rasé, qui portait encore la marque d'une chimiothérapie récente, le Président regarda le patron du SEBIN, son ami de longue date, et répéta.

— Je ne partirai pas.

— C'est une erreur.

— Peut-être, mais il est exclu que j'abandonne mon peuple.

— Je ne te parle pas de l'abandonner. Juste de quitter le palais le temps que nous trouvions une solution.

— Tu sais comme moi qu'il n'y en a pas. Nous n'avons plus d'appuis extérieurs. Il ne reste que nous.

— Alors, pourquoi te sacrifier inutilement ?

— Le sacrifice n'est pas toujours inutile, tu le sais bien.

— Tu ne veux pas abandonner ton peuple, mais tu parles de suicide.

— Je parle de ne pas céder devant l'ennemi.

— Il n'y a rien de honteux dans une retraite stratégique. Pas si cela permet de revenir plus fort.

— Nous ne reviendrons pas au pouvoir si nous partons. L'AIT prendra le contrôle du pays comme partout ailleurs, en se servant de ma lâcheté comme d'un prétexte. Le peuple se souviendra de moi comme d'un homme qui a fui. Et tout ce que j'aurai accompli l'aura été pour rien. Je préfère de toute façon partir ainsi plutôt que de laisser le cancer m'emporter.

— Tu n'as pas les idées claires.

— Je suis au contraire très conscient de mon état et de la situation du pays. Nous n'avons pas les moyens économiques ou militaires de tenir tête à l'oppresseur. Ma seule carte, c'est la force de mon peuple. Et il suivra mon exemple, n'en doute pas. Si je baisse les bras, si je courbe la tête, il fera de même. C'est absolument inenvisageable. En restant, quelles qu'en soient les conséquences, je leur permets de conserver leur dignité et de ne pas renoncer. C'est ce que je peux faire de mieux, plutôt que d'aller me cacher dans la forêt comme un voleur, à attendre que la maladie fasse son œuvre.

— Nos trois Français ont bien choisi la solution de la fuite…

— Leurs raisons n'ont rien à voir avec les miennes. Je comprends leur décision. Ils essayent de sauver leur peau et de gagner du temps. C'est humain de vouloir garder le contrôle, surtout pour des hommes comme eux. Mais ils n'ont pas la responsabilité d'un pays ou celle du moral d'une population entière. Leur mission est différente de la mienne. Et s'ils étaient encore là, ils comprendraient et te diraient la même chose que moi.

Le Président sourit amicalement à Torres, son visage épais prenant soudain une douceur inhabituelle.

— Tu me parles en tant qu'ami, Miguel, et je t'en remercie. Mais le chef du SEBIN sait très bien que j'ai raison. L'avenir de ce pays dépend de l'attitude que j'ai aujourd'hui. J'ai expliqué dans mon discours d'hier la situation. J'ai parlé des raisons mensongères qu'utilisera l'AIT pour justifier l'invasion que nous allons subir. Le peuple sait ce qu'il doit savoir pour résister. Et il s'attend à me voir tenir bon jusqu'à la fin.

— Cette « invasion » dont tu parles ne se fera pas dans la douceur, Hugo, tu le sais aussi bien que moi. Tu as publiquement refusé de livrer les trois Français. Aux yeux du monde, tu es aussi coupable qu'eux.

— Ils ne sont pas coupables des faits reprochés. Et ils sont partis depuis plusieurs mois, de toute façon. Nous ne savons pas où ils se trouvent.

— Oui, mais personne ne croit à cette explication. Et tout le monde sait que tu ne les aurais jamais livrés, juste par principe. Pour cette raison, ils t'élimineront. Purement et simplement. L'attaque sera courte et brutale. Aucune chance ne te sera laissée.

— Je n'en ai jamais douté. Je le sais depuis le jour où nous avons accepté de leur donner l'asile politique. Mes opposants n'attendaient qu'un prétexte. Mais comment aurais-je pu refuser ?

— Tes grands principes ont causé ta perte. Trop vouloir narguer les puissances occidentales était un jeu dangereux. Il est encore temps de…

Le poing du Président s'abattit violemment sur son bureau.

— Je ne partirai pas !

Torres, habitué à ses éclats, ne sourcilla même pas.

— Alors tu mourras, Monsieur le Président.

Les deux hommes restèrent silencieux quelques secondes, avant que Torres poursuive.

— Et nous resterons tous les deux.

— Je ne te le demande pas.

— Je sais. Mais je suis trop vieux pour fuir tout seul, ajouta-t-il. Trop vieux pour l'avenir qui nous attend.

Ils échangèrent un long regard et se turent, car tout était dit.

Cinq jours plus tard, un missile s'abattait avec précision sur le beau Palais de Miraflores.

Chapitre 56 – 29 janvier 2012

Dave avait la migraine. Il aurait préféré rester seul et profiter en paix de ce dimanche gris et maussade, plutôt que de subir une énième dispute entre Stella et Carlos, qui décidément n'étaient jamais d'accord à propos de rien. Mais ils avaient choisi la même après-midi pour passer le voir et sa tranquillité s'était évanouie à l'instant où il avait ouvert la porte pour la deuxième fois, à quelques minutes d'intervalle.

En entrant, Stella avait repéré Carlos assis devant une tasse de café au comptoir et son sourire s'était crispé, leur dernière rencontre ayant été particulièrement orageuse. Maintenant couché sur le vieux sofa, Dave écoutait d'une oreille blasée leur débat du jour, qui portait sur le récent protocole de vaccination obligatoire mis en place par l'AIT. Il se sentait étrangement détaché et n'éprouvait plus l'envie de s'en mêler, malgré l'importance du sujet. Trop de conversations avaient déjà tourné autour de cette question et il lui semblait que l'overdose le guettait.

— Je te dis que je n'irai pas, point barre !

— Encore une fois, tu te comportes en égoïste et en inconscient, Carlos.

— J'ai le droit de refuser qu'on m'introduise une aiguille dans le bras pour me coller un produit que je ne connais pas. Surtout pour une grippe, même violente !

— Une grippe qui a déjà fait plus de vingt millions de morts, pas n'importe quelle grippe ! Pourquoi crois-tu que le vaccin est devenu obligatoire ?

— Voyons… laisse-moi te donner quelques-unes des raisons qui me viennent à l'esprit… Profits financiers pour les laboratoires ? Justification de l'existence de l'AIT ? Refonte de la politique de santé publique, en prévision des prochaines années… ? Les motifs ne manquent pas.

— Tu es devenu plus parano que Dave, si c'est seulement possible ! Vous refusez de comprendre que les choses ont changé et vous vous accrochez à des doutes qui n'ont plus lieu d'être.

— Ah bon ? Tu crois vraiment que l'AIT veut notre bien à tous et se soucie de notre santé ?

— Je pense que les responsables prennent enfin des décisions sensées. D'ailleurs, la question du profit ne se pose pas. Les laboratoires ont accepté de s'unir pour sortir un vaccin commun et de ne pas faire de bénéfices sur les ventes.

— Je n'y crois pas une seconde. Tu n'as aucun moyen de vérifier que c'est vrai ou de me prouver que ce vaccin est un tant soit peu efficace. Et je ne parle même pas du fait qu'il ne soit pas nocif…

— Et tu n'as aucun moyen non plus de me prouver le contraire ! Seulement moi, j'ai agi de façon responsable, en me faisant même vacciner avant la mise en application de la nouvelle loi. Toi, tu prends des risques avec ta santé et avec celle des autres, ce qui prouve que tu ne penses qu'à ta pomme !

— Si je dois choper la grippe, tant pis, j'assumerai en connaissance de cause. Juliana l'a bien eue et elle s'en est sortie. Mais je ne jouerai pas au cobaye pour les labos, alors que ce vaccin n'a même pas été testé correctement. Ça ne te pose pas de problème qu'il ait été mis sur le marché aussi rapidement, sans respecter les délais habituels ?

— Il y avait urgence, il fallait bien qu'ils s'adaptent !

— Tu parles ! Il fallait surtout qu'ils prennent du pognon sans attendre et que l'AIT puisse asseoir le futur gouvernement mondial à l'aide d'une décision majeure. Tous les abrutis qui font comme toi leur déroulent le tapis rouge.

— Tu me considères peut-être comme une abrutie, mais moi au moins, je ne fais pas dans l'illégalité !

— Non, mais tu t'entends parler ! Tu sous-entends quoi ? Que tu vas aller me dénoncer ?

— Je n'aurai pas besoin de le faire, rassure-toi ! Désormais, le vaccin conditionne le maintien de ton statut à l'université. Ça devrait te motiver, ça, à défaut d'autre chose !

— De quoi tu parles ?

— Ils ont renforcé les conditions d'application de la nouvelle loi. Depuis hier, les inscriptions des étudiants qui refusent le vaccin sont automatiquement suspendues, tant qu'ils refusent de régulariser leur situation. Et c'est la même chose dans les entreprises, avec la mise à pied des employés qui persistent à jouer aux cons, comme tu le fais.

— Et c'est pas de la dictature, ça ?

— Il faut bien faire en sorte que les gens jouent le jeu ! Si seulement une personne sur dix mille se fait vacciner, toute l'opération ne servira à rien. Ça, ce serait de l'argent fichu en l'air !

Dave, toujours allongé et les yeux fermés, ne put s'empêcher d'intervenir, d'une voix atone.

— Ton raisonnement vaut aussi pour les mineurs scolarisés ?

— Je ne comprends pas ce que tu veux dire…

— Tu oublies de préciser que les plus jeunes sont également vaccinés d'office dans les établissements scolaires, sans consentement parental, parfois même sans informer les parents que l'injection a eu lieu. Ça te semblerait normal, si tu avais toi-même un enfant ?

Son amie hésita avant de répondre.

— Dave, la loi a été pensée en tenant compte d'un ensemble de paramètres et a été votée dans l'urgence. Elle n'est sans doute pas parfaite, c'est vrai, mais les enfants transmettent facilement les virus, tout le monde le sait, et…

— Foutaises. La question n'est pas là et tu le sais.

Son portable posé sur la table basse bipa et il s'interrompit pour jeter un œil au message qu'il venait de recevoir. Il fronça les sourcils et répondit rapidement par un texto concis.

— C'est Juliana. Elle voulait savoir si j'étais bien là, car elle veut passer pour me parler d'un truc apparemment super-important. Je lui ai dit de venir maintenant et que vous étiez là.

— Je serai contente de la voir, ça fait un moment qu'on ne s'est pas croisées.

— En arrêtant de bosser ici, tu t'es aussi éloignée de tes amis, ironisa Carlos. On dirait que je ne suis pas le seul égoïste dans la pièce…

— Oh, ça va !

L'échange houleux entre eux repartit de plus belle, Dave retombant dans son mutisme. Sa migraine avait empiré et il aurait aimé pouvoir appuyer sur un bouton pour mettre ses amis en pause, même juste pour quelques minutes. Lorsque Juliana, qui avait sa propre clef, fit irruption dans le loft, il eut presque envie de remercier le ciel pour cette interruption.

La jeune fille avait les joues rouges et était échevelée. Elle avait manifestement couru pour arriver plus vite. Les retrouvailles ne durèrent qu'un moment vite expédié, avant qu'elle jette ses affaires au pied du sofa et qu'elle s'y laisse tomber en poussant les jambes de Dave pour avoir plus de place.

— Vous ne croirez jamais ce que je vais vous raconter, mais il faut que j'en parle à quelqu'un ou je vais devenir folle !

Carlos, qui était en train de refaire du café derrière le comptoir, tendit l'oreille. Dave se redressa un peu et Stella rapprocha deux chaises de la table basse.

— Je viens d'avoir mon oncle Ted au téléphone, celui que Dave avait interviewé pendant la grippe de 2009, vous vous souvenez ?

— Le chercheur qui bosse en laboratoire ? demanda Stella.

— Oui. Il ne travaille plus exactement dans le domaine des virus, mais disons que le sujet le passionne, en dehors des heures normales de boulot.

Juliana, qui avait du mal à reprendre son souffle, toussa avant de poursuivre.

— Après que j'ai chopé la grippe fin octobre, et vu l'état dans lequel je me suis retrouvée, il s'est intéressé de près à l'évolution de la maladie et à la façon dont l'ex-OMS allait traiter la question.

— La section « Santé et Protection des Populations » de l'AIT, reformula Stella de façon un peu pompeuse.

— Ouais, si tu veux. Qui a pu inventer un nom aussi con… ? Bref !

Dave sourit légèrement et regarda son amie d'enfance avec tendresse. Son énergie était communicative.

— Lorsque le vaccin est sorti en novembre, il a fait un peu comme nous. Il s'est dit que c'était encore une fois le moyen pour les groupes pharmaceutiques de s'en mettre plein les poches et…

— Mais il a pourtant été clairement dit qu'aucun bénéfice ne serait fait sur les ventes de vaccin et que les labos pharmaceutiques bosseraient ensemble cette fois-ci ! l'arrêta Stella, comme ulcérée de devoir se répéter.

Juliana lui répondit de façon cinglante, agacée par l'interruption.

— Justement ! C'était une première et ça a rendu mon oncle curieux. Alors, il a fureté pour vérifier que ce qui se disait était vrai, en menant une petite enquête auprès de ses contacts du milieu médical. Et il a fait une découverte intéressante, mais sans vraiment réaliser son importance, au tout début.

Elle accepta la tasse de café que lui tendit Carlos en le remerciant d'un signe de tête et s'en servit d'abord pour se réchauffer les mains.

— On nous a dit qu'il n'y avait qu'un seul vaccin, mais en fait il y en a deux.

Dave était soudain très intéressé et se redressa totalement.

— Un autre vaccin que le Flunatorax ?

— Non, c'est là que ça devient étrange. Il y a deux versions distinctes du vaccin, mais qui portent le même nom. Avec une légère différence sur l'emballage, dans la couleur d'un des logos. Pour faire court, Ted m'a dit qu'avec ses deux collègues, ils parlent de Flunatorax vert ou rouge. Et ils s'en sont rendu compte par hasard, en prélevant discrètement au hasard un certain nombre de boîtes dans divers endroits où le vaccin a été proposé dès le début. Et lorsqu'ils ont su que la vaccination allait bientôt être légalement obligatoire, ils sont devenus encore plus curieux et ont voulu savoir ce qu'il y avait dedans.

— Je me rappelle le logo, effectivement, commenta Stella. Un gros F rouge stylisé sur le côté de la boîte. Je ne m'en souviens que parce qu'il est resté trois jours dans mon frigo avant que j'aille chez le médecin.

Juliana, fatiguée de tenir sa tasse, en but le contenu d'une traite et la reposa d'un geste sec sur la table. Elle parut vouloir dire quelque chose à son amie, mais changea d'avis et reprit son explication.

— Mon oncle et ses collègues ont remarqué un truc étrange, partout où ils ont pu s'informer. La proportion de boîtes rouges était beaucoup plus importante, dans l'ensemble. Ils ont d'abord pensé qu'il y avait deux séries successives de fabrication et que la couleur correspondait à la génération du vaccin, enfin vous voyez ce que je veux dire. Mais ils ont vite vu que les dates indiquées sur les boîtes et les couleurs associées ne collaient pas et que ça n'avait aucun rapport…

— Alors ça veut dire quoi ? demanda Carlos impatiemment.

— J'y viens ! Ils ont donc fait des tests. Et leurs analyses, que je suis incapable de vous réexpliquer précisément moi-même, ont donné un résultat absolument concluant. Les deux versions sont très différentes dans leur composition.

— Accouche !

— Le Flunatorax vert est un vaccin classique, du même genre que celui qu'on nous sert tous les ans pour la grippe saisonnière. Rien d'anormal chez lui, à part qu'il n'est sans doute pas plus efficace qu'un autre, selon eux, mais ça c'est un autre débat… Le problème, c'est le Flunatorax rouge, qui représente presque deux tiers des boîtes mises en circulation, d'après les infos qu'ils ont pu récupérer.

— Quel est le problème avec la version rouge ? s'inquiéta Stella.

Carlos, qui n'était pas rancunier, perçut son angoisse et se rapprocha d'elle, comme pour la rassurer.

— Le Flunatorax rouge est identique au vert pour ce qui est de la partie antigrippale. Mais il comporte d'autres choses en plus. D'abord un truc qui contient de la gonadotrophine chori… merde, je n'arrive jamais à retenir le nom ! Une hormone abrégée en HCG, qui, couplée au vaccin, entraîne la production d'anticorps anticonceptionnels chez la femme. Et une autre hormone anti-spermatique dont je n'ai pas retenu le nom. De vraies saloperies qui, d'après eux, ont déjà été testées dans les années quatre-vingt-dix sur certaines populations africaines avec beaucoup de succès.

Stella était maintenant franchement alarmée et n'était pas sûre de vouloir comprendre.

— Je ne te suis pas. Qu'est-ce que ça veut dire, concrètement ?

— Ça veut dire, et je suis vraiment désolée que tu sois

concernée, qu'ils utilisent le Flunatorax rouge pour contrôler l'avenir.

Elle prit la main de son amie et lui parla avec autant de douceur que possible.

— Ils sont en train de nous stériliser.

Chapitre 57 – 16 avril 2012

Giraud, Balard et Vandercamere avaient chaud. Assis à la table d'une vieille cantina locale qui semblait prête à s'écrouler à tout instant, ils savouraient avec gratitude les bières fraîches que le patron venait de faire jaillir d'une glacière.

Leurs visages mal rasés, les auréoles de sueur qui marquaient leur t-shirt et leur pantalon de toile poussiéreux leur donnaient l'allure de randonneurs trop longtemps éloignés de toute civilisation. À leurs pieds, de gros sacs de voyage renfermaient ce qu'ils avaient pu conserver de vêtements et d'équipement après cinq mois de déambulation à travers le pays.

Les trois hommes avaient parcouru le Venezuela en tous sens, évitant de rester trop longtemps au même endroit plus de quelques jours, mais ne sachant pas vraiment où aller. Ils avaient quitté Caracas en direction du sud, en espérant trouver un moyen de passage vers le Brésil, mais avaient changé d'avis en cours de route, au gré des informations qu'ils parvenaient à récupérer. Leur remontée vers le nord-ouest, à travers les plaines des llanos et les montagnes des Andes, s'était poursuivie jusqu'au lac de Macaraibo, qu'ils avaient contourné au sud pour s'enfoncer dans le parc national de Ciénagas de Juan Manuel, toujours en direction du nord-ouest. À moins de 150 kilomètres de la frontière colombienne, ils espéraient pouvoir trouver un moyen de passer clandestinement dans le pays voisin et rongeaient leur frein dans l'attente d'une solution qui ne venait pas.

L'annonce de la mort du Président et de la prise en main de l'État par le gouvernement provisoire que l'AIT venait de former, plus rapide qu'ils ne l'avaient prévu, les avait autant ébranlés qu'elle avait plongé les Vénézuéliens dans le désarroi le plus total. Le pays s'était peu à peu refermé sur eux comme une prison gigantesque mais oppressante, dont chaque fissure des murs aurait été explorée en vain.

Des pluies régulières, brutales mais très courtes, renforçaient l'humidité de l'air, même lorsque le soleil agressif reprenait ses droits, et favorisaient l'impression de moiteur qui accablait les trois hommes bien que la température ne dépassât pas les trente degrés. Ils se sentaient sales, fatigués et ne parvenaient plus à trouver le moindre réconfort dans le spectacle pourtant grandiose que leur offrait cette région sauvage et luxuriante. Si les marais, les forêts et le lac les avaient tout d'abord impressionnés par la richesse de leur faune et de leur flore, ils avaient rapidement perdu le goût du tourisme forcé et ne rêvaient plus que d'une chambre d'hôtel climatisée et d'une moustiquaire. Les singes hurleurs leur tapaient sur les nerfs, la beauté des ibis rouges ne parvenait plus à les émouvoir et les insectes étaient une source d'agacement permanente. Même l'incroyable vision de l'éclair du Catatumbo, ce phénomène exceptionnel qui offre aux yeux un ciel zébré par l'électricité presque chaque nuit lorsque le temps est clair, était devenue pour eux un divertissement banal.

Les relations entre les trois amis s'étaient dégradées tout en se renforçant. Leur situation désespérée favorisait rapprochement et confidences, mais la promiscuité permanente et l'épuisement exacerbaient les tensions et les reproches. Balard se disait régulièrement que la fuite et le manque d'hygiène auraient leur peau bien plus facilement que l'AIT et ses sbires.

Mais pour quelques heures, l'ambiance était détendue, une simple bière fraîche ayant suffi à rendre le sourire aux trois hommes, qui reposaient leurs corps fatigués et leurs visages tannés par le soleil à l'ombre de la cantina.

Le seul problème immédiat était leurs finances, qui avaient fondu au fil de leur périple. Le temps passé à Caracas avait sérieusement amputé la réserve d'argent liquide qu'ils avaient réussi à convertir à leur arrivée dans le pays et l'aide de Torres au moment de leur départ s'était révélée précieuse mais modeste. Nourriture, hébergement, transport et vêtements étaient en train d'épuiser lentement leurs dernières ressources et Vandercamere, habituellement imperturbable, avait pour une fois l'air soucieux.

— Nous avons encore quatre semaines devant nous, en comptant la somme à réserver éventuellement pour les services d'un passeur. Ce n'est pas énorme.

Giraud, grattant les piqûres de moustique qui émaillaient son cou, répondit en grognant.

— On n'aurait peut-être pas dû acheter ces foutues motos. On passe plus de temps à les pousser qu'à les conduire, dans cette zone. Trop de marais et pas assez de terre ferme…

— Je croyais que tu n'en pouvais plus de marcher ?

— J'en ai marre, oui. Marre des bus avec la clim à dix-huit degrés, marre de me prendre la pluie sur la gueule quatre fois par jour, marre de bouffer des empanadas et des arepas, marre de me gratter… je continue ?

Il fit une grimace suggestive.

— Je crois d'ailleurs que j'ai le bide qui donne des signes de détresse. Je me sens vaseux.

— Il nous reste de l'Immodium ? demanda Balard en commençant à fouiller dans son sac à dos.

— J'ai pris le dernier ce matin. À part un peu d'aspirine et de paracétamol, on est à sec.

— Merde.

Vandercamere, qui avait fini de compter discrètement le contenu de leur portefeuille, le rangea dans son sac. Il finit sa bière et jeta un coup d'œil compatissant sur Giraud qui n'en finissait plus de se gratter.

— Nous ne pouvons pas continuer comme ça, à tourner en rond en mangeant des galettes. Il nous faut essayer de bouger.

— Tu veux tenter la Colombie ?

— Oui, je pense que c'est faisable. Mais ça ne va vraiment pas être simple.

Il vérifia le contenu d'une des poches de sa veste de pêcheur et se leva. Balard eut l'air étonné.

— Tu vas où ?

— J'ai repéré une vieille cabine près de la cahute du type qui répare les pirogues. Je vais essayer de joindre un de nos derniers contacts colombiens.

Giraud se moqua, toujours en grimaçant.

— Typique ! Il n'y a pas de réseau, mais ils ont des vendeurs de pirogues toutes les cinq bornes !

Vandercamere prit un air sévère.

— Tu veux continuer à geindre ou tu me laisses tenter de passer un coup de téléphone ?

— Non, fais-toi plaisir ! Je crois qu'on va t'attendre devant une deuxième bière pendant ce temps-là.

Il appela le patron d'une voix sonore pour réclamer les boissons, tandis que Balard faisait un signe de tête à leur ami, comme pour lui indiquer qu'il prenait les choses en main et qu'il pouvait partir tranquille.

— J'en ai pour un quart d'heure, moins si la cabine est en panne.

— Tu ne veux pas y aller à moto ?

— Non, j'ai besoin de me dégourdir les jambes. Ce n'est pas si loin.

Il enfila sa casquette, mit ses lunettes de soleil, repoussa son tabouret en bois et commença à s'éloigner, avant de se retourner vers la table.

— Et soyez sages !

— Oui, oui ! Aucun risque qu'on bouge d'ici ! lui lança Giraud.

Les deux hommes le regardèrent s'éloigner sur la route poussiéreuse, en direction de l'entrée de ce qui ne pouvait même pas être qualifié de village. Quelques baraques surgissaient de temps en temps en bordure du chemin et la plupart avaient l'air abandonnés depuis longtemps.

Balard sortit un mouchoir de sa poche pour s'éponger le visage et tenta de dérider son compagnon.

— Jamais on n'aurait dû choisir l'Amérique du Sud. Tant qu'à s'exiler, l'Islande aurait été une meilleure option.

Giraud eut un vague sourire avant de redevenir soudain sérieux.

— Entre nous, je ne pensais pas qu'on en baverait autant. C'est là que je réalise qu'on a pris un coup de vieux. Il y a quinze ans, on n'aurait même pas sué.

— Je crois que tu surestimes nos capacités de l'époque, même si effectivement, on ne rajeunit pas. Tu as oublié à quel point tout était organisé. Jamais on n'aurait eu à courir comme des crétins dans les marais à la recherche d'une bière ou d'une cabine.

Il décapsula la bouteille qui venait d'être posée devant lui et but une longue gorgée.

— Et les missions n'étaient jamais aussi longues. Ce qui nous use, c'est de ne pas avoir d'objectif.

— Ce qui m'use, moi, c'est de me rendre compte que même lui ne sait plus ce qu'on doit faire.

Il indiqua du menton la direction que venait de prendre Vandercamere.

— Quand la boussole commence à dérailler, c'est là que l'inquiétude me gagne. Surtout quand tu as toujours été persuadé qu'elle ne te lâcherait jamais.

— Il fait ce qu'il peut.

— Je ne dis pas le contraire. Et je sais que je ne suis pas commode avec lui depuis quelque temps...

— « Quelques » ? Tu es sur son dos comme une tique géante sur un chien depuis des mois !

Giraud sourit devant cette image.

— Je reconnais que je suis pénible. Mais entre nous, le pire, ce n'est pas d'avoir la chiasse ou des ampoules plein les pieds... ce n'est pas vraiment pour ça que je suis de plus en plus teigneux.

— Ne me dis pas que c'est juste pour le plaisir de l'emmerder, ironisa Balard.

— Non. C'est simplement que je voudrais qu'il reconnaisse qu'il n'y a plus rien à faire. J'aimerais qu'il laisse tomber le masque du type qui contrôle la situation et qu'il accepte d'en baver avec nous, tout bêtement. Qu'il soit capable de dire que c'est foutu, qu'on a joué, qu'on s'est bien fourvoyés et qu'on a perdu. Le voir faire comme si on n'avait qu'un léger problème opérationnel me tape sur le système. On dirait qu'il a perdu toute notion de la réalité...

Il but une longue gorgée à son tour et se servit de la bouteille pour se rafraîchir le visage.

— Ça te semble con ? Je ne sais pas si j'exprime bien ce que je veux dire.

— Non, je comprends parfaitement. Tu voudrais avoir le droit de renoncer, sans te sentir coupable parce que tu as l'impression de le laisser tomber. Tu voudrais pouvoir t'asseoir dans un coin et profiter du temps qu'il nous reste ici, sans te dire que ça ruine ses efforts pour nous sortir de ce merdier. Tu voudrais avoir la possibilité de ne pas le décevoir et il ne te l'accorde pas...

— Merde, tu aurais dû être psy ! se moqua Giraud.

Son ami lui jeta une des capsules à la tête et ils se chamaillèrent quelques minutes, retrouvant un court instant l'ambiance qui animait leurs missions du passé.

Lorsque la réalité les rattrapa et que les rires s'arrêtèrent, Giraud se risqua à parler d'un sujet qu'ils n'avaient pas abordé depuis longtemps.

— Ils te manquent ?

— Tu connais la réponse à cette question.

— Oui, mais en sachant que le monde a complètement changé, tu ne te dis pas que c'est mieux pour eux ? Mieux pour Théo, qui aurait dû grandir dans tout ce bordel ?

— Honnêtement, je ne sais pas. Tout ce que je sais, c'est que chaque jour, ils me manquent. Je voudrais juste être avec eux, ça s'arrête là.

Giraud acquiesça sans parler, en tripotant sa bouteille vide.

— Iris me manque. En vérité, c'est la seule chose que je regrette. Elle me donnait envie de m'élever, d'être assez bien pour avoir le droit de la protéger et de prendre soin d'elle.

— Tu as fait beaucoup pour elle… même l'impensable.

— Oui, mais j'ai perdu ce qu'il y avait de meilleur en moi cette nuit-là. L'étincelle qui pouvait remettre de la lumière dans les coins sombres… enfin, tu vois ce que je veux dire. Iris n'était pas une femme, c'était la femme. Et dieu sait que j'en ai connu des dizaines, souvent avec plaisir, je ne dis pas le contraire… mais c'est la seule qui m'a donné envie d'être quelqu'un d'autre. Celui qu'elle voyait en moi, malgré tous mes efforts pour être quelqu'un de pas vraiment convenable.

Il se racla la gorge. Balard le laissa continuer.

— Je suis heureux qu'elle ne soit plus là pour voir tout ça et pour voir ce que je suis devenu.

— Tu n'as pas vraiment changé. Nous nous sommes juste adaptés à une situation impossible.

— Lui, non. Il est toujours le même.

Balard comprit que son ami faisait à nouveau allusion à Vandercamere. Il regarda sa montre et eut l'air surpris.

— Mais qu'est-ce qu'il fabrique ?

Comme pour répondre à cette question, la silhouette familière émergea au bout de la route, à plus de trois cents mètres.

— Espérons qu'il a du nouveau, grommela Giraud.

— Fais-moi plaisir et arrête de lui casser les pieds.

— Je ne promets rien !

Il se remit à rire un peu bêtement.

— Tu ne trouves pas qu'on dirait une scène de western ? À le voir marcher tout seul dans la rue, suivi de son ombre, on pourrait penser qu'il est en route pour un duel.

— Avec qui ? Un caïman ?

— Des bottes en croco ne me déplairaient pas !

— Ouais, j'imagine ça. Tu ne crois pas que…

— Attends, il y a un truc bizarre !

Balard, qui s'était retourné vers le patron de la cantina pour redemander à boire, jeta un coup d'œil vers la route et comprit immédiatement ce que voulait dire Giraud.

Derrière la silhouette corpulente, cinq hommes venaient d'apparaître à leur tour. Si un œil non exercé aurait pu les prendre pour des touristes, avec leurs tenues semblables à celles des trois amis, Balard ne s'intéressa qu'à une seule chose : la position triangulaire qu'ils venaient d'adopter, sans doute inconsciemment.

— Merde ! Ça pue le commando ! Il faut l'avertir !

Ils se levèrent tous les deux en même temps et se mirent à faire de grands gestes.

— Philippe ! Derrière toi !

Leur ami, qui ne pouvait entendre ce qu'ils criaient à cette distance, leur répondit par un signe d'incompréhension, jusqu'à ce que leurs mouvements désordonnés l'incitent enfin à se retourner.

Malgré la distance, Balard et Giraud n'eurent aucune peine à distinguer l'explosion de sa boîte crânienne, bien que le son du coup de feu leur parvînt avec un léger retard. Projeté en arrière, son corps s'effondra sur la route dans un nuage de poussière que le soleil fit scintiller un court instant, avant de rester immobile devant les jambes des cinq hommes qui continuaient à avancer en accélérant le pas.

Giraud fit mine de sortir son arme, mais Balard l'arrêta d'un geste rapide.

— Il faut se barrer !

— Mais bordel, on ne peut pas le laisser comme ça !

— Tu sais très bien qu'il est mort. Ils sont cinq et on est deux, avec nulle part pour se planquer et pas beaucoup de munitions. Chope les sacs !

— Mais on pourrait essayer de…

— Chope les sacs, je te dis ! On file aux bécanes et on se casse. C'est pas le moment d'essayer de comprendre ce qui se passe !

Giraud sembla retrouver ses réflexes et s'exécuta, récupérant maladroitement son sac et celui de Vandercamere, tandis que Balard embarquait le sien et se mettait à courir en direction des petites motos garées derrière la cahute. Ils démarrèrent en trombe et disparurent en quelques secondes au milieu des arbres, comme avalés par la végétation.

Lorsque la poussière retomba, le patron de la cantina osa enfin regarder du côté de la route. Les cinq hommes avaient disparu.

Chapitre 58 – 28 avril 2012

Balard déposa délicatement son compagnon par terre, en l'adossant à une souche d'arbre. Il était conscient que Giraud n'était plus capable de marcher, même en étant à demi porté, et que lui-même n'avait plus la force de le soutenir alors qu'il devait aussi se charger des sacs.

S'agenouillant à ses côtés, il lui tendit leur avant-dernière bouteille d'eau et, devant son absence de réaction, essaya de le faire boire. L'eau dégoulina sur le menton de son ami, formant de petites rigoles dans la crasse qui lui recouvrait le visage. Balard renonça et s'assit à son tour. Le sol était humide et son t-shirt lui collait à la peau.

Tandis qu'il buvait avec parcimonie, il fit le bilan de leur situation. Leur fuite les avait fait remonter un peu plus vers le nord, en direction de Machiques, mais toujours en restant à l'écart de la route principale. Ils avaient ensuite obliqué vers le parc national de Sierra de Perijá, en se rapprochant de la Colombie, sans trop savoir ce qu'ils feraient une fois sur place. Ils traversaient actuellement une zone boisée légèrement pentue.

L'état de Giraud avait rapidement empiré ces derniers jours, les forçant à abandonner les motos. Balard avait d'abord pensé qu'il s'agissait de simples diarrhées aggravées, avant de pencher pour la fièvre typhoïde lorsqu'il avait constaté que son ami se mettait à saigner du nez. Si c'était le cas, il était sans doute lui aussi atteint, désormais, puisqu'ils partageaient les mêmes bouteilles d'eau. Il n'était plus sûr des formes de contamination possibles et de la date de leur dernier vaccin. Mais ça n'avait plus grande importance.

Il gifla légèrement son ami pour le réveiller et tenter de le faire boire à nouveau. Giraud ouvrit les yeux et parut d'abord ne pas le reconnaître, avant de lui lancer son fameux petit sourire en coin.

— Fred, il faut que tu boives. Fais juste un petit effort.

Ce dernier bougea la tête en signe d'acceptation et avala une gorgée d'eau. Balard l'encouragea d'un signe de tête, mais sentit son cœur se serrer lorsqu'il réalisa à quel point Giraud avait maigri, malgré son ventre gonflé. Son front était brûlant et il semblait plongé dans une torpeur permanente, entrecoupée par des périodes de lucidité de plus en plus rares. Il était pour le moment impensable de le faire avancer jusqu'au plus proche village référencé, qui, d'après leur carte, était encore à presque cinq heures de marche, s'ils continuaient de cheminer à cette vitesse.

Balard prit rapidement une décision. La matinée était à peine entamée. En marchant très rapidement, il pouvait faire l'aller-retour en moins de sept heures. Il reviendrait avec de l'aide ou au moins des médicaments. Ils avaient encore assez d'argent pour payer des antibiotiques au prix fort.

Il sortit un des duvets des deux sacs qu'il portait seul depuis quatre jours et l'étendit par terre sur une zone suffisamment plane, avant d'y coucher son ami. Giraud se laissa faire comme un enfant, mais parvint néanmoins à parler d'une voix très faible.

— Quel jour on est ?

— Le 28. Samedi, je crois.

— Ça fait plus de dix jours, alors…

— Douze.

— Je voudrais qu'il soit là.

— Je sais. Moi aussi.

Balard essaya de rendre le lit improvisé aussi confortable que possible, en transformant un de ses pulls en oreiller. Il posa la bouteille d'eau à côté, ainsi que le sac de Giraud, après avoir réparti leurs affaires. Inutile de lui sortir son flingue, il serait incapable de s'en servir.

— Fred, écoute-moi. Je sais que tu as de la fièvre et que tu as du mal à te concentrer, mais c'est important que tu comprennes ce que je te dis.

— Je t'entends…

— Je vais me rendre tout seul au village qu'on avait choisi, à quelques heures d'ici. Je vais chercher de l'aide et revenir avec de quoi faire tomber ta fièvre. Il nous faut plus d'eau aussi. Et de quoi bouffer.

— Tu ferais mieux de me laisser ici. J'ai pas faim.

— Ne dis pas de conneries !

— La Colombie n'est plus loin…

— Je me fous de la Colombie. Pour le moment, on doit s'occuper de ton cas.

Giraud sourit faiblement et marmonna.

— J'ai été chiant jusqu'au bout, hein ? J'ai pas eu de cul avec le Venezuela.

— Ouais, un vrai boulet. Tu peux au moins me promettre que tu essayeras de boire en mon absence ?

— Je crois que je vais dormir. Je me sens… fatigué.

— Tu n'as pas dormi normalement ces quatre dernières nuits.

— C'est la typhoïde, non ?

— Je ne suis pas sûr. Mais je crois que oui.

— Merde. J'ai le bide en feu.

— N'oublie pas de boire. Tu es brûlant.

— J'essayerai…

— Je pars maintenant et je fais vite.

— Oui.

Giraud retomba dans sa torpeur et Balard eut un instant peur qu'il se soit évanoui. Mais sa respiration était régulière et il semblait moins souffrir. Il ne servait à rien d'hésiter et d'attendre, s'il voulait être utile à son ami.

Il ramassa son sac, dans lequel il n'avait gardé que le strict nécessaire en cas de problème pendant le trajet, et se mit en route d'un bon pas, après avoir jeté un dernier coup d'œil à son compagnon. Pourvu que la faune du coin ne vienne pas s'en mêler. Il aurait dû faire un feu de protection, mais tout était humide. Laisser Giraud ainsi le désespérait, mais il savait que son idée était la seule solution valable. C'était certainement ce que Philippe aurait fait à sa place.

Il disparut entre les arbres et son compagnon resta seul, au milieu des chants d'oiseaux qui reprirent leurs droits sur le silence.

Giraud n'eut pas vraiment conscience du temps qui passait, se réveillant seulement de temps à autre pour boire un peu, avant de replonger dans un état comateux qui n'était pas désagréable. Son ventre s'était un peu calmé et sa migraine n'était plus aussi forte, rendant le sommeil presque possible. Il lui semblait flotter dans un rêve éveillé qui le ballottait doucement, comme une barque sur l'eau. Les ombres des arbres bougeaient autour de lui dans une danse lente et le berçaient sans interruption, comme si la forêt voulait apaiser ses douleurs et atténuer son délire.

Il rêva. Son esprit fut traversé par les images fugaces de vieux souvenirs enfouis et par des détails bizarres ou sans importance qu'il essayait vainement de chasser pour revenir à des pensées plus agréables. Les cheveux d'Iris se mêlèrent au visage rieur du petit Théo tandis que son cousin lui tendait un téléphone en lui reprochant de ne pas avoir donné de nouvelles. Bélanger mangeait une galette au fromage assis sur un tracteur et Anna lui demandait si cette nouvelle robe rendait bien sur elle. Son arme s'enrayait sans cesse alors qu'il devait abattre un homme au visage sombre, qui riait devant lui sans s'arrêter. Il lui semblait entendre des cris de singe alors qu'il cherchait son chemin dans des rues de Pigalle qu'il ne reconnaissait pas.

Au milieu des images, tandis que le soleil commençait à décliner à travers les arbres, la voix posée de Vandercamere lui reprocha gentiment quelque chose, comme à un enfant capricieux. Forcément, c'était un reproche. Il avait encore dû dire une connerie. Giraud ricana dans son sommeil agité.

Il était couché dans une chambre d'hôtel familière, mais ne savait plus pourquoi il était là. Quentin pourrait lui dire ce qu'il était censé faire. Quentin allait bientôt revenir et il lui expliquerait la suite du plan. Quentin arrangerait tout, il n'était pas inquiet. Il pouvait presque entendre le bruit léger de ses pas dans le couloir.

Les ombres qui le caressaient se multiplièrent lorsque le son se fit plus proche et il ouvrit légèrement les yeux, surpris par la netteté de sa vision. Dans un halo de lumière, il vit le visage tandis que le déclic résonnait à ses oreilles.

Alors, il sourit.

Chapitre 59 – 29 avril 2012

La nuit allait bientôt tomber et la température chutait de plus en plus. Balard sortit de son sac le seul pull qu'il lui restait et l'enfila en frissonnant. Le choix de la montagne était certainement une erreur, mais il était à court d'idées lorsqu'il avait fallu prendre une nouvelle direction.

La veille, en fin d'après-midi, il était sur le point de rejoindre Giraud lorsque le coup de feu avait éclaté dans le silence de la forêt, à environ cinq cents mètres. Persuadé que son ami était en train de se défendre contre un animal quelconque, mais étonné qu'il ait eu la force et la présence d'esprit de chercher son arme, il s'était mis à courir et avait buté sur une racine qui l'avait envoyé rouler sur le tapis de mousse.

Cette chute lui avait sans doute sauvé la vie, car pendant qu'il se relevait et ramassait ses affaires, il avait entendu les voix. Impossible de comprendre ce qui se disait, mais ils étaient plusieurs, à quelques centaines de mètres.

Il avait alors compris qu'il était trop tard pour Giraud et avait rebroussé chemin aussi vite qu'il le pouvait malgré sa cheville douloureuse, s'accrochant à son sac à dos comme à un dernier rempart, des larmes de rage silencieuse brouillant sa vue. Retourner au village qu'il venait de visiter n'était pas une option, car ce serait logiquement une de leurs prochaines destinations s'ils étaient bons. Et ils l'étaient.

Ces hommes étaient aussi efficaces que des limiers sur la trace d'un animal blessé. Comment parvenaient-ils à les retrouver aussi rapidement ? C'est en se posant cette question que Balard avait opté pour la basse montagne, à l'ouest, qui semblait être le choix le moins logique, car c'était aussi le plus compliqué. Si ces hommes partaient du principe qu'il n'avait pas l'équipement et l'énergie nécessaires pour partir dans cette direction, il avait peut-être une chance.

Mais il avait vite déchanté lorsque la nuit était tombée, que le froid l'avait saisi et qu'il avait réalisé que sa chute lui avait laissé en souvenir une véritable entorse à la cheville droite. Les médicaments qu'il avait péniblement réussi à acheter pour Giraud ne lui seraient d'aucune aide.

Il avait passé une nuit difficile, recroquevillé dans son duvet, à essayer de mettre de l'ordre dans ses pensées et à affronter sa solitude. Si les premières heures avaient été consacrées à sa fuite, celles-ci furent synonymes de douleur et de mise à nu. Dans un silence absolu, Balard avait laissé colère, désespoir et souffrance le traverser par vagues successives, incapable d'émettre un son alors qu'une cacophonie infernale régnait en lui.

Au petit matin, une vérité implacable l'avait sorti de la somnolence qui avait fini par s'abattre sur lui : il était seul. Vandercamere était mort. Giraud était mort. Tout ça n'avait servi à rien et il ne restait que lui, le plus improbable des trois, celui qui était déjà presque mort depuis plus de deux ans et qui aurait tout donné pour ne pas être le dernier. Pour ne pas avoir à contempler le vide laissé par les autres. Il ne restait que lui, un sac à moitié vide, un flingue sans munitions de rechange et l'envie d'en finir.

Alors il avait choisi de jeter l'arme, par lassitude. Si ces hommes le voulaient, qu'ils le suivent... mais il ne leur ferait pas le plaisir de dormir une nuit de plus avec le doigt sur la détente. Il trouverait un endroit suffisamment plaisant pour s'y arrêter et il les attendrait là-bas, avec la sérénité de celui qui a renoncé à fuir et qui accepte son destin.

Il avait donc passé la journée à grimper à faible allure, sans se retourner, mais en espérant que les hommes attendraient qu'il trouve le lieu de son choix avant de passer à l'action.

Lorsque le crépuscule s'annonça, qu'il eut enfilé son pull supplémentaire et mangé une de ses dernières galettes, Balard finit par trouver l'endroit qui lui convenait : une minuscule plate-forme dégagée à flanc de roche, qui offrait un point de vue magnifique sur la forêt en contrebas et sur l'horizon violacé. Un lieu parfait, suspendu entre terre et ciel, qui exprimait l'immense solitude qui l'habitait. Un lieu oublié de tous, loin de l'AIT et du monde qui était en train de basculer. Un sanctuaire idéal.

Il s'assit et attendit, profitant pleinement de ce qui était sans doute sa dernière soirée. Il eut une pensée intense pour chacune des personnes qui avaient laissé leur empreinte dans sa vie et, à sa manière, pria pour que Giraud n'ait pas été conscient lorsque son moment était venu. Pas comme Vandercamere, qui avait contemplé sa mort de près pendant un court instant. Une mort brutale, brouillonne, indigne du sens de la planification méthodique de son ami. Ils l'avaient abattu comme un chien galeux, sans même ralentir le pas pour enjamber sa dépouille.

Assis en tailleur dans la nuit tombante, Balard pleura la disparition de son monde et de ses repères, jusqu'à ce que sa cheville gonflée, le froid engourdissant, l'épuisement et l'absence de lumière eussent raison de ses dernières forces. Le sommeil le prit par surprise et le fit basculer sur le côté, sa tête heurtant violemment un rocher coupant qui dépassait de la paroi.

Lorsque le soleil se leva, son sang cristallisé par le gel se mit à scintiller comme une dentelle pourpre accrochée à flanc de montagne et attira les oiseaux.

Chapitre 60 – 11 mai 2012

« Je pense que la perfection est un idéal que l'on poursuit sans jamais vraiment l'atteindre, qu'il manque toujours ce dernier petit élément que seule la nature est peut-être capable de donner aux choses qu'elle crée. Je ne dirai donc pas que notre bilan est parfait, même si je reconnais que l'envie de présenter les choses ainsi m'a effleuré… Mais si nous n'avons pas atteint la perfection, nous l'avons presque touchée du doigt et cela dépasse mes espérances. Je suis sincèrement ravi, Messieurs. Ravi du résultat et ravi d'avoir pu être encore là pour y assister. Vous êtes des hommes chez qui les paroles et les actes se répondent de façon cohérente, malgré les difficultés, malgré l'attente et malgré l'ampleur du travail. Je crois me souvenir – pardonnez ma mémoire défaillante – que c'est Karl Krauss qui a dit que *"le faible a toujours des doutes avant de prendre une décision, le fort les a après"*. Vous avez largement prouvé que vous apparteniez au deuxième groupe et que le Cercle a la motivation et les moyens de continuer son travail pour les siècles à venir, en gardien discret de l'humanité… Buvons à notre réussite, mais buvons surtout au nouvel équilibre et à la prospérité du genre humain, qui a été sauvé de lui-même en dépit de son ignorance… et sans doute grâce à elle. »

Les hommes du Cercle, debout devant Cecil, levèrent leurs coupes et saluèrent ses paroles avec satisfaction. Celui qui dirigeait le plus grand empire bancaire de Russie osa interrompre le vieil homme pour poser une question.

— Cecil, je me permets de vous couper, si vous voulez bien m'en excuser, car je suis curieux. Quel est véritablement le résultat chiffré ? Après toutes ces années de préparation, j'avoue mon impatience de connaître le bilan précis… et vous êtes le seul à réellement savoir ce qu'il en est.

— Et cette impatience se comprend, Sergueï. Vous avez magnifiquement joué votre rôle dans votre pays, comme chacun dans cette pièce.

Cecil fit un large geste du bras pour désigner tous les hommes qui formaient un demi-cercle devant lui.

— Edgar, le meilleur des scribes que je connaisse – et je précise que dans ma bouche, il s'agit d'un compliment – a établi un rapport minutieux qui vous sera communiqué sous peu. Mais je peux déjà vous donner un chiffre global.

Il fit une pause, pour ménager son effet. Roderich, qui observait ses compagnons, sourit. Son vieil ami ne pourrait jamais s'empêcher de dicter son propre rythme, quitte à agacer un auditoire malgré tout suspendu à ses lèvres.

— Entre novembre et avril, nous avons réussi à vacciner environ 90 % de la population mondiale, sans doute un peu plus, mais je préfère que nous restions modestes dans nos analyses. Évidemment, la plus grande partie de ces vaccinations a été possible grâce à l'obligation légale mise en place en janvier et aux moyens colossaux déployés simultanément dans l'ensemble des pays. Car nous avons dû affronter une certaine résistance, malgré tout. Mais les mesures appliquées envers les contestataires ont bien fonctionné. L'AIT a parfaitement rempli son rôle de coordinateur et de contrôleur dans ce domaine. Sur les 90 % de personnes en question, environ 85 % ont reçu le vaccin rouge. Les personnes vraiment trop âgées étaient évidemment non concernées, je le rappelle, ainsi que certaines populations marginales, incontrôlables par nature. Par exemple, monter une expédition pour aller vacciner quelques centaines d'Inuits ne présentait pas grand intérêt.

Quelques rires polis s'élevèrent dans la pièce.

— Sur les sept milliards d'âmes qui occupent cette belle planète, disons que presque cinq milliards et cinq cents millions d'entre elles ont reçu la version rouge, toujours pour être prudents avec les chiffres… Ce nombre est sans doute légèrement trop faible, mais cela vous donne une idée.

Cecil se racla légèrement la gorge et insista sur les mots qui suivirent.

— En d'autres termes, plus de 5,5 milliards d'entre eux n'auront pas de descendance. Ce qui signifie qu'à la fin de ce siècle, nous serons de retour à la démographie que connaissait la planète au début du vingtième siècle, à peu de chose près. Cette diminution massive de la population peut sembler trop radicale et inquiétante, mais il n'en est rien. L'humanité n'a mis que cent ans pour multiplier sa population par quatre et nous devrons donc au contraire faire preuve de vigilance à l'avenir, pour éviter que ce scénario se répète.

Il fit une parenthèse en changeant de ton et en prenant une expression moqueuse.

— Je précise quand même que nous n'avons pas cherché à atteindre le résultat préconisé par nos camarades du Project for a New American Century, qui estimaient que descendre à moins de trois cents millions de personnes était idéal. Le retour à la démographie de l'an 1000 me semblait exagéré… mais je les remercie pour leur travail de recherche, car il nous a été bien utile pour fignoler toute l'opération.

Cette fois, de vrais rires francs secouèrent l'assistance.

— Plus sérieusement, je voudrais rassurer ceux qui pensent que leur pays ou leur zone d'activité risque d'être plus touchés que d'autres. La diffusion a été homogène et équitable. Nous avons respecté une proportion similaire de vaccination au niveau du sexe, de la nationalité, de la religion ou encore du niveau social. Nous avons besoin de toutes les catégories de population pour que le monde se remette à prospérer. Je préfère donc calmer d'éventuelles inquiétudes en vous disant que non, nous n'avons pas succombé à l'idéologie puante qui aurait consisté à presque éradiquer certains peuples ou certaines couches démographiques. Ceci dit, puisque je vous parle de proportion, il est évident que les continents les plus peuplés sont de fait les plus concernés en termes de nombres absolus. Mais il restera bien assez d'êtres humains partout pour que le monde tourne, et pour qu'il tourne mieux que jamais.

Il s'adressa plus particulièrement à Serguei.

— J'espère que mes explications répondent à votre question.

— Parfaitement, Cecil, je vous remercie d'avoir présenté ces résultats. Et je dois dire que j'ai encore un peu de mal à y croire.

— Tout cela vous parlera plus lorsqu'Edgar vous communiquera le bilan exact.

Il finit sa coupe et la posa sur le rebord de la cheminée située derrière lui.

— Ce qui compte, pour l'avenir, c'est que les principes de fonctionnement de l'AIT ne soient pas remis en cause. Je vous rappelle que le plan de déploiement prévoyait qu'elle soit sous le contrôle théorique de l'ONU, le temps que cette dernière puisse céder la place à une structure définitive, à un véritable gouvernement mondial, stable et pérenne. L'AIT est associée dans l'esprit des gens à une période de terrorisme sans précédent et il est temps qu'elle passe la main à un gouvernement qui sera jugé plus légitime et qui reflétera une nouvelle forme de sérénité. L'idée que le monde gagne à être officiellement dirigé par une institution principale, qui dicte leur conduite à tous les pays, est maintenant bien implantée dans l'inconscient collectif. Il suffira de rappeler régulièrement aux populations, en provoquant quelques actes condamnables et vite pris en main, qu'un gouvernement mondial est le seul garant de la paix et de la sécurité pour tous.

Il fit un signe de tête à Roderich pour lui signifier qu'il pouvait prendre la suite. Ce dernier s'avança et poursuivit l'explication.

— Dans quelques semaines, l'AIT sera donc officiellement dissoute, tandis que l'ONU perdra son intitulé actuel et verra ses statuts modifiés. Comme vous le savez déjà, le nouveau gouvernement mondial qui émergera de ses cendres prendra ses fonctions à Jérusalem, choisie pour des raisons à la fois politiques et symboliques. Son président, officiellement élu par tous les chefs d'État, mais évidemment choisi par nos soins, pourra immédiatement se mettre au travail. Son premier dossier majeur, en dehors de la reprise de l'économie, sera évidemment d'expliquer aux peuples pourquoi la natalité semble inexplicablement chuter…

Chu-Chung, un sourire doucereux presque cruel sur les lèvres, compléta sa phrase sans y être invité.

— Et bien sûr, cette catastrophe démographique sera attribuée au virus manipulé de la grippe que les Rémoras et leurs adeptes fanatiques de Manus ont infligé au monde… leur ultime acte de terrorisme. Une œuvre magistrale dont le monde se souviendra longtemps.

— En quelque sorte, oui. Il nous faudra rassurer, fédérer et redonner de l'espoir aux hommes de la prochaine génération. Mais ils retrouveront le courage de continuer, nous en sommes certains. C'est dans la nature humaine de s'accrocher à ce qui lui reste pour en tirer le meilleur parti.

— Et si « l'engouement » pour le gouvernement mondial ne devait pas durer ? Si le vaccin devait être mis en cause ?

— Comme vous l'a dit Cecil, l'actualité se chargera de rappeler régulièrement à tous les citoyens que rien n'est aussi efficace que l'unité totale pour contrer le terrorisme. Esclave de sa peur et de l'épée de Damoclès qui plane au-dessus de sa tête, la population n'aura de toute façon pas vraiment le choix... à défaut d'enthousiasme, nous conserverons l'obéissance. Et pour ce qui est de la mise en cause du vaccin, je ne suis pas inquiet. Ces derniers mois nous ont encore prouvé à quel point la vérité n'est jamais rien d'autre qu'une question de présentation des faits.

Cecil approuva cette dernière phrase d'un signe de tête et reprit la parole.

— Pour qu'elle finisse son travail en beauté et pour que le futur gouvernement tire parti de ce que les médias ne manqueront pas de qualifier de « grande victoire », l'AIT annoncera d'ailleurs publiquement demain la mort de notre trio de terroristes, ce qui occupera tout le monde pour quelque temps. Cela marquera la fin de la période de terreur et ce sera le symbole d'une nouvelle ère. Évidemment, le groupe Manus, qui a amplement mérité des vacances, se fera simultanément très discret... jusqu'à ce qu'on ait éventuellement encore besoin de lui. Je souhaite de tout mon cœur que ce ne soit plus jamais le cas.

Sergueï fit à nouveau preuve de curiosité.

— Je sais que vous êtes un homme discret et que vous aimez garder pour vous certaines de vos... tactiques, Cecil. Personnellement, je ne m'en plains pas, car vous étiez sans conteste le plus apte d'entre nous à organiser le travail du Cercle, sans parler de votre légitimité naturelle pour continuer le travail de votre père. Mais encore une fois, je suis curieux... pourquoi avoir choisi ces hommes ? Comment pouviez-vous être sûr de leurs mouvements, de leurs décisions et de leurs réactions ? C'était un énorme risque et je crois que je ne suis pas le seul à me poser des questions. Je confesse même que j'ai eu bien des doutes quant au succès de l'opération dans son ensemble, car tout reposait sur eux, qui plus est à leur insu. Notre réussite ne m'empêche pas de vouloir comprendre…

Cecil le regarda pensivement, comme s'il était en train de mesurer la pertinence de la demande. Serguëi était apparemment dans ses bonnes grâces, puisqu'il accepta de lui répondre.

— Pour commencer, sachez que j'avais plusieurs solutions de substitution, en cas de difficulté. Jamais je n'aurais pris le risque de lancer l'opération sans cette précaution élémentaire. Mais je ne m'étendrai pas là-dessus aujourd'hui, car la question ne s'est heureusement jamais posée. Par contre, je suis prêt à vous expliquer tout ce qui s'est passé et pourquoi certains choix ont été faits. Mais ce n'est pas moi qui vais vous communiquer ces éléments. C'est celui qui a fait en sorte de donner vie à mon plan qui va venir vous les présenter dans quelques minutes.

Les hommes du Cercle eurent tous l'air surpris, à l'exception de Roderich, qui semblait s'attendre à cette déclaration.

— En fait, Serguëi, votre demande me permet de faire d'une pierre deux coups et d'en venir au second sujet que je comptais aborder ce soir. Ma succession. Je suis un vieil homme et je ne suis pas éternel. Seuls les fous attendent d'avoir un pied dans la tombe pour transmettre le flambeau. Nous avons tous pu constater avec le cas de Dennis qu'une telle approche pouvait se révéler désastreuse. Et la folie ne fait pas partie de mes nombreux défauts…

Devant l'air surpris de ses compagnons, Cecil eut une expression faussement embarrassée.

— Je suis effectivement un homme discret et certaines choses ne peuvent pas toujours être rendues publiques… elles ont au contraire tout intérêt à être tues, parfois même à trouver une utilité insoupçonnée. Pour ne rien vous cacher, même Roderich, mon ami de toujours et mon confident absolu, n'est au courant que depuis ce matin. Mon épouse ne l'est que depuis hier soir. J'ai fait le choix de me taire il y a déjà bien longtemps, pour des motifs purement personnels et familiaux. Vous comprendrez donc que ma… discrétion n'était pas dirigée contre vous.

Roderich confirma ses dires d'un simple mouvement de la tête. Les hommes se regardaient les uns les autres.

— La réponse ne se trouve pas dans cette pièce. Pas encore. Mais vous l'avez sans doute compris, j'ai effectivement un enfant. Un fils, longtemps caché, mais qui porte désormais mon nom et qui sera mon successeur lorsque le temps sera venu pour moi de lui confier définitivement mon empire et ma place ici. Roderich, qui craignait que mon absence de descendance pût entraîner la transmission du groupe Warton-Schaff à de quelconques intérêts extérieurs est le premier à comprendre la situation et à accueillir cette nouvelle avec joie.

Il fit un signe à Edgar, qui se tenait non loin de la porte. Ce dernier comprit qu'il était supposé laisser entrer quelqu'un.

— C'est lui qui a contrôlé toute l'opération Rémoras et qui est donc le mieux placé pour vous en parler. C'est lui qui vous expliquera, Sergueï, pourquoi et comment nos choix ont été faits, pour certains il y a plus de vingt ans. Et c'est lui qui vous convaincra, avec ses propres mots, que mon héritage ne se perdra pas le moment venu, bien au contraire.

La porte s'ouvrit et tous les hommes du Cercle se tournèrent pour accueillir le nouveau venu.

*C*e que les hommes du Cercle ont fait, bien d'autres en avaient rêvé avant eux. Mais aucun n'avait jamais eu le courage de véritablement mettre ses idées en pratique, à l'exception de quelques tentatives timides et dispersées. Des tests scientifiques à grande échelle, pour la plupart, plutôt détestables et motivés par un racisme primaire.

Stopper la prolifération galopante de la race humaine, pour l'empêcher de s'emparer totalement de la planète, de la dépouiller et de la transformer en simple masse grouillante, était par contre un objectif parfaitement rationnel.

Certains parleront de crime contre l'humanité, de génocide programmé, de folie pure et simple... moi, je parle de logique élémentaire. Si un morceau de pain ne peut nourrir que deux personnes, que sept doivent se le disputer et que trois de plus sont sur le point de s'installer à table, qu'allez-vous faire ? Laisser tout le monde mourir de faim plutôt que de vous montrer pragmatique ? Charité et sacrifice sont de belles vertus, mais leurs limites sont très concrètes, n'en déplaise à tous les humanistes et utopistes qui en vérité se fichent bien de ce qui se passera après eux.

Et je ne parle pas uniquement de nourriture au sens strict du terme, mais de tout ce qui fait que la vie est agréable pour le genre humain. Un air pur, de l'espace pour vivre, des aliments dignes de ce nom, du temps pour profiter de l'existence... qui peut encore croire que ces désirs légitimes étaient compatibles avec les dix milliards d'humains qui étaient prévus pour la fin du XXIe siècle ?

Le monde qui nous était promis était une ode à la misère. Le Cercle a permis d'entrevoir de nouvelles espérances. Il a fermé le livre de nos erreurs passées et ouvert un nouveau volume qui, je le souhaite, *comportera moins de taches et de ratures que le premier.*

Oui, la méthode employée peut sembler cruelle. Mais regardons les choses en face dans leur globalité : il s'agissait de l'approche la plus douce. Si vous ne voulez pas tuer littéralement plus de cinq milliards de personnes, vous allez au moins faire en sorte qu'elles ne contribuent pas à aggraver la situation. Et personne n'est jamais mort parce qu'il ne pouvait plus se reproduire. L'avenir de l'humanité valait bien quelques désirs d'enfant inassouvis...

La première fois que Cecil m'a expliqué le monde, j'avais quatorze ans.

Il a posé devant moi un énorme oignon, en me demandant ce que c'était. J'ai répondu que c'était un oignon marron de belle taille. Il m'a dit que je me trompais.

Il a commencé à peler l'oignon, en retirant d'abord des dizaines de couches sèches, qui craquaient sous ses doigts. « La population générale, les citoyens communs », m'a-t-il dit. Lorsque les pelures sont devenues plus souples et un peu plus claires, il a retiré quelques couches qu'il a désignées comme « les médias et les personnes de moindre influence ». La couche suivante s'est appelée « politiciens périphériques et suiveurs » et la quatrième, faite de pelures blanches plus épaisses, a pris le nom de « politiciens majeurs et grands entrepreneurs ». Les yeux me piquaient lorsqu'il est arrivé au cœur de l'oignon, qui ne représentait plus qu'une petite sphère très claire entre ses doigts. « L'oligarchie du monde, les décideurs », a-t-il conclu.

Il m'a alors demandé quelle leçon cet oignon pouvait m'enseigner. J'ai répondu que les multiples couches supérieures étaient nécessaires pour protéger le centre de l'oignon, mais que si elles devenaient trop importantes, elles pourraient l'étouffer. J'ai aussi dit que seules les parties blanches étaient faites pour être mangées et donc réellement utiles pour celui qui a faim. Enfin, j'ai dit que selon moi, l'oignon idéal serait celui où une certaine proportion serait respectée entre le cœur et le reste. Que je ne pouvais pas imaginer un oignon constitué presque uniquement de pelures inutiles. Ma réponse a semblé le satisfaire.

Je lui ai alors demandé comment les couches communiquaient entre elles. Il m'a répondu que certains hommes ont le don d'être partout à l'aise et qu'ils peuvent servir de relais, en transmettant aux différentes couches ce que le cœur décide. Puis il m'a regardé et m'a dit « ces personnes sont rares et je pense que tu en fais partie ».

Ma véritable éducation a commencé ce jour-là.

Le plan du Cercle était finalement un peu à l'image de cet oignon : utiliser une suite d'événements qui permettraient de peler la société pour lui redonner du souffle, en lui retirant une bonne partie des couches qui la recouvraient inutilement et qui étaient en train de la tuer.

Pour contrôler cette série d'événements, il fallait des personnes qui serviraient de relais et, comme Cecil l'avait prédit, j'ai été l'une d'entre elles.

J'ai supervisé bien des aspects du plan, du premier attentat jusqu'à l'élection de notre nouveau président : j'ai piloté des politiciens, j'ai transmis de l'argent, j'ai manipulé les médias, j'ai éliminé des gêneurs... mais ma plus grosse mission a été de m'assurer que les Rémoras feraient leur part du travail et joueraient leur rôle de catalyseur. J'ai personnellement veillé à ce qu'ils avancent sur l'échiquier de Cecil là où l'on avait besoin d'eux.

Balard et Giraud ont été des pions sympathiques mais relativement prévisibles et il n'a jamais été très compliqué de les mener d'une case à l'autre.

En revanche, Vandercamere a été un peu plus subtil à manœuvrer...

Épilogue

21 décembre 2012

« *A*lors que je m'adresse à la planète entière, de cette belle ville de Jérusalem qui fut le berceau des trois grandes religions qui nous ont guidés au cours des siècles... je me réjouis !

Huit mois après la mort des trois terroristes qui ont détruit tellement de vies à travers le monde, et qui en menaçaient tant d'autres, je suis heureux de pouvoir vous dire que le chaos a cédé la place à la reconstruction.

Ces hommes ont tenté de détruire les fondements de notre société, ils ont essayé de saccager le modèle capitaliste qui nous soutient, ils ont tout fait pour semer le doute dans vos esprits... et ils ont échoué !

Devant vous, devant les chefs d'État assis derrière moi, je veux donc remercier ces hommes...

Les remercier d'avoir involontairement permis de resserrer les liens qui unissent nos pays et leurs citoyens ;

Les remercier d'avoir, bien malgré eux, permis à toutes les nations du monde volontaires d'intégrer l'Agence Internationale de Transition ;

Enfin, je veux les remercier d'avoir accéléré la mise en place du gouvernement mondial dont je suis aujourd'hui l'heureux président.

Je suis heureux, car l'avenir s'annonce prospère !

Nous tournons enfin le dos à une ère de divisions et de conflits sans fin, et nous voulons croire que ce changement sera durable.

Et je pense que les présidents des états membres, qui sont aujourd'hui à mes côtés, seront d'accord avec moi pour saluer ce nouveau monde qui avance désormais sur un seul chemin.

Et à ceux qui doutent encore, à ceux qui refusent d'ouvrir les yeux et d'accueillir l'avenir qui s'offre à nous, je ne dirai qu'une chose... une citation tirée de la Bible, mais qui trouvera un écho universel dans le cœur de chaque homme et femme de bonne volonté vivant sur cette *planète...*

Méditez les mots que Paul adressa aux Thessaloniciens...

"Car vous savez très bien vous-mêmes que le jour du Seigneur vient ainsi qu'un voleur pendant la nuit.

Quand les hommes diront : 'Paix et sûreté !', c'est alors qu'une ruine soudaine fondra sur eux comme la douleur sur la femme qui doit enfanter, et ils n'y échapperont point.

Mais vous, frères, vous n'êtes pas dans les ténèbres, pour que ce jour vous surprenne comme un voleur.

Oui, vous êtes tous enfants de lumière et enfants du jour ; nous ne sommes pas de la nuit, ni des ténèbres".

Ces mots nous parlent à travers les siècles, et nous disent que nous sommes enfin prêts à accueillir une nouvelle ère !

Une ère de prospérité et d'abondance !

Une ère de paix et de sécurité pour tous !

Une ère de lumière qui nous éclairera pour les siècles à venir !

Alors... encore une fois, merci à ces hommes qui ont tenté sans succès de nous repousser dans les ténèbres...

Car en échouant, ils ont fait jaillir du monde les fondations d'un ordre nouveau... ! ».

D'une voix vibrante, Stanley Merkovic termina son discours officiel les larmes aux yeux, ce qui devait lui valoir ultérieurement les compliments des médias, qui saluèrent la sincérité de ses propos et l'espoir qu'il avait su redonner à tous ceux qui l'écoutaient.

Le Président, australien de naissance, mais d'origine à la fois hongroise et bulgare, resta longtemps debout dans la tribune à saluer la foule et les dizaines de caméras qui retransmettaient ce discours historique, tandis que son chef de cabinet, petit homme corpulent au visage peu expressif, s'approchait furtivement pour lui murmurer quelques paroles à l'oreille.

Politicien sans grande envergure dans son pays, il était désormais à la tête de la planète et comptait bien profiter de cet instant inespéré et unique.

Lorsqu'il finit par se détourner du micro, qu'il ramassa ses notes et prit la direction de la sortie, les caméras le suivirent et balayèrent simultanément la rangée d'officiels qui s'étaient levés derrière lui et l'applaudissaient.

Elles captèrent aussi le sourire furtif de son conseiller, qui le félicita d'un signe de tête discret avant de lui emboîter le pas.

Philippe Warton-Schaff, satisfait de la prestation de son président, disparut parmi les ombres.

*P*lus qu'un nom, Vandercamere est un costume que j'ai porté pendant longtemps. Une identité parallèle que j'ai dû cultiver en prenant garde de ne pas m'y perdre totalement, sans oublier qui j'étais vraiment. Un double qu'il m'a fallu manœuvrer comme un véhicule sur un champ de mines.

Lorsque j'ai eu seize ans, Cecil a jugé que j'étais bien son digne successeur. Un véritable Warton-Schaff, selon lui. Son avis était que ma mère m'avait laissé son sens de la méticulosité – une qualité qu'il avait toujours appréciée chez son amour de jeunesse –, mais que c'était à peu près tout. Le reste venait de lui et c'était parfait ainsi.

S'il ne pouvait pas me donner son nom, pas encore tout du moins, il me donnerait tout le reste. Grâce à lui, j'avais déjà bénéficié d'une éducation dorée, à défaut d'affection paternelle. Ce n'était que le début de mon apprentissage.

Histoire, politique, économie, finances, sciences humaines, formation militaire, théâtre et même yoga avancé… Il s'est assuré que mon bagage personnel dépasserait celui de tous les jeunes héritiers de sa connaissance et que j'exploiterais parfaitement ce qu'il qualifiait de « talents naturels ». Mais il a surtout veillé à ce que je reste capable de m'intégrer n'importe où.

L'oignon revenait souvent dans nos discussions, comme une blague que personne n'aurait pu comprendre.

Avec son sens de l'humour parfois étrange, il a fait en sorte que je sois marmiton dans les cuisines du Club le temps d'un été, majordome dans la maison d'un de ses concurrents, secrétaire particulier d'un ponte de Wall Street, chauffeur ministériel à Paris en pleine période électorale et, bien sûr, militaire anonyme dans une caserne sans prétention… tout ce qui pouvait être utile pour que je noue des relations à tous les étages, que j'apprenne à me fondre dans le décor et que je fasse mes preuves. Pour que je montre ma complète détermination.

Pendant ce temps, le plan définitif du Cercle prenait forme et Cecil me sollicitait souvent pour que je lui donne mon avis. Combien de fois ai-je croisé tous ces vieux banquiers dans les couloirs du Club, sans qu'ils soupçonnent mon identité ou se souviennent même de m'avoir rencontré ?

Cecil m'avait exposé les différentes étapes qui mèneraient à l'aboutissement du plan du Cercle. En bref, terrorisme à grande échelle, AIT, virus, vaccin.

Son exigence principale était simple : il voulait que je contrôle toute la phase initiale de près et que je lui fournisse des boucs émissaires parfaitement plausibles. Autant dire qu'il voulait que je m'implique directement et qu'il ne voulait rien laisser au hasard.

C'est à cette époque que j'ai jeté mon dévolu sur Balard et Giraud. Nous nous étions brièvement côtoyés au CGNC, en Camargue, en tant qu'étudiants. Ils étaient doués et il me fallait des amis, des personnes avec qui je nouerais une relation profonde et durable.

Des hommes qui, le moment venu, ne chercheraient pas au-delà de notre amitié et surtout ne remettraient jamais en cause ce que je leur affirmerais.

Alors je les ai engagés, sans qu'ils le sachent, évidemment. Et sans qu'ils se doutent une seconde que la banque Warton-Schaff était notre employeur indirect et que je lui envoyais mon rapport toutes les semaines.

Pendant presque dix ans, nous avons mené nos missions ensemble, aux quatre coins de la planète. Balard avait besoin d'argent, Giraud désirait l'aventure, et moi je voulais obtenir leur confiance absolue. Séparément, nous étions bons. Ensemble, nous étions une équipe redoutablement efficace.

De temps en temps, je retournais au Centre, en Camargue, former quelques recrues qui me seraient utiles un jour. Cecil a toujours insisté sur l'importance d'un bon réseau.

Tout a très bien marché jusqu'à l'épisode du 11 septembre, une autre mission du Cercle, couronnée de succès. Je reconnais que je n'avais pas mesuré le poids des remords chez Balard, sa grande faiblesse. Sa démission aurait pu être un problème, mais j'y ai vu une opportunité. J'allais le laisser mener sa vie quelque temps, tout en surveillant ses faits et gestes et en me rappelant régulièrement à son bon souvenir. Nous étions amis intimes, après tout...

Son mariage, la naissance de son fils, son bonheur familial... j'ai été témoin des événements marquants de sa nouvelle vie et nous les avons fêtés tous les trois, à chacune de nos rencontres. J'étais sincèrement heureux pour lui à cette époque, même si je savais qu'un jour je devrais tout lui reprendre.

Car au bout du compte, seule la mission est importante... et ma mission était claire.

La suite, vous la connaissez. L'assassinat de sa famille, l'enterrement, sa volonté de vengeance, que j'ai soigneusement attisée en cultivant le doute... une période exaltante, où les vieux réflexes communs n'ont pas mis très longtemps à ressurgir.

Le plus compliqué a été de ne jamais trahir mon impatience, de les amener à décider volontairement de s'impliquer. De leur laisser suffisamment d'espace pour qu'ils ne voient en moi jamais plus qu'un camarade sur qui on peut toujours compter.

Un meneur, mais pas un chef.

Ce fut un exercice excitant mais subtil. Je disais la vérité tout en mentant par omission et je guidais simplement leurs réactions. C'est pendant cette période que mon entraînement a pris toute sa valeur.

L'oignon était énorme. Je devais jongler entre Cecil, Balard, Giraud, les miliciens de Virginie et tous les autres participants de l'opération qu'il fallait diriger, la plupart étant inconscients de la trame globale dans laquelle ils s'inscrivaient.

J'ai aussi constitué le futur groupe Manus à cette époque, lors de mes nombreuses absences. Mes amis n'ont jamais posé de questions lorsque je disparaissais un peu trop longtemps.

J'étais partout et nulle part. J'étais en costume à Londres le lundi et en treillis aux États-Unis le mardi. Le masque allait et venait au gré des rencontres. Je ne devais rien omettre, je ne devais rien révéler de superflu, tout devait être parfait. Cecil n'aurait jamais toléré un seul faux pas de ma part. Parfois, je me dis que c'est un miracle que je n'aie jamais commis d'erreur.

Mais je l'ai déjà dit, je ne crois pas en Dieu...

Je crois en la supériorité de certains cerveaux, plus rapides, plus complets que d'autres. Et j'ai simplement la chance d'être l'un d'entre eux, en toute objectivité.

Balard était un grand cœur idéaliste, Giraud un esprit léger et insouciant. Leur approche du monde était juste plus simple que la mienne. Je les aimais vraiment.

Les mois vénézuéliens ont vu naître quelque chose de nouveau entre nous.

Pendant cette période, j'ai fini par être totalement Vandercamere et Warton-Schaff s'est éclipsé un temps. Si la puce que j'avais dans le bras depuis notre départ de France n'avait pas permis aux hommes de Manus de nous retrouver, comme je l'avais moi-même prévu... j'aurais peut-être continué de fuir avec eux, en oubliant le reste.

Mais Philippe Warton-Schaff avait prévu les éventuelles défaillances de son double. Il connaissait les risques psychologiques de l'immersion et toutes nos armes étaient également équipées de puces depuis longtemps, juste au cas où. Balard et Giraud n'avaient aucune chance d'échapper à leurs poursuivants.

Lorsque j'ai mis ma propre mort en scène, en donnant quelques billets à un pauvre vénézuélien engagé pour l'occasion, afin qu'il enfile mes vêtements et reçoive une balle à ma place, j'ai sincèrement espéré qu'ils disparaîtraient suffisamment vite et qu'ils s'en sortiraient.

Plus tard, Cecil m'a demandé pourquoi je ne les avais pas simplement éliminés pendant leur sommeil, en m'évitant bien des tracas. Je n'avais pas besoin de Manus pour m'occuper d'eux. Il avait raison. La vérité, c'est que je croyais pouvoir simuler mon décès avant de les laisser filer. Vandercamere commençait à présenter des signes de faiblesse...

Si Giraud n'était pas tombé malade et qu'ils avaient réussi à atteindre la Colombie, les choses auraient été différentes. Ils auraient certainement vendu leurs armes pour payer leur passage et auraient disparu. Mais les choses sont ce qu'elles sont. Lorsque nous avons trouvé Giraud, je ne pouvais plus reculer. Si je ne m'en étais pas occupé, les mercenaires qui m'accompagnaient n'auraient pas hésité. Et ce n'était pas tolérable qu'ils se chargent de ça...

Je pense que Fred m'a reconnu quand je lui ai parlé. Son dernier sourire est plus douloureux encore que le souvenir de Théo. Je ne saurai jamais s'il était dû à la fièvre ou à l'ironie de la situation. Giraud était capable de garder son humour devant n'importe quoi, même une blague cruelle, pour peu que la surprise soit bonne. Et je crois que celle-là, il ne l'avait pas vue venir...

Tout ça pour dire que le duel Warton-Schaff vs Vandercamere n'a pas vraiment eu lieu. Le deuxième a accepté l'inévitable et déclaré forfait avant d'être remisé au placard, tout simplement.

Philippe Warton-Schaff a fait son entrée au Cercle et commence sa nouvelle vie en tant que conseiller du président mondial, un rôle en coulisses qui me convient parfaitement. Malheureusement, l'Australien est un homme très discipliné qui manque cruellement de personnalité. Il faut sans doute que j'accepte l'idée que les missions de grande envergure ne sont pas éternelles et que certains de mes talents ne serviront plus jamais.

Je garde un seul petit espoir, ceci dit. Je le garde secrètement et même Cecil ne le sait pas. Il ne comprendrait pas ce qu'il qualifierait de faiblesse alors que j'y vois un défi à ma mesure.

Le corps de Balard n'a jamais été retrouvé. Son arme abandonnée nous a menés plus loin dans la forêt, mais nous avons perdu sa trace. Aucun village à moins de cent kilomètres ne l'a recueilli et personne ne l'a vu. D'un commun accord, le commando Manus a considéré que sans eau et nourriture il ne pouvait s'en sortir seul et, au bout de cinq jours, les recherches du corps ont été abandonnées.

Mais Quentin est capable d'avoir survécu. Je souhaite qu'il s'en soit sorti. Si c'est le cas, il finira par savoir qui je suis et ce que j'ai fait. Alors il prendra son temps, tout le temps nécessaire, et il viendra me chercher.

Et je l'attendrai.

FIN

La Vérité est plus étrange que la Fiction, puisque la Fiction est obligée de s'en tenir aux possibilités ; pas la Vérité.
Mark Twain

Remerciements

Nous remercions tous ceux qui ont contribué à la naissance de Rémoras, grâce à leur relecture impitoyable, leurs conseils et leurs critiques constructives, ainsi que ceux qui nous aident à en faire la promotion.

De peur d'oublier un nom, car la liste est longue, nous préférons ne citer personne… mais encore un immense MERCI à tous ceux qui nous ont soutenus et ont donné de leur temps à nos côtés !

Si vous avez aimé Rémoras, si vous avez envie de partager cette aventure avec d'autres lecteurs ou que vous souhaitez nous faire part de votre avis, n'oubliez pas de laisser un petit mot sur notre page de commentaires Amazon.

Merci à vous !

Les auteurs

Le pseudo M.I.A (Missing In Action) concrétise la rencontre de deux amis et associés professionnels (Hélène et Sébastien), passionnés de littérature, de cinéma et d'actualité politique, pour ne citer que quelques points communs évidents.

Notre méthode de travail est particulière, car près de 1500 kilomètres nous séparent : qui pourrait penser que nos livres sont intégralement pensés et rédigés à distance ?

Pour en savoir plus, rendez-vous sur le Blog M.I.A (http://www.leblogmia.com/) et sur le site des Éditions Hélène Jacob (http://www.editionshelenejacob.com/).

Des mêmes auteurs

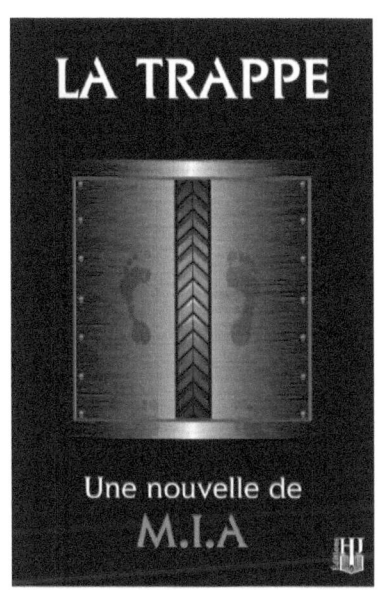

Vous avez aimé « Rémoras » ? Vous aimerez sans doute « La Trappe », une nouvelle qui prolonge l'expérience et vous permettra de découvrir ce que le monde est devenu après les événements contés dans le roman que vous venez de lire.

En voici la première page…

La trappe est parfaitement lisse.

Je comprends mieux pourquoi ils m'ont demandé de retirer mes chaussures. Sur ce genre de métal brossé, les chaussettes glissent sans problème ; un peu trop, même. Le moment venu, rien ne viendra gâcher ma chute et je leur offrirai un joli spectacle.

Mais il reste encore sept minutes avant l'heure prévue et j'essaye de rester concentré sur la position de mes pieds, qui ont tendance à vouloir s'éloigner l'un de l'autre. La tension, sans doute, qui me fait suer et qui rend mes chaussettes un peu humides, ce qui est diablement vexant.

Car il ne manquerait plus que je me casse la gueule avant l'heure. Ça foutrait tout le protocole en l'air et ils semblent sacrément y tenir. Pour que le Gardien me laisse tranquille, je fais donc gaffe à garder les pieds bien alignés de part et d'autre de la ligne rouge et à ne pas bouger un orteil.

Ma chaussette gauche a un trou sur le dessus, près du pouce. J'aurais dû penser à ce genre de détail avant de quitter ma cellule et demander une paire de rechange. Même quand il est dans ma situation, un homme a bien le droit à un peu de fierté personnelle, après tout. Maintenant, c'est trop tard et ça va m'ennuyer jusqu'au dernier moment.

Inutile que j'en parle à l'homme debout derrière moi, il ne me répondra pas. Une fois qu'on est sur la trappe, on n'a plus le droit de lui adresser la parole, sauf pour la dernière question rituelle.

Sept minutes, bientôt six.

L'horloge murale accomplit consciencieusement son travail. On pourrait croire que rester debout sans moufter pour quelques poignées de secondes supplémentaires n'est pas bien compliqué... eh bien, si vous le pensez, je vous invite à venir prendre ma place.

Parce que le problème, avec la trappe, ce n'est pas seulement qu'elle finisse par s'ouvrir... c'est que ça fait déjà presque une heure que je suis dessus avec une corde autour du cou...

Des siècles se sont écoulés depuis les événements contés dans « Rémoras » et « La Trappe », au cours desquels la face du monde a été profondément transformée.

Plus de place pour l'excentricité ou la contestation, sous peine d'effacement. Mais plus de criminalité, plus de perversion non plus. L'humanité profite désormais d'un monde calme, d'un monde en paix, d'un monde PARFAIT !

Seul un grain de sable persiste. Un petit groupe de femmes et d'hommes – terroriste et criminel aux yeux de la majorité, résistant et libérateur pour une minorité – est prêt à tout pour rendre aux Hommes leur libre arbitre.

Mais perdre le paradis sur Terre, est-ce vraiment souhaitable ?

Victor parviendra-t-il à ouvrir la boîte de Pandore de ce nouveau monde ? La Collecteuse Echo, pièce majeure de cette quête libératrice que très peu souhaitent, parviendra-t-elle à échapper au Traqueur Romeo, lancé à sa poursuite ?

Le passé détient peut-être les clefs du futur, mais le remède ne sera-t-il pas pire que le mal ?

Découvrez « La Quête d'Echo », le premier volume de la nouvelle trilogie de M.I.A... « La Faille ».

Retrouvez tous les titres et l'actualité des Éditions HJ :

Sur notre site Internet :
http://www.editionshelenejacob.com

Sur Facebook :
https://www.facebook.com/EditionsHJ

Sur Twitter :
https://twitter.com/EditionsHJ

Table des matières

www.ingramcontent.com/pod-product-compliance
Lightning Source LLC
Chambersburg PA
CBHW030843030726
47495CB00005B/1346